Sarah Adams

The Rule Book –
Liebe kennt keine Regeln

DIE REGELN

(aufgestellt von Nora M. und Derek P.)

1. Kein Wort über unsere gemeinsame Vergangenheit
2. Nicht im Privatleben des anderen herumschnüffeln
3. Keine Freundschaft
4. Kein Küssen
5. Keine unnötigen Berührungen
6. Nicht flirten
7. Nora muss bei Treffen immer Hosen tragen
8. Derek muss immer ein Hemd tragen
9. An allen Orten immer vollständig bekleidet sein! Keine nackte Haut zeigen!
10. Kein gemeinsames Fernsehen
11. Immer getrennte Rechnungen
12. Keine gemeinsamen Autofahrten
13. Kein Händchenhalten
14. Kein gemeinsames Trinken
15. Sich nie einen Sitz teilen, niemals, auch nicht auf Dereks Schoß sitzen
16. Kein längerer Blickkontakt
17. Keine Telefonate nach neun Uhr abends
18. Derek ist es nicht erlaubt zu zwinkern
19. Nora ist es nicht erlaubt, sich auf die Lippe zu beißen
20. Kein Sex OOPS!
21. Kein Sex in der Badewanne

Die Regeln
(aufgestellt von Nora M. und Derek P.)

1. Kein Wort über unsere gemeinsame Vergangenheit
2. Nicht im Privatleben des anderen herumschnüffeln
3. Keine Freundschaft
4. Kein Küssen
5. Keine unnötigen Berührungen
6. Nicht flirten
7. Nora muss bei Treffen immer Hosen tragen
8. Derek muss immer ein Hemd tragen.
9. An allen Orten immer vollständig bekleidet sein! Keine nackte Haut zeigen!
10. Kein gemeinsames Fernsehen
11. Immer getrennte Rechnungen
12. Keine gemeinsamen Autofahrten
13. Kein Händchenhalten
14. Kein gemeinsames Trinken
15. Sich nie einen Sitz teilen, niemals, auch nicht auf Dereks Schoß sitzen
16. Kein längerer Blickkontakt
17. Keine Telefonate nach neun Uhr abends
18. Derek ist es nicht erlaubt zu zwinkern
19. Nora ist es nicht erlaubt, sich auf die Lippe zu beißen
20. Kein Sex (Oops!)
21. Kein Sex in der Badewanne

SARAH ADAMS

The Rule Book

Liebe kennt keine Regeln

Roman

Aus dem amerikanischen Englisch
von Katrin Mrugalla

everlove
by PIPER

Mehr über unsere Autorinnen, Autoren und Bücher:
www.everlove-verlag.de

Wenn dir dieser Roman gefallen hat,
schreib uns unter Nennung des Titels
»The Rule Book – Liebe kennt keine Regeln«
an *empfehlungen@piper.de,* und wir empfehlen dir
gerne vergleichbare Bücher.

Von Sarah Adams liegen im Piper Verlag vor:
The Cheat Sheet – Ist es je zu spät, die Friendzone zu verlassen?
The Rule Book – Liebe kennt keine Regeln

Unser Versprechen für mehr Nachhaltigkeit
Klimaneutrales Produkt
FSC®-zertifiziertes Papier
Hergestellt in Deutschland

FSC
www.fsc.org
MIX
Papier | Fördert gute Waldnutzung
FSC® C014496

ISBN 978-3-492-06577-1

Titel der amerikanischen Originalausgabe:
»The Rule Book«, Dell Books, ein Imprint der
Verlagsgruppe Random House LLC, New York 2024.

Redaktion: Isabell Spanier
Satz: Satz für Satz, Wangen im Allgäu
Gesetzt aus der Aldus nova Pro
Druck und Bindung: GGP Media GmbH, Pößneck
Printed in Germany

Dieses Buch ist meinen Mädchen gewidmet:
Träumt stets von noch größeren Zielen.
Greift nach den Sternen.
Gebt euch ja nie mit dem Erreichten zufrieden.

SENSIBILITÄTSHINWEIS

NICHT LESEN,
WENN IHR SPOILER VERMEIDEN MÖCHTET.

Liebe Leserinnen und Leser,

danke, dass ihr Zeit mit Derek und Nora verbringen wollt. Obwohl dieses Buch wie eine leichte und witzige Lektüre geschrieben ist, möchte ich euch darauf hinweisen, dass auch schwierigere Themen behandelt werden, wie beispielsweise Legasthenie und elterliche Vernachlässigung. Außerdem enthält die Geschichte sexuelle Sprache und Szenen. Wenn ihr den Roman lieber ganz *closed door* bevorzugt, überspringt bitte Kapitel 34.

1

NORA

Manchmal ist das Leben wie eine Schachtel Pralinen, und manchmal ist das Leben wie eine Schachtel Pralinen, die den ganzen Tag in der Sonne gelegen ist.

Heute ist, wie sich herausstellt, einer von diesen enttäuschenden Tagen, die wie geschmolzene Schokolade sind. Nicht nur bin ich auf dem Weg zur Arbeit mit meinen Lieblingsschuhen in Kaugummi getreten, auch beim Blick in meine E-Mails stieß ich auf eine wunderbar verstörende Information.

»Klopf, Klopf«, sage ich zu meiner Chefin Nicole Hart, als ich zögerlich ihr Büro betrete, um über besagte E-Mail zu reden.

Ehrlich gesagt, betrete ich ihr Büro immer etwas zögerlich, denn diese Frau, uff – sie hat eine *Power*, die man niemals unterschätzen sollte. Es hat seinen Grund, weshalb sie Geschäftsführerin der Agentur ist. Sie ist nett zu mir (auf ihre eigene Art und Weise), aber sie ist wie ein Tornado aus Selbstbewusstsein. Man braucht einen Helm und einen sicheren Ort, an dem man sich verkriechen kann, wenn sie ihre Aufmerksamkeit auf einen richtet.

So wie jetzt, wenn sie in makellosem grauen Nadelstreifenrock und Seidenbluse an ihrem Schreibtisch sitzt – die vollen Lippen perfekt geschminkt, das blonde Haar zu einem glatten, kecken Pferdeschwanz zusammengebunden, der in einer magischen Welle ausläuft. Aber all diese Attribute, die sich auf das Äußere beziehen, führen einen nur in die Irre. Was sie in Wahrheit ausmacht, erkennt man in ihren Augen. Sie spiegeln eine Wachsamkeit, eine raubtierhafte Wildheit, bei der einem das Blut in den Adern gefriert. Ihr scharfer Verstand hat sie zu einer Spitzenagentin in unserer Branche gemacht, die Wahnsinnsverträge für Klienten wie Nathan Donelson abschließt, den berühmten Quarterback der NFL-Mannschaft unserer Stadt, den Sharks. Diese Frau ist unglaublich effizient und geht völlig in ihrer Arbeit auf. Sie ist eine Inspiration.

»Du willst hoffentlich nur wissen, ob du reinkommen kannst, und das ist nicht der Anfang von einem Witz.«

»Das könnte ich jetzt sagen, aber dann würde ich lügen.«

Sie sieht mich an, und ich lächle. Sie hat lange genug mit mir zusammengearbeitet, um zu wissen, dass sie mich erst loswird, wenn wir das hinter uns gebracht haben.

»Wer ist dort?«, fragt sie in einem Ton, als wäre sie gerade mitten in einer Wurzelbehandlung.

»Gnu.«

»Gnu wer?«

»Gnug gelächelt heute?« Ich schenke ihr eins, während ich ins Zimmer trete.

Sie blickt von ihrer Tastatur auf – an der sie in perfekt gerader Haltung sitzt – und lässt den Blick von meinen rötlich braunen Haaren bis zu meinen gelben Sneakers wandern und dann wieder hinauf zu meinem Gesicht. Nicole entgeht nichts. Sie ist eine Attentäterin, die gerade die Schwachstelle ihres Opfer herausgefunden hat. *Himmel, wäre ich gerne sie.*

Sie wischt meinen großartigen Witz beiseite. »Wie viele Paare besitzt du von diesen Schuhen?« Gemeint sind meine hellgelben Sneakers.

»Vier. Heute Morgen hatte ich meine roten an, aber ich bin

in Kaugummi getreten und musste dann diese hier anziehen.« Stolz hebe ich den Fuß und wackle damit hin und her. »Rochen köstlich, haben beim Gehen aber ekelhaft gequietscht.«

»Ich nehme an, Marty hatte etwas dazu zu sagen, als er die hier gesehen hat. Muss ich ihn mir vorknöpfen?« Ihre Aufmerksamkeit richtet sich wieder auf ihr Keyboard, aber sie kann auch reden, während ihre Finger über die Tasten fliegen. Die Sache ist die: Nicole bellt nicht nur, sie beißt auch. Aber sie beißt nur die, die ihre Leute bedrohen. Und obwohl sie gerne so tut, als würde ich ihr nichts bedeuten – hat sie mir doch deutlich zu verstehen gegeben, dass ich zu ihren Leuten gehöre.

Bei der Erwähnung des schlimmsten Manns im Büro rümpfe ich die Nase. Die Männer der Abteilung sind alle ziemlich unspektakulär, und es scheint ihnen nicht zu gefallen, dass ich Teil ihres Jungsclubs bin, egal, mit wie vielen Minipackungen Skittles ich mich im Pausenraum einzuschleimen versuche, aber Marty ist mit Abstand der schrecklichste. *Männlicher Chauvinist Nummer eins.*

Ich zucke mit den Schultern. »Nur, dass Gelb irgendwie noch mehr in die Augen sticht und ich mein Gehalt demnächst mal in ein professionelles Outfit investieren sollte.«

»Mit der Farbe hat er nicht unrecht«, erwidert sie und wirft mir kurz einen Blick von der Seite zu. »Aber nur mir steht es zu, deinen Stil zu kritisieren. Nicht einem Mann, der einen gut aussehenden Anzug nicht mal erkennen könnte, wenn er ihm direkt ins Gesicht springt.«

»Damit hast du natürlich völlig recht«, sage ich fröhlich. »Aber deswegen bin ich eigentlich nicht hier.«

Als ich vor zwei Jahren als Nicoles Praktikantin angefangen habe, hat sie sich sehr deutlich dazu geäußert, wie sehr ihr mein verspielter Stil missfällt. Aber inzwischen bin ich zur Junioragentin befördert worden, und ich habe mein Talent für diese Branche mehr als unter Beweis gestellt und mir so ihren Respekt verdient. Seither beschwert sie sich nicht mehr über meine Kleidung. Stattdessen staucht sie jeden Kritiker stellvertretend für mich zusammen, weil es mir selbst schwerfällt, Leuten Gemeinheiten um die Ohren zu hauen.

Heute trage ich einen taillierten, dreiviertellangen Blazer in gelb-weißem Fischgrätmuster zu einem hellblauen Faltenrock und dazu, um das Outfit komplett zu machen, ein Rolling-Stones-T-Shirt. Und obwohl sie es, wie ich weiß, scheußlich findet, sagt sie nichts. Irgendwie vermisse ich die Zeiten, als sie Sachen sagte wie: *Du siehst aus wie eine Bibliothekarin beim Versuch, cool zu wirken.* Die schlagfertige Nicole zu erleben ist immer ein Vergnügen.

»Lass es mich wissen, falls Marty noch mal etwas über deine Garderobe sagt. Ich werde ihm diese gelben Schuhe mit Vergnügen in den Hintern schieben.«

»Und deshalb fürchte ich dich genauso, wie ich dich bewundere, meine großartige Arbeitsplatz-Gladiatorin. Allerdings halte ich meine Schuhe lieber fern von Martys niederen Regionen. Übrigens bin ich eigentlich hier, um über eine E-Mail zu reden, die ich gerade bekommen habe.«

Nicole hört endlich auf zu tippen und dreht ihren Stuhl mit einem langen, leidenden Seufzer in meine Richtung. Sie legt ein schlankes (gewachstes … das weiß ich, weil ich als Praktikantin diese Termine für sie ausgemacht habe) Bein über das andere, stützt den Ellbogen auf den Schreibtisch und das Kinn auf die Handfläche.

»Ich glaube, das könnte ein Fehler sein«, fahre ich fort und verlagere das Gewicht von einem meiner kleinen Fußumarmer (so nenne ich meine Traumschuhe) auf den anderen, während sie mich aus zusammengekniffenen Augen ansieht.

»Hör auf, dich kleinzumachen, Mac. Du bist bereit für diesen Schritt. Du hast hart gearbeitet, um so weit zu kommen, und du hast diese Beförderung verdient«, erwidert sie energisch.

Sie hat recht. Ich habe für meinen Job hart gearbeitet, und ohne mich zu sehr selbst loben zu wollen, habe ich doch das Gefühl, dass mir diese Beförderung zusteht. Tatsächlich war es schon als Kind mein Traum, seit ich meinen Dad am Wochenende besucht habe und mit ihm auf der Couch gesessen bin und alles an Sport gesehen habe, was damals im Fernsehen kam. Während jener wenigen Stunden ließ er mich an seinem Leben teilhaben, und ich habe mich ihm nahe gefühlt. Meine Beziehung zu meinem Dad hat nicht gehalten, aber mein Traum, Sportagentin zu werden, hat Highschool, College, Praktika nach meinem Uni-Abschluss und in letzter Zeit auch meine Arbeit als Juniorpartnerin für Nicole überdauert.

Nein, die Beförderung zur gleichberechtigten Agentin ohne Stützräder ist nicht das Problem.

Das Problem ist, dass sie mir Derek Pender zugeteilt hat, Tight End der L.A. Sharks.

»Ich zweifle nicht an mir«, widerspreche ich. »Ich halte es eher für völlig unmöglich. Ich könnte die Königin der Selbstzweifler sein. Glaubst du wirklich, dass Mr Pender und ich gut zusammenpassen?«

Ich frage nicht, was ich wirklich wissen will. Denn ich bin mir nicht sicher, ob ich wirklich mit der Wahrheit herausrücken oder das Ganze lieber für mich behalten sollte. Wenn Nicole mir eins beigebracht hat, dann dass es in dieser Branche vor allem darum geht, seine Karten richtig auszuspielen – und das Wichtigste ist, seine Trümpfe nicht zu früh zu zeigen.

Aber Nicole spürt, dass ich nicht die ganze Wahrheit sage, und klopft mit ihren roten Fingernägeln auf den Schreibtisch. »Du vibrierst quasi vor Nervosität – wie lautet die eigentliche Frage, die du mir nicht stellst?«

»Ich mache mir nur Sorgen, dass man Derek gesagt hat, das Treffen wäre mit *Mac* und nicht mit *Nora Mackenzie*, und jetzt erwartet er jemand völlig anderen.« Das ist die Wahrheit. Nur nicht die ganze. Ich halte meine Karten noch ein bisschen enger an die Brust gedrückt.

»Du willst sichergehen, dass er nicht mit einem Mann rechnet?«

Nicht ganz. Obwohl, das auch. Alle im Büro nennen mich Mac, wegen meines Nachnamens. Ich mag es nicht sonderlich, aber ich habe gelernt, es zu tolerieren, denn in unserer Branche reagieren Menschen – so traurig das auch ist – eher mit einer positiven Rückmeldung auf E-Mails, wenn sie fälschlicherweise glauben, der Absender sei ein Mann. In der Welt des Sports finden sich die frauenfeindlichsten Männer (ähem, Marty), und Frauen arbeiten doppelt so hart, um sich denselben Respekt wie die Männer zu erkämpfen. Eine vertrackte Situation.

»Vermutlich wollte ich vor allem wissen, was genau du Derek … ähm, Mr Pender, über mich erzählt hast. Es … es kommt mir einfach unwirklich vor, dass er dazu bereit ist, mit einer ganz neuen Agentin einen Vertrag abzuschließen, und ich wollte sichergehen, dass er sich ein vollständiges Bild machen konnte.«

Sie wischt meine Bedenken beiseite. »Keine Sorge. Ich habe die richtigen Pronomen benutzt und ihn wissen lassen, dass du neu bist, ich aber diejenige bin, die dich ausgebildet hat, er also sicher sein kann, dass du von der Besten gelernt hast« – *so viel Selbstsicherheit* –, »und wenn er klug wäre, würde er sich dich schnappen, bevor du Gelegenheit hast, die Karriere eines anderen in ungeahnte Höhen zu katapultieren.«

Mein Herz zittert vor Entzücken. Hat sie das wirklich alles gesagt? Meint sie es auch so? Nicole macht einem nicht leichtfertig Komplimente, deshalb hatte ich keine Ahnung, dass sie so über mich denkt.

»Wow … danke.« Ich versuche, mir meine Gefühle nicht allzu sehr anmerken zu lassen, aber es gelingt mir nicht ganz. Ich presse die Lippen aufeinander, und sie weiß, wieso.

Angeekelt rümpft sie die Nase. »Weinst du etwa gleich?«

Ich presse die Lippen fest aufeinander und schüttle den Kopf, obwohl sich in meinen Augen kleine Seen bilden. O nein, jetzt hängen sich einzelne Tropfen an meine Wimpern! Gleich wird sich einer davonstehlen!

Sie stöhnt und richtet den Blick wieder auf den Laptop. »Keine Gefühle in meinem Büro, das weißt du. Ich glaube an dich, und ich freue mich, dir zum Erfolg zu verhelfen, Mac.« Wieder tippt und redet sie gleichzeitig. Wie macht sie das bloß? »Derek Pender steht in den nächsten Monaten vor einer Reihe von Herausforderungen. Seine Karriere hängt völlig in der Luft, und eventuell kommt ein Vereinswechsel oder eine Neuaushandlung seines Vertrags auf dich zu. Außerdem musst du dir etwas gegen die negative Berichterstattung überlegen, mit der ihn die Medien garantiert fertigzumachen versuchen, sobald die Saison wieder anfängt. Traust du dir das zu?«

Wisst ihr, wenn ich mir diese ganze Situation so anschaue, würde ich am liebsten nervös losgackern, weil, *nein*, das traue ich mir nicht zu. Aber nicht, weil ich das Gefühl habe, mit so etwas nicht umgehen zu können. Im Gegenteil, die Vorstellung, am Anfang meiner Karriere große Hürden aus dem Weg räumen zu müssen, löst bei mir ein wohliges Gefühl im Magen aus. *Vorfreude.* Ich liebe Herausforderungen, und da Derek Pender – der legendärste Tight End im Profi-Football unserer Zeit – in dieser Saison nach einer schweren Knöchelverletzung zurückkehrt, die seine Karriere eigentlich hätte beenden müssen, bedeutet das die Herausforderung schlechthin.

Nein, das Problem lautet, ich kann dem Mann nicht gegenübertreten. Dem Mann, von dem ich noch immer träume, obwohl ich das nun wirklich nicht sollte.

Ich blinzle meine Tränen weg. »Danke, Nicole. Ich bin dankbar, dass ich diese Chance bekomme. Ich schulde dir unsterbliche Liebe und Freundschaft.« Es ist mir peinlich zuzugeben, wie sehr ich mir wünsche, sie wäre gern mit mir befreundet.

Doch sie sagt nur: »Spar dir bitte deine Liebe und Freundschaft. Ich tue dir keinen Gefallen; du hast dir das alles selbst erarbeitet. Weißt du, dass wir in der Geschichte dieser Firma noch nie einen Junioragenten hatten, der so viele Verträge abgeschlossen hat wie du? Und du bist definitiv die Erste, die für mich einen Spieler angesprochen und hierhergebracht hat.« Das war im Grunde reiner Zufall. Ich war im Lebensmittelladen einem bekannten College-Basketballspieler über den Weg gelaufen und hatte ihm ein Kompliment über seine supercoolen Sneakers und das phänomenale Spiel in der vergangenen Woche gemacht. Das eine führte zum anderen, und am Montag saß er in Nicoles Büro und unterschrieb einen Vertrag. Supernetter Typ. Stieß sich auf dem Weg nach draußen den Kopf am Türrahmen.

»Aber jetzt«, fährt Nicole fort, »werden wir sehen, was du wirklich draufhast, wenn du in der halsabschneiderischen Welt der Sportrepräsentation auf dich allein gestellt bist und keine Fehler machen darfst.«

Beunruhigend. Gefällt mir gar nicht.

»Okay, also kein Gefallen, aber du möchtest, dass wir beste Freundinnen werden. Verstanden.« Ich salutiere und bin sofort dankbar, dass sie auf ihren Bildschirm gestarrt und die Geste nicht mitbekommen hat, denn die würde sie nur noch mehr nerven. Und die Wahrheit lautet: Ich will wirklich, dass Nicole mich mag. Denn auch wenn ich meine Mom gern zur allerbesten Freundin habe (sie ist wirklich großartig), habe ich das Gefühl, es wird allmählich Zeit, ein paar andere Freunde zu finden.

Ich gebe zu, Freunde zu finden ist leicht. Sie zu halten hat sich allerdings als schwierig erwiesen.

Ich schleiche mich aus Nicoles Büro und schaffe es wundersamerweise den Flur entlang und zurück in mein Büro – wenn man es überhaupt als solches bezeichnen kann, eigentlich ähnelt es eher einer Besenkammer mit einem Fenster von der Größe eines Bullauges –, ohne Marty oder einem seiner Speichellecker zu begegnen. In meinem Büro schiebe ich mich wie üblich mit dem Rücken an der Wand entlang, damit ich um den Schreibtisch herum zu meinem Stuhl komme.

Wild entschlossen, die geschmolzenen Pralinen für heiße Schokolade zu verwenden und dadurch aus diesem Fiasko-Morgen noch etwas Gutes zu machen, räume ich meinen Schreibtisch auf, denn nichts hebt meine Stimmung mehr, als Dinge in Ordnung zu bringen und sie nach Farben zu sortieren. Sobald sich meine Welt dann ein bisschen verlässlicher anfühlt, öffne ich meinen Posteingang und lese noch einmal *die* E-Mail. Ich bin noch immer überzeugt, dass der Inhalt ein Fehler sein muss. Eine Halluzination. Ein Albtraum.

Jeden Moment werde ich, Nora Mackenzie, aufwachen, und meine roten Sneakers werden nicht mit Juicy Fruit verklebt sein, und mein großartiger Karrieredurchbruch wird nicht von *ihm* abhängen.

Mac,
aufregende Neuigkeiten. Nicole und ich sind sehr beeindruckt von deiner Arbeit in der letzten Zeit (besonders im Hinblick auf den Sportvertrag, den du in Nicoles Auftrag abgeschlossen hast, als sie krank war), und wir glauben, dass du mehr als bereit bist, in die Position einer gleichberechtigten Agentin aufzusteigen.
Derek Pender, Tight End der Sharks, der, wie du bestimmt weißt, bereits unser Klient ist, braucht einen neuen Agenten. Bill Hodge hat Derek während seiner sieben Jahre in der NFL vertreten. Bedauerlicherweise hat Bill ein medizinisches Problem, auf das ich hier nicht näher eingehen möchte, und hat mit sofortiger Wirkung gekündigt. Wir müssen Mr Pender so schnell wie möglich mit einem neuen Agenten zusammenbringen. Nicole kann im Moment keine weiteren Klienten

annehmen, hat ihm aber versichert, dass sie Vertrauen in dich als Agentin hat. Er ist bereit, sich mit dir zu treffen, um herauszufinden, ob ihr gut zusammenpasst. Er kommt heute um 13 Uhr. Auch wenn uns all die Hürden bewusst sind, die er zu Beginn der Saison wird nehmen müssen, ist er dennoch ein großartiger erster Sportler für deine Klientenliste. Glückwunsch!

Joseph Newman,
Inhaber und Direktor
Sports Representation Inc.

Die E-Mail selbst ist nett formuliert, aufbauend und enthält all das, was ich mir immer für meine Karriere erträumt habe. Das Problem ist nur, dass Derek garantiert nicht weiß, mit wem er sich da nachher treffen soll. Hätte er es gewusst, hätte er nie und nimmer zugestimmt.

Denn als ich Derek, meinen Boyfriend aus dem College, zuletzt gesehen habe, habe ich mit ihm Schluss gemacht.

2

DEREK

Ich betrete das Haus, stelle die To-go-Suppe auf den Küchentresen, und auf einmal fällt mein Blick auf das Whiteboard in der Ecke des Zimmers. Sofort drehe ich wieder um.

»Nope«, sage ich und gehe Richtung Tür.

Krank, von wegen. Mein Freund und Mannschaftskollege, Nathan, hat mir heute Morgen eine Nachricht geschickt, er und seine Frau Bree seien richtig krank, und um eine Essenslieferung gebeten. Nathan weiß genau, dass ich immer komme, wenn mich jemand braucht. Aber er sieht putzmunter aus, wie er so neben dem Whiteboard mit meinen drei anderen Freunden steht und hämisch grinst.

Lawrence schneidet mir den Weg ab und lässt mich spüren, wie es ist, ihm – unserem Left Tackle – auf dem Spielfeld gegenüberzustehen. »Hör uns zu, Derek.«

»No way. Ich bin mit falschen Behauptungen hierhergelockt worden – nicht für eine Intervention, egal, um welches Thema es sich handelt.« Ich deute auf das Whiteboard hinter mir.

»Mann, komm schon. Es wird höchste Zeit.« Jamal hört sich gern reden. »Außerdem kannst du nicht leugnen, dass du es willst. Du weißt, was wir in deinem Nachttisch gefunden haben.«

»Es ist nicht der richtige Zeitpunkt, und ich will es nicht.« Ich reiße Jamal den Filzstift aus der Hand. Als Nächstes wische ich voller Wut die Überschrift *Eine Frau für Derek finden* vom Board. Jenem Board, das in den letzten zwei Jahren zu einer festen Größe für jedes wichtige Lebensplanungstreffen in unserer Freundesgruppe geworden ist, seit wir es benutzt haben, um Nathan aus der Friendzone mit seiner besten Freundin (jetzt Ehefrau) Bree herauszuhelfen. Und ehrlich, ich sitze gern mit diesen Jungs zusammen und arbeite mit ihnen stundenlang sorgfältigst an einem Plan für ihr jeweiliges kitschiges Liebesleben, aber versucht das mit mir, und ich schmeiße das Ding ins Feuer.

»Ich will nicht heiraten. Und ich warne dich zum letzten Mal: Hör auf, von meinem Nachttisch zu reden, sonst bekommst du die Konsequenzen zu spüren. Dein Gesicht wird dann nämlich zu Beginn der Saison nicht mehr ganz so hübsch aussehen.«

Ich hätte den Jungs niemals einen Schlüssel geben dürfen, als ich weg war, auch wenn jemand meine Pflanzen gießen musste. Natürlich haben sie herumgeschnüffelt. Übergriffigkeit ist Teil ihrer DNA.

Aber dieser Schwachsinn mit dem Whiteboard ist zu viel. Ich weiß, warum sie das tun – ihr nervöses mitleidiges Lächeln ist leicht zu durchschauen. Ich habe mich zu viel verkrochen, habe mehr und mehr Essenseinladungen abgelehnt, bin nie mit ihnen in die Clubs gegangen und habe schon gar nicht gedatet. Ich habe mich quasi um hundertachtzig Grad gedreht, und sie glauben, mit einer Beziehung würde sich das wieder ändern. Und vielleicht haben sie recht mit ihren Befürchtungen. Sie wissen nicht mehr, wer ich bin oder wie sie mit mir umgehen sollen. Ich weiß genauso wenig, wer ich bin.

So unsicher habe ich mich nicht mehr gefühlt, seit ich ein seltsamer, schlaksiger Achtklässler war, der mal wieder in der Schule versagte, sich schwertat, Freunde zu finden, die ihn nicht gnadenlos aufzogen, nachdem sie ihn vorlesen hatten hören, und der nur im Schatten seiner älteren Schwester lebte. Ginny, die jedermanns Liebling war. Ohne großen Aufwand bekam sie beste Noten, vermutlich praktiziert sie deshalb jetzt als Ärztin. Wo sie Erfolg hatte, kämpfte ich doppelt so hart. Permanent hatte ich Ärger mit meinen Eltern wegen Noten, und häufiger, als ich zählen konnte, bekam ich zu hören: *Wieso kannst du dich nicht anstrengen, Derek, und hör auf, rumzufaulenzen.*

Erst vor ein paar Monaten wurde bei mir diagnostiziert, was mein angebliches Faulenzen war … Legasthenie. Eines Abends, als ich im Bett lag und durch die Social Media scrollte, stieß ich auf ein Video, in dem jemand schilderte, wie das Leben mit Legasthenie für ihn aussah. Ich war schockiert – denn alles, was er beschrieb, war auch meine Erfahrung. Rasch machte ich einen Termin bei einem Lernspezialisten aus, und nach dem Test bekam ich die Bestätigung.

Ich bin Legastheniker.

Deshalb tat ich mich mit Lesen und Schreiben so verdammt schwer, denn ich brauchte doppelt so lange wie die anderen Schüler. Deshalb hatte ich Probleme, manche Wörter zu begreifen. Deshalb blieb ich zurück. Ich wurde als Heranwachsender nicht getestet, weil ich aus einer Familie komme, die der festen Überzeugung war: »Er muss sich einfach nur mehr Mühe geben.« Dabei habe ich unglaublich hart gearbeitet. Ich konnte nie verstehen, warum es nicht genug war. Warum ich nicht wie die anderen begreifen konnte, was in meinen Schulbüchern stand. Und dieser Keil zwischen meinen Eltern und mir wurde immer größer, bis ich schließlich überhaupt keine Lust mehr auf Lernen hatte.

Aber dann … entdeckte ich in der neunten Klasse Football. Ich trat auf das Spielfeld, und es war, als würde jedes Puzzleteil für mich seinen Platz finden. Ich war *gut*. Ein Naturtalent. Und im Laufe der Jahre, als ich zu meiner Größe von einem Meter neunzig heranwuchs und einen Körper entwickelte wie keiner der Jungs um mich herum, wurde ich immer besser und noch besser. Mädchen mochten mich auf einmal. Lehrer beurteilten mich großzügiger. Meine Eltern waren stolz, denn wie Ginny machte ich mir einen Namen. Eine weitere Möglichkeit für sie, vor ihren Freunden anzugeben. Niemanden interessierte wirklich, dass meine Noten schlecht waren oder dass ich mit wissenschaftlichen Fächern Probleme hatte – es war klar, dass ich College-Football spielen und danach in der NFL einen Vertrag bekommen würde; welche Rolle spielte das also schon?

Und so kam es dann auch.

Ich schaffte so gerade die Highschool, brach als Tight End aber alle Rekorde. Von meinen Lehrern im College erhielt ich mehr Almosen, als ich mir eingestehen mag, aber ich schaffte den Abschluss und wurde sofort als Spieler unter Vertrag genommen. Ich habe zwei Superbowls gespielt und bekam die Auszeichnung als MVP, wertvollster Spieler. Ich habe Filmstars gedatet, meinen Eltern ihr neues Haus gekauft und meiner Schwester zum bestandenen Examen die Bezahlung ihrer Uni-Schulden geschenkt.

Meine Persönlichkeit wurde jedoch eine andere, als ich mir gegen Ende der letzten Saison den Knöchel brach und operiert werden musste. Ich habe meine Selbstsicherheit so lange aus dieser Karriere genährt, dass ich nicht weiß, wer, zum Teufel, ich ohne sie bin. Was werden die ganzen Leute von mir denken, wenn mir das *Eine* nicht mehr möglich ist, das ich wirklich gut kann? *Wertlos*.

Für eine Beziehung ist gerade der schlechteste Zeitpunkt. Zumal Collin Abbot – der junge Ersatzspieler, der bei den letzten beiden Spielen der Saison für mich eingesprungen ist – alle mächtig beeindruckt hat. Jetzt umzingeln mich die Gerüchte wie Piranhas. *Diese Saison wird er mich von meinem Platz verdrängen.* Ich habe alles zu verlieren – und nichts Dauerhaftes zu bieten.

»Derek, jetzt führ dich nicht so auf, sondern lass uns dir helfen, Liebe und Glück zu finden«, sagt Nathan.

»Es ist nicht der richtige Zeitpunkt«, erwidere ich, statt ihn anzufahren, dass Liebe und Glück in meiner Vorstellung keine Synonyme sind und dass er sich seine Ansichten in den Hintern schieben kann. Nur bei einer einzigen Frau habe ich jemals an Heirat gedacht. Bei der einzigen Frau, bei der ich jemals das Gefühl hatte, dass sie mich als den Menschen liebte, der ich jenseits von Football war. Das war noch bevor ich diese vier Witzbolde kennenlernte, die ich als Mannschaftskameraden bezeichne – weniger liebevoll auch bekannt als Freunde –, und sagen wir mal so: Ich habe ausreichend zu spüren bekommen, wie es ist, wenn man geliebt und verlassen wird, das will ich kein zweites Mal erleben. Sie wissen nichts von ihr. Sie wissen nicht, dass ich wegen ihr beim Gedanken an eine feste Beziehung jetzt eher wütend werde.

»Wieso nicht?« Nathan Donelson ist der Quarterback unserer Mannschaft, der Los Angeles Sharks, und wir haben ihm liebevoll den Spitznamen *Dad* verpasst, wegen seines Führungsstils und seiner Weisheit. Deshalb haben es ihm, nachdem er vor zwei Jahren seine beste Freundin Bree geheiratet hat, die anderen Jungs kurz darauf nachgemacht. Jamal hat Tamara geheiratet, und Lawrence hat Cora geheiratet – beide Paare sind sogar so weit gegangen, wie Nathan und Bree in Las Vegas zu heiraten, weil es bei den beiden wie ein Märchen aussah. Aber beim Heiraten endet für mich die treue Gefolgschaft.

Ich bin der Letzte unserer fünfköpfigen Gruppe ohne Ehering, und das wird auch so bleiben.

»Pender hat bloß Angst«, sagt Jamal Merricks, der Running Back unserer Mannschaft und selbst ernannte Nervensäge, nimmt mir den Filzstift wieder aus der Hand und malt damit ein großes Baby mit Schnuller an das Whiteboard. Falls irgendein Zweifel bestehen sollte, wen das Baby darstellt, schreibt er meinen Namen dazu und malt einen großen Pfeil, der auf das Baby deutet.

Ich zeige ihm den Vogel.

»Sehr erwachsen. Das bestätigt mich nur in meiner Meinung.« Er tippt mit dem Filzstift auf die Babyzeichnung.

»Genug gezankt für heute«, sagt Lawrence, der zweifellos der größte Softie der Gruppe, aber auch der Aggressivste auf dem Spielfeld ist – das würde man nie erwarten, wenn man sieht, wie zornig er wird, wenn wir kämpfen. Er ist hier auch derjenige, der mich klein wirken lässt. Ich bin einen Meter neunzig groß, und er überragt mich deutlich.

Er drängt sich an Jamal und mir vorbei und wischt das Board ab. »Jamal, es grenzt an ein Wunder, dass du es mit deinem großen Ego geschafft hast, eine Frau zu finden. Und Derek, ich zweifle allmählich daran, dass du eine finden könntest, selbst wenn du es versuchen würdest.«

»Gemein«, sagen Jamal und ich gleichzeitig und starren uns dann gegenseitig böse an. Wir hassen und wir lieben uns. Oder anders gesagt: Meistens liebe ich es, ihn zu hassen.

»Wie wäre es, wenn ihr mal was Konstruktives machen und mir helfen würdet, statt Derek unbedingt verkuppeln zu wollen?«, ruft Price aus dem Wohnzimmer, wo er mit einer Million winziger, über den Boden verteilter Plastikteilchen in allen Farben des Regenbogens sitzt. Ich glaube, sie sollen mal so etwas wie ein Babyspielsitz-Untertassending werden.

Jayon Price ist unser mürrischer Wide Receiver. Es hat uns alle schwer geschockt, dass er als Erster von uns eine Schwangerschaft verkündete. Ich hätte mein Geld auf Nathan gesetzt, aber nope. Prices Frau ist im dritten Trimester, und ich habe den Mann noch nie so glücklich gesehen.

Nun, im Moment sieht er nicht so glücklich aus. Er versucht, so ein federndes Plastikteil in ein anderes Plastikteil zu schieben, aber es will nicht einschnappen. Sein Bizeps wird gleich platzen, so viel Kraft setzt er ein. »Wieso, zum Teufel, werden diese Dinger nicht zusammengebaut verkauft?«

Er schleudert das widerspenstige Teil durch das Zimmer, und ich ducke mich – mein Gesicht entgeht nur knapp einer Plastikhummel.

»Die eigentliche Frage lautet«, sagt Jamal und schaut in den Karton, in dem die Teile lagen, »wieso baust du das jetzt zusammen?«

Price sieht ihn verblüfft an. »Wieso nicht? Der Geburtstermin ist in zwei Monaten.«

Ich muss lachen. »Mann, dein Baby wird noch einige Zeit nicht alt genug für so was sein.« Ich deute auf den Karton. »Auf der Rückseite steht, dass es die Beine und den Rücken des Babys kräftigen soll, damit es anfängt zu laufen.«

Price lässt die Anleitung fallen und schaut jeden einzelnen von uns Unheil verkündend an. »Wehe, ihr sagt das Hope, dann seid ihr alle tot. Sie flippt jetzt schon aus, weil wir nicht wissen, was wir tun, und ich will nicht, dass sie sich noch mehr Sorgen macht, wenn sie herausfindet, dass sie mich ein Spielzeug für ein acht Monate altes Baby zusammenbauen lässt.«

Ich liebe es wirklich, mit meinen Freunden all diese Lebensabschnitte mitzuerleben. Genau deshalb muss mir ein vollständiges Comeback gelingen. Denn ein Teil von mir hat Angst, dass ich, wenn ich entlassen werde … *egal*. Darüber will ich gerade nicht nachdenken.

Nathan nickt. »Wir helfen dir, es zusammenzubauen, aber vor allem, weil mir deine schwangere Frau letzte Woche echt Angst eingejagt hat mit ihrer Drohung, mir die Zinken ihrer Gabel in die Hand zu rammen, wenn ich den letzten Brownie nehme. Wenn diese Frau will, dass das Spielcenter ihres Babys schon ein paar Monate zu früh aufgebaut wird, dann bauen wir es auf.« Erneut richtet er den Blick auf mich. »Aber zuerst … Wir sind noch nicht damit fertig, über deinen Beziehungsstatus zu reden.«

»O doch, das sind wir.« Ich ziehe mich rückwärts in die Küche zurück und greife nach meinem Schlüssel. »Lasst mich und meinen Junggesellenstatus in Ruhe. Und iss deine Suppe, du verlogener Dreckskerl. Ich bin weg.«

»Niemand geht hier weg«, ertönt eine weibliche Stimme vom Eingang zur Küche her. Ich schaue hoch. Nathans Frau, Bree, ist aus dem Nichts aufgetaucht und nutzt ihren Körper als menschliche Barriere – sie hat die Hände an den Türrahmen gelegt, damit ich nicht hinauskann. Sie muss gerade aus ihrem Ballettstudio gekommen sein, denn sie trägt ein schwarzes Leotard und eine graue Trainingshose. Ihr übliches Outfit. »Habt ihr schon mit ihm über den Plan geredet?«

»Yeah, er will nicht heiraten«, ruft Nathan aus dem Wohnzimmer.

Bree bleibt der Mund offen stehen. »Nie?« Es klingt, als würde sie diese Entscheidung persönlich beleidigen. Ich habe ja nichts dagegen, dass andere Leute heiraten, aber – für mich ist das nichts. Jedenfalls nicht mehr.

Ich zucke mit den Schultern, wirble den Schlüssel um meinen Finger herum und starre die Frau an, die mir gerade wie eine kleine Schwester vorkommt. »Tut mir leid, Bree Cheese – für mich passt das einfach nicht.«

»Okay, okay …« Sie hebt beschwichtigend die Hand. »Du willst also nicht heiraten – kein Problem. Aber lass uns dich wenigstens mit jemandem zusammenbringen.«

»Danke, aber nein. Was das angeht, bin ich gut versorgt.« Ich gehe auf sie zu, aber sie weicht nicht zur Seite.

»Nein, bist du nicht! Glaubst du, wir hätten nicht gemerkt, dass du seit deiner Verletzung kein einziges Date hattest? Diese ganzen zu groß gewachsenen Babys, die da um die Ecke schauen, mögen vielleicht zu feige sein, um es auszusprechen … aber es ist besorgniserregend, dass du nicht mehr ausgehst. Nicht mehr datest. Nicht mal mehr mit einer Frau schläfst!« Sie sagt das, als müsste mein Name ein Synonym für all das sein. Und … na ja, vermutlich war er das auch.

Ich werfe einen Blick über die Schulter, und klar, alle schauen zu. Allerdings ziehen sie sich ein bisschen zurück, als ich jedem in die Augen starre. »Es gibt nichts, worüber ihr euch Sorgen machen müsst, Leute. Ich konzentriere mich nur gerade hundertprozentig auf meine Reha.«

»Zu welchem Preis?«, fragt Bree, deren Schultern ein wenig hinabgesackt sind.

Ich sehe ihr in die Augen. »Hör auf, dir Sorgen zu machen. Mir geht es gut, ich schwöre es.«

Sie lässt die Arme sinken und verdreht die Augen. »Du nervst, weißt du das? Aber ich glaube, ich gebe dir das trotzdem.« Sie greift in die Handtasche, die ihr von der Schulter baumelt, und ich weiß, was jetzt kommt. Ein Breempel. Bree zeigt ihre Zuneigung, indem sie kleine Dinge verschenkt, die sie an ihre Freunde erinnern. Jeder von uns hat mindestens ein paar. Ich habe einen Totenkopf-Kaffeebecher, der, wie sie meint, wie das Tattoo an meinem Unterarm aussieht, und eine magnetische *82*, die sie ihrer kleinen Nichte aus dem Kühlschrank-Magnetset zum Zahlenlernen geklaut hat, weil das die Nummer auf meinem Trikot ist.

Heute zieht sie etwas aus der Tasche, das mich stocksteif werden lässt, obwohl sie unmöglich wissen kann, wieso mich dieses spezielle Teil so sehr berührt.

Bree drückt mir einen kleinen Schlüsselanhänger in die Hand, und drei Atemzüge lang kann ich den Miniatureisbecher mit dem Müsli obendrauf nur anstarren. Mein Gesicht läuft rot an, als hätte man mich auf frischer Tat ertappt.

»Wieso gibst du mir das?« Ich klinge vorwurfsvoll. Als hätte sie ohne Erlaubnis in meinem Gehirn herumgeschnüffelt. Als würde sie alle meine Geheimnisse kennen, und dies wäre Teil der Intervention.

»Weil …« Ihr Gesichtsausdruck bekommt etwas Fragendes. »Erinnerst du dich? Bei Lawrences Hochzeitsempfang, als du betrunken warst? Da hast du diese komische Rede gehalten, dass du für den Rest deines Lebens nur noch Eis mit Müsli essen möchtest und dass du ganz traurig bist, weil du das nicht kannst? Ich habe im Internet einen Laden entdeckt, der aus Kunstharz Schlüsselanhänger nach Kundenvorlage anfertigt, und da habe ich diesen mit Müsli obendrauf bestellt.«

Genau. Wegen der Rede. Meine Schultern sinken vor Erleichterung herab, weil sie nichts von *ihr* weiß. Von Nora.

Bis heute lacht die Gruppe über die »lustige kleine Rede«, die ich bei dem Empfang gehalten habe. Sie glaubten, ich wäre so unsagbar betrunken gewesen, dass ich nur erbärmlichen Unsinn von mir geben würde. Und es stimmt – ich war betrunken. Aber nur, weil ich Nora – die Frau, die ich schon an dem Tag heiraten wollte, als ich sie kennenlernte – während der gesamten Zeremonie nicht aus dem Kopf bekommen konnte. Ich konnte nicht aufhören, darüber nachzudenken, wo sie jetzt wohl sein mochte, oder mich zum tausendsten Mal zu fragen, wieso ich nicht gut genug für sie gewesen war. Ja, wir waren gegensätzlich. Sie war außerordentlich klug und ehrgeizig und auf ihr Studium konzentriert, während ich eine Sportskanone mit nicht diagnostizierter Lernschwäche war und gern Party machte.

Aber in vielen Punkten passten wir auch zusammen. Wir wetteiferten gern – machten aus allem ein spaßiges Spiel und genossen es. Die Chemie zwischen uns stimmte, wie ich es noch nie mit jemandem erlebt hatte. Sie war von der Art, die in den Blutkreislauf eindringt und einen verändert. Und als ob das nicht genug gewesen wäre – liebten wir beide Sport. Sie hatte sogar vor, Sportagentin zu werden. *War es je dazu gekommen?*

Und Noras Lieblingssüßigkeit: Eis mit Müsli obendrauf.

Offenbar hat nichts in meiner Rede darauf hingedeutet, dass es um mein gebrochenes Herz oder um die Frau ging, die den

Hammer darauf hat herabsausen lassen. Man hat einfach angenommen, dass ich an jenem Abend besonders tief ins Glas geschaut hatte. Und ich habe sie in dem Glauben gelassen, weil es mir lieber ist, wenn meine Geschichte mit Nora begraben bleibt.

Ich schließe die Hand um den Schlüsselanhänger und zwinge mich zu lächeln. »Stimmt, das hatte ich völlig vergessen. Danke – das ist witzig.«

Bree runzelt die Stirn und würde vermutlich noch etwas zu meiner humorlosen Reaktion sagen, wenn nicht Nathan hinter ihr auftauchen und die Arme um ihre Taille schlingen würde. Bei den beiden kann einem wirklich schlecht werden. Sie sind so verdammt süß, mehr als ihnen guttut.

»Wir gehen alle zum Mittagessen. Kommst du mit?«, fragt Nathan, der Bree noch immer umschlungen hält.

»Ich kann nicht. Ich habe um eins einen Termin. Bill musste in Rente gehen – aus gesundheitlichen Gründen, über die er nicht reden wollte –, deshalb treffe ich mich mit einer ganz neuen Agentin, die Nicole empfiehlt.«

Und das ist auch so eine Sache. Ihr müsst wissen, meine Agentur glaubt nicht sonderlich an meine Karriere, wenn sie mich der Neuen zuteilt. Stellt euch vor, da bin ich der beste Tight End im professionellen Football, und dann werde ich so blöd angegriffen, dass mein Knöchel bricht wie ein Zweig und ich operiert werden muss, und jetzt muss ich mit der Neuen in der Agentur vorliebnehmen, die noch nie im Leben einen Klienten hatte. Dass ich den Vorschlag nicht sofort zurückgewiesen habe, hat nur damit zu tun, dass ich erstens mir selbst nicht sicher bin, ob ich es noch wert bin, und zweitens Nicole – die Nathans Agentin seit dem Beginn seiner Karriere und bekanntlich die Beste in dieser Branche ist – sie empfohlen hat.

»Nicole würde dir nichts Verkehrtes raten. Wenn sie sagt, du sollst mit ihm einen Vertrag machen, tu es«, erwidert Nathan, der Bree noch immer festhält, als wäre sie sein Rettungsanker und er würde umfallen, wenn sie keinen Körperkontakt mehr hätten.

Ich beneide sie.

»Mit ihr«, berichtige ich und wende den Blick von dem glücklichen Paar ab. Erneut lasse ich den Schlüssel um meinen Finger kreisen. »Der Agent ist eine Frau.«

»Oh, vielleicht ist sie umwerfend und Single, und du verliebst dich bis über beide Ohren«, sagt Bree mit Herzchen in den Augen.

Ich schüttle den Kopf. »Leute, ihr müsst ernsthaft damit aufhören. Ich will keine Beziehung.«

»Klar … das glaubst du jetzt. Aber was passiert, wenn du die unglaublichste Frau der Welt triffst?«

Ich richte den Blick auf Nathan. »Könntest du Cupid vielleicht bitten aufzuhören, damit ich gehen kann?«

3

NORA

Ich lege die Hand an den Griff der Tür zum Konferenzraum, und mein Magen stürzt sich von einem Kliff. Und während er sich noch im freien Fall befindet, taucht er direkt in ein Raum-Zeit-Kontinuumportal ein, wo ich ohne die geringste Erlösung von meinem Elend weiter falle. Aber nicht, weil ich nicht in der Lage bin, meinen Job zu machen. Sondern weil ich mich nicht in der Lage fühle, Derek Pender wieder gegenüberzustehen.

Einfach ausgedrückt: Derek war mein Ein und Alles, das nie hätte sein sollen. Ich hatte einen ganz genauen Plan für mein Leben, einen Plan, auf den ich mich noch immer ganz intensiv konzentriere. Dass ich in meinem letzten Jahr am College einen wilden, witzigen, sexy Footballspieler kennenlerne und mich Hals über Kopf in ihn verliebe, war nie Teil dieses Plans. Wir hatten beide drei Jahre lang die University of Southern California besucht, ohne uns über den Weg zu laufen.

Doch dann, wie eine Welle im Universum, war er auf einmal da … auf derselben Party wie ich, mit Augen so blau wie eine heiße Flamme. Unerklärlicherweise fühlte er sich von mir genauso angezogen wie ich mich von ihm. Er bemerkte, dass ich mich eher am Rand der Party hielt, nicht weil ich introvertiert oder schüchtern bin, sondern weil ich nicht dort sein wollte. Es hielt mich davon ab, eine Präsentation fertigzustellen, an der ich mit Begeisterung arbeitete, aber meine Mitbewohnerin hatte mich gezwungen mitzukommen. Offenbar hatte ich seit mehreren Tagen nicht mehr von meiner Arbeit hochgesehen. Und das war also der Moment, als Derek zu mir kam, um mit mir zu reden.

Nach einiger Zeit lockte er mich auf die Tanzfläche, und am Ende des Abends taten mir die Wangen weh, so viel hatte ich gelacht. Außerdem war ich sturzbesoffen, und da meine Mitbewohnerin mit einem Mann abzog und wir außerhalb des Campus waren, hatte ich keine Fahrgelegenheit. Derek (der deutlich nüchterner war als ich) rief uns ein Uber und sorgte dafür, dass ich sicher in mein Studentenwohnheim zurückkam. Und dann schlief er die ganze Nacht bei mir auf dem Boden, um aufzupassen, dass ich nicht im Schlaf erstickte.

Am nächsten Morgen fühlte ich mich schrecklich, weil ich ihm so viel Mühe gemacht hatte, deshalb schrieb ich ihm, er habe etwas gut bei mir und könne es jederzeit einfordern. Das hat er zwar nie getan, aber es dauerte nicht lange, bis wir uns Hals über Kopf ineinander verliebten. Und auch nicht lange, bis ich meine Ziele und Träume aus den Augen verlor. Um sie durch meine Sucht nach seinem Lächeln, seiner Berührung zu ersetzen und nach der Art, wie er mich anschaute, als wäre ich das Großartigste auf der Welt. Wir verstanden einander, wie das niemand sonst tat. Sogar unser Bedürfnis nach dauerndem Wettstreit. Für uns war es normal, uns irgendeine Wette auszudenken, egal, wohin wir gingen. Wer kann am längsten eine Tasse auf dem Kopf balancieren. Der Boden ist Lava. Lächerliche kleine Wettkämpfe, die ganze Zeit.

Wir lebten diese Art dumme, herzergreifende junge Liebe, die nur existiert in einer Blase aus geschwänzten Vorlesungen, durchfeierten Nächten, bis die Sonne aufgeht, während man Donuts von der Tankstelle isst, und zur Seite gelegten Büchern, weil ich ihm lieber beim Training oder beim Spiel zusah.

Bis mir bewusst wurde, dass Derek einen der wesentlichsten Züge meiner Persönlichkeit nicht verstand. Deshalb beendete ich es, kurz bevor wir mit dem College fertig waren und er einen Vertrag mit einem NFL-Verein bekam. Abrupt und eiskalt, was ich nie aufgehört habe zu bereuen.

Das wahrscheinlichste Szenario bei der Wiederbegegnung mit meinem Ex ist jedoch dieses: Ein Blick wird reichen, und schon wird Derek anfangen zu lächeln und mich dann freundschaftlich in den Arm nehmen. Vielleicht wird er mich um der alten Zeiten willen noch einmal mit meinem damaligen Spitznamen anreden, *Ginger Snap*. Weil wir jetzt beide Erwachsene sind. Denn während mich die Trennung von ihm beinahe umgebracht hätte, hatte er eine Woche später schon eine Neue. Und wenn man der Presse und den Boulevardblättern glauben darf, hat Derek wahrlich nicht herumgesessen und mir nachgetrauert. Das hat mir mal etwas ausgemacht, aber heute finde ich die Vorstellung tröstlich. Wenn er so schnell jemand Neues hatte, besteht die Möglichkeit, dass ich für ihn nur eine Erinnerung bin.

Und so drücke ich todesmutig die Klinke hinunter und betrete hoffnungsvoll den Konferenzraum – mit einer Aura von Macht und sicherem Auftreten. *Bloß ein Witz.* Jemand öffnet von innen die Tür, während meine Hand noch auf dem Griff ruht, und ich werde in den Raum gezogen. Ich stolpere über die Schwelle, an der Praktikantin vorbei, die die Tür aufgerissen hat, und der Stift, der oben auf meinem Stapel mit den Verträgen lag, schießt aus Versehen wie eine Kanonenkugel Richtung Konferenztisch. Er landet genau in der Mitte, und Nicole (ach herrje, offensichtlich ist Nicole bei diesem Treffen dabei) starrt ihn völlig geschockt an.

Mit der Würde einer Königin richte ich mich auf und streiche meinen Blazer glatt. Vermutlich wie ein Kleinkind, das sich verkleidet hat und Königin spielt, aber die Würde ist trotzdem da.

»Hi. Da bin ich.« Ich zwinge meine Stimme, gleichmäßig zu klingen.

»Ja, das sehe ich.« Glücklicherweise ist Nicole die Einzige, die meinen tollpatschigen Auftritt mitbekommen hat, denn Derek (Oh, Wahnsinn, da ist Derek) sitzt mit dem Rücken zu mir am Tisch. »Dann fangen wir mal mit der Vorstellung an, okay?«

O nein. Jetzt wird alles den Bach runtergehen, und Nicole ist Zeugin. Ich hätte ihr in ihrem Büro die Wahrheit sagen sollen. Die Wahrheit ist immer die richtige Wahl. Immer. Ich weiß das, weil ich die Vorsitzende des Regelbefolgungsvereins bin. Und dennoch …

Derek beugt sich vor und greift nach dem Stift. Dann schiebt er seinen Stuhl zurück und steht auf. Beim Anblick seines Rückens schlucke ich tausend Schmetterlinge hinunter. Er ist … umfangreich. Ich kann mich nicht an eine derartige Ausdehnung erinnern. Die Muskeln drücken schamlos gegen sein T-Shirt. Das arme Baumwollteil dehnt sich, so gut es kann, aber es hat kaum eine Chance. Und dann dreht er sich um, und mir wird der Boden unter den Füßen weggerissen.

Durchdringend schaut er mich aus seinen kornblumenblauen Augen an – sie sind so schön, es ist fast schon grausam, und ich spüre einen Hauch von etwas Altem zwischen uns aufblitzen. Und dann ist da plötzlich ein Gedanke, den ich nicht wieder loswerde. *Ich bin nicht über ihn hinweg, und ich fürchte, ich werde es auch nie sein.*

Sein sonnenverwöhntes braunes Haar umschmeichelt seine Schläfen und seinen Nacken und betont seine Knochenstruktur, vor der man in die Knie gehen möchte. Ehrlich gesagt, sehen er und der Quarterback der Mannschaft, Nathan Donelson, mit ihrer Größe und ihrem kantigen Kinn wie Brüder aus. Aber Derek ist Nathans weltgewandteres Pendant. Dereks Gesicht hat so eine grüblerische, faszinierende Schönheit.

Mein Blick springt hin und her, weil ich fürchte, er könnte an irgendeinem Teil von ihm hängen bleiben. Breitschultrig und kräftig war er bereits im College, aber … Himmel, jetzt ist dieser

Mann umwerfend. Er gehört in eine Zeit, als Menschen zu ihrer Sicherheit Krieger brauchten, und all seine Tattoos … einzelne, die seine beiden Arme bedecken, sich aber nie direkt berühren; die sind mir ebenfalls neu. Ich habe sie zwar im Fernsehen gesehen, wenn ich mir eins seiner Spiele angeschaut habe, aber sie live vor mir zu haben, ist noch einmal eine ganz andere Erfahrung.

Als ich den Blick wieder auf sein Gesicht richte, wirkt er nicht gerade glücklich, mich vor sich zu haben.

Nicole räuspert sich. »Derek, das ist …«

»Nora Mackenzie«, sage ich im selben Moment wie er, um seine Stimme zu übertönen. Ich strecke mit strahlendem, bittendem Lächeln die Hand aus und weigere mich, von dem plötzlichen Adrenalinschub ohnmächtig zu werden. »Nett, Sie kennenzulernen, Derek.«

Nicole kann mich nicht sehen. Dereks mächtiger Körper behindert ihre Sicht. Sein eisiger Blick ist auf meine ausgestreckte Hand gerichtet, und er runzelt die Stirn noch mehr. Ich flehe ihn lautlos an, sie zu nehmen. Bei meiner Scharade mitzuspielen, wenigstens bis Nicole gegangen ist. Aber ich glaube, das wird er nicht tun.

Gerade als Derek etwas sagen will, wird hinter mir die Tür geöffnet, und unsere Rezeptionistin streckt den Kopf herein. »Nicole, tut mir leid, wenn ich störe, aber da ist ein dringender Anruf für Sie. Er ist in Ihrem Büro in der Leitung.«

Nicole kommt um den Konferenztisch herum und schaut von Dereks nicht unbedingt begeistertem in mein strahlendes, eifriges Gesicht, mit dem ich eindeutig einen Ausgleich für seins schaffen möchte. »Wenn ihr beide mich einen Moment entschuldigen würdet«, sagt sie zögerlich. »Ich bin sofort wieder da.«

Yep. Lassen Sie sich Zeit, Ma'am. Gern auch den ganzen Tag!

Nicole verlässt den Raum und schließt gnädigerweise die Tür hinter sich. Ich bleibe allein mit Dereks eiskaltem Blick zurück.

Ohne zu zögern, schüttelt er den Kopf und dreht sich von mir weg, um seinen Schlüssel vom Tisch zu nehmen. »Nope. Auf gar keinen Fall.«

Moment mal, was?

Ich bin schockiert. Verblüfft blinzle ich, als hätte gerade jemand einen Scheinwerfer auf mich gerichtet. Es ist Jahre her, seit wir uns zuletzt gesehen haben, und das ist alles, was er sagt?

»Derek, warte!« Ich trete ihm in den Weg, bevor er an der Tür angelangt ist.

Er betrachtet mich mit vorgeschobenem Kinn. »Man hat mir gesagt, dein Name wäre Mac«, sagt er sichtlich angeekelt. »Glückwunsch. Wenn du vorhattest, mich zu verarschen, dann ist dir das gelungen. Du hast gewonnen.«

Sogar seine Stimme ist anders. Tiefer.

Ich versuche verzweifelt, nicht den Boden unter den Füßen zu verlieren, denn ich habe völlig unterschätzt, wie es sich anfühlen würde, Derek wieder gegenüberzustehen. Jede Zelle in meinem Körper summt, als würde sie erneut zum Leben erwachen. Ich müsste lügen, wollte ich behaupten, dass ich mir nicht schon mal vorgestellt hatte, ihm über den Weg zu laufen. Ich wusste die ganze Zeit, dass Derek Bills Klient war – aber ich hatte nicht wirklich an eine Begegnung geglaubt, weil Bill sich immer außer Haus mit ihm getroffen hat und ich keinen Vorwand hatte, Derek zu kontaktieren und ihm mitzuteilen, dass ich in der Agentur arbeite.

Aber dennoch, vorgestellt habe ich es mir. Habe mir vorgestellt, wie ich ihm eines Nachmittags auf dem Flur begegne und er mich wiedererkennt. In meiner Fantasie begann das allerdings mit einem leicht hinterhältigen Lächeln, das sich auf seinem Gesicht ausbreitete, und endete damit, dass wir in der Abstellkammer herumknutschten.

Aber seine Reaktion ist berechtigt. Ich habe ihm wehgetan –

und ich muss mich dafür entschuldigen. Aber dies ist definitiv nicht der richtige Zeitpunkt.

»Nein … bitte, hör zu. Ich wollte dich nicht täuschen. Im Gegenteil, ich hatte Angst, du würdest gar nicht wissen, wer ich bin, als ich hörte, dass Nicole dir diese Idee unterbreitet hat. Alle im Büro nennen mich Mac. Es ist die Abkürzung von …«

»Mackenzie«, sagt er donnernd, als könnte er nicht glauben, dass ich die Frechheit besitze anzudeuten, er wisse das nicht bereits. »Ja, ich erinnere mich verdammt gut, Nora«, und dann lacht er verächtlich auf. »Und ich erinnere mich auch daran, wie leicht du einen Menschen ohne Vorwarnung fallen lassen kannst, weshalb ich mit dir niemals einen Vertrag abschließen werde. Ich ziehe einen Agenten vor, der vertrauenswürdig und engagiert ist.«

Aua.

Ohne mich noch einmal anzuschauen, geht Derek an mir vorbei, sorgfältig darum bemüht, mich ja nicht zu berühren, damit er sich nicht die Krätze von mir holt, und schon stürmt er aus dem Konferenzraum.

»Tja, das hätte durchaus besser laufen können«, sage ich zu den leeren Stühlen.

Also erinnert sich Derek tatsächlich an mich. Und er hasst mich. Was ich ihm nicht zum Vorwurf machen kann, auch wenn es mich verwirrt.

Wie es aussieht, bleiben mir zwei Optionen. (1) Ich erzähle Nicole, dass ich bereits den ersten Klienten verloren habe, den sie mir quasi auf dem Silbertablett präsentiert hat. *Peinlich.* (2) Ich reiße mir dieses Messer aus der Brust und nutze es stattdessen als Pfeil, um meine Karriereziele zu erreichen.

Ich entscheide mich für Option zwei, was bedeutet, dass es an der Zeit ist, mich mit meinem Ex-Freund auszusprechen.

4

DEREK

»Derek! Derek! Warte!«

Das darf doch nicht wahr sein. Ich bin auf dem Bürgersteig vor der Agentur und versuche, so schnell wie möglich von diesem Ort und dieser Frau wegzukommen. *Mac.* Ich hätte gezielter nachfragen sollen. Aber wie hätte ich wissen sollen, dass meine Ex-Freundin eine Stelle bei der Sportagentur bekommen hat, die mich vertritt? *O Mann, wie lange arbeitet sie schon hier?* Wie lange hat sie gewusst, dass wir uns jederzeit über den Weg laufen könnten, ohne es für nötig zu halten, mich darüber zu informieren?

Von ihr lasse ich mich garantiert nicht vertreten.

»Derek! Bitte – *Grrr.* Hörst du mal auf, so zu rennen? Himmel, hast du jetzt kräftige Beine. Du bist wie einer dieser riesigen Bäume in *Der Herr der Ringe.*« Sie rennt mir hinterher und brüllt so laut, dass man es in der ganzen Stadt hören kann. Mein SUV steht gleich um die Ecke auf dem Firmenparkplatz, und ich will dort sein, bevor sie mich einholt. Bin ich kleinlich? Yeah. Macht mir das was aus? Verdammt, nein.

»Du bist nicht meine Agentin und wirst es auch niemals sein, also hör auf, mir hinterherzurennen«, rufe ich ihr über die Schulter zu. Für einen kurzen Moment sehe ich ihre rosigen Wangen und ihr rostbraunes Haar, das ihr beim Laufen ins Gesicht weht. Der Wind bläst immer wieder ihren Rock hoch und lässt mehr von ihren Beinen sehen, als ihr lieb ist, so wie sie ihn immer wieder nach unten drückt wie auf dem Marilyn-Monroe-Poster. Sieht aus, als hätte ich endlich die Antwort auf meine Frage: Sie ist tatsächlich Sportagentin geworden.

Rasch hat sie mich überholt und sich umgedreht, sodass sie jetzt rückwärts vor mir hergeht. »Gibst du mir eine Sekunde Zeit, es dir zu erklären?«

»Straßenlampe.«

»Häh?«

»Da ist eine Straßenlampe.« Ich packe sie am Arm und manövriere sie sicher um die Laterne herum, lasse sie aber sofort wieder los. *Ich hätte sie einfach hineinlaufen lassen sollen.* Sofort ist sie wieder an meiner Seite. »Derek, bitte! Ich will darüber reden. Und mich entschuldigen.«

»Ich will keine Entschuldigung. Von dir will ich überhaupt nichts.« Und das ist die Wahrheit. Es mag mal eine Zeit gegeben haben, in der ich alles dafür hergeschenkt hätte, dass sie mich um die Chance anbettelt, es zu erklären und sich zu entschuldigen, aber das ist vorbei. Mein Herz liegt im Dauerfrost begraben. Ich habe ihr eindeutig nicht gereicht, und mehr gibt es dazu nicht zu sagen.

Ich versuche sie zu ignorieren, während sie weiter rückwärts vor mir hergeht. »Hör auf, mir hinterherzurennen. Und pass auf, wo du hintrittst, sonst fällst du noch hin.«

»Siehst du! Ich bin schon jetzt eine derart engagierte Agentin, dass ich jedes Risiko für dich eingehe!«

Das macht mich unerklärlich wütend. Sie witzelt herum, als wären wir nur alte Freunde und hätten keine derart verzwickte Vergangenheit, dass ich bei ihrem Anblick nur rotsehe. »Du bist nicht und wirst nie meine Agentin sein.«

Ich würde am liebsten die Augen schließen. Ich würde sie

gern ausblenden und so tun, als wäre sie nicht hier direkt vor mir – denn diese Begegnung, sie wird mich zurückwerfen. Allein ihr Anblick reißt alte Wunden auf, die sowieso nie richtig heilen wollten. Mir steht wieder vor Augen, wie mich Nora in die Wange kneift, um mich zum Lächeln zu bringen. Wie sie nervös die Augen aufreißt, als wir uns abends in das geschlossene Freizeitzentrum des College schleichen, um nackt im Swimmingpool zu schwimmen. Wie sie im Seminar lächelnd neben mir sitzt und wie wild mitschreibt, während ich immer wieder unsichtbare Herzen auf ihren Oberschenkel male.

Als ich auf dem Parkplatz bin, klicke ich mit der Fernbedienung die Tür meines Elektro-SUV auf. Die Scheinwerfer blinken, und die Türgriffe fahren heraus. Nora merkt, welches der Fahrzeuge meins ist, und stürmt los, um sich mit dem Rücken an die Tür zu lehnen – schwer atmend. Wieso muss sie immer noch so verdammt hübsch sein? »Ich rühre mich nicht von der Stelle, bis du mich anhörst.«

»Weg da, oder ich räume dich weg. Das ist die einzige Warnung, die du bekommst.« *Schau ihr nicht in die Augen.*

Sie runzelt die Stirn. »Ich will dich ja nicht aufziehen, aber ich glaube, du unterschätzt womöglich meine beeindruckende Größe von einem Meter achtundsechzig und meine absolute Entschlossenheit, hier stehen zu bleiben, bis du …«

Ich lege die Hände an ihre Taille, weigere mich wahrzunehmen, dass sie wie ein süßer tropischer Drink riecht, hebe sie hoch und setze sie ein Stück von der Tür entfernt wieder ab. *Hindernis beseitigt.*

Sie schnappt vor Wut nach Luft.

»Ich habe dich gewarnt.« Ich öffne die Tür, und die Hörbuch-CD, die ich hatte laufen lassen, fängt in voller Lautstärke wieder an zu spielen. Das ist etwas, das mir der Lernspezialist empfohlen hat – offenbar nimmt mein Gehirn Informationen auf diesem Weg leichter auf. Ich dachte, ich versuche es mal mit einer

Fantasy-Serie, die in der Highschool alle toll fanden, während ich sie hasste, weil sie so schwer zu lesen war. Ich wollte sehen, was ich verpasst hatte. Aber jetzt, wo sie aus den Lautsprechern dröhnt, während Nora direkt neben mir steht, fühle ich mich wie nackt einem Hurrikan ausgesetzt.

Rasch strecke ich die Hand ins Innere und drücke auf die entsprechende Taste an meinem Lenkrad, bis die Lautstärke auf null ist. Sobald es wieder still ist, dringt Noras Stimme an mein Ohr.

»Derek … *bitte.*« Ihre Stimme ist sanft und flehend. Ich will nichts für sie empfinden. Kein Mitgefühl. Kein Herzerweichen. Nichts.

Aber verdammt, ich tue es doch. Weil das Nora ist. *Meine* Nora. Und deshalb hatte ich mir befohlen, ihr nicht in die Augen zu schauen, weil ich dann alles in ihnen sehe, was wir mal waren. Ich werde sehen, dass sie tausendmal schöner ist als je zuvor, und egal, was sie tut oder wohin sie geht, in meinem Herzen wird sie immer mir gehören. Und dafür hasse ich sie. Ich schlage die Wagentür wieder zu, verschränke die Arme vor der Brust und schaue sie an. Hätte ich doch bloß einen richtigen Schutzschild! Ihr Blick gleitet kurz zu meinen Tattoos. Vermutlich ist es verwirrend, sie zu sehen, denn damals in der Zeit mit ihr hatte ich noch kein einziges. Bei mir hat sich eine Menge verändert, seit wir zusammen waren.

Sie schaut wieder zu mir hoch und starrt mich entschlossen an. »Ich bin mir nicht sicher … das ist … ich möchte …« Sie fährt sich mit der Zunge über die Lippen, und ich lasse sie zappeln. Sie hat es verdient, soll sie ruhig in ihrer Verlegenheit ersaufen. »Es ist einige Zeit vergangen, seit wir uns zuletzt gesehen haben.«

»Echt? Ich habe nämlich so ein Gefühl, als hättest du mir erst gestern erzählt, dass du mich nicht mehr in deinem Leben willst.«

Sie zuckt zusammen. »Willst du über das reden, was damals passiert ist?«

Nichts liegt mir ferner. »Wenn du schon unbedingt reden willst, würde ich lieber hören, wie lange du es schon gewusst hast.«

»Das mit dem Storch und den Babys? Das hat mir meine Mom erzählt, als ich …«

Ich schließe die Augen, und sie hört auf zu reden. Mit einem Witz abzulenken ist so typisch Nora, dass es schon wehtut. »Wir haben seit acht Jahren nicht geredet, und du machst Witze?«

Ihr Lächeln erstirbt. »Du hast recht«, erwidert sie in einem anderen Ton, vernünftiger und echter. »Keine Fisimatenten mehr. Du fragst, wie lange ich gewusst habe, dass ich für dieselbe Agentur arbeite, die dich vertritt?«

Ich nicke kurz.

»Nun … seit ich hier vor zwei Jahren angefangen habe. Aber ich habe es erst gemerkt, als ich den Job bereits hatte und in einer Konferenz saß, in der die Agenten über ihre Sportler sprachen. Da fiel auch dein Name – und seitdem habe ich Kollegen gelegentlich über dich reden hören, aber nie irgendwelche Einzelheiten.«

Sie macht mich rasend. »Und du findest nicht, dass es sich gehört hätte, mir das mitzuteilen? Du hast es für witziger gehalten, mich eines Tages zu überraschen? Und was, zum Teufel, sind Fisimatenten?« Die letzte Frage hatte ich wirklich nicht stellen wollen, aber es frisst mich innerlich auf, wenn ich es nicht tue.

Nora scheint das nur zu gern zu beantworten. »Fisimatenten sind ›Handlungen, die Umstände oder Probleme verursachen‹. Meine Mom hat mir einen ›Seltsames Wort des Tages‹-Kalender geschenkt. Und Fisimatenten ist das heutige Wort darin. Ich dachte nicht, dass sich eine Gelegenheit ergeben würde, es anzuwenden, aber …«

Als ich mich wieder zu meinem Wagen umdrehe, werden

Noras Augen groß wie Untertassen. »Moment, Derek … es tut mir leid. Ich packe das völlig falsch an. Ich war mir nicht sicher, was ich tun sollte, und ob es dich überhaupt interessiert. Bill und du hättet genauso gut für den Rest eures Lebens glücklich miteinander sein können. Ich habe nicht mal gleiche Tattoos ausgeschlossen! Und ich hatte bis heute Morgen nicht die geringste Ahnung, dass sie mir dich zuteilen – ich schwöre dir, ich hätte dich vorgewarnt, wenn ich es früher erfahren hätte. Und niemand im Büro weiß etwas von unserer Geschichte, wirklich nicht. Das sollte kein Witz sein.«

Ich glaube ihr. Vermutlich ärgert mich das am meisten – ich nehme ihr vollkommen ab, dass sie überzeugt war, unsere Vergangenheit würde nicht die geringste Rolle spielen. Auf einmal sehe ich sie vor meinem geistigen Auge wieder im Flur vor meiner Wohnung stehen und mir völlig überraschend einen Karton mit meinen Sachen in die Hände drücken. *»Es tut mir echt leid, Derek. Ich dachte, ich bekomme das hin mit dir, aber ich schaffe es nicht. Ich möchte mich von dir trennen. Du gehst deinen Weg und … ich kann ihn nicht mitgehen. Das mit uns hätte eigentlich nie passieren dürfen. Es war ein Fehler.«* Ihr kalter Blick, Augen, hinter denen ein Vorhang hinuntergelassen war, ein Herz ohne Zugang – es wäre mir lieber gewesen, sie hätte mich körperlich erstochen.

Ich wollte mein Leben mit Nora verbringen, und dann stellte sich heraus, dass ich für sie nur eine kurzzeitige Ablenkung war.

All die Jahre habe ich versucht, sie zu vergessen, über sie hinwegzukommen und nicht jede Frau, die ich kennenlernte, mit ihr zu vergleichen, und sie … fragt mich jetzt, ob sie meine Agentin sein kann. Will einfach wieder Teil meines Lebens sein, als wäre nichts Außergewöhnliches passiert.

»Ich kann nicht, Nora. Das passt nicht für mich.«

Sie schaut mich aus ihren goldgrünen Augen an. »Ich dagegen bin entschlossen, es passend zu machen. Du hast mir nur noch nicht die Chance gegeben, dir zu beweisen, dass ich die beste Agentin bin, die du je hattest. Und ich weiß, es gibt da unsere gemeinsame Vergangenheit, aber …«

»Ich habe dich entjungfert«, sage ich geradeheraus und sehe zu, wie sich auf ihren Wangen rote Flecken bilden. »Im Zimmer deines Studentenwohnheims, auf deiner rosa Bettdecke. Danach hast du geweint und zu mir gesagt, dass Sex mit mir dein neues Lieblingshobby wäre.« Sie öffnet den Mund, schließt ihn aber wieder, als ich weiterrede. »Ich weiß, dass du ein Sommersprossenmuster auf der rechten Hinterbacke hast, das wie der Große Wagen aussieht. Und dass du ein leises, genüssliches Seufzen von dir gibst, kurz bevor du …«

»Okay, schon kapiert.« Ihr Gesicht hat die Farbe von reifen Erdbeeren.

Ich schüttle energisch den Kopf und trete so nah auf sie zu, dass sie sich wie eingekesselt fühlen muss. »Nein, Nora«, erwidere ich leise. »Ich glaube nicht, dass du es kapierst. Ich versuche nämlich, dir zu sagen, dass es Dinge gibt, die man nicht ruhen lassen oder vergessen kann, und du scheinst mir nicht zuzuhören.«

Zum Beispiel, dass ich sie heiraten wollte, weil ich sie so sehr geliebt habe, dass es schon körperlich wehtat, und dann machte sie Schluss mit mir, bevor ich Gelegenheit dazu bekam. Ich kann das nicht vergessen, und ich kann auch nicht darüber hinwegsehen. Schon gar nicht jetzt, wenn meine Karriere auf dem Spiel steht. Sie wäre die körperliche Manifestation all dessen, was ich verloren habe, und gleichzeitig all dessen, was ich verlieren könnte.

»Glaub mir, das weiß ich alles«, erwidert Nora mit rauer Stimme und legt die Hand auf meine Tür, damit ich sie nicht öffnen kann. Das steht in krassem Widerspruch zu ihrem wassermelonenrosa Nagellack – erinnert aber an die unglaublich ehrgeizige Nora, die ich gekannt und geliebt habe. »Aber ich bin willens, das alles hinter uns zu lassen. Eigentlich habe ich das schon alles hinter uns gelassen, denn es liegt Jahre zurück. Und ich weiß, du hast das auch, wenn ich mir anschaue, wie …« Sie macht sich nicht die Mühe, den Satz zu beenden. Ich möchte, dass sie es tut. Ich muss wissen, was sie sagen wollte und woher sie das Recht nimmt, mir zu sagen, worüber ich hinweg bin.

Du weißt gar nichts darüber, Nora.

Nie Ausgesprochenes und alte angestaute Frustration wecken in mir den Wunsch, alles hier auf dem Parkplatz rauszulassen. Ich hätte nie gedacht, dass ich diese Frau noch einmal sehen würde. Hätte nie gedacht, dass sich mir die Gelegenheit bieten würde, ihr zu sagen, wie sehr sie mich zerstört hat. Aber hier steht sie … und fleht mich an, meine Agentin sein zu dürfen, als hätte unsere gemeinsame Zeit bei mir nur eine winzige Narbe hinterlassen.

Ich halte die Arme fest vor der Brust verschränkt und starre sie an.

Sie lässt sich von meinem Blick nicht verunsichern. »Vielleicht würde es helfen, wenn ich dir ein paar von meinen Ideen erzähle, wie ich dein Image im Laufe des kommenden Jahres verbessern möchte?«

»Nein.«

Sie zieht die Nase kraus. »Ich könnte dir erzählen, wie du an bessere Sponsoring-Gelegenheiten kommst?«

»Nein.«

»Dann ein Witz? Eine Gesangs- und Tanzeinlage? Soll ich deinen Wagen waschen?«

Ich verdrehe die Augen und reiße die Tür auf, denn auf so etwas lasse ich mich nicht ein. Höchste Zeit, dass ich fahre. Aber als sich warme Finger um meinen Bizeps legen, erstarre ich. Ich betrachte ihre rosa Fingernägel und die Hand, die sanft auf meinem Arm liegt. Ich fühle mich wie verbrannt.

Als sie sieht, wohin ich starre, zieht sie die Hand weg. »Geh noch nicht«, sagt sie leise. »Ich bitte nur um eine Chance, von der ich weiß, dass ich sie nicht verdiene, Derek. *Bitte.* Ich verstehe, dass du nicht mit mir befreundet sein magst, und das ist okay. Ich bitte nur um eine einzige Chance, um dir zu zeigen, dass ich eine gute Agentin bin. Dass ich sogar eine *großartige* Agentin für dich sein könnte, denn in den nächsten paar Monaten werden eine Reihe von Hindernissen vor dir auftauchen, und ich bin zuversichtlich, dass du sie alle mühelos überwinden wirst. Ich glaube an dich, und ich bitte dich, ebenfalls an mich zu glauben.«

Was für eine berührende Rede.

Zum Teufel damit.

Jetzt steigert sich meine Wut zu etwas Greifbarem. Ihre Worte haben in mir keine Sympathien geweckt. Jetzt bin ich nicht nur wütend – ich will Rache, denn sie hat tatsächlich nicht die geringste Ahnung, wie sehr sie mich zerstört hat.

Mir ist danach, ihr Leben genauso elend zu machen, wie sie meins gemacht hat, nur damit sie es endlich kapiert. Nachdem sie sich von mir getrennt hatte, konnte ich nicht essen, nicht schlafen, mich wochenlang nicht konzentrieren. Der eine Mensch, von dem ich glaubte, er liebe mich als den, der ich war, und nicht wegen meines Sports oder meiner sich andeutenden Berühmtheit, machte ohne Vorwarnung und ohne auch nur eine Begründung an einem x-beliebigen Dienstag einfach Schluss mit mir. Es war Folter, und ich habe soeben beschlossen, sie ein bisschen spüren zu lassen, wie sich das anfühlt.

Ich starre sie mit einem Blick an, der ihr eine Warnung sein sollte. »Na gut«, sage ich und trete ein wenig näher auf sie zu. Sie zuckt nicht zurück. »Ich gebe dir eine Chance. Aber mehr bekommst du nicht. Ich werde unseren Vertrag jederzeit ohne zu zögern auflösen, wenn ich mit deiner Arbeit unzufrieden bin. Und ich sorge dafür, dass diese Klausel in den Vertrag mit aufgenommen wird.«

»Wirklich?« Ihre Augen funkeln vor naiver Hoffnung. Dieselben Augen, in denen ich mich früher verloren habe. Ich weigere mich, das noch mal geschehen zu lassen. »Großartig. Perfekt! Danke! Du wirst das nicht bereuen, Derek.«

Sie hat recht. Ich werde das ganz und gar nicht bereuen. Aber sie wird das garantiert, denn ich habe vor, Noras Karriere in einen Albtraum zu verwandeln, bis sie entweder aufgibt oder ich sie feuere – was immer zuerst passiert.

»Möchtest du jetzt wieder reingehen und den Vertrag unterzeichnen?«, fragt sie.

»Heute passt mir nicht. Das können wir morgen machen«, erwidere ich, einfach weil ich mich wie ein Ekel aufführen möchte. »Und wenn wir zusammenarbeiten, werden wir erst mal ein paar Regeln festlegen. Denn darüber hinweg oder nicht – wir haben eine gemeinsame Geschichte. Eine körperliche Geschichte. Und ich möchte klare Leitlinien, wie wir in einer funktionierenden Arbeitsbeziehung miteinander umgehen können, und wie nicht.«

Nora schließt die Augen, und im ersten Moment glaube ich, ich hätte ihre Gefühle verletzt. Aber dann fällt mir wieder ein, dass es schließlich Nora ist, mit der ich hier rede, und sie sich nur einen Moment ihrer Begeisterung hingeben muss. Als sie die Augen wieder öffnet, sind ihre Pupillen erweitert. »Derek – nach dem hier werde ich aufhören, dich um Dinge zu bitten – aber bitte … ich flehe dich an. Darf ich die Regeln farbcodieren?«

5

NORA

Ich gehe zurück in das Bürogebäude und laufe sofort der Person über den Weg, der ich gerade am wenigsten begegnen möchte. Marty Vallar. So wie er mich jedes Mal aufgebracht anschaut, seit ich ihn kenne, scheint der gute Mann permanent Feuerameisen in der Unterhose zu haben. Er ist einer von diesen Mittvierzigern, die Feminismus für ein Schimpfwort halten, das man nur im Zusammenhang mit Männerhasserinnen anwendet. Er tut mir leid mit seiner traurigen Engstirnigkeit.

»Entschuldigung, Marty«, sage ich und versuche, um ihn herumzutreten.

»Ist das Treffen nicht gut gelaufen?«, fragt er und tritt vor mich hin, damit ich nicht an ihm vorbeikomme. »Ich habe Pender hier rausstürmen sehen, als hättest du ihn gebissen. Ich dachte mir, vielleicht behagt ihm die Vorstellung nicht so recht, von einer … einem Neuling vertreten zu werden.«

Neuling ist nicht, was er ursprünglich sagen wollte.

»Arbeitest du an deinen detektivischen Fähigkeiten, Marty? Beeindruckend. Ich werde bei meinem nächsten Murder-Mystery-Abendessen an dich denken.« In Wirklichkeit weiß ich, dass Marty mich ununterbrochen bei jedem Schritt, den ich mache, im Auge behält. Nicht weil er auf mich steht oder so … sondern weil es ihm zutiefst zuwider ist, dass ich hier bin, und er mich loswerden möchte.

Nicht ein einziges Agenturmeeting vergeht, ohne dass er versucht, eine von mir vorgeschlagene Marketingstrategie schlechtzureden oder einen Witz über etwas zu machen, das ich gesagt habe, und einen öffentlichen Streit mit mir vom Zaun zu brechen, der mich heißköpfig und irrational wirken lässt. Aber ich schlucke den Köder nie, denn meine Statistiken sprechen immer für sich selbst. Meine Ideen sind gut – und er fühlt sich dadurch bedroht. Durch mich.

Und so rufe ich mir jeden Tag beim Betreten des Büros in Erinnerung, meine mentale Energie nicht an einen Mann zu verschwenden, der so hinterwäldlerisch ist, dass er nicht mal merkt, wie veraltet seine Taktiken sind. Wie unoriginell seine Marketingideen sind. Und dass ich ihn, wenn er nicht bald einen fortschrittlicheren Ansatz findet, aus der Agentur verdrängen werde. Er glaubt, er hasst mich, weil ich mich als Frau in einer Welt bewege, die angeblich Männern vorbehalten ist, dabei sollte er mich eigentlich hassen, weil ich klüger bin als er und ihm mit einem Lächeln seine Klienten stehlen werde.

»Nun, wie auch immer«, erwidert er mit einem nervigen aufgesetzten Lächeln, »ich wollte nur sagen, dass ich dir Pender gern abnehme, wenn es nicht gut mit ihm läuft. Dir gern die Peinlichkeit erspare, dass du nicht weißt, was du vor ihm redest.«

Koche ich innerlich, weil er so herablassend mit mir redet? Ja. Habe ich inzwischen gelernt, dass es mehr Spaß macht, jemanden durch Erfolg zu widerlegen, als sich in einem Flur zu ereifern? Ebenfalls ja. Aber werde ich ihn auflaufen lassen, weil das der einzige Spaß ist, den ich in dieser Situation finden kann? Wieder ein schallendes Ja.

Ich lege die Hand auf mein Herz. »Danke, Marty. Aber ich denke, es läuft ganz gut, weil er bereits beschlossen hat, bei mir zu unterschreiben, und wir waren nur draußen, um seinen coolen Elektro-SUV anzuschauen. Außerdem, wie schwierig kann es schon sein, einen einzelnen Basketballspieler zu betreuen?« Ich lache betont naiv. »Lass dir die Skittles schmecken, die ich in den Pausenraum gelegt habe, bevor die anderen sie wegessen! Diese Woche sind es die mit dem tropischen Geschmack, um ein bisschen Abwechslung reinzubringen.«

Als ich an Marty vorbeigehe, setzt er gerade an, mich zu korrigieren, dass Derek *Football*spieler und nicht Basketballspieler ist, doch dann schließt er den Mund wieder, vermutlich weil er hofft, dass ich mich an irgendeinem Punkt vor Derek blamieren werde. Bemitleidenswert, dass er so ohne Weiteres glaubt, ich wüsste nicht einmal die Sportart des Sportlers, den ich zu vertreten gedenke. Aber so ist Marty nun mal. Jetzt bin ich erst recht dankbar, dass ich niemandem erzählt habe, dass Derek und ich mal ein Paar waren. Nicht dass es im Großen und Ganzen viel ausmacht, aber ich weiß, Marty wird einen Dreh finden, wieso es das doch tut. Als würde mir eine Sonderbehandlung zuteil oder so. Wenn überhaupt, dann hat unsere Geschichte meine Chancen, Dereks Agentin zu sein, eher geschmälert. Ich bin froh, dass ich auf meinen Bauch gehört habe, selbst wenn das bedeutet, Nicole etwas zu verschweigen.

Vielleicht wird es sich eines Tages nicht mehr so sehr nach Kampf anfühlen, als Frau in meinem Metier einfach nur zu existieren, aber noch ist es nicht so weit. Also kämpfe ich weiter mit allem, was ich habe, um zu beweisen, dass ich hierhergehöre. Selbst wenn das bedeutet, meinen Ex-Freund zu vertreten.

»Ich hole unsere Getränke«, sage ich und trage zwei Eiskaffees zu der kleinen Nische in der Ecke des Cafés, in der Derek auf mich wartet. Er war nicht allzu begeistert, als ich sagte, ich würde die Getränke bestellen und bezahlen, aber da er eindeutig so wenig wie möglich mit mir zu tun haben wollte, ließ er es mir durchgehen. Aber jetzt sitzt er da wie ein mürrischer Riese zwischen Barbie-Möbeln. Er trägt einen kastanienbraunen Hoodie, der ihn irgendwie noch breiter wirken lässt (aber leider alle Tattoos verdeckt, außer denen an seinen Händen), schwarze Trainingsshorts und lange, weiße Socken einer limitierten Nike-Edition aus seiner Partnerschaftsserie mit ihnen. Und eine Kappe, die einen seltsamen Schatten auf sein Gesicht wirft. Dieser Mann sieht höllisch heiß aus, auch wenn ich das nie im Leben zugeben würde.

Er rutscht unruhig auf seinem Stuhl herum, als er mich sieht, und stößt mit dem Knie gegen den winzigen Tisch, dass er beinahe umfällt. Rasch stabilisiert er ihn, indem er die Hand auf die Tischplatte legt. *Himmel, er ist ein Riese.*

»Erste Aufgabe als deine Agentin erledigt«, sage ich theatralisch, als ich die Getränke abstelle.

Ich könnte beinahe schwören, dass da unter dem Schirm seiner Kappe ein amüsiertes Aufblitzen zu sehen ist. »Was sollte die Stimme?«

Ich setze mich ihm gegenüber. »Videospiel-Ansage?«

Er schaut mich verwirrt an.

»Du weißt schon? Wenn du dich zum nächsten Level vorgekämpft hast und die gottgleiche Stimme aus dem Lautsprecher dröhnt?«

Er sieht mich skeptisch an. »Man merkt, dass du keine Videospiele spielst.«

»Stimmt. Aber wieso sollte ich, wenn ich stattdessen meine Sockenschublade nach Farbe, Größe und Mustern ordnen kann?«

Null Reaktion von Derek. Er sitzt dort wie ein Ölgötze. Irgendwie treten seine Wangenknochen und sein Kinn heute noch deutlicher hervor als sonst.

Ich glaube, er hätte gerade lieber einen kieferchirurgischen Eingriff, als mir gegenüberzusitzen. Und ehrlich gesagt, habe ich ebenfalls Mühe, mir mein Lächeln zu bewahren. Es herrscht eine schmerzhafte Spannung. Und ich glaube, das wird so bleiben, bis wir die Sache zwischen uns bereinigt haben. Bis ich ihm die ganze Wahrheit über unsere Trennung erzählt habe. Dass sie sehr wenig mit ihm und alles mit mir zu tun hatte.

»Weißt du …« Ich trinke einen Schluck von meinem Vanilleeiskaffee und lasse den Zucker in meinen Adern Party machen. »Ich habe mir vorhin mal deine Akte angesehen, und mir ist aufgefallen, dass du seit deiner Verletzung in der letzten Saison kein einziges Interview gegeben hast und keinen Sponsorenvertrag mehr hattest. Ich habe ein paar Freunde in …«

Er hebt die Hand, als wäre er ein König und ich würde gerade zum Schweigen verdammt. »Ich will heute weder über Sponsorenverträge noch über meine Verletzung oder sonst irgendetwas in Bezug auf meine Karriere reden. Wir schreiben Umgangsregeln auf und unterschreiben sie. Mehr nicht.«

Was für ein Schwachkopf. Ich weiß, da ist diese alte Sache zwischen uns, aber … das ist ganz und gar nicht der Mann, den ich mal kannte. Nicht nur ist dieser ein mit Tattoos übersäter Berg mit einem angewiderten Blick, der sein Gesicht bestimmt wie ein Blutfleck auf einem weißen Hemd, nein, er ist zudem auch noch dermaßen schroff. Der Derek, den ich kannte, hat immer geflirtet. Er hätte einen innerhalb von zehn Sekunden mit seinem strategischen Lächeln dazu bringen können, sich nackt auszuziehen. Ich hatte erwartet, dass der berühmte Footballspieler Derek derselbe wäre wie früher, nur auf Steroiden. (Natürlich nicht buchstäblich Steroide, weil der Mist illegal ist.) Der Mann, der mir gegenübersitzt, ähnelt eher einem muskelbepackten Kaktus.

Ich schlucke meine Widerworte herunter, denn es muss Frieden zwischen uns herrschen, wenn das funktionieren soll. Soll er seinen Wutanfall ausleben, und dann kommen wir zum Geschäftlichen.

»Okay, schreiben wir die Regeln auf, Boss.«

»Nenn mich nicht *Boss*«, knurrt er und trinkt jetzt endlich einen Schluck von seinem Kaffee.

»Nicht? Vielleicht nicht spektakulär genug. Wie wäre es mit Eure überragende Footballhoheit?« Ich betrachte ihn mit gerunzelter Stirn, aber er starrt mich nur böse an. »Daran arbeiten wir noch.«

Ich fische einen glitzernden lila Kugelschreiber mit einem riesigen Pompon am Ende aus meiner Handtasche, gefolgt von einem kleinen Notizbuch mit Spiralbindung, das in meinem Büro herumlag (sprich: sauber verpackt in meiner Schublade in seinem eigenen Schuber mit sechs seiner bunten Kumpel). Ich fächere es vor meinem Gesicht auf, und der Luftzug weht meine Haare hoch, als stünde ich am Strand.

»Nichts begeistert mich mehr, als ein sieben mal zwölf großes, oben gebundenes Notizheft auszupacken.« Ich tue so, als würde ich den Geruch einsaugen. Okay, ich sauge ihn wirklich ein.

Damals hätte Derek gewitzelt, dass ich solch ein Nerd bin. Und dann hätte er mich hier, mitten im Café, auf seinen Schoß gezogen und mit mir rumgeknutscht, bis mir die Lippen wehgetan und ich einen Knutschfleck am Hals gehabt hätte. So etwas habe ich ausschließlich mit ihm gemacht.

Jetzt sieht er mich an, als würde ich seine Sinne beleidigen.

Ich senke den Blick, vor allem um irgendwo anders hinzuschauen, damit er nicht mitbekommt, welches Gefühl ich nicht zu spüren versuche. Ich bin gespalten. Ein Teil von mir fühlt sich nach wie vor schuldig wegen dem, wie ich mich im College von ihm getrennt habe – ich weiß sehr wohl, dass es kaltschnäuzig und schmerzhaft war. Dieser Teil von mir möchte sich wirklich entschuldigen und es wiedergutmachen. Aber der andere Teil von mir scheut vor seiner unhöflichen Reaktion nach all dieser

Zeit zurück. Nachdem er mich damals so unverfroren leicht hinter sich gelassen hat, als wäre ich ein Krümel, den er sich vom Hemd wischt. Das scheint so gar nicht zu seiner »Ich zahle es ihr heim«-Haltung zu passen.

Ich mache es mir auf meinem Stuhl bequem und zwinge mich, ihn wieder anzusehen und ernst zu sein, auch wenn mir das nicht leichtfällt. »Derek, ich habe das Gefühl, es gibt da ein paar Sachen, über die wir reden sollten. Zum Beispiel … wie ich mit dir Schluss gemacht habe. Wenn es für dich okay ist, würde ich gern alles erklären.«

»*Regel Nummer eins …*«

Sein bestimmter Ton lässt mich ihn verblüfft anstarren.

»Keine Gespräche über unsere Vergangenheit.«

Mir bleibt der Mund offen stehen. »Das kann nicht dein Ernst sein. Wir haben doch immer viel über uns geredet.«

Er lächelt, aber es ist kein nettes Lächeln. Es ist gemein. »Und ich sage dir jetzt, dass es mir scheißegal ist, wieso du mit mir Schluss gemacht hast, weil ich darüber hinweg bin. Und falls du damit ein Problem hast, kannst du gern gehen.«

Ich beiße die Zähne zusammen und schreibe die Regel in mein Notizbuch. »So verlockend das Angebot auch ist, mache ich es doch lieber wie das Kaugummi unter der Sohle meiner Lieblingssneakers und bleibe einfach kleben.«

»Nummer zwei …«, faucht Derek, dass ich einen Satz mache.

»Da ist jemand aber eifrig.«

»Kein Rumschnüffeln im Privatleben.« So schnell, wie er diese Regeln vorbringt, muss er sie wohl auf dem ganzen Weg hierher geprobt haben. Sie dienen dazu, mich auf meinen Platz zu verweisen – der weder in seinen Armen, noch in seinem Bett, noch in seinem Herzen ist. Sie sollen mich verletzen. Und plötzlich kann ich die Zukunft sehen. Ich sehe genau, was er mit dieser Liste an Regeln erreichen will.

Und da ich nicht möchte, dass er merkt, wie sehr er mich bereits aus der Fassung gebracht hat, deute ich mit dem Stift auf ihn. »Das ist gut. Nur oberflächliche Freunde. Lässt uns mehr Zeit, uns in unseren Gesprächen auf deine Karriere zu konzentrieren.«

»Regel Nummer drei, keine Freundschaft.« Seine arktisch blauen Augen sind verhangen vor Hass.

Vermutlich sehe ich aus, als hätte ich eine Zitrone verschluckt. Je mehr Zeit ich mit diesem neuen Derek verbringe, desto weniger habe ich Lust, überhaupt mit ihm befreundet zu sein. Ich habe ihn damals verletzt, und jetzt will er mich dafür büßen lassen? Okay, das ist in gewisser Weise fair. Aber ich muss ihn nicht merken lassen, dass ich dafür büße.

Ich lächle die ganze Zeit freundlich, während ich die Keine-Freundschaft-Regel aufschreibe. »Gut, dass du die Regel erwähnt hast, ich wollte uns nämlich passende BFF-Weihnachtspullis stricken, aber jetzt hast du mir die Arbeit erspart.«

»Nummer vier …« Jetzt hält er außer seinem Daumen alle vier Finger hoch.

»Himmel, du nimmst das echt ernst.«

Derek beugt sich vor und sieht mir in die Augen. Ein Schauder läuft mir über den Rücken. »Keine Küsse.«

Also, das Problem ist nicht die Regel an sich. Die kann ich akzeptieren. Wir haben uns damals geküsst, und auch wenn wir das nicht wieder vorhaben, ist es sinnvoll, es auf die Liste zu setzen, denn wenn ich mich richtig erinnere, haben wir diese spezielle Aktivität sehr gut und so häufig wie möglich praktiziert. Das Problem ist der herausfordernde Blick, mit dem Derek mich dabei ansieht. Er besagt, dass ich ihn gern küssen würde, er mir aber als Folter seinen wunderschönen mürrischen Mund vorenthalten wird. Und auch wenn ich mir vielleicht vorgestellt habe, seine Lippen an einem bestimmten Punkt wieder auf meinen zu spüren – jetzt nicht mehr. Nicht nachdem er mich heute so behandelt hat. Nicht nachdem ich gemerkt habe, dass er sich in ein überdimensioniertes Baby verwandelt hat.

Und deshalb beuge ich mich ebenfalls vor – bis wir nur noch wenige Zentimeter voneinander entfernt sind und ich seine Knie gegen meine drücken spüre. »Fantastische Regel. Aber ich würde sie gern noch weiter fassen.« Ich halte seinem durchdringenden Blick einen Moment lang stand, dann schaue ich auf mein Notizbuch und sage, während ich schreibe: »Regel Nummer fünf: keine unnötigen Berührungen. Weil, du weißt schon, wir würden schließlich nicht wollen, dass *irgendjemand* …« – ich betone das Wort so, dass ihm klar wird, er ist gemeint – »auf der emotionalen Ebene etwas durcheinanderbringt.« Um das noch mehr zu betonen, ziehe ich mein Knie weg.

Sein Kinn zuckt, und dann sehe ich es – eine kaum wahrnehmbare Bewegung in seinem Mundwinkel. Er hätte genauso gut *Das Spiel beginnt* an die Wand schreiben können. Ich bin fast schon begeistert, denn uns gegenseitig herauszufordern war immer eine unserer Lieblingsbeschäftigungen. Wir haben die ganze Zeit kleine Spielchen gemacht. Aber dies fühlt sich anders an, weil es nicht um Spaß oder Flirten geht. Es hat etwas Grausames – ich kann es spüren.

»Nur damit wir beide auf dem gleichen Stand sind – könntest du erläutern, was unter unnötig fällt?« Er schweigt und lässt den Blick für einen Moment zu meinen Lippen schweifen – dann sieht er mir inspiriert wieder in die Augen. »Sagen wir zum Beispiel, du bist kurz davor, auf eine Schlange zu treten, sollte ich dich dann zur Seite ziehen oder dich der Schlange überlassen?«

Ich lege meinen Pomponstift hin, denn alles rund um das Thema Schlange nehme ich sehr ernst, und das weiß er. »Das sollte unter *notwendige Berührung* fallen. Wenn ich kurz davor bin, auf eine Schlange zu treten, besteht die Notwendigkeit, dass du mich hochhebst und mir gestattest, auf deinen abartig breiten Schultern zu stehen, bis ich einen Ast in der Nähe erreichen und bis ganz nach oben in die Wolken klettern kann, wo ich die verdammte Schlange nie mehr sehen muss. Verstanden?«

»Verstanden.«

Er wartet, bis ich den Stift wieder in der Hand halte, dann sagt er mit samtig-weicher Stimme: »Nehmen wir an, wir sind in einem wichtigen Meeting mit dem Generaldirektor, und ich bemerke, dass du noch Schokolade am Mund hast von der Süßigkeit, die du auf dem Weg ins Zimmer von seinem Schreibtisch stibitzt hast. Da ich nicht möchte, dass du wegen besagter Schokolade in eine peinliche Situation gerätst, beuge ich mich vor und fahre mit dem Daumen über deine Unterlippe, wische die Schokolade weg und lecke sie mir dann vom Daumen.« Er schweigt und lässt mir Zeit, mir das bildlich vorzustellen. Was ich auch tue. »Würde das nötigen oder unnötigen Kontakt darstellen?«

Vor meinem geistigen Auge spielt sich das Ganze in einer lebhaften Fantasie ab. Ich stelle mir vor, wie es sich anfühlen würde, wenn er mit seinen schwieligen Fingern über meine Lippen fahren würde. Und mich dann die ganze Zeit anstarrt, während er sich die Schokolade vom Daumen leckt, als unverhohlene Erinnerung an lange Nächte in seiner Wohnung, wenn wir, verheddert in die Bettwäsche, die Welt so lange wie möglich ausblendeten.

Mir ist nicht einmal bewusst, dass ich den Stift so fest gepackt habe, dass er Gefahr läuft zu zerbrechen, bis Derek ihn mir aus der Hand nimmt und ihn behutsam auf den Tisch legt. Grinsend lehnt er sich zurück.

Es ist durchaus möglich, dass ich schon zu lange nicht mehr von einem Mann berührt worden bin und mein Körper deswegen auf einmal von Hitze durchflutet wird. Es hat nichts mit Derek und alles mit den Grundlagen der Biologie zu tun. Leider gewinnt Derek diesen seltsamen Wettbewerb, auf den wir uns da eingelassen haben, weil mich mein Körper sabotiert. Wer kann den anderen am meisten reizen? Wer kann sich am gleichgültigsten geben? Ich weiß es nicht einmal. Aber so, wie mein

Herz schmerzhaft hämmert und ich Gänsehaut an den Armen bekomme, bin ich wohl am Verlieren.

»Unnötig!«, schreie ich fast schon, als würde ich in einem Gerichtssaal den Hammer mit einem Schuldspruch niedersausen lassen. Ich greife wieder nach meinem Stift. »Regel Nummer sechs … kein Flirten.«

Amüsiert kneift er die Augen leicht zusammen, lächelt aber nicht. »Regel Nummer sieben, bei Meetings immer eine Hose tragen.«

»Okay, Kumpel, schau. Natürlich werde ich bei Meetings eine Hose tragen. Für was für einen Hooligan hältst du mich eigentlich?«

Er zuckt mit den Schultern und sieht mich selbstgefällig an. »Wenn mich meine Erinnerung nicht täuscht, bist du so oft wie möglich ohne Hose rumgelaufen.«

»Aber nur, wenn ich zu Hause war! Ich würde doch nie auf die Idee kommen, in Unterwäsche zu einem Meeting zu gehen! So bequem das vielleicht auch wäre.« Offenbar erinnert sich Derek nicht einfach nur an mich, er hat sogar ganz spezifische Erinnerungen.

Er zuckt mit den Schultern, als wäre ich eine Nudistin, die ein unbekümmertes, hosenfreies Leben führt, und er wäre meinen nackten Marotten hilflos ausgeliefert.

»Okay! Ich schreibe es auf. Aber eins kannst du mir glauben, Regel Nummer acht wird lauten: *Derek muss immer ein T-Shirt tragen*. Also, ha!«

»Nur ein T-Shirt? Ich habe den Winnie-Pooh-Look nie für so sonderlich attraktiv gehalten, aber wenn er dir gefällt …«

»Regel Nummer neun«, fahre ich mit höchster Autorität fort. »Trag überall und zu jeder Zeit deine gesamte Kleidung. Keine sichtbare Haut.«

Und so wird die Liste immer länger. Wir hauen uns Beleidigungen um die Ohren, verkleidet als Regeln, als wären wir bei einem Tennismatch in Wimbledon. Ich bin mir nicht ganz sicher, wozu diese Liste gut sein soll – ich weiß nur, zu was sie führt: zu einer reinigenden Trennung. Als ich damals Schluss gemacht habe, habe ich gesagt, was ich sagen musste, und Derek hat mir kein einziges Mal widersprochen. Wenn überhaupt, ging vor seinen Augen eine Jalousie hinunter, dann drehte er sich um und ging und akzeptierte das Ende, ohne einen weiteren Gedanken daran zu verschwenden. Auch wenn ich kein Recht darauf hatte – ich hatte erwartet, dass er um mich kämpfen würde. Die Trennung zumindest hinterfragen würde. Das hat er nie getan.

Aber heute … heute haben wir alles, was in unserer Beziehung gut war, aufs Tapet gebracht und es dann gnadenlos zerstört. *Keine Nacht im selben Bett schlafen. Nicht zusammen fernsehen. Nicht die Rechnung teilen. Nicht im selben Auto fahren. Nicht Händchen halten.*

Und als wir die Liste mit Regel Nummer zwanzig beenden, ist etwas Wildes in unseren Augen, wir atmen schwer, und ich weiß genau, woran ich mit Derek bin. *Er hasst mich.* Es verblüfft mich, auch wenn ich das Gefühl schon bald erwidere.

Er schiebt seinen Stuhl zurück und steht auf, nachdem er endlich (unglücklich) den Vertrag unterschrieben hat. »Ich denke, das reicht.«

Ich sehe zu, wie er nach seinem Schlüssel greift, die Sonnenbrille aufsetzt und mit selbstsicherem Schritt das Café verlässt – ohne sich auch nur noch einmal nach mir umzudrehen.

Nach alldem bleibt mir nur noch eine Frage: Wird er mich jetzt meinen Job machen lassen, nachdem er das alles losgeworden ist?

Und ganz hinten, in einer winzigen Ecke meines Herzens, steht in unsichtbarer Tinte: Ich vermisse meinen Derek.

6

DEREK

Ich brauche einen Drink. Aber nicht einen, wie die meisten von mir erwarten würden.

Ich werfe meinen Schlüssel auf den Küchentresen, ignoriere das Bier, das schon seit Monaten in meinem Kühlschrank steht, und schalte stattdessen den Wasserkocher an. Nach der Operation habe ich angefangen, ganz viel Kamillentee zu trinken, als Einschlafhilfe, und irgendwie bin ich süchtig danach geworden. Wenn man noch ein bisschen Honig dazugibt, kann man spüren, wie er einen von innen heraus wärmt. Das tut gut an einsamen Abenden oder wenn ich das Gewicht der Welt auf meinen Schultern spüre.

Nachdem das Wasser kocht, hänge ich den Teebeutel hinein, damit der Tee ziehen kann. Und während ich warte, schaue ich mich in meinem großen leeren Haus um. Es ist riesig. Irgendwie scheint es jeden Tag noch zu wachsen. Ich habe es vor ein paar Jahren gekauft, um große Partys veranstalten zu können und mehr als genug Platz zu haben. Und ja, dafür war es perfekt. Aber wenn es leer ist, ist es echt verdammt leer. Die Sache ist die: Ich vermisse die Partys nicht im Geringsten. Die Stille macht mich allerdings allmählich fertig.

Ich ziehe mein Handy heraus und wähle die Nummer meiner

Mom, was mir zeigt, dass ich wirklich an einem Tiefpunkt angelangt bin.

»Derek! Was für eine nette Überraschung. Alles in Ordnung?« Ihre leise Stimme klingt besorgt. In Zeiten wie diesen muss ich die Erinnerung an unsere lauten Streits in der Küche ausblenden, wenn sie nach einem Blick auf mein Zeugnis zu mir sagte, wie enttäuscht sie von meinen Noten sei. *Warum kannst du dich nicht anstrengen, so wie Ginny?* Wo war damals ihre Sorge um mich, als ich ihr erklären wollte, dass mir die Schule nicht so leichtfiel wie meiner Schwester – sie hat nur die Augen verdreht. Vielleicht habe ich meinen Eltern deshalb noch nichts von meiner kürzlichen Diagnose erzählt. Da ist noch immer eine Wunde, die nicht verheilt ist, und ich bin nicht bereit, von meinen Eltern irgendwelche Kommentare dazu zu hören.

Ich schwinge mich auf den Küchentresen, trinke einen Schluck von meinem Tee und lüge meine Mom an. »Yeah. Alles ist gut.«

Auf dem Weg nach Hause habe ich mir eine Sport-Talkshow im Radio angehört, und da haben sich doch glatt diese beiden Schwachköpfe Glenn und Brenn oder Jim und Jam … mir egal, mal wieder darüber ausgelassen, dass ein Spieler meines Alters sich vielleicht von der Verletzung, die ich mir zugezogen habe, nicht mehr erholt. *Offener Bruch am Knöchel ist ein Todesurteil für die Karriere.*

Es hat auch nicht unbedingt geholfen, dass das medizinische Personal unserer Mannschaft den Medien nur sehr grundlegende Informationen über meine Genesung hat zukommen lassen: »Wir sind optimistisch, dass er sich vollkommen von seiner Verletzung erholt und zum Start der Saison bereit sein wird zu spielen. Wenn er ins Training zurückkehrt, werden wir ihn genauer begutachten.«

Aber sie sagen im Grunde nichts, was diese Leute wieder Vertrauen in mich fassen lässt. Sie prophezeien, dass ich mein erstes Spiel wie ein rostiges altes Rad bestreiten werde. *Es ist traurig, Größen wie Pender stürzen zu sehen, aber letztendlich muss es passieren, um den Weg freizumachen für die neue Generation wie zum Beispiel Abbot.* Ich hatte noch nicht einmal die Chance zu spielen, und sie sehen mich schon mit einem Fuß vor der Tür. *Meiner* Tür. Die Sharks sind *meine* Mannschaft mit *meinen* Brüdern, und sie versuchen, Abbot meine Position auf dem Silbertablett zu servieren.

Allerdings ist das nicht Abbots Schuld. Er ist ein guter Typ und ein großartiger Sportler.

Das Problem ist, dass ich mich von dem negativen Gerede habe anstacheln lassen. Gleich nach der Operation habe ich alles getan, was für die Reha notwendig war, korrekt und effizient. Ich dachte, meine Fans wären auf meiner Seite, und das hat geholfen. Aber im Laufe der letzten Monate habe ich gesehen, wie schnell sich eine gesamte Fanbasis abwenden und auf einmal Herzen in den Augen für einen anderen Spieler haben kann.

Abbot ist nicht darauf aus, mich zu verdrängen, aber er versteckt sich mit Sicherheit auch nicht. Auf seinen Social-Media-Kanälen postet er täglich Work-out-Videos, in denen er zeigt, wie er außerhalb der Saison in Form bleibt, und in denen er seinen Fans live Übungen beibringt, damit sie mit ihm trainieren können. Und ganz viel ähnlichen Mist.

Ich wusste immer, dass meine Tage auf dem Spielfeld gezählt sind, aber jetzt wird es allmählich ernst. Ich hatte mir vorgestellt, bis ich aufhören müsste, wäre ich verheiratet und hätte vielleicht ein oder zwei Kinder. Dass ich für den nächsten Lebensabschnitt bereit wäre. Jetzt gerade – bin ich nicht mal ansatzweise bereit. Ich bin voller Angst.

»Wirklich alles in Ordnung? Du klingst seltsam«, reißt mich meine Mom aus meinen trüben Gedanken.

Ich räuspere mich und lächle, als könnte sie das durch die Leitung sehen. »Yep. Alles gut. Ich wollte nur hören, wie es Dad und dir geht.« Und die Stimme meiner Mutter hören, denn es gibt zwar eine Menge Selbsthilfebücher für den Umgang mit extrem toxischen Eltern, aber nur wenige für das Verhalten in einer komplizierten Beziehung mit Eltern, die man sehr liebt, die einem in der Kindheit aber doch so manche Verletzung zugefügt haben.

»Hier ist nicht viel los«, meldet sich jetzt mein Dad zu Wort. Offenbar sind sie jetzt alt genug, dass sie die verborgene Lautsprecherfunktion entdeckt haben. »Wir waren gestern mit deiner Schwester mittagessen. In dem neuen Krankenhaus ist sie richtig erfolgreich.«

»Weniger würde ich von Ginny auch nicht erwarten.« Meine Schwester ist wirklich großartig. Ich habe nichts gegen sie – und meistens bleiben wir in Kontakt. Mir missfällt nur, dass ihr Name oft an meine Unzulänglichkeiten erinnert. In letzter Zeit habe ich mich gefragt, ob mich meine Eltern, falls ich aus der Mannschaft ausgemustert werde, wieder so wie früher anschauen werden. *Enttäuscht. Frustriert.* Oder habe ich mich endlich genug bewiesen, dass wir weiter so normal miteinander umgehen werden?

Dieser Anruf bewirkt das Gegenteil dessen, was ich mir erhofft hatte. Deshalb reden wir noch ein paar Minuten über nichts im Besonderen, dann beende ich das Gespräch und lege mein Handy weg.

Das Haus ist so still, dass das Geräusch, mit dem das Handy auf dem Marmortresen aufkommt, wie ein Penny hallt, den man in einen Brunnen wirft. Ich habe heute bereits trainiert – aber ich überlege, ob ich in mein hauseigenes Fitnessstudio gehen und ein paar extra Reha-Übungen machen sollen. Vor allem weil es nichts zu tun gibt und mir nicht danach ist, mich mit Freunden zu treffen. Aber statt gleich ins Fitnessstudio zu gehen, lege ich mich auf den Tresen, starre an die Decke und lasse meine Gedanken zu der einen Person wandern, an die ich nicht denken sollte.

Nora Mackenzie.

Ich lächle, weil mir aufgeht, dass es eine perfekte Lösung gibt, um mich zu beschäftigen und der Stille zu entkommen.

7

NORA

Ich bin gerade nach Hause gekommen, nachdem ich nach dem scheußlichen Kaffeetrinken mit Derek die ganzen Vertragsunterlagen eingescannt und in digitale Form gebracht habe. Natürlich kam Marty in meinem Büro vorbei, zusammen mit Joe, seinem Lieblingsspeichellecker, um mich zu belehren. *Sei vorsichtig, Mac. Pender sollte lieber nicht sehen, wie du da gerade die Stirn runzelst. Wenn ich du wäre, Kleines, würde ich schön weiterlächeln.*

Genau, weil ich wegen meiner Schönheit da bin, wo ich bin. Aber ich sage euch, von diesen Deppen lasse ich mir den Spaß am Lächeln nicht verderben. Wenn ich jede verdammte Sekunde meines Lebens lächeln möchte, dann werde ich das tun. Wenn ich morgen aufwache und beschließe, niemanden mehr meine glänzend weißen Zähne sehen zu lassen, dann ist das meine Entscheidung. Aber ich lasse mich nicht in die eine oder andere Richtung manipulieren. Deshalb tat ich einfach so, als bekäme ich einen Anruf, und ignorierte die beiden, bis sie gingen.

Es war ein anstrengender Tag, aber jetzt bin ich daheim in meiner gemütlichen kleinen Bleibe. Kaum bin ich durch die Tür, ziehe ich mit einem Seufzer der Erleichterung den Reißverschluss meiner Jeans hinunter und winde mich aus ihr hinaus.

Als Nächstes schäle ich mich aus meinem heißen rosa Blazer, dann hebe ich beides auf und entsorge es in meinem Wäschekorb (sortiert nach Farbe, weil ich in meiner Freizeit gern Spaß habe).

Jetzt bin ich allein in meiner Wohnung mit meiner Polarbärunterhose und dem T-Shirt mit dem Aufdruck *Let's Go Girls*, und die Welt ist völlig in Ordnung. Ich weigere mich zuzulassen, dass Dereks Kommentar über meine Hosenlosigkeit mein Gehirn vergiftet, denn egal, was er glaubt, er kennt mich nicht mehr. Wie alle anderen sieht er die leuchtenden Farben und mein rosarotes Lippenstiftlächeln und unterschätzt mich und was ich durchgemacht habe, um in meiner Karriere an diesen Punkt zu kommen.

Ich beschließe, den einen Menschen anzurufen, der mich wirklich kennt und versteht: meine Mom. Während ich warte, dass sie drangeht, hole ich eine Schachtel mit Eis aus dem Kühlschrank und eine mit Müsli aus der Speisekammer, um mir die ultimative Mischung für ein besseres Gefühl zu machen, eine Kugel Vanilleeis mit einer Spur Zimtzuckerstreuseln obendrauf. Ich sollte erst etwas Richtiges essen, aber ehrlich gesagt, war mein Tag solch eine emotionale Achterbahnfahrt, dass mir vermutlich nicht einmal der strengste Ernährungswissenschaftler Vorwürfe machen würde, weil ich dies als Mahlzeit betrachte.

Meine Mom meldet sich, als ich gerade meinen Polarbärhintern auf den Küchentresen schwinge (keine Verurteilung, ich lebe allein, und niemand kann sich über Hinternkeime auf dem Tresen beschweren, den ich mit ziemlicher Sicherheit desinfizieren werde, bevor ich ins Bett gehe.)

»Hi, Mom.«

»Hey, Schätzchen!«, erwidert meine Mom fröhlich und atemlos.

Ich schiebe mir den Löffel mit Eis und knusprigem Müsli in

den Mund. »Telefonierst du schon wieder in deinem Gymnastikkurs mit mir?« Beim Reden kommen mir ein paar Krümel in die Quere.

Der Kursleiter ist im Hintergrund über ein verzerrendes Mikrofon zu hören. »Und Kick, Kick, und Step, Step! Diesmal schneller!«

»Ja – aber ich mache die Bewegungen weiter mit.« Ich lächle in meine Eisschüssel hinein und stelle mir meine Mom vor, wie sie sich das Handy ans Ohr hält, während sie in einem YMCA-Kurs einen hohen Kick versucht. Seit ich klein war, hat sich meine Mom in jede Gruppenaktivität unter der Sonne gestürzt. *Ich brauche keinen Mann, um mein Leben zu genießen. Für so etwas wurden Gemeinschaftsaktivitäten erfunden, Süße.*

Sie ist einer dieser inspirierenden Menschen, in deren Gegenwart man einfach lebendig werden muss. Ehrlich gesagt, habe ich keine Ahnung, wie sie noch immer Single sein kann. Allmählich glaube ich, dass sie es wirklich vorzieht. In meinen Teenagerjahren gab es den einen oder anderen Mann – aber nie etwas Ernstes. Nur jemanden, mit dem sie ab und zu gern Zeit verbrachte, aber es war immer klar, dass Mom diejenige war, die die Männer auf Abstand hielt.

Denn wenn einen ein Mann nicht ermutigt, nach den Sternen zu greifen, Noraherz, stopft er dich in ein Glas, um sich dein Licht zu bewahren. Wir müssen uns nicht mit Luft begnügen, die durch ein paar Löcher in einem Deckel kommt. Wir können selbst Sterne werden, sagte sie immer und zwinkerte mir zu, wenn ich fragte, warum Soundso und sie sich getrennt hatten.

Meine Mutter hat in ihrem Leben viele verschiedene Jobs gemacht. Manchmal solche, die ihr wirklich etwas bedeuteten, und manchmal hat sie nur so viel gearbeitet, dass es für die Schulgebühren reichte und sie nachmittags bei mir zu Hause sein konnte. Aber eins ist sicher: Jeden ihrer Jobs hat sie mit Schwung und Leidenschaft angegangen. Sie hat mir gezeigt, dass jeder

Lebensabschnitt wichtig und kein Weg bedeutender als ein anderer ist.

»Wolltest du über etwas Bestimmtes mit mir reden?«, fragt sie schnaufend.

»Ähm … lass mich überlegen … wollte ich über etwas Bestimmtes reden? O ja – eins gibt es da. *Ich habe heute den Vertrag mit meinem ersten Klienten unterschrieben!*«

Meine Mom kreischt vor Begeisterung, genau wie ich das erwartet hatte. Sie war immer mein größter Fan – nie hat sie mich spüren lassen, dass es eine Last für sie war, alleinerziehend zu sein. Auf meinen Dad konnten wir uns in der Vaterrolle nicht verlassen, aber meine Mom war Elternteil genug für beide.

Im Hintergrund höre ich, dass der Kursleiter sie tadelt und ihr sagt, sie solle den Raum verlassen, wenn sie telefonieren möchte. Sie nennt ihn einen Grufti und geht nach draußen.

»Mom! Geh nicht. Wir können doch später darüber reden.«

»Oh, bitte. Ich soll eine Gelegenheit sausen lassen, mich vor den hohen Kicks zu drücken? Nein danke. So bekomme ich am Ende des Kurses immer noch meinen Donut und kann mich morgen noch bewegen und auf die Toilette setzen, ohne vor Schmerzen zu schreien. Zurück zu deinem Klienten – habe ich schon mal von ihm oder ihr gehört?«

Hmm. *Im letzten Collegejahr habe ich quasi über nichts anderes als über ihn geredet. Er kam Weihnachten mit mir nach Hause und hat dir geholfen, Waffeln zu backen. An deinem Geburtstag hat er dir Blumen geschickt, und ach ja, deine Tochter im Collegeschlafraum ihrer Jungfräulichkeit beraubt* (nicht dass meine Mom von Letzterem wüsste, aber Derek hat es angesprochen, und jetzt läuft es wie in Dauerschleife in meinem Kopf ab).

»Ja«, presse ich heraus. »Könnte sein. Es ist … Derek … Pender.«

»Oh.«

»Yeah.«

»Das ist …«

»Genau.«

»Und du hast ihn nicht mehr …?« *Gesehen seit eurer Trennung,* braucht sie gar nicht erst auszusprechen.

»Richtig.«

Wir lassen das beide einen Moment lang sacken. Und, um ehrlich zu sein, lasse ich zum ersten Mal das Schmerzhafte an dem zu, was ich gestern erlebt habe. Ich habe ihm in die Augen geschaut. Und ich habe gesehen, wie bei ihm eine Jalousie hinunterging.

Mir tut das Herz weh.

»Es war nicht meine Idee«, erzähle ich meiner Mom. »Die Agentur hat uns im letzten Moment einander zugeteilt. Offenbar wissen sie nichts von unserer Vergangenheit. Und ich möchte auch, dass das möglichst lange so bleibt, damit es nicht seltsam wird.« Oder seltsamer …

»Und wie ist es gelaufen? Wie hat Derek reagiert, als er dich wiedergesehen hat?«

»Hmm … es hätte besser laufen können.« Ich schweige und denke an seine dauergerunzelte Stirn. Früher hat er mich nie so kritisch angesehen. »Ich kann einfach nicht aufhören, darüber nachzudenken, wie ironisch es ist, dass ich mich wegen meiner Karriere von ihm getrennt habe, und jetzt hängt meine Karriere von ihm ab.«

»Sie hängt nicht von ihm ab, Nora. Deine Karriere würde auch ohne ihn weitergehen. Aber mit ihm kommt sie vielleicht schneller voran. Du musst also nur entscheiden, wie viel dir diese neue Arbeitsbeziehung wert ist.«

Mehr, als ich zugeben möchte – aber vielleicht nicht aus Gründen der Karrierebeschleunigung.

Moment, nein!

Mir geht es bei Derek ausschließlich um die Beschleunigung meiner Karriere.

»Ich lasse mir was einfallen, wie es funktionieren kann.«

»Das weiß ich. Das tust du immer, Zuckerschnute.« Aus irgendeinem Grund nutzt meine Mom ihre Spitznamen für mich selten mehr als einmal. »Ich habe volles Vertrauen in dich und komme gern mit einem anfeuernden Schild vorbei, wenn du mich brauchst.«

Ich lächle, weil ich weiß, dass sie das ernst meint. Vermutlich würde sie so vor meinem Bürogebäude auftauchen, wenn ich sie darum bitten würde. Denn so ist das mit meiner Mom – sie unterstützt mich immer. Selbst als ich mir damals in der achten Klasse aus einer Laune heraus meine langen Haare abschneiden wollte, die ich jahrelang hatte wachsen lassen, hat sie mir nicht tausend Fragen gestellt, um sich zu vergewissern, dass ich wusste, was ich tat. Sie hat einfach einen Termin ausgemacht und zugelassen, dass ich sie auf Kinnlänge kürzen ließ. Ihr Motto lautete immer, mich zu ermutigen, auf meine innere Stimme zu hören. Mir zu vertrauen und aus meinen Entscheidungen zu lernen.

Und als ich damals mit meinem Collegefreund Schluss gemacht habe, in den ich hoffnungslos verliebt war, hat sie meine Entscheidung oder meine Logik nicht hinterfragt. Sie sagte: *Komm dieses Wochenende nach Hause, dann essen wir Eis und sehen uns einen Film an, und du kannst mir alles erzählen.*

Mist, warum wandern meine Gedanken bei jeder sich bietenden Gelegenheit zu Derek? Ich muss sie an die Leine nehmen.

»Wenn ich dich schon dran habe«, setzt meine Mom an und verschafft mir damit die Ablenkung, die ich brauche. »Ich wollte dich auf Neuigkeiten aufmerksam machen, die ich vorhin auf Facebook gesehen habe.«

»Wieso bist du immer noch auf Facebook unterwegs?«

»Ich liebe das Drama. Vor allem, wenn sich die Nachbarschaft darüber in die Wolle bekommt, wessen Hund in wessen Garten ein Häufchen gemacht hat. Das wird richtig pikant – der Tratsch, nicht die Häufchen.«

»Das war gleichzeitig eklig und wahnsinnig komisch. Es gefällt mir.«

»Gut, weil dir das Nächste vielleicht nicht gefallen wird.« Sie schweigt einen Moment, und ich merke, wie ich mich anspanne. »Dein Vater heiratet wieder.«

Ich stoße einen tiefen Seufzer aus.

Mein Dad ist ein heikles Gesprächsthema. Meine Eltern waren nie ein Paar im klassischen Sinne, deshalb habe ich zwischen seinen Besuchen immer Notizbücher vollgeschrieben mit Statistiken über Mannschaften und Spieler, damit ich meinen sportvernarrten Dad bei seinem nächsten Besuch mit meinem Wissen beeindrucken konnte, und dann, vielleicht … ganz vielleicht würde er dann sogar mehr Zeit mit mir verbringen wollen. (Und sich dann in meine Mom verlieben, und wir würden alle glücklich bis ans Ende unserer Tage zusammenleben wie in den Disneyfilmen.)

Zu manchen Zeiten in meinem Leben funktionierte es, zu anderen nicht. Und je älter ich wurde, desto klarer wurde mir, dass es nicht daran lag, dass sich mein Dad nicht für meine Mom entschied – meine Mom war diejenige, die sich nicht für ihn entschied, denn sie hatte hohe Ansprüche, und denen hätte mein Dad niemals gerecht werden können.

Aber seine Aufmerksamkeit war Belohnung genug, dass ich weiterhin eifrig alles über Sport lernte. Und dann, als ich zehn war, heiratete mein Dad – nicht meine Mom, die Frau, die er im College geschwängert und die zu verdienen er nie versucht hatte. Eine Frau mit einer Tochter, gegen die er meine Mom und mich vollkommen einzutauschen schien.

Aber meine Wut auf ihn ist schon vor langer Zeit verraucht, denn wenn überhaupt, kann ich meinem lieben alten Dad nur dankbar sein, dass er in mir eine Leidenschaft und einen Traum geweckt hat. Heutzutage rede ich nur selten mit ihm, aber irgendwann in der Zeit, als ich ihn zu beeindrucken versuchte, ist

Sport mir wirklich ans Herz gewachsen. Zumindest dafür werde ich ihm immer dankbar sein.

Ich lege den Löffel in die Schüssel mit dem rasch schmelzenden Eis und stelle sie zur Seite. »Natürlich! Vermutlich hat er gehört, dass ich schon länger keine Gelegenheit hatte, mein Hochzeitscocktailkleid anzuziehen«, erwidere ich mit einem falschen Lachen, das hoffentlich trotzdem überzeugend ist.

»Ganz dein Dad, immer in Gedanken bei deinem Kleiderschrank.«

Wir kichern. Beide wissen wir, dass die jeweils andere Blödsinn daherredet.

Mein Lächeln erlischt. »Weißt du, mir wäre egal, dass das seine dritte Ehe ist, wenn ich das Gefühl hätte, dass er in diese etwas mehr Energie stecken würde. Aber das tut er nicht – das wissen wir beide. Es fühlt sich an, als würde er nie erwachsen werden. Nie ist ihm jemand wichtiger als er selbst.«

Ich fürchte mich vor dem unangenehmen Telefonat, das am Horizont droht und in dem von mir erwartet wird, dass ich mich für ihn und seine zukünftige Ehefrau freue. Ich stelle mir vor, nicht dranzugehen und ihn auf den Anrufbeantworter sprechen zu lassen. Aber im Grunde weiß ich, dass ich das niemals tun werde. Denn egal, wie sehr ich mich dagegen wehre, werde ich doch immer das Mädchen bleiben, das hofft, dass er dieses Mal Teil meines Lebens bleiben und mich nicht gegen eine neue Familie eintauschen wird – um erst wieder aufzutauchen, wenn es mit der anderen nicht mehr läuft.

Bei der Erinnerung an das letzte Mal, als ich meinem Dad fälschlicherweise mein Vertrauen schenkte und er mich einfach versetzte, zieht sich mir die Kehle zusammen. An dem Abend vor dem Examen im College, bei dem ich durchgefallen bin. Dem Examen, für das ich das Lernen verschoben hatte, um mit Derek Urlaub zu machen und seine Eltern zu besuchen – und dann hätte ich an dem Abend, als ich wieder zu Hause war, wie blöd für die Prüfung lernen sollen, statt zuzustimmen, mich mit meinem Vater eineinhalb Stunden vom College entfernt zum Abendessen zu treffen, *weil er mich so sehr vermisste und mich unbedingt sehen wollte.* Nur um eine Stunde in dem blöden Restaurant rumzusitzen und dann ohne eine Antwortnachricht oder einen Anruf von meinem Dad wieder zu gehen. Wie ich später herausfand, war er ausgerechnet an jenem Abend in einer Stimmung, in der er beschloss, seiner Freundin einen Heiratsantrag zu machen – worüber er unser Abendessen vergessen hatte. Ich fiel durch die Prüfung, und ein paar Tage später machte ich mit meinem Freund Schluss.

Das war der Tag, an dem mir klar wurde, dass ich niemandem so wichtig sein würde wie ich mir selbst – und ich für meine Träume kämpfen musste, weil es kein anderer tun würde.

»Ich stimme dir zu«, sagt meine Mom. »Und … es tut mir leid, dass er dein Vater ist, Nora. Es tut mir leid, dass er niemand ist, der sich auf dein Leben einlässt und bleibt, wie du das verdient hättest.«

Meine Mom hat sich immer mal wieder schuldig gefühlt, weil sie mich mit meinem Dad gezeugt hat. Was mich immer wütend macht, denn sie war in meinem Leben präsent genug für eine Mom und einen Dad.

»Mir tut das nicht im Geringsten leid. Er hat meine Liebe zum Sport geweckt, und von ihm habe ich mein tolles rotbraunes Haar. Stell dir doch nur mal vor, wie seltsam ich als Blondine ausgesehen hätte. Ich liebe dich, Mom, und du bist weiterhin die Nummer eins in meinem Leben. Gleich nach Dolly Parton.«

»Wegen ihrer blendenden Outfits, nicht wahr?«

»Eigentlich wegen ihrem Busen. Ich würde alles dafür geben, wenn ich ein paar Wahnsinnsmelonen wie ihre hätte.«

Meine Mom lacht. »Vielleicht eines Tages, wenn du mit Sponsorenverträgen mit deinem Ex-Freund-Schrägstrich-Klienten tonnenweise Geld verdient hast.«

Nach ein paar weiteren unheilvollen Gesprächswendungen legen wir auf, damit meine Mom in ihren Kurs zurückkehren kann. Ich mache es mir auf meiner Couch bequem und stelle als Hintergrundgeräusch *The Great British Bake Off* an, während ich mir noch einmal Dereks Verträge und Abschlüsse anschaue, denn ich bin nicht gern allein mit meinen Gedanken, und Therapie ist zu teuer. Briten, die nett darum wetteifern, einen Teller in einem einfach gehaltenen Backwettbewerb zu gewinnen, sind das Nächstbeste. Ich brauche nur etwas, das mich davon ablenkt, dass mein Vater wieder heiratet. Und deshalb bin ich ein bisschen zu begeistert, als mein Telefon klingelt.

»Hallo?«, frage ich, obwohl ich die Nummer nicht kenne. Vielleicht ein Telefonverkäufer, aber ehrlich gesagt, bin ich auch bereit, über die erweiterte Garantie meines Wagens zu reden, wenn das bedeutet, nicht hier sitzen und über die Traurigkeit nachdenken zu müssen, die sich nach dem Telefonat mit meiner Mom in meiner Brust breitgemacht hat.

»Nora, ich bin's.«

Es gibt nur einen Mann, der mich noch mit diesem Namen anredet, und ich hatte nicht erwartet, so rasch von ihm zu hören. Unerwünschte Schmetterlinge fliegen beim Klang seiner Stimme auf, und ich weiß nicht recht, was ich davon halten soll. Müsste ich den Klang seiner Stimme nach allem, was passiert ist, nicht hassen? Muss wohl Muskelgedächtnis sein.

»Hallo, *ich*. Nett, dich kennenzulernen.« Ich springe von der Couch auf und rase in mein Schlafzimmer, um meine Hose aus der dreckigen Wäsche herauszukramen. Vermutlich lächerlich, aber irgendwie habe ich das Gefühl, er könnte an meiner Stimme merken, dass ich weitgehend nackt bin, und dann behaupten, ich hätte gegen eine Regel verstoßen.

»Das war ein übler Dad-Witz.«

»Nichts da.« Ich winde mich in meine Jeans und ziehe den Reißverschluss hoch.

»Habe ich dir genügend Zeit gelassen, deine Hose wieder anzuziehen, bevor ich frage, ob du eine anhast?« Sein Ton ist weder flirtend noch spielerisch. Er ist selbstgefällig.

Mir bleibt der Mund offen stehen, aber ich achte darauf, kein Geräusch von mir zu geben, das meine Überraschung verrät. »Das können wir unter unangebrachte Fragen auflisten. Und ich habe meine Hose die ganze Zeit an, vielen Dank auch«, lüge ich.

»Ich habe den Reißverschluss gehört.«

Verdammt.

»Was kann ich für dich tun, mein Klient?«, frage ich betont munter, mehr als bereit, das Thema zu wechseln.

Seine Stimme klingt tief und gedämpft, wenn er spricht, als würde er liegen. »Du kannst damit anfangen, die ganze Zeit fünfzig Prozent weniger fröhlich zu sein.«

»Verstanden. Ich schreibe es bereits auf. Fünfzig Prozent … weniger … fröhlich«, erwidere ich, als würde ich mir fleißig Notizen machen. »Und jetzt knülle ich den Zettel zusammen und werfe ihn in die Mülltonne, wo er hingehört. Irgendwas tatsächlich Nutzbringendes, bei dem ich dir helfen kann?«

Er stößt einen tiefen Seufzer aus, und aus irgendeinem Grund bringt mich das zum Grinsen. »Nun … ich rufe an, weil … ich dich brauche.«

Nach diesen Worten herrscht tödliche Stille, und alles in mir spannt sich an. Wäre ich eine Katze, würde jetzt jedes einzelne meiner Nackenhaare hochstehen. »Du …?«

»Tut mir leid. Ich hatte mich an Wasser verschluckt und musste dich kurz auf stumm schalten, um husten zu können.« Er räuspert sich erneut. »Du musst zu mir nach Hause kommen und mir mit etwas helfen. Es ist wichtig.«

Meine Schultern sacken herab. Vor Erleichterung! Und aus keinem anderen Grund. Definitiv keine Enttäuschung über sein Formuliermissgeschick. »Oh. Natürlich. Yeah. Was immer du brauchst. Soll ich morgen vorbeikommen, so gegen …«

»Jetzt«, erwidert er in diesem barschen Befehlston, den ich von ihm bereits zu oft gehört habe.

Ich schaue auf die Uhr. Es ist schon sechs, was bedeutet, dass der Verkehr in L.A. gerade, egal, in welche Richtung, katastrophal sein wird. Mehr noch, ich bin gerade erst von der Arbeit nach Hause gekommen und habe noch nichts gegessen. Eis zählt nicht, mein Magen knurrt schon wieder. Ich gehöre zu den Menschen, die am Tag acht kleine Mahlzeiten zu sich nehmen (sprich: mittelgroße bis große), und ich brauche jede einzelne davon, weil mir sonst meine Fröhlichkeit abhandenkommt und ich mich in einen Trauerkloß verwandle. Und wenn ich erst ein Trauerkloß bin … nun, dann weiß das keiner, weil ich Frustration nicht so gut zum Ausdruck bringen kann, aber dennoch! Ich fühle mich innerlich ausgehöhlt.

»Bist du sicher, dass es nicht bis morgen warten kann?«

Er lässt mich kaum zu Ende reden, bevor er barsch erwidert: »Bist du meine Agentin, oder nicht?«

Verblüfft packe ich das Telefon fester. »Ja. Du weißt, dass ich das bin.«

»Dann solltest du dich auch so verhalten. Meine Agentin muss vierundzwanzig Stunden am Tag für mich zur Verfügung stehen. Wenn das für dich zu schwierig ist …« Ich höre das arrogante Grinsen in seiner Stimme und weiß instinktiv, dass diese gesamte Vereinbarung eine einzige große Falle ist. Ich sehe sie jetzt als das, was sie ist. Er wird so nervig wie möglich sein, bis ich aufgebe. Vielleicht hatte er von Anfang an nie wirklich vor, mich seine Agentin sein zu lassen. Ich spüre es in meinen fröhlichen kleinen Knochen, dass dies unser nächster Wettstreit wird. *Wer von uns beiden kann länger durchhalten?*

»Natürlich ist das kein Problem. Ich dachte mir, dass du am Abend vielleicht müde bist. Die Interessen meines Klienten haben bei mir immer Vorrang.« Und dann lasse ich ihn Dreck fressen, schließlich hat er in mir die beste Agentin, die er je hätte haben können. Weshalb ich rasch die halb leere Müslischachtel aus dem Schrank hole, sie in meine übergroße Handtasche stopfe und nach meinen Schlüsseln greife. »Schick mir deine Adresse, Dere-Bear. Ich bin schon unterwegs.«

»Verballhorne ja nie wieder meinen Namen«, sagt er und legt dann ohne ein weiteres Wort auf.

Nun, jetzt kommt mir ein neuer Spitzname. *Derek der Dummschuh.* Zumindest wird mir sein Verhalten helfen, diese nervtötenden Gefühle loszuwerden, die ich noch für ihn gehegt habe.

Aber erst mal ändere ich seinen Kontakt in meinem Handy in Dere-Bear.

8

NORA

Ich fahre vor Dereks umzäuntes Wohngebiet vor und melde mich bei dem sehr ernst schauenden Sicherheitsmitarbeiter. Dieses Viertel ist dafür bekannt, dass hier einige der berühmtesten Promis und Sportler in L.A. wohnen. Es ist schwer bewacht, und niemand kommt ohne speziellen Zugang herein. Weshalb ich, als ich dem Sicherheitsmitarbeiter meinen Ausweis aushändige, inständig hoffe, dass mich Derek auf die Liste gesetzt hat. Ein paar Sekunden später öffnet sich das Tor, und ich fahre an den staunenswertesten Häusern vorbei, die ich je gesehen habe.

Kein einziges Haus in diesem Viertel ist unter acht Millionen Dollar wert. Und als ich in Dereks gewundene Einfahrt einbiege und zu dem kleinen Privatwald komme, der strategisch vor dem Haus gepflanzt ist, habe ich einen guten Blick auf sein riesiges Zuhause und weiß genau, wie sich Elizabeth Bennet fühlte, als sie bei Pemberley vorfuhr. Für dieses Haus hat er mindestens zwölf Millionen hingelegt.

Hier lebt Derek.

Zu schade, dass er jetzt so ein Fiesling ist.

Ich stelle den Wagen auf dem für Gäste vorgesehenen Parkplatz ab und sitze dann wer weiß wie lange da und nehme alles in mich auf. Die Monstrosität ist L-förmig gebaut, und das Äußere ist eine Mischung aus grauem Stein, tiefschwarzer Verkleidung und schwarzen Metallfensterrahmen. An der Seite ist ein kleiner Teich mit einer Art Löwenstatue, aus deren Maul Wasser schießt. Und die Fenster sind so groß, dass es mich nicht überraschen würde, wenn sie dieselben Ausmaße wie eine Wand meiner Wohnung hätten. Dieses Gelände ist locker dreitausend Quadratmeter groß.

Wieso lebt er hier? Es kommt mir wie zu viel Haus für einen einzelnen Menschen vor.

Oder … oh, verdammt. Vielleicht ist er nicht nur ein einzelner Mensch. Vielleicht hat er gerade eine Freundin, und sie wohnt hier mit ihm? Vielleicht hat er eine Freundin, die er von ganzem Herzen liebt und der er gleich einen Heiratsantrag machen wird? Vielleicht unterbreche ich eine Liebeserklärung!

Vielleicht muss ich meiner Fantasie Einhalt gebieten und meine Aufregung herunterregeln.

Ich werfe mir im Rückspiegel einen ernsten Blick zu. »Jetzt hör mir mal zu, du. Derek Pender bedeutet dir nichts mehr. Selbst wenn du einen Heiratsantrag unterbrichst, hat das keinen Einfluss auf dein Leben. Es steht ihm frei, zu heiraten, wen immer er will. Du schaffst das. Du bist eine starke, kluge, sexy Zuckerschnitte von einer Frau, und du schaffst das.« Ein entschlossenes Nicken, und ich bin ausgestiegen und gehe durch den Steinsäulengang, der zu seiner Eingangstür führt.

Ich klingle und warte, dass er aufmacht. Ich warte und warte und warte. Endlich, als ich gerade mein Handy heraushole, um ihn anzurufen, öffnet er die Tür.

»Du hast ja ewig gebraucht, um hierherzukommen«, sagt er statt einer Begrüßung und winkt mich herein.

Ich weiß nicht, wieso ich einen *Downton Abbey*-*Butler* auf der anderen Seite der Tür erwartet hatte, jedenfalls war ich so gar nicht auf Derek in Trainingsshorts und mit schwitzender und sich heftig hebender und senkender Brust unter einem weißen durchgeschwitzten L.A. Sharks-T-Shirt gefasst. Es klebt skandalös an seinem Körper, und ich kann jeden einzelnen kräftigen Muskel seines Oberkörpers sehen. Tattoos hat er ebenfalls unter diesem T-Shirt. Sie verteilen sich auf seinen Brustmuskeln, allerdings kann ich nicht erkennen, was sie darstellen.

Ich würde gern eine Pause einlegen und die Tattoos auf seinen Armen bewundern, aber ich traue mich nicht, sie lange genug zu betrachten, um sie zu identifizieren. Mein Blick ruht schon zu lange auf seinen breiten Schultern.

»Tja nun, ganz L.A. hatte beschlossen, es wäre ein guter Abend, um sich ins Auto zu setzen. Und der Sonnenuntergang war wunderschön, insofern hatten sie nicht unrecht.« *Und du hast mir vor dieser spontanen Fahrt nicht den geringsten Hinweis darauf gegeben, was so dringend ist.*

Ich reiße den Blick von seinem Körper los und richte ihn auf sein Gesicht. Das macht es nicht besser. Ehrlich, es ist nicht fair, dass irgendein Mensch derart sexy aussieht. Ich dachte immer, Derek wäre damals im College, als wir zusammen waren, männlich und erwachsen gewesen. Aber dieser Derek lässt die frühere Version wie einen kleinen Jungen mit einer Windel wirken. Ich meine, heiliges Kanonenrohr! Diese Unterarme. Diese Muskeln an seinem Halsansatz. Er hat Brecheisen als Schlüsselbeine. Falls ich mich aus meinem Auto aussperre, muss ich ihn nur mit diesen Knochen aus Stahl gegen mein Fenster stoßen lassen, und es wird sofort zersplittern. Aber am schockierendsten ist die schiere Masse seiner Muskeln. Wie ich gehört habe, arbeitet die NFL in ihrem Trainingszentrum mit Gewichten, aber ich glaube, sie stemmen dort Autos.

Jeder, der je in eine Zeitschrift geschaut hat, weiß, dass Nathan Donelson der schönste Mann in der NFL ist. Er hat dieses Clark-Kent-Superman-Aussehen. Ein hübsches Lächeln und Grübchen, dunkle Augen. Aber Derek Pender ist anders attraktiv. Er ist so … nun, er sieht männlich und gefährlich aus. Er hat dieses maskuline Etwas, das in mir den Wunsch weckt, erst mich selbst in die Unterlippe zu beißen und danach ihn. Das ist ein Bedürfnis, das ich schon lange nicht mehr hatte.

Apropos Unterlippe, seine Mundwinkel sind deutlich nach unten gezogen, vermutlich weiß er, dass ich ihn begafft habe.

Ich räuspere mich und deute mit dem Daumen über die Schulter. »Dein Haus ist unglaublich. Und mir gefällt der Löwe da draußen. Bitte sag, dass du ihn Simba genannt hast.«

»Ich habe ihn gar nichts genannt.«

Ich presse die Hand auf mein Herz. »Woher soll er dann wissen, dass du ihn liebst?«

Genervt reißt Derek die Tür weiter auf. »Komm einfach rein, Nora.«

Er dreht sich um und geht vor mir her, und da sein verschwitztes T-Shirt fast durchsichtig ist, meine ich zu sehen, dass er auch am Rücken Tattoos hat. Es juckt mich in den Fingern, ihn zu fragen, ob jedes einzelne eine spezielle Bedeutung hat, aber ich versuche auch, mich geistig so gut wie möglich von Derek zu distanzieren. Ich darf mich nicht fragen, wie dieser Derek ist. Ob er Popcorn immer noch hasst. Welche Serie er zurzeit am liebsten schaut. Redet er nach wie vor im Schlaf?

»Alle nennen mich jetzt Mac, wusstest du das?«

»Ich habe es bemerkt.«

»Aber du machst das nicht?« Es fühlt sich noch immer ganz komisch an, mit ihm im selben Zimmer zu sein. Unter meiner Haut summt eine leise Energie. Als würde sie versuchen, sich wiederzubeleben.

»Es ist verführerisch …« Ich höre seiner Stimme an, dass er abschätzig grinst. »Schließlich erinnere ich mich, wie sehr du diesen Spitznamen hasst. Aber nein, ich glaube nicht, dass ich ihn übernehme.«

Ich bin so schockiert, dass ich ein wenig aus dem Tritt gerate –

glücklicherweise fällt es ihm nicht auf. Und er stellt mir auch keine Fragen, wieso man mich so nennt (vermutlich würde das gegen Regel Nummer zwei verstoßen). Wieso also stürzt er sich nicht auf die Möglichkeit, mich mit einem Namen anzureden, den ich nicht mag? Zumal Derek mich so sehr zu hassen scheint.

Ich folge Dereks sexy Rücken durch sein riesiges, hoch aufragendes Foyer (o mein Gott, seine Treppe hat ein Geländer aus Glas, mit der sie aussieht, als würde sie zum oberen Stockwerk hinaufschweben), durch ein umwerfendes, im skandinavischen Stil eingerichtetes Wohnzimmer, von dem aus man in eine atemberaubende Küche mit Blick in den Garten gelangt. Und Wahnsinn, wo soll ich anfangen zu beschreiben, was für ein unglaublicher Garten das ist! Durch die bodentiefen Glasfenster sehe ich eine Mischung aus Innenhof und Pool, dazu ein weißes überdachtes Umkleidehäuschen. Dahinter liegt sein komplett gläsernes hauseigenes Fitnessstudio.

»Wow«, sage ich und mache eine halbe Drehung, um alles in mich aufzunehmen.

»Eine Küche.«

Ich schaue ihn ausdruckslos an. »Oh, bitte – das ist eine Ode an das Paradies, und wie kannst du es wagen, dem irgendeinen anderen Namen zu geben?«

»Nun gut, dass du das so empfindest, denn hier wirst du die nächste Stunde verbringen.« Er nimmt ein Küchenhandtuch von der Insel und reibt sich damit über seinen verschwitzten Nacken und sein verschwitztes Haar. Die kräftigen Muskeln an seinem Arm spannen sich unter den Tattoos an, und ich reiße mich so schnell wie möglich von dem Anblick los.

Zögernd schaue ich mich in der Küche um und sehe, dass auf dem Tresen einiges an Zutaten steht. Seine *wichtige Arbeit* fühlt sich von Sekunde zu Sekunde weniger wichtig an. »Was genau tue ich hier, Boss?«

»Nenn mich nicht *Boss*.«

»Okay, Derek-bo-bereck-fe-fi-fo…«

Stöhnend fährt er sich mit den Händen über das Gesicht. Er ist bereits genervt von mir, dabei bin ich gerade mal fünf Minuten hier. Es sind diese kleinen Trostpflaster im Leben, die mir Freude bereiten. »Nenn mich gar nichts«, sagt er ungeduldig. »Du bist hier, um Fettuccine Alfredo für mein Date zu machen. Das ist alles.«

Ich lache kurz auf. »Tut mir leid, ich glaube, all diese extravaganten Muskeln, die du da hast, ziehen deinem Gehirn zu viel Energie ab, denn es klingt, als hättest du mir gerade gesagt, dass ich deine Privatköchin sein soll, und dabei handelt es sich doch bestimmt um einen Fehler?«

Derek kneift die blauen Augen zusammen, und ich könnte schwören, dass sich da ein Lächeln in seinen Mundwinkel einschleicht. »Kein Fehler. Du musst das Abendessen machen. Ich bekomme nachher Besuch, und mein Koch ist indisponiert.«

Indisponiert sagt man von jemandem, den man umgebracht und im Keller entsorgt hat. Hat Derek seinen Koch umgebracht, damit er mich einer Kochfolter unterziehen kann?

Ich stemme die Hand in die Hüfte und versuche, so autoritär wie möglich zu wirken. »Ich zerstöre deine Wunschvorstellung ja nur ungern, aber ich glaube, Fettuccine Alfredo gehört nicht zu meiner Jobbeschreibung.«

Er schaut mich dermaßen durchdringend an, dass ich beinahe ins Wanken gerate, und macht dann einen Schritt auf mich zu. »Nicht? Bei meinem letzten Agenten konnte ich mir sicher sein, dass er stets für mich zur Verfügung stand, wann immer ich ihn brauchte. Und ich erinnere mich vage, dass du behauptet hast, dir ginge es immer um das Beste für deine Klienten.«

Er gibt gerade Darth Vader – ganz der Dunklen Seite verschrieben.

Und okay, im Prinzip stimmt es, dass wir die Wünsche unserer Klienten erfüllen sollen, aber normalerweise verfügen diese über so viel gesunden Menschenverstand, dass sie nie etwas derart Unhöfliches von uns verlangen würden. Nun, abgesehen von dem einen Mal, als Nicole Elsa gespielt hat. Aber das hatte sie von sich aus angeboten, weil sie ihren Klienten mochte und ihm helfen wollte. Derek bedeutet mir inzwischen nicht mehr viel, und mir gefällt auch die Vorstellung nicht, ihm dabei zu helfen, dass er heute Abend ein erfolgreiches Date hat. (Vergesst, dass ich den zweiten Teil hinzugefügt habe.)

Ich trete näher an ihn heran. »Du missbrauchst deine Macht.«

Auch er kommt noch ein Stück näher. »Tue ich das? Du kannst sofort aufhören, wenn dir die Arbeit missfällt. Der Vertrag lässt sich jederzeit auflösen.« Sein Grinsen hat etwas Abstoßendes. Ich hasse diesen Derek. Er sieht anders aus, er klingt anders, er verhält sich anders. Ich bin froh, dass ich mich damals nicht ernsthaft an ihn gebunden habe, denn sein Dasein als Profifootballer ist ihm eindeutig zu Kopf gestiegen.

Aber ich bin keine, die leicht aufgibt. Ich bin Meisterin darin, eine Zitrone mit bloßen Händen auszupressen und dann dem Saft eine ganze Wagenladung Zucker hinzuzufügen, weil ich keine bittere Limonade mag. *Du musst dir schon etwas Besseres einfallen lassen als Fettuccine Alfredo, um mich loszuwerden, Blödmann.*

Ich schiebe mein Kinn weiter vor – bin ihm so nah, dass ich seinen Schweiß riechen und auch die neuen zarten Fältchen um seine Augen bemerken kann –, und dann ... schaue ich von unten in seine Nasenlöcher. Nicole trägt als Einschüchterungsstrategie hochhackige Schuhe, um auf gleicher Augenhöhe mit Männern zu sein. Aber meine Lieblingsstrategie ist diese. »Ich helfe gern. Wo ist das Rezept?«

»Drüben bei den Zutaten.« Er kneift leicht die Augen zusammen, eindeutig irritiert, dass ich die ganze Zeit auf seine Nase starre, aber noch zieht er sich nicht zurück. Aber *oh,* er wird es tun. Vor allem weil ich es noch ein wenig weiter treibe und meinen Blick immer wieder zwischen seinen Augen und seiner Nase hin- und herwandern lasse.

Er ist so groß und breit, dass es sich anfühlt, als würde ich einen Wolkenkratzer betrachten, aber ich starre weiter die Goldminen in seiner Nase an und warte, dass er sich als Erster zurückzieht. Und um dem Ganzen die Krone aufzusetzen, schnüffele ich leicht. Nur ein einziges Mal, um ihm noch mehr zuzusetzen.

Es dauert gerade mal zwei Sekunden, bis Derek einknickt.

»Verdammt«, murmelt er schließlich leise und dreht den Kopf weg, um rasch über seine Nase zu fahren und den nicht existenten Popel wegzuwischen. Ich wende ihm mit einem befriedigten Grinsen den Rücken zu, wissend, dass mich dieser kleine Sieg den ganzen Abend beflügeln wird.

Sobald er sich wieder gefangen hat und sich sicher ist, dass keine Fledermäuse in der Höhle sitzen, sieht er mich wieder an. »Ich gehe jetzt duschen.« *Das stelle ich mir lieber nicht vor.* »Alles, was du brauchst, müsste auf dem Tresen liegen oder im Kühlschrank sein.«

Ich nicke und vertiefe mich in das Rezept, um die Erinnerung zu verdrängen, wie es war, in Dereks Armen unter dem heißen Duschstrahl zu stehen. Wie er meine Schulter und meinen Hals geküsst hat, und dann …

»He, Nora?« Sein zärtlicher Ton lässt mich aufhorchen. Den Bruchteil einer Sekunde lang ist es, als würde mich der Mann aus meiner Vergangenheit ansprechen. Ich frage mich, ob es daran liegt, dass ihm dieselben Erinnerungen gekommen sind wie mir.

»Yeah?«

Mit leicht gerunzelter Stirn leckt er sich die Lippen, und ich bin darauf gefasst, dass gleich etwas wirklich Welterschütterndes kommen wird. »Ähm … koch die Nudeln nicht zu lange.«

Sein Lächeln ist das einer Schlange. »Ich hasse es, wenn sie klebrig werden.«

Du bist klebrig, würde ich am liebsten zu seinem sich entfernenden Rücken sagen.

9

NORA

Ich habe noch nie zuvor Fettuccine Alfredo gemacht, aber wo ein Wille ist, ist auch ein Weg. Wenn Derek glaubt, ich lasse mich von ein bisschen Kochen abschrecken, dann kennt er mich schlecht. Ich werde diese Nudeln so gut machen, so köstlich, dass es ihm Tränen in die Augen treiben wird. Und dann werde ich ihn dazu bringen, sich an den Tisch zu setzen und mit mir über Karrierestrategien zu reden. Sobald ich ihn in dieses Essenskoma versetzt habe, wird ihm gar nichts anderes übrig bleiben, als sich zu fügen. Außerdem bin ich davon überzeugt, dass er gar keinen Besuch erwartet. Ich habe jetzt Zugang zu seinem Google-Kalender, und als ich eben nachgeschaut habe, stand da nichts von einem Date.

Was bedeutet, dass das gerade nur ein weiteres Folterinstrument für diesen Abend war. Er glaubt, es macht mir etwas aus, wenn er ein Date hat? *Ha!* Na gut, doch, das tut es, sehr sogar. Aber die Befriedigung, das zu wissen, werde ich ihm nicht gönnen.

Während der nächsten Stunde sichte ich die Zutaten, mache den Teig für die Nudeln und schneide sie zurecht (ja, er bestand auf selbst gemachte Nudeln). Ich sehe mir das YouTube-Video eines lieben Engels an, der mir während des gesamten Prozesses die Hand hält, und bis ich mit den Nudeln fertig bin, fühle ich mich wie Julia Childs Abkömmling. Als Nächstes ist die Soße dran, und dafür muss man Knoblauch in einer Pfanne mit gebräunter Butter rösten. Mein Magen knurrt so laut, dass in den Nachrichten bestimmt von einem Erdbeben die Rede sein wird.

Im Handumdrehen ist es Zeit, die Hühnerbrühe hinzuzufügen. Nachdem ich also zwei Tassen eklig riechende Flüssigkeit in einen gläsernen Messbecher gefüllt habe, nehme ich ihn vom Küchentresen und drehe mich damit zum Herd um. Unglücklicherweise trifft meine Hand mit der Brust des Mannes zusammen, den ich gar nicht in die Küche habe kommen hören, und ich gieße mir die gesamte eklig riechende Brühe über T-Shirt und Jeans. Der Messbecher fällt auf den Boden und zerspringt in tausend Stücke, denn die Schwerkraft drückt sich auch heute nicht vor ihrer Aufgabe.

Ich stoße einen Schrei aus und bücke mich, um die Glasscherben aufzuheben, damit wir nicht hineintreten. Aber bevor ich das tun kann, packt mich Derek auch schon an der Taille und hievt mich auf den Tresen. Sein Blick ist wie ein Gewitter, das sich gleich entladen wird. Vermutlich brüllt der neue Derek gern, und gleich wird er mir eine Standpauke halten, weil ich solch ein Chaos in seiner Küche angerichtet habe. Doch dann sagt er etwas Unvorhersehbares. »Wolltest du diese Glasscherben etwa gerade mit bloßen Händen aufsammeln?«

Er nimmt meine Hand in seine, dreht sie mit der Handfläche nach oben und inspiziert sie. Meine Konzentration richtet sich auf die warme raue Haut seiner Finger. Darauf, wie groß und sicher und fähig seine Hand ist. Auch andere Dinge fallen mir auf – zum Beispiel, wie sauber er nach seiner Dusche riecht. Wie köstlich sein Duschgel duftet, ich könnte es glatt trinken. Aber es ist die Mischung aus diesem Geruch und seinem eigenen – dieser Geruch, der so sehr Derek ist –, der mich innerlich schmelzen lässt.

»Das war eine instinktive Reaktion. Tut mir leid, dass ich so ein Chaos angerichtet habe. Ich verspreche, ich …«

Derek lässt meine Hand los und fährt mit seiner an meiner Wade entlang, damit ich das Bein ausstrecke und er meinen nackten Fuß greifen kann (weil ich nicht zu denen gehöre, die in Innenräumen Straßenschuhe tragen). Als ich spüre, wie seine Hand über meinen Knöchel und mein Fußgewölbe gleitet, schnappe ich leise nach Luft. Es ist so eine intime Berührung, liebevoll und zärtlich. Als würde sich ein Teil von ihm erinnern, dass ich für ihn mal sehr kostbar war.

Mein Gehirn braucht eine Sekunde, bis es hinterherkommt, aber schließlich wird mir klar, was er tut. Er vergewissert sich, dass ich mich nicht geschnitten habe.

»Mir geht es gut.« Ich versuche, meinen Fuß wegzuziehen, weil ich nicht mit diesem Libellenschwarm klarkomme, den seine Berührung in meinem Bauch freigesetzt hat. So habe ich für ihn nicht mehr zu empfinden. Mein Körper sollte nicht auf seinen reagieren.

Als er mich anschaut, kneift er die blauen Augen noch fester zusammen. »Halt still. In deinem Fußrücken stecken Splitter.«

»Echt?« Ich blicke hinunter, und dann fängt der Raum an, sich zu drehen. Aus meinem Fußrücken ragen zwei kleine Glasscherben, und aus den Wunden fließt ein wenig Blut.

Das ist mein Ende. Sagt meiner Mom, dass ich sie liebe. Bitte sendet mein ganzes Geld an die Knitters of America Association, denn ich finde, das ist eine unterschätzte Organisation, und ich wollte schon immer stricken lernen.

»Hey, ruhig«, sagt Derek, lässt meinen Fuß los und legt die Hand an meinen Hinterkopf. Ich würde gern behaupten, es wäre romantisch, dabei hat er bloß gemerkt, dass ich gleich das Bewusstsein verliere, und er will nicht, dass mein Schädel auf seinem Tresen aufschlägt und ein noch größeres Chaos anrichtet.

Dann müsste er Glas und Knochensplitter auflesen, und das wäre einfach zu viel Aufwand vor einem Date.

»Du wirst noch immer ohnmächtig, wenn du Blut siehst?«

Ich nicke, weil ich zu mehr gerade nicht in der Lage bin.

Das hat er im College mitbekommen, als einem unserer Freunde ein Frisbee ins Gesicht flog und ihm daraufhin Blut aus der Nase strömte. Ich verlor auf der Stelle das Bewusstsein und fiel um. Derek musste mich in die Notaufnahme bringen, weil ich eine leichte Gehirnerschütterung hatte. Nachdem man mich entlassen hatte, blieb er die ganze Nacht mit mir auf, schaute mit mir *Das Büro* und fütterte mich mit Süßigkeiten.

Der medizinische Begriff für mein Problem lautet Vasovagales Syndrom, und es handelt sich dabei um ein Herzleiden, bei dem bestimmte Stressmomente (bei mir vor allem der Anblick von Blut) Puls und Blutdruck absacken lassen, woraufhin ich ohnmächtig werde. Aber die meisten Leute hören nur: eine Krankheit, bei der Nora die Dramaqueen gibt. In der Highschool glaubten die Mädchen, ich würde das nur vortäuschen, um die Aufmerksamkeit der Jungs auf mich zu ziehen, als sich Kathleen während der Präparierungswoche aus Versehen in die Hand schnitt. Der Schnitt ging so tief, dass die Wunde genäht werden musste. Und keiner ihrer Freunde verzieh mir, dass der Junge, in den sie verliebt war – Cody – an jenem Tag mich getröstet hat und nicht sie.

Auch mein letzter Ex-Freund hielt es für eine weitere *Überreaktion*, die er der mentalen Strichliste hinzufügen konnte, die er offenbar über meine Besonderheiten führte. *Als hätte ich Kontrolle über das, was mein Herz tut.* Ungewollt oder nicht, für ihn war es der letzte Tropfen, der das Fass zum Überlaufen brachte. Er spielte mit Freunden ein tumultuöses Basketballspiel, bei dem er einen Ellbogen ins Gesicht bekam, der ihm die Vorderzähne ausschlug und die Lippen aufriss. Er kam zu mir auf die Tribüne gerannt und zeigte mir seinen Mund, damit ich den

Schaden begutachtete. Überall war Blut. Ich wurde ohnmächtig, und später, als alles geregelt war, machte er mit mir Schluss. Er sagte nur, dass unsere Beziehung für ihn zu viel sei. Was er eigentlich meinte, war: *Ich* war zu viel.

Das ist in Ordnung. Meine Mom hat mir schon früh beigebracht, dass ich niemals jedermanns Liebling sein würde, dass das aber auch nicht hieße, dass ich mich für irgendjemanden ändern solle. Ich ließ diesen Freund ziehen – ich wünschte, den Schmerz der Zurückweisung hätte ich genauso gut vergessen können.

Derek behandelt mich allerdings nicht, als wäre ich seltsam. Seine Augen, seine Hände, seine Stimme, alle sind sie ganz sanft, was mich wirklich überrascht.

Er beugt sich ein wenig herunter, um mir in die Augen blicken zu können. »Konzentrier dich auf mich. Vergiss, dass du irgendwas gesehen hast, okay?« Er sieht mich gerade so liebevoll an – ein Riesenkontrast zu seiner Größe und seinen Tattoos. Die gerunzelte Stirn von vorhin ist verschwunden, und diesen kurzen Moment lang schaue ich in das Gesicht des Manns, den ich mal geliebt habe. Der mich mal geliebt hat. Der sich mehr Sorgen um mich machte, wenn ich ohnmächtig wurde, als darum, dass es für ihn eine peinliche Sache war.

Wieder nicke ich, und jetzt gilt meine Aufmerksamkeit nicht mehr dem Blut, sondern seiner großen Hand an meinem Hinterkopf. Seine andere liegt an meiner Hüfte. Ist ihm bewusst, dass er mich derart liebevoll hält? Besitzergreifend? So würde einen ein Fremder niemals berühren. So als würde er sagen: *Du hast mir mal gehört.*

Dann beugt er sich über mich, wobei seine Brust meine leicht berührt, greift nach einer Zeitschrift, die am anderen Ende des Tresens liegt, und legt sie mir in den Schoß. »Hier, lenk dich damit ab, während ich die Glassplitter rausziehe.«

Ich muss plötzlich sehr blass aussehen, weil er mich wieder fester packt.

»Atme, Nora«, erinnert er mich einfühlsam, kommt dann aber zu dem Schluss, dass ich im Sitzen nicht sicher davor bin umzufallen. Er greift nach einem Küchenhandtuch und faltet es zu einem netten kleinen Kissen, das er ein Stück hinter mir ablegt.

»Leg dich hin«, befiehlt er, und es ist wirklich okay, wie sich das anhört. Es ist gut und prima und ganz und gar nicht besorgniserregend, dass in meinem Gehirn jetzt so viele Gedanken herumgeistern und ich kaum noch vernünftig denken kann. Ich schiebe das auf das Absinken meines Blutdrucks.

Ich versuche mich auf die Fotos in dieser Ramschladenzeitschrift zu konzentrieren und blende das Gefühl aus, dass dieser Mann meinen Fuß so behutsam hält, als wäre ich Aschenputtel. Ich spüre einen kurzen Schmerz, aber das ist nichts im Vergleich zu den Hitzewellen, die meine Beine hochfluten, als Dereks schwielige Hände sanft über meine Haut gleiten. Es ist derart lange her, dass mich jemand so berührt hat. *Gehalten* hat. Ich meine, seit Derek haben mich andere Männer gehalten, aber … nie so, wie Derek das tat. Ein Teil von mir hat befürchtet, dass es auch nie wieder jemand tun wird.

»Brauchst du einen neuen dreiteiligen Herrenanzug?«, frage ich ihn, um meine Gedanken aus dem mit sexueller Spannung gefüllten Loch zu holen, in das sie gefallen sind.

»Was? Nein.« Er achtet gar nicht auf mich. Seine gesamte Konzentration richtet sich auf das Herausholen der Glassplitter. Ich spüre ein leichtes Ziehen an meinem Fuß, und er atmet zischend ein. »Hat das wehgetan?«

Ich schüttle den Kopf und blättere wie wild die Seiten um, damit ich ja nicht an die Schnitte denke. »Wie wäre es mit einem neuen Mixer?« Meine Stimme klingt wie ein Quietschspielzeug. »Eine verzierte Vase? *Oh* – schau dir dieses Angebot an. Kaufen Sie drei Zierkissenbezüge, und Sie bekommen den vierten kolossale zehn Prozent günstiger. *Wow.* Wie bleiben Geschäfte überhaupt existenzfähig, wenn sie Dinge einfach so verschleudern?«

Er legt die Hand fest um meinen Knöchel.

»Nur noch einer. Sieht nicht so aus, als müsste der Fuß genäht werden«, sagt er mitfühlend, und dann ist da erneut ein Ziehen, und ich schließe die Augen. »Werde jetzt bloß nicht ohnmächtig. Die Splitter sind draußen. Du kannst atmen.«

Seine Hand bleibt an der Außenseite meines Oberschenkels liegen, als er eine der unteren Schubladen öffnet, und ich frage mich, ob ihm überhaupt bewusst ist, dass er mich noch immer hält. Er holt einen kleinen rot-weißen Erste-Hilfe-Kasten heraus und betrachtet dann mit gerunzelter Stirn die Schublade. »Nora. Hast du meine Krimskrams-Schublade aufgeräumt?«

»Habe ich, ja.«

Er starrt weiter hinein, und ich bin mir nicht hundertprozentig sicher, aber es sieht aus, als müsste er sich das Lachen verkneifen. »Aber … nach Farben?«

»Nun … ja. So ist es am sinnvollsten, findest du nicht? Weil uns gleich die Farbe von etwas, das wir suchen, ins Auge springt, während es mehr Nachdenken erfordert, in welche Kategorie es gehören könnte.« Ich schweige einen Moment. »Im Sinne vollständiger Transparenz: Ich habe auch deine Schublade mit den Geschirrhandtüchern anders organisiert. Du hattest sie alle verkehrt gefaltet.«

Er sieht mich an. »Und?«

Ich ziehe die Nase kraus. »Und … deine Schublade mit den Frischhalteboxen.«

Er schaut zur Decke hoch, und diesmal könnte ich schwören, dass er das tut, damit ich ihn nicht lächeln sehe. Aber vielleicht ist das auch nur Wunschdenken. Er räuspert sich und macht die Schublade mit dem Krimskrams zu. »Ich würde dir ja verbieten, jemals wieder etwas in meinem Haus umzuräumen, aber das ist sinnlos, nicht wahr? Du machst es trotzdem.«

»Das ist das wahrscheinlichste Ergebnis, ja.« Noch etwas, das meinem Ex-Freund wirklich zu schaffen gemacht hat. Mein Gehirn ist glücklicher, wenn alles in hübschen kleinen Regenbogenreihen geordnet ist.

Er besprüht meinen Fuß mit antiseptischem Spray und verbindet ihn. »In dem Punkt hat sich bei dir wohl nichts geändert.«

Hat er herausfinden wollen, was sich bei mir seit damals verändert hat und was gleich geblieben ist, so wie ich das bei ihm gemacht habe? So wie er mich behandelt hat, hätte ich eher vermutet, dass er mich nur unter dem Aspekt betrachtet, mit welcher Aufgabe er mich am meisten nerven kann.

»Okay, alles fertig«, sagt er und lässt behutsam meinen Fuß los. Er fällt neben den anderen und fühlt sich jetzt kalt und vernachlässigt an.

Derek reicht mir die Hand, um mir zu helfen, mich wieder aufrecht hinzusetzen. Doch er tritt nicht zurück, als ich wieder auf seiner Höhe bin. Er steht so nah vor mir wie noch nie seit unserer Trennung. Eigentlich steht er genau zwischen meinen Beinen. Beinen, die sich auf einmal unbedingt um seine Taille schlingen wollen. Er schaut mir in die Augen, und ich sehe in seinen, dass da irgendetwas zwischen uns aufflammt. Die Stimmung hat sich völlig gewandelt, es ist, als wären wir zwei andere Menschen. Oder eher die beiden Menschen, die wir mal waren.

Ich weiß nicht, wer von uns beiden noch enger heranrückt, aber irgendwie sind wir uns jetzt noch näher. Er legt die Hand an meine Taille und zieht mich näher an den Rand des Tresens. Die Innenseite meiner Oberschenkel drückt gegen seine Hüften, und unsere Gesichter sind nur wenige Zentimeter voneinander entfernt.

»Nora, bist du … gerade mit jemandem zusammen?«, flüstert Derek so leise, als wolle er gar nicht, dass ich es höre. Als würden die Wörter nichts bedeuten, wenn sie nur leise genug gesagt werden.

»Nein«, erwidere ich mit zitternder Stimme.

Dereks Blick wandert zu meinem geöffneten Mund, und ohne es zu wollen, beiße ich mir auf die Unterlippe. Inzwischen wirkt er richtig gequält, und mir fällt die Regel wieder ein, gegen die ich gerade verstoßen habe.

Die Wirklichkeit tritt in den Hintergrund, die Welt verengt sich, und da sind nur noch wir. Derek und ich. Sein Gesicht bewegt sich nach unten, meins nach oben, und der geringe Abstand zwischen uns verschwindet. Unsere Lippen berühren sich leicht – es entsteht kein richtiger Kuss, eher ein Verzicht darauf. Da ist kein Druck und keine Verpflichtung, es ist nur eine Geste, in der auch eine Menge Folter steckt. Vielleicht ist das unser nächster unausgesprochener Wettbewerb. Wer hält die Spannung am längsten aus?

Ich würde ihn am liebsten anfauchen und loslassen. Ich möchte ihn küssen – diesen Derek –, mehr als ich irgendetwas seit langer Zeit gewollt habe. Es ist, als bestünde ich aus zwei Hälften, die eine will so schnell wie möglich von ihm weg, die andere würde ihn am liebsten besteigen und nie wieder loslassen. Aber am meisten verblüfft mich, dass irgendetwas in mir noch immer sagt, *meiner.* Wird das jemals aufhören? Will ich, dass es das tut?

Ich rieche ihn, und ich brauche mehr Druck. Ich muss seinen Mund erforschen, ob er noch genauso schmeckt. Er war immer wie eine Droge, die durch meine Adern rauscht und mich verändert. Das ist auch diesmal so.

Er packt meine Taille, und ich schlinge die Beine fester um seine Hüften. Ich atme aus, und er atmet ein, als hätte er genau darauf nur gewartet. Als würde auch er gegen das Bedürfnis ankämpfen, mich ein wenig zu schmecken. Aber Gott steh mir bei, wenn das passiert … wenn wir dieser Anziehungskraft nichts entgegensetzen, wird es kein Halten mehr geben, kein Zurück. Wir werden noch immer zusammenarbeiten müssen, egal, welche Konsequenzen sich ergeben, wenn die Wirkung des Dopamins nachlässt. Und soweit ich mich erinnere, hasst mich Derek Pender neuerdings.

Das ist ein ernüchternder Gedanke.

Und genauso wie ich mir nicht sicher bin, wer diese Nähe initiiert hat, bin ich mir auch nicht darüber im Klaren, wer sich zuerst zurückzieht. Ich weiß nur, dass ich im einen Moment in Begierde versinke, und im nächsten macht Derek einen Schritt von mir weg, während ich auf dem Tresen nach hinten rutsche und den dringend benötigten Abstand zwischen uns schaffe. Ich presse die Hände an mein überhitztes Gesicht, und Derek beobachtet mich dabei und wirft einen letzten Blick auf meinen Mund. Als er mir wieder in die Augen schaut, kann ich nicht erkennen, ob er genauso fühlt wie ich. *Das war ein Fehler.* Und zwar einer, den wir niemals zugeben werden.

Derek reibt sich kräftig den Nacken und geht dann weg. Das Glas knirscht unter seinen Schuhen. »Ich hole einen Besen.« Er wirft mir noch einen Blick zu, den er zu meinem Top weiterwandern lässt und dann rasch abwendet. Er räuspert sich. »Und du kannst dir … eins meiner T-Shirts ausleihen … wenn du möchtest.« Der Beinahe-Kuss muss auch ihn ziemlich aus der Bahn geworfen haben, wenn er sich so rücksichtsvoll verhält.

»Das geht schon, bis ich nach Hause komme. Außerdem glaube ich, der Geruch nach Hühnerbrühe passt zu mir. Vielleicht wird das mein neues Parfüm, was meinst du?« Ich versuche, einen Witz zu machen, aber in meiner Stimme schwingt noch immer … nun ja … Begierde mit.

»Wie du willst. Aber wenn du es dir anders überlegst, mein Zimmer ist oben. Zweite Tür rechts.«

»Echt«, erwidere ich lächelnd. »Ich bin nicht so anspruchsvoll, dass mir ein bisschen Hühnerbrühegeruch …« Aber ich höre auf zu reden, als ich endlich auf mein brühedurchtränktes T-Shirt hinunterschaue und begreife, wieso er gerade versucht, mich nicht anzusehen. Der Stoff ist auf Höhe meiner interessanten Körperteile ziemlich durchsichtig geworden. Ausgerechnet heute trage ich ein dünnes Bralette in Regenbogenfarben. Und ein Brustwarzenproblem gibt es definitiv ebenfalls.

»Wenn ich es mir recht überlege, sollte man niemals dorthin scheißen, wo der geschenkte Gaul liegt.« Ich rutsche auf die andere Seite der Kücheninsel.

»So geht das Sprichwort garantiert nicht.«

»Aber so ähnlich.« Ich flitze die Treppe hinauf, um mein T-Shirt und auch diese nervtötende sexuelle Spannung loszuwerden.

10

DEREK

Während ich das restliche Glas auffege, stoße ich einen tiefen Seufzer aus. Vermutlich ist es nicht verkehrt zu sagen, dass dieser Abend ganz und gar nicht so läuft, wie ich das geplant hatte. Nein – ich habe kein Date, aber ich wollte, dass Nora das glaubt, denn offenbar bin ich wahnsinnig engstirnig.

Nur, dass das Ganze nach hinten losgegangen ist, weil Nora nun mal Nora ist. Ich hatte vergessen, dass sie nie vor einer Herausforderung zurückschreckt, sondern sie nach ihrer Vorstellung abwandelt und dann einen Regenbogen draufmalt. Und das erinnert mich an ihren sexy BH in Regenbogenfarben. *Faszinierend.*

Nora hat es nicht mal etwas ausgemacht zu kochen. Sie hat die ganze Zeit gesummt und sogar mit den Zutaten gesprochen, als wären sie ihre Freunde – *es täte ihr leid, sie kochen zu müssen, aber sie würden für ein hehres Ziel sterben.* Diese Frau hat in derart kurzer Zeit so viel Leben in mein Haus gebracht!

Ich blieb oben an der Treppe stehen und hörte zu, wie sie in meiner Küche umherwirbelte, doch schließlich wurde mir klar, dass ich mich auf gefährlichem Terrain bewegte. Also bin ich doch lieber duschen gegangen. Kalt duschen. Aber dann habe ich dafür gesorgt, dass sie den gläsernen Messbecher fallen ließ, und ab da ging wirklich alles den Bach runter. Ich hatte die Finger wieder in ihrem Haar. Die Hände an ihren Oberschenkeln – ihren Hüften. Habe ihre Haut unter meinen Fingerspitzen gespürt. Ihren Mund an meinen Lippen. Ich kann das, was da am Küchentresen zwischen uns passiert ist, eigentlich nicht als Kuss bezeichnen, aber es war auch kein Nichtkuss. Egal, was es war, es war eine Katastrophe. Erinnerungen, Gefühle und Lust, alles brach über mich herein. Und hatte mich rasch im Griff, bis ich dachte, gleich verliere ich die Beherrschung und küsse sie *wirklich*. Das darf nicht passieren. Im letzten Moment kam ich glücklicherweise wieder zu Verstand und brachte die Kraft auf, mich zurückzuziehen, bevor aus dieser leichten Lippenberührung viel mehr wurde.

Und jetzt hat sich die Situation ironischerweise umgekehrt, und Nora ist im Obergeschoss und zieht Sachen von mir an, während ich hier unten die Arbeit mache, die ich mir ausgedacht hatte, um sie zu nerven. Irgendwie hat sie aus allem, was ich geplant hatte, das genaue Gegenteil gemacht. Typisch Nora. Ich muss sie aus dem Haus bekommen, damit ich meine Gedanken ordnen kann. Morgen nerve ich sie dann weiter – aber jetzt muss sie gehen.

Es klopft an meiner Eingangstür, und dann wird mehrmals hintereinander geklingelt. Das reicht, um mich auf meinen schlimmsten Albtraum vorzubereiten.

»Mist.« Ich regle die Platte unter den Nudeln herunter, damit sie warm bleiben, und gehe zur Tür.

Durch das Mattglas erkenne ich Jamal, der mich aus funkelnden Augen anstarrt. »Schatz, wir sind zu Hause! Lass uns nicht hier in der Eiseskälte stehen!«

Draußen hat es fast siebzehn Grad.

»Geht weg«, sage ich zu ihm und den anderen Jungs, die nun neben und über Jamals Kopf sichtbar werden. Jetzt gerade lasse ich sie garantiert nicht rein. Sie dürfen nicht wissen, dass Nora hier ist oder wer sie ist und was sie heute Abend hier gemacht hat. Das ist echt übel. Es wird damit enden, dass sie mich darüber ausquetschen, bis ich nicht mehr weiß, wer ich bin.

»Kumpel, lass uns rein«, sagt Nathan. »Ich rieche was mit Knoblauch.«

»Davon wollen wir auch was«, fügt Price hinzu.

Ich presse die Hand gegen die Tür, als könnten sie sie irgendwie aufstoßen, obwohl zugesperrt ist. »Heute Abend nicht. Ich bin beschäftigt.«

»Womit? Du hast doch kein Leben mehr. Tu gar nicht erst so, als hättest du da drinnen eine Frau.« Jamal presst das Gesicht fest gegen die Glasscheibe, um besser in mein Haus und mein Gesicht sehen zu können. »Moment mal … du hast da drinnen wirklich eine Frau?« Er stößt einen Laut aus, der eine Mischung aus Heulen und begeistertem Lachen ist. »Also jetzt müssen wir unbedingt reinkommen.«

Er lächelt mich warnend an und lässt den Finger über der Klingel schweben. »Letzte Chance. Entweder lässt du uns rein, oder wir sorgen dafür, dass sie es tut.«

»Nein, das kannst du nicht …«

Er drückt in kurzen Abständen immer wieder auf die Klingel.

»Knallköpfe!«, knurre ich und schiebe dann den Riegel zurück, um die Blutsauger reinzulassen. »So, seid ihr jetzt zufrieden? Ihr seid drin. Wehe ihr pinkelt auf den Teppich oder knabbert die Möbel an. Mein Date ist noch nicht hier, ihr könnt also nur ein paar Minuten bleiben.«

»Vielleicht müssten wir uns nicht so in dein Leben drängen, wenn du einfach auf unsere Nachrichten reagieren oder uns während der Woche mal einladen würdest«, sagt Lawrence und schaut mich beleidigt an.

Nathan haut mir mit dem Handrücken gegen die Brust. »Du warst diese Woche noch unnahbarer als sonst. Was ist los?«

Ich zucke mit den Schultern und schließe hinter ihnen die Tür.

»Ich war einfach mit Trainieren beschäftigt.«

Das ist keine Lüge. Es ist aber auch nicht die ganze Wahrheit. Denn ich bin ihnen tatsächlich aus dem Weg gegangen. Habe mich distanziert für den Fall, dass die Knallköpfe in der Sporttalkshow im Radio recht behalten und ich am Anfang der Saison ausgemustert werde und Abbot für mich übernimmt. Wenn das passiert, gibt es für die Jungs keinen Grund mehr, mich in ihrem Freundeskreis zu behalten.

»Kumpel, du trainierst zu viel. Du musst ab und zu mal raus, sonst glaubst du irgendwann noch, dass deine Gewichte mit dir reden.«

Alle vier latschen sie mit zusammengekniffenen Augen durch mein Foyer und mein Wohnzimmer, voll im Inspektionsmodus. Es würde mich nicht überraschen, wenn Nathan eine Lupe zum Einsatz bringen würde. Ich rechne fast schon damit, dass Lawrence ein kleines Notizbuch und einen Stift herauszieht und sich Notizen macht. Seine Mundwinkel zucken nach oben, als er einen Hinweis findet: Noras gelbe Sneakers. Er stößt Nathan an, als wolle er sich diskret verhalten, und deutet mit dem Kopf auf die Schuhe.

»Ja, die habe ich auch gesehen«, flüstert Nathan.

Meine Anspannung wächst. »Ihr habt alle einen Blick hineinwerfen dürfen. Und jetzt lasst mich in Ruhe.«

Jamal stellt sich vor mich, und seine rechte Augenbraue macht sich langsam auf den Weg zu seinem Haaransatz. »Die Frage, Derek, alter Knabe, lautet: Wieso beharrst du so darauf, dass wir gehen? Häh? Was verbirgst du?«

Ich hätte weniger Interesse zeigen sollen. Mit einem großspurigen Grinsen versuche ich, zurückzurudern. »Die Wahrheit lautet – ich mache mir Sorgen, dass mein Date schreiend davonläuft, sobald sie deine hässliche Visage erblickt.«

Jamal schnuppert. Dann schnuppert er erneut, und seine Nasenlöcher beben. Er wirft dem zerknirschten Nathan über die Schulter hinweg einen Blick zu. »Riecht ihr, was ich rieche, Jungs?«

Nathan nickt langsam. Bedeutungsvoll. »Nudeln.«

»Genau.« Jamal sticht mir den Finger in die Brust. »Und wir wissen alle, dass man von Nudeln Blähungen bekommt und furzen muss. Du würdest niemals bei einem Date Nudeln essen. Also lügst du. Gib es zu.«

»Einspruch«, entgegne ich, und beide schauen wir Nathan an.

Er verschränkt die Arme vor der Brust. »Abgelehnt.«

Verdammt.

»Beantworte die Frage.« Jamal macht das viel zu viel Spaß. »Und sag uns, wieso du zu verbergen versuchst, dass eine Frau mit Schuhgröße vierzig bereits irgendwo hier ist? Hast du sie im Schrank versteckt? Ich schwöre, so haben wir dich nicht erzogen.«

»Na gut.« Nervös werfe ich einen Blick Richtung Treppe, und die Jungs schauen ebenfalls hoch. »Könntet ihr alle ein bisschen leiser sein? Ich habe kein Date, aber ich will, dass mein Agent das glaubt.«

»Wieso, zum Teufel, soll Bill glauben, dass du ein Date hast?«, fragt Price, der sich mit verschränkten Armen an die Wand lehnt.

Lawrence, der gerade vorne aus dem Fenster geschaut hat, dreht sich zu uns um. »Das da draußen ist nicht Bills Auto. Hast du einen neuen Agenten?«

Alle vier schnappen sie nach Luft, und ich verdrehe erneut die Augen. »Ja, okay? Ich habe eine neue Agentin. Und wieso schnappst du nach Luft, Nathan, ich habe dir doch bereits von ihr erzählt?«

»Ich schließe mich Gruppengefühlen gern an«, erwidert er, als wäre das eine normale Antwort.

»Ihr macht viel zu viel Tamtam um das Ganze. Das ist nichts Besonderes.«

Jamal hält einen Finger hoch. Anklagend. »Du hast uns eine

Nachricht geschickt, als du dir eine neue Daunendecke für dein Bett gekauft hast. Das war nichts Besonderes, und dennoch hast du es für nötig gehalten, es beim Abendessen zu erwähnen. Dass du das verschweigst, beweist, dass es etwas Besonderes ist. Wir gehen erst, wenn du uns gesagt hast, wieso.«

»Ihr geht auch nicht, wenn ich es euch sage.«

»Okay, stimmt, aber sag es uns trotzdem.«

Alle vier verschränken sie die Arme vor der Brust und kneifen die Augen zusammen. Bevor ich Gelegenheit finde, irgendetwas zu sagen, ertönt oben von der Treppe her eine weibliche Stimme. »He, Dere-Bear, sei nicht böse, aber ich habe die Schubladen in deinem Badezimmer ein bisschen aufgeräumt, während … Oh! Tut mir leid! Ich wollte nicht stören.«

Verdammter Mist!

Nora steht mitten auf der Treppe in einem meiner T-Shirts, in dem sie völlig versinkt, dazu trägt sie eine meiner Sportshorts – die Kordel fest zugezogen, damit sie ihr nicht von der Hüfte rutschen. Sie sieht so verdammt niedlich aus.

Die Jungs fangen an zu lächeln, als sie die umwerfende Frau in Kleidung von mir entdecken, von der sie jetzt wissen, dass sie meine Agentin ist. Nein, das wird nicht gut für mich enden. Ich sehe, wie Nathan mental bereits auf dem Standesamt ist.

Jamal spricht als Erster und bewegt sich näher zur Treppe hin. »Sie stören überhaupt nicht. Unser Freund Derek hier hat uns gerade erzählt, dass Sie seine neue Agentin sind. Wie nett, Sie kennenzulernen.«

»Wieso redest du so?«, frage ich, aber Jamal fährt nur hinter seinem Rücken mit der Hand durch die Luft, als sollte ich mich vom Acker machen. *Das ist mein Haus, du Blödmann.*

»Ich bin …«

»Jamal Mericks«, sagt Nora und lächelt strahlend. »Ich weiß. Und ihr anderen seid Nathan Donelson, Jayon Price und Lawrence Hill, und wir können uns gern duzen.« Sie lacht, und es klingt fast ein bisschen nervös. »Ich weiß, es ist superunprofessionell, wenn ich das sage, aber ich bin gerade ganz hin und weg. Die Sharks sind meine Lieblingsmannschaft. Aber das ist natürlich inoffiziell, weil es in etwa so unprofessionell ist, wenn man als Sportagentin eine Lieblingsmannschaft hat, wie ein Clown im Gerichtssaal.«

»Echt?«, frage ich stirnrunzelnd.

»Doch, das stimmt. Clowns haben im Gerichtssaal nichts zu suchen. Da kannst du jeden fragen.« Nun, da bin ich voll in die Falle getappt. Sie grinst mich belustigt an. »Aber ja – ich liebe die Sharks.«

»Ist dem so?«, fragt Jamal, schüttelt ihr die Hand und führt sie dann Richtung Wohnzimmer.

»Du verhältst dich seltsam«, sage ich zu ihm.

Er zeigt mir hinter ihrem Rücken den Vogel. »Also, Dereks neue Agentin.«

»Mac«, erwidert sie lächelnd.

»Nora«, korrigiere ich, nur um sie zu nerven. Und vielleicht auch, weil ich sie nicht mit einem Namen angeredet hören möchte, von dem ich weiß, dass sie ihn hasst. Es sollte mir egal sein. Aber das ist es nicht. Ich will nicht, dass meine Freunde sie so nennen. Es passt nicht mal zu ihr.

Sie starrt mich über die Schulter hinweg an. »Beruflich werde ich Mac genannt.« Sie wendet sich wieder den Jungs zu, die sich jetzt allesamt mit ihr auf der Couch niederlassen und sie so begeistert betrachten wie Kleinkinder, denen etwas vorgelesen werden soll. »Mein voller Name lautet Nora Mackenzie. Nennt mich, wie ihr wollt.«

»Dann nennen dich also alle außer Derek *Mac*?«, fragt Lawrence ganz unschuldig, aber ich höre, dass er sie aushorchen will. Er ist auf der Suche nach der Antwort, wieso ich sie versteckt habe. Wieso sie meine Sachen trägt. Wieso sie heute Abend hier in meinem Haus ist. Sogar ich kann zugeben, dass es verfänglich aussieht. Als hätte ich eine Affäre mit meiner Agentin.

Was ich nicht habe und niemals haben werde.

Ich trete auf sie zu. »Jungs, lasst sie in Ruhe. Meine Agentin hat Arbeit zu erledigen«, füge ich mit Betonung auf den geschäftlichen Begriff hinzu, damit sie von ihr ablassen.

»Was für Arbeit?« Price ist normalerweise der Stille, aber selbst er möchte dieses Rätsel lösen.

Nora richtet sich auf und dreht den Kopf. »Die Nudeln! Mist. Ich wette, die brennen an.« Sie steht auf, springt über die Rücklehne und rast in die Küche. Die Jungs reißen die Augen auf, und das verstehe ich. Nora ist so gar nicht wie die anderen Agenten, an die wir gewöhnt sind.

Nathan hat Nicole, die der Inbegriff kontrollierter Professionalität ist. Und die Agenten der anderen sind todlangweilige Typen, die so unauffällig sind, dass ich mir nicht mal ihre Namen merken kann. Aber Nora hat etwas Handfestes an sich, das einen am Kragen packt und einem klarmacht, dass man gar keine andere Wahl hat, als sie zu mögen. Ich könnte nicht sagen, ob die Sportindustrie sie nur noch nicht verdorben hat oder ob sie wirklich kompromisslos sie selbst ist. Wie auch immer, es treibt mich in den Wahnsinn. Ich möchte sie ein für alle Mal vergessen – auch wenn ich weiß, dass das niemals möglich sein wird.

Kaum ist sie außer Sichtweite, erlischt das Lächeln der Jungs, und sie werfen mir anklagende Blicke zu. Wir alle streiten uns flüsternd gleichzeitig. Sie wollen wissen, wieso ich sie habe Nudeln kochen lassen und wieso sie Sachen von mir anhat und was, zum Teufel, ich ihnen verschweige. Ich erinnere sie daran, dass sie das nichts angeht und dass sie abhauen sollen.

Nora kommt wieder ins Zimmer, und wir hören auf zu flüstern. Sie lächeln Nora strahlend an. Ich blicke finster drein.

»Übrigens, Derek, ich weiß, du hattest mich nicht darum gebeten, aber ich habe ein besonderes Outfit für dich für dein Date heute Abend gefunden, deshalb habe ich es dir auf das Bett gelegt. Es passt besser zu deiner Persönlichkeit als das, was du anhast.« Ich will die bösen Blicke gar nicht erst sehen, die die Jungs mir zuwerfen. »Oh, und die Nudeln sind fertig. Ich hoffe, es macht dir nichts aus; ich habe mir eine deiner Frischhalteboxen genommen, weil ich noch kein Abendessen hatte. Und ich habe die Temperatur unter dem Topf runtergedreht, damit sie nicht klebrig werden, was du ja nicht magst – aber im Rezept stand, wenn man sie nicht zügig aufisst, verwandeln sie sich in Zement. Deshalb muss ich meine Portion eher früher als später essen.« Ihre Freundlichkeit macht mich fertig. Mir wäre es lieber, sie würde mir den Mittelfinger zeigen, damit ich mir nicht derart bescheuert vorkomme.

Irgendwie wird ihr Lächeln noch breiter, und ihre grünen Augen funkeln. »Wenn du sonst nichts weiter von mir brauchst, Boss, mache ich mich auf den Weg! Ich rufe dich morgen wegen eines Angebots für einen Sponsorenvertrag an, das vorhin reingekommen ist. Ich befasse mich schon mit den Details, es ist nämlich gut!« Sie macht eine seltsame Bewegung, als würde sie drei Schüsse aus einer Pistole abgeben, geht zur Tür und schlüpft vorsichtig in ihre Schuhe, um den verbundenen Fuß zu schonen.

Ich gebe ihnen drei Sekunden, bis …

»Mac!«, brüllt Jamal und springt empört auf. »Ich finde, du solltest wissen, dass Derek sich aus irgendeinem nicht bekannten Grund gerade wie der letzte Depp verhält. Du weißt das vermutlich schon, aber keiner von uns lässt seinen Agenten irgend so einen Mist machen, und er sollte das mit dir auch nicht tun. Er hat heute Abend nicht mal ein Date.«

Ich schwöre, sobald Nora weg ist, verprügle ich ihn.

Ich richte den Blick vorsichtig auf Nora, weil ich nicht scharf darauf bin, ihren verletzten Gesichtsausdruck zu sehen. Aber ich muss ihn nicht sehen, weil sie grinst. Von einem Ohr zum anderen, mit blitzenden perlweißen Zähnen zwischen diesen rosa Lippen, die ich vorhin beinahe hätte schmecken können.

»Oh, ich weiß«, sagt sie fröhlich. »Ich bin vielleicht ein bisschen unkonventionell, aber ich bin eine verdammt gute Agentin, und ich habe vor, durchzuhalten, bis Derek seinen Trotzanfall überwunden hat und es mich ihm beweisen lässt. Wenn es so weit ist, werde ich seine Karriere zu Höhen führen, von deren Existenz er nicht mal was geahnt hat.« Sie blinzelt ihm zu und öffnet die Haustür. »Gute Nacht, Jungs. Genießt die Pasta, es war nett, euch kennenzulernen.«

Die Tür fällt hinter Nora ins Schloss, und die darauf folgende Stille saugt mich ein. Wir starren uns alle an, als wären wir bei einem Schusswechsel im Wilden Westen. Wer wird als Erster den Abzug drücken? Nur, dass die Jungs auf einmal aufspringen und zur Treppe rennen. Als sie in meinem Zimmer angekommen sind, höre ich lautes Gelächter.

Ich gebe auf und gehe ihnen hinterher in mein Zimmer, wo auf dem Bett das Hühnchenkostüm liegt, das ich vor fünf Jahren an Halloween getragen habe. Daneben liegt ein Zettel. *»Zieh das an, du wirst gackernd unwiderstehlich ausschauen.«* Und neben Noras abgeschmackten Witz hat sie ein kleines lachendes Smiley gezeichnet.

Nathan – Dad – sieht mich enttäuscht an. »Sie ist unglaublich. Und du hast dich nicht mal dafür bedankt, dass sie dir Abendessen gekocht hat. Du hast jetzt fünf Sekunden, um uns zu erklären, was hier abläuft, sonst hetzen wir dir unsere Ehefrauen auf den Hals.«

»Wie sich herausgestellt hat«, fange ich an, bringe aber jedes Wort nur mühsam heraus, »ist Mac, wie Nicole sie genannt hat, als sie sie mir als neue Agentin vorschlug …, meine Ex-Freundin aus Collegezeiten. Und außerdem diejenige, zu der das Ding in meinem Nachttisch gehört.«

Ein Chor aus *Ohhs* kommt als Antwort.

»Und so, wie du sie behandelst, hat es vermutlich nicht gut geendet?«, fragt Nathan.

Ich sehe mich wieder vor meiner Wohnung stehen, sehe Noras blasses Gesicht mit der gerunzelten Stirn, als sie mit einem Karton, befüllt mit meinen Sachen, auf mich zukommt. Das ganze Schlussmachen hat höchstens eine Minute gedauert. Fast ein Jahr Liebe und Verbindlichkeit, und sie beendete es in sechzig Sekunden.

»Nein.« Ich beiße die Zähne zusammen. »Hat es nicht. Und es ging mir hinterher dreckig, weil ich … ich sie wirklich geliebt habe.«

Lawrence schaut mich böse an. »Dann ist das alles so etwas wie ein Rachefeldzug? Damit sie sich ebenfalls mies fühlt, wenn sie deine Arbeit für dich erledigt? Das ist echt beschissen – und sieht dir so gar nicht ähnlich.«

Wenn man es laut ausgesprochen hört, klingt es vermutlich übel. Ich weiß gar nicht recht, was ich antworten soll. Weil ich nicht vorhabe, damit aufzuhören. Vor allem nicht jetzt, da meine alten Gefühle für sie wieder an die Oberfläche kommen. Ich muss Nora dazu bringen, dass sie kündigt.

»Das ist doch Schwachsinn«, sagt Jamal, lässt sich auf mein Bett fallen und macht es sich bequem. »Du hättest sie nicht als Agentin akzeptiert, wenn ein Teil von dir das nicht tatsächlich gewollt hätte. Ich denke, hinter dem Racheaspekt verbirgt sich mehr. Ich glaube, du liebst sie noch immer und hast eine Möglichkeit gesucht, ihr wieder nah zu sein, ohne irgendetwas zu riskieren.«

Ja.

Ich meine, nein.

Ich gebe Jamals Fuß einen Klaps. »Runter mit den Schuhen von meinem Bett.«

»Um das festzuhalten«, sagt Price in seinem üblichen barschen Ton. »Ich glaube, du machst einen Fehler. Nora scheint nett zu sein. Und sehr fähig. Ich wette, sie würde eine gute Agentin abgeben – und so eine brauchst du gerade dringend.«

»Mit einem hast du recht«, gebe ich zu. »Sie ist unglaublich nett. Bis sie beschließt, dass sie mit dir fertig ist. Und dann ist sie der kälteste Mensch, der dir je über den Weg gelaufen ist.« Ich bin mir nicht sicher, ob ich ihr jemals wieder vertrauen könnte, selbst wenn ich das wollte. Schließlich geht es um meine Karriere. Es ist besser, sie zum Aufgeben zu bringen und mir anschließend einen anderen Agenten zu suchen. Einen, dem ich vertrauen kann, dass er meine Karriere wieder in Schwung bringt, so ich mich wirklich von dieser Verletzung erhole …

»Du kannst deine kleinliche Rache haben«, sagt Lawrence, »oder du setzt dich einfach mit ihr an einen Tisch, redest mit ihr und kannst die Sache dann gut sein lassen. Schau, dass du deine Antworten bekommst, und vielleicht findet ihr dann sogar wieder einen Weg zuein…«

»Sprich den Satz ja nicht zu Ende.« Ich gehe zur Tür meines Schlafzimmers und stelle mich daneben, um klarzumachen, was ich will. Ich will, dass sie gehen. »Ich weiß, ihr wollt mir helfen, aber ich habe euch nicht darum gebeten. Ihr habt keine Ahnung, was zwischen uns passiert ist, und für mich ist das keine Frage von Missverständnissen. Ich will nicht wissen, welche Gründe sie hatte. Sie sind mir egal. Es würde nichts an dem ändern, was passiert ist, oder an dem Schmerz, mit dem ich danach leben musste. Deshalb habe ich jetzt vor, mich ein paar Wochen lang zu rächen, bis sie kündigt, und dann stürze ich mich wieder in mein Leben, und was ihr davon haltet, ist mir echt egal.«

Und weil sie meine besten Freunde sind und mich viel zu gut kennen, werfen sie sich Blicke zu, die bedeuten, dass sie etwas in meiner Zukunft sehen, was ich nicht sehen kann. Sie verabschieden sich ohne weitere Fragen oder Kommentare, was besorgniserregend ist. Und mir auch höllische Schuldgefühle macht.

Sobald alle fort sind, gehe ich zum dritten Mal nach draußen in mein Fitnessstudio, weil mein Körper rastlos und aufgeladen und das der einzige Ort ist – der einzige Teil meines Lebens –, an dem ich mich nicht verloren fühle und so, als hätte ich nichts mehr unter Kontrolle. Das ist der einzige Ort, an dem ich meine Gedanken und Ängste ausblenden und mir einreden kann, dass ich tatsächlich auf etwas Gutes hinarbeite.

Das ist alles, was ich zu bieten habe, deshalb werde ich alles dafür tun.

11

NORA

Himmel, ich vermisse ihn. Mehr als ich je etwas in meinem Leben vermisst habe, und dieser Schmerz will einfach nicht aufhören. Ich habe einen Fehler gemacht – mehr gibt es dazu nicht zu sagen. Ich hätte niemals mit Derek Schluss machen sollen, und schon gar nicht so kalt, wie ich das getan habe.

Und ich werde ihn mir zurückholen.

Es ist spät, und vermutlich sollte ich gerade nicht hier sein, aber mir ist es sogar egal, wenn ich verzweifelt wirke. Ich bin verzweifelt. Ich will ihn unbedingt zurückbekommen und wiedergutmachen, was ich angerichtet habe. Ich gehe um die Ecke des kleinen überdachten Durchgangs in seinem Wohngebäude und erstarre. Dort ist er … Derek. Allein bei seinem Anblick wird mir eng in der Brust. Ich gebe mich dem Anblick seiner breiten Schultern hin. Schultern, über die ich meine Hände habe gleiten lassen, was ich aber nie wieder tun kann, wenn ich diesen Bruch nicht kitte.

Ich will gerade aus der Dunkelheit heraustreten, als ich bemerke, dass Derek nicht allein ist. Er geht einen Schritt zur Seite, und da taucht eine Frau neben ihm auf. Ihr kurzes schwarzes Kleid bedeckt kaum ihre Unterwäsche, und ihre gebräunten Beine sind kilometerlang. Sie ist … das genaue Gegenteil von mir. Mit einem Messer im Bauch beobachte ich, wie sie den Kopf anhebt und die

Hände an seine Brust legt – das lockige blonde Haar fällt ihr über die Schultern bis auf den Rücken hinab. Mir wird übel, als mir klar wird, dass sie sich gleich küssen werden. Nein. Wir haben uns doch erst vor einer Woche getrennt … wie konnte er uns so schnell hinter sich lassen? Wie konnte er …

Ich öffne den Mund, um seinen Namen zu rufen, aber in dem Moment stellt sich die Frau auf die Zehenspitzen, um ihn zu küssen. Er senkt den Kopf, um ihr entgegenzukommen, und noch immer dringt kein Wort aus meinem Mund. Nur heiße Luft, als ich wieder und wieder versuche, seinen Namen zu rufen.

Und jetzt vergräbt er die Hand in ihrem Haar, und mehr als alles andere möchte ich etwas sagen oder zu ihm hinlaufen, aber über meinen Füßen und Beinen türmt sich schwerer Sand auf, und ich kann mich nicht bewegen. Meine Stimme ist nach wie vor nur ein Flüstern, egal, wie laut ich seinen …

DRRING. DRRING.

Mein Kopf schießt vom Kissen hoch, und das Haar fällt mir ins Gesicht.

»Derek«, brülle ich in mein leeres Zimmer und schlinge die Arme schützend um meinen Körper, bis ich mir des weichen Stoffs meines oft getragenen Sweatshirts bewusst werde, das ich gerade anhabe. *Ich bin in meinem Bett … nicht wieder in jenem Flur.* Und das Geräusch kommt aus meinem vibrierenden Handy, das durch die Bewegung gleich von meinem Nachttisch fallen wird.

Ich lasse mich ein bisschen zurücksinken und reibe mir mit den Händen die Augen. Wenn ich den Traum doch auch bloß wegwischen könnte! Den Traum, der mich jedes Mal, wenn ich ihn träume, schier zerreißt.

Schließlich lasse ich die Hand auf mein Handy fallen und ziehe es an mein Ohr. »Was? Hallo?«

»Nora.«

Es ist Derek – als wüsste er, dass ich gerade von ihm geträumt habe.

Bitte sagt mir, dass mich dieser Mann nicht mitten in der Nacht anruft, weil ich etwas für ihn tun soll.

»Es ist nicht mitten in der Nacht«, widerspricht er, denn offenbar habe ich das laut gesagt.

Ich drehe mich auf den Rücken. »Ich kann für nichts verantwortlich gemacht werden, was ich um« – ich nehme das Handy vom Ohr, um zu sehen, wie spät es ist – »vier Uhr? Was für ein Spiel treibst du hier eigentlich, Derek?«

Ich könnte schwören, dass da ein hinterhältiges Lächeln in seiner Stimme mitschwingt, als er erwidert: »Das ist kein Spiel. Du musst in einer Stunde bei mir im Fitnessraum sein.«

Ich würde am liebsten heulen. Vielleicht tue ich das sogar schon. Wahrscheinlich laufen mir bereits Tränen die Wangen hinunter. »Das ist zu früh! Für was solltest du mich im Fitnessraum brauchen können? Ich habe seit zehn Jahren keine Liegestütze mehr gemacht.«

»Das ist nicht gut. Muskeltraining ist generell wichtig für deine Gesundheit.«

»Weißt du, was generell für deine Gesundheit wichtig ist? Schlaf!«

»Da kommen eine Menge Beschwerden von meiner Agentin, die gebraucht wird, um mein Training für Social Media zu filmen.«

Okay, ich bin hin- und hergerissen. Einerseits bin ich froh, dass er tatsächlich mal etwas für seine Karriere tun will – denn in den letzten Tagen (seit dem Fettuccine-Alfredo-Abend) hat mich Derek pausenlos irgendetwas für ihn erledigen und sogar seinen SUV sauber machen lassen. Kein *Danke* oder *Gut gemacht* weit und breit. Deshalb ist die Aussicht, etwas zu tun, bei dem es tatsächlich um seine Karriere geht, durchaus verlockend. Derek muss sich unbedingt darauf konzentrieren, seinen Namen für die kommende Saison wieder positiv ins Gespräch zu bringen. Er muss Interviews geben, Sponsorenverträge abschließen und sich bei Events blicken lassen, zu denen er eingeladen wird. Und er braucht eine gute Agentin, die ihn zum Erfolg führt, aber das werde niemals ich sein, wenn er mich meine eigentliche Arbeit nicht machen lässt.

Also ja, ich möchte, dass er seine Work-outs für Social Media filmt. Das Problem ist nur, dass mein Bett ach so warm und kuschelig ist.

»Kannst du dein Handy irgendwie auf einen Dreifuß aufbauen? Film alles, und dann bearbeite ich es später liebend gern und poste es für dich.«

»Nein danke«, erwidert er, und diesmal lächelt er definitiv. »Es ist besser, wenn du filmst. Meine Agentin.«

»Hör zu. Ich will in meinem Moment der Schwäche offen und ehrlich mit dir reden, Dere-Bear. Ich bin erst vor drei Stunden ins Bett gegangen.«

»*Wieso?*« Er klingt empört, aber nicht mitfühlend.

Ich zögere, ihm zu erzählen, dass ich wegen ihm Überstunden gemacht habe. Diese Woche habe ich seine gesamten Verträge überprüft und wegen einiger schlechter Abschlüsse, die mir aufgefallen sind, einen Plan für zukünftige Neuverhandlungen gemacht. Außerdem hatte ich Kontakt mit seinem Finanzberater und habe mich damit vertraut gemacht, wohin sein Geld fließt und ob er eine gute langfristige Anlagestrategie für die Zeit hat, in der er sein Geld nicht mehr mit Football verdient. Und gestern Abend habe ich etwas Verblüffendes entdeckt.

Derek ist Mitbegründer einer der größten Stiftungen, die bedürftigen alleinerziehenden Müttern bei Miet- oder Hypothekenzahlungen helfen, aber er unterstützt sie anonym. Als ich diese E-Mail las, blieb mir das Herz stehen. Weil ich zufällig weiß, dass Dereks Mom nicht alleinerziehend war. Tatsache ist, er kommt aus einer Familie mit beiden Elternteilen, die sich gegenseitig sehr unterstützen. Aber *ich* wurde von einer alleinerziehenden Mutter großgezogen … und das weiß Derek. Er weiß es, weil ich ihm häufig erzählt habe, wie sehr ich meine Mom bewundere und was sie alles für mich an Opfern gebracht hat. Dass ich mir wünschte, es gäbe mehr finanzielle Unterstützung für alleinerziehende Mütter, damit meine Mom ihren eigenen Traum hätte verwirklichen können, während sie gleichzeitig alles daransetzte, dass meiner Wirklichkeit wurde.

Ich habe meinem dummen Herzen befohlen, sich nicht zu viel dabei zu denken. Aber es kommt immer wieder zu dem Schluss, dass er das wegen *mir* gemacht hat. Für andere Frauen wie meine Mom. Aber ich kann ihn nicht danach fragen, denn dann wüsste er, dass ich Überstunden gemacht habe. Und wenn er das wüsste, fiele ihm vielleicht auch etwas ein, womit er mich nachts beschäftigt.

Bei der Vorstellung schnürt sich mir die Kehle zu.

Nicht auf die Art beschäftigt, du heimtückischer Körper!

»Ich konnte nicht schlafen, weil ich zu sehr damit beschäftigt war, die ganze schlechte Presse über dich aus dem Internet löschen zu lassen.« Diese offensichtliche Lüge tische ich ihm auf, um ihn von der Wahrheit abzulenken.

Er lacht vielleicht zum ersten Mal, seit ich ihn wiedergesehen habe, und mein Herz macht einen Satz. Nichts wünsche ich mir mehr, als jetzt bei ihm zu sein und ihn lächeln und lachen zu sehen. »Wenn das stimmen würde, würdest du noch immer arbeiten. Schwing deinen Hintern aus dem Bett und komm zu mir in den Fitnessraum.« Er schweigt eine Minute, und als ich nicht antworte, hakt er nach. »Nora?«

Ich atme kräftig durch die Nase ein. »Hmm?«

»Du bist wieder eingeschlafen, stimmt's?«

»Nein«, wimmere ich Mitleid heischend. Meine Augenhöhlen tun mir weh. Ich möchte auf der Stelle zurück ins Traumland. Das Traumland, in dem ich zu normalen Zeiten arbeiten muss.

Mit einem normalen Sportler, der mich normale, auf Sport bezogene Arbeit machen lässt, statt diesem Monster, das wild entschlossen scheint, mein Leben in einen wahr gewordenen Albtraum zu verwandeln. Oder vielleicht keinen Albtraum, aber definitiv eine nervige Dauerschleife, in der mein Talent vergeudet wird und ich permanent irgendetwas erledigen muss wie Aschenputtel, bevor sie berühmt wurde.

»Setz dich lieber auf, bevor du wieder einschläfst.«

»Du bist gemein«, entgegne ich, schiebe widerwillig die Decke weg und schwinge die Beine über die Bettkante. Die Sonne ist noch nicht mal ansatzweise munter, sie schlummert noch genüsslich in ihrem Bettchen.

»Wenn du dich so elend fühlst, darfst du gern kündigen. Oder möchtest du lieber weiterschlafen, und ich schmeiße dich raus? Ich kann mit beiden Möglichkeiten gut leben.« Er genießt das viel zu sehr.

»Monster«, sage ich.

»Was war das?« Er hat mich garantiert verstanden.

»Ich sagte: Mister! Ich rase wie ein geölter Blitz.«

»Musst du eigentlich die ganze Zeit solche Sprüche machen?«

Früher hast du meine Sprüche mal geliebt.

»Ja – sonst sterbe ich. Sprüche sind mein Lebenselixier. Möchtet Ihr das wirklich auf Euch nehmen, Eure Chefheit?«

»Wie es aussieht, bist du jetzt wach«, knurrt er.

»Ich bin so wach, ich könnte die ganze Stadt mit meiner Gehirnleistung aufladen. Ich werde die Welt erobern, Pinky.«

»Könntest du stattdessen einfach meinen Work-out filmen?«, erwidert er, ohne auf meine wunderbar altmodische Anspielung auf *Pinky und der Brain* einzugehen.

»Klar doch, klar. Aber danach – werde ich absolut bereit sein, die Weltherrschaft an mich zu reißen. Wir werden ja so viel Spaß miteinander haben, wart's nur ab.«

Ich drücke auf den Knopf der Kaffeemaschine, die ich in weiser Voraussicht schon gestern Abend mit Wasser und Kaffee gefüllt hatte.

»Super«, entgegnet er, und ich könnte nicht sagen, wie er drauf ist. Ist er wütend, oder versucht er, nicht zu lachen? Vermutlich eher wütend.

»Okay, ich muss los. Bin gleich dort, Mylord.«

»Wenn ich es mir recht überlege«, knurrt er, »brauchst du mich vielleicht doch nicht zu filmen.«

»Bis gleich, Scheich!« Ich lächle ins Telefon, denn jetzt, wo ich weiß, dass er solche Sprüche nicht mag, wird mir der Job gleich ein bisschen mehr Spaß machen.

12

NORA

Ich klopfe mit dem Stift auf meinen Schreibtisch und mache mich darauf gefasst, dass mein Telefon jeden Moment summen wird. Wieso ich weiß, dass es das tun wird? Weil Derek offenbar, wenn er sich etwas vornimmt, das auch gnadenlos durchzieht. Er lässt mir kaum mal eine Pause, und schon ruft er mit einem neuen Auftrag an. Ich mache diesen Job erst seit zwei Wochen, und ich bin erschöpft.

Inzwischen habe ich seine Taktik begriffen. Lass Nora tagsüber niemals Zeit, ihre eigentliche Arbeit zu machen. Halte sie um jeden Preis mit nervigen Aufgaben auf Trab.

Weshalb ich bis in die frühen Morgenstunden gearbeitet und die wichtigen Dinge erledigt habe wie E-Mail-Anfragen beantworten und Interview- und Auftrittsmöglichkeiten checken und im Internet nach neuen Talenten suchen, die als mögliche Klienten infrage kommen. Nachts bin ich richtig produktiv als Agentin, aber tagsüber … eher weniger.

Ich habe Dereks SUV von außen gewaschen und innen gesäubert, habe in ganz Kalifornien alle möglichen Besorgungen für ihn erledigt (ja, manchmal waren es sogar Tagesreisen), habe seinen Kleiderschrank umgeräumt (was tatsächlich richtig Spaß gemacht hat, außerdem konnte ich so mal mein Notfall-Nähetui zum Einsatz bringen und ein paar seiner Sachen flicken – und insbesondere den Saum des jeweils rechten Beins sämtlicher Hosen gut zwei Zentimeter kürzer nähen). Und natürlich musste ich sämtliche Werbemails abbestellen, die er in den letzten Jahren bekommen hat, denn gehört das nicht zum Aufgabenbereich jedes professionellen Agenten? Wenn es so weitergeht, werde ich Dereks Karriere niemals voranbringen oder andere Klienten akquirieren. Er tut alles, damit ich kündige.

Und die Sponsorenverträge, die Derek angeboten wurden und auf die ich ihn aufmerksam gemacht habe? Vergesst es. Ich bin noch gar nicht fertig damit, sie ihm schmackhaft zu machen, da lenkt er mich schon wieder mit einer weiteren Aufgabe ab, die ich erledigen muss. Allmählich macht mich das wirklich ratlos, denn ich weiß, dass das alles dazu dient, mich so lange zu quälen, bis ich aufgebe. Und er hatte nie wirklich vor, diesen Vertrag ernst zu nehmen, nicht wahr? Vermutlich dachte ich, er müsse sich nur eine Zeit lang austoben, und dann könnten wir zu dem ruhigen Geschäftsgebaren der Erwachsenenwelt zurückkehren. Er braucht einen guten Agenten. Er ist klug – und sollte wissen, dass er seine Einkommensmöglichkeiten verspielt, wenn er derart viele Angebote ignoriert. Allmählich fühlt es sich an, als würde da noch etwas anderes eine Rolle spielen, das ich nicht in Betracht gezogen habe.

Dabei gibt es da sogar eine erstklassige Anzugfirma, Dapper, die Derek eine riesige Summe zahlen will, wenn er ihre Marke präsentiert und in ihrem nächsten Werbespot auftritt. Aber Derek sagte sofort Nein, weil er zu beschäftigt sei und sein Training keinen Tag unterbrechen könne. Ich kann es nicht recht erklären, aber allmählich habe ich das Gefühl, dieser Vorwand ist nichts als Bullshit.

Dapper erwartet bis heute Abend eine Antwort, aber ich habe Hemmungen, dieses lukrative Angebot abzulehnen.

Ein weiteres Problem ist mein verräterisches Herz in den seltenen Momenten, in denen Derek etwas unerwartet Fürsorgliches tut. Wenn er mir zum Beispiel eine Wasserflasche reicht, falls wir zu lange draußen waren. Dass er immer dafür sorgt, dass ich genug zu essen habe, wenn er mir eine Aufgabe nach der anderen gibt. Dass er so tut, als würde er es nicht mitbekommen, wenn ich aus Versehen während der Arbeit wegnicke, Folge der Kombination aus superfrühem Aufstehen und schlaflosen Nächten. Ich könnte schwören, dass ich an seiner Kücheninsel eingedöst bin, während ich seine E-Mails durchgeschaut habe, aber als ich wach wurde, lag ich mit einer Decke auf seiner Couch. Ich habe ihn gefragt, ob er irgendetwas darüber wüsste, und er hat mit den Schultern gezuckt und erwidert, ich müsste wohl schlafwandeln. *Nicht sehr wahrscheinlich.*

Es sind diese kurzen Momente, wenn ich merke, dass der alte Derek – mein Derek – noch immer irgendwo da drinnen steckt. Der Derek, der mir vor jedem Spiel im College vom Spielfeld aus eine Kusshand zugeworfen hat. Der Derek, dessen Hände sich wie der erste Sommertag angefühlt haben, nachdem man jahreszeitlich bedingt zu lange depressiv war. Der Derek, der mir zugeblinzelt und mein Inneres in Aufruhr versetzt hat. Und das kann ich euch sagen – niemand kann blinzeln wie Derek. Die meisten Leute, die es versuchen, sehen aus wie ein Perversling, der einen nachts bis zum Auto verfolgt. Nicht Derek. Bei ihm wirkt es ganz unangestrengt und echt. Als wüssten nur wir zwei von diesem außerordentlichen, köstlichen Geheimnis.

Allen Widrigkeiten zum Trotz fühle ich mich noch immer heftig zu ihm hingezogen. Ich muss meine Gefühle in den Griff bekommen. Denn einer Sache bin ich mir, nachdem ich die ganze Woche eng mit Derek zusammengearbeitet habe, ganz sicher: Er mag mich nicht, oder im besten Fall will er mich nicht mögen.

Es klopft an meiner Bürotür.

»Komm rein«, sage ich völlig verzweifelt.

Die Tür geht auf, und als ich die Augendeckel hebe, sehe ich

Nicole, die ihre mit einem Bleistiftrock bekleidete Hüfte an den Rahmen meiner Tür lehnt. Heute trägt sie ihr umwerfendes schwarzes Kostüm. Es liegt eng an ihrem Körper an und schreit: *Wag es ja nicht, dich mit mir anzulegen!* Es ist schwierig, nicht ein kleines bisschen auf sie zu stehen.

Sie verschränkt die Arme vor der Brust und sieht mich fragend an. »Du schläfst bei der Arbeit?«

»Nein«, stöhne ich in meine Armbeuge. »Ich gebe auf. Das ist meine Ich-gebe-auf-Stellung.«

»So schnell schon?« Sie schweigt einen Moment und lässt den Blick angeekelt durch mein Zimmer schweifen. »Andererseits würde ich das auch, wenn ich jeden Tag hier drin arbeiten müsste. Widerlich. Wie kannst du ein Fenster und trotzdem kein Tageslicht haben?«

»Die Sonne scheint täglich nur irgendwann zwischen zwei Uhr dreißig und zwei Uhr fünfundvierzig für fünf Minuten herein.«

»Es hat etwas Beklemmendes.«

Ich hebe den Kopf. »Du weißt doch, dass ich dich auf allen Ebenen für eine mächtige, wunderschöne Göttin halte – aber aufbauende Ansprachen sind nicht deine Stärke.«

Jetzt zieht sie beide Augenbrauen nach oben. »Oh. Wird das von mir erwartet? Ich bin nur hier, um zu fragen, ob du weißt, wo die Büroklammern aufbewahrt werden.«

Ich bin bereits aufgestanden und ziehe sie in mein Büro. »Jetzt bist du jedenfalls hier, da kannst du auch einen Moment bleiben und mich an deinem allumfassenden Wissen teilhaben lassen.«

»Aber ich muss wirklich – o nein, mach nicht die Tür zu. Es ist so muffig hier drin.«

»Daran gewöhnt man sich schnell.« Ich schubse sie fast schon auf den Stuhl vor meinem Schreibtisch. Sie schaut die Armlehnen an, als könnte sie Flecken am Ärmel bekommen, wenn sie sie berührt. Ich drehe mich zu ihr um und schwinge mich auf meinen Schreibtisch. Sie mustert meinen mit Gänseblümchen bedruckten Chambray-Overall, unter dem ich ein kurzärmeliges gelbes T-Shirt trage.

»Kommst du gerade vom Kühemelken?«

Ich schnappe beleidigt nach Luft und hake die Daumen hinter die Träger. »Der hier ist stylish. Ich habe ihn vom modischsten Laden im Land.«

Sie schaut mich skeptisch an. »Von wo?«

»Target.«

Sie verdreht die Augen. »Hoffnungslos.«

»Meine Liebe, wenn das hoffnungslos ist, möchte ich niemals hoffnungsvoll sein.« Nicole macht Anstalten aufzustehen und zu gehen. Ich hebe beschwichtigend die Hand. »Nein, warte! Bleib. Bitte. Ich brauche deinen Rat.«

»Du bekommst eine Minute meiner Zeit. Schieß los.«

Nur gut, dass ich mein ganzes Leben für die Teilnahme bei *Supermarket Sweep* trainiert habe und deshalb immer mal wieder Stoppuhren einschalte, um auf den plötzlichen Zeitdruck gefasst zu sein. Unter Druck blühe ich auf.

Ich sauge so viel Luft in meine Lungen, dass Nicole schaudert. Aber ich brauche so viel Luft wie möglich, wenn ich reinen Tisch machen und meine gesamte romantische Vergangenheit bei ihr abladen möchte. »Ich habe noch keine richtige Arbeit für Derek machen können, weil er mich gewissermaßen schikaniert, indem er mich allen möglichen Kram für ihn erledigen lässt. Und alles nur, weil …«

»Lass mich dich an der Stelle gleich ausbremsen und uns beiden die nächsten fünfzig Sekunden ersparen.« Sie hebt abwehrend die Hand. »Mit Typen wie ihm musste ich auch schon fertigwerden. Und die Antwort ist einfach: Du musst den Blödmann in seinem eigenen launischen Spiel schlagen.«

»Aber wie?«

Offenbar ist Nicole heute wohlwollend gestimmt, denn sie

redet gleich weiter. »Du bist eine erwachsene Frau mit einer Karriere, und du hast keine Zeit für Männer, die dir Steine in den Weg legen. Wenn er Streit will, soll er ihn haben. Aber ab jetzt spielst du nach deinen Regeln.« Sie erhebt sich mit der Autorität eines Kommandanten, der sich an seine Armee wendet. »Glaub mir, Mac, manchmal wird einem Respekt nur entgegengebracht, wenn man ihn einfordert. Du bist seine Agentin. Verhalte dich auch so. Mach deine Arbeit, egal, welche wichtige andere Aufgabe du für ihn erledigen sollst, und wenn er dich deshalb feuert, schneidet er sich ins eigene Fleisch.«

Ich würde am liebsten klatschen, aber ich unterlasse es, weil es ihr beim letzten Mal, als ich das gemacht habe, nicht gefallen hat. Außerdem ist sie bereits aufgestanden und geht zur Tür. Da bleibt keine Zeit für Spielchen.

»Es bringt mir keine Nachteile, wenn er den Vertrag auflöst?«, frage ich.

»Nicht, wenn du die Situation erklärst.« Sie zögert einen Moment, bevor sie fortfährt: »Außerdem hast du mich auf deiner Seite. Ich sorge dafür, dass du nicht bestraft wirst.«

Das verändert alles.

»Okay«, erwidere ich und lächle dankbar. »Danke, Nicole. Für alles.«

Sie nickt und lächelt sogar fast. »Und hör um Mode und Professionalität willen bitte auf, solche Sachen anzuziehen.«

»Niemals.« Ich springe vom Schreibtisch und streiche mir über die Oberschenkel. »Er hat Taschen.«

Sie verzieht das Gesicht. »Es wird immer schlimmer.«

»Vorsicht, du klingst allmählich wie Marty.«

Nicole lacht verächtlich. »Nur, dass ich einen unfehlbaren Sinn für Mode habe und mir wünsche, dass du Erfolg hast. Marty trägt altmodische Anzüge, die ihm zwei Nummern zu groß sind, und glaubt immer noch, dass er sich wie ein Gott kleidet. Er kritisiert deinen Modegeschmack nur, weil er dich scheitern sehen will.« Sie schweigt einen Moment. »Aber ich verstehe deine Sichtweise. Vermutlich solltest du tragen, was du willst.«

Ihr Gesichtsausdruck bei diesem letzten Satz, den sie im Hinausgehen sagt, verrät mir, wie sehr sie sich dazu überwinden musste. Ich kichere, während ich um meinen Schreibtisch herumgehe und mich wieder dahintersetze. Diesmal ziehe ich einen Fuß auf den Stuhl hinauf, um nachzudenken. Ich muss eine Lösung finden, wie ich Derek bei seinem eigenen Spiel schlage. Aber wie?

Ich greife nach meinem Stift und klopfe mir damit gegen die Lippen. Gerade als der Fünf-Minuten-Sonnenstrahl durch mein Fenster hereinscheint, klingelt mein Telefon. Auf dem Display erscheint Dereks Name, und ich knurre, bevor ich drangehe.

»Hallo, hier Derek Penders persönlicher Lakai, was kann ich für Sie tun?«

»Warum meldest du dich immer so?« Mit *so* meint er so übertrieben. Ich melde mich immer unterschiedlich, aber die Kernaussage ist immer dieselbe.

»Weil es dich nervt und weil es die einzige Möglichkeit ist, deinen boshaften Schikanen etwas entgegenzusetzen.«

»Ich weiß nicht, wovon du redest«, erwidert er trocken, aber ich höre eine Spur Boshaftigkeit heraus. »Ich gehe heute Abend aus. Du musst meinen Anzug aus der Reinigung holen und ihn mir nach Hause bringen.«

Ich atme einmal ganz tief durch die Nase ein und langsam wieder aus.

»Hm, das klingt, als würde es großen Spaß machen, aber ich weiß zufällig, dass du mehrere supergut aussehende Anzüge in deinem Schrank hast, die sich – so sagt man – ziemlich einsam und vergessen fühlen. Ich wette, wenn du einen von ihnen anziehen würdest, würde das die Moral im gesamten Schrank heben.«

Er beißt nicht an. »Ich brauche ihn bis sechs.«

»Bis *sechs.*« Ich ziehe das Wort in die Länge und lasse es als Frage ausklingen.

»Ja. Bis sechs.«

»Nein, ich meine, bis sechs und?«

»Genau sechs. Nicht früher, nicht später.«

Ich stöhne und halte mich mühsam davon ab, mit dem Kopf auf den Tisch zu schlagen. »Nein, Derek. Da fehlt das Wort *bitte!* Du musst wenigstens *bitte* sagen, wenn du schon so ein abwertender Pupskopf bist.«

»Und du musst richtige Beleidigungen verwenden wie eine Erwachsene, aber wir können beide nicht unseren Willen durchsetzen. Du darfst gern kündigen, wenn …«

»Yeah, yeah, yeah. Das kenne ich schon. Ich bin um sechs mit dem Anzug bei dir.«

Ich lege auf, bevor er Gelegenheit hat, sich nicht zu bedanken.

Nicoles Rat summt in meinem Kopf herum, aber wie soll ich den Spieß umdrehen, wenn er jetzt, außerhalb der Saison, alle Zeit der Welt hat, um mich herumzuscheuchen? Und glaubt nicht, dass mir nicht aufgefallen wäre, wie er seinen Freunden aus dem Weg geht. Er trifft sich nicht mit ihnen und reagiert nicht auf ihre Anrufe und Nachrichten. Wie es scheint, gibt es für ihn nur noch zwei Dinge: sein Training und mein Leben zu ruinieren. Zuerst habe ich geglaubt, dass er mich einfach hasst … aber inzwischen denke ich, er macht das alles aus einem völlig anderen Grund, den ich nicht zu fassen bekomme.

Und plötzlich habe ich eine Idee. Der großartigste Plan aller Zeiten. Aber dafür werde ich mir ein bisschen Hilfe suchen müssen.

Wenn Derek einen Anzug möchte … dann soll er einen bekommen.

13

DEREK

Sie verspätet sich. Es ist achtzehn Uhr dreißig, und sie ist nicht hier mit meinem Anzug. Sie muss aber hier sein. Und ich brauche diesen Anzug. Eigentlich brauche ich ihn nicht, denn wie sie sagte, habe ich genügend Anzüge. Aber wie kann ich sie ohne Ende nerven, wenn sie nicht da ist? Sie hat gefälligst da zu sein.

Ich laufe in der Nähe meiner Haustür auf und ab.

Vor und zurück, vor und zurück, das Handy ans Ohr gepresst. Wieder und wieder höre ich das Klingelzeichen, aber es kommt keine Verbindung zustande. Inzwischen bin ich nicht nur sauer, ich mache mir auch Sorgen. Während der letzten vierzehn Tage hat Nora jeden Tag prompt auf meine Anrufe und Nachrichten reagiert. Wenn ihr nun etwas passiert ist? Wenn sie auf dem Weg hierher einen Unfall hatte? Unterwegs, um mir einen Anzug zu bringen, den ich nicht einmal brauche.

Ich fahre mir mit der Hand durch das Haar und überlege, ob ich Krankenhäuser durchklingeln soll, aber während ich darüber nachdenke, höre ich einen Wagen die Auffahrt heraufkommen. Ich schaue gerade lange genug aus dem Fenster, um mich zu vergewissern, dass sie es ist, und dann stürme ich ohne nachzudenken aus der Haustür und auf sie zu.

Als sie aus dem Wagen steigt, weht ihr eine Brise das Haar ins

Gesicht. Obwohl sie keinen Grund dazu hat, lächelt sie, als sie mich auf sich zurasen sieht. Sie ist wie der Sonnenschein, der durch die Wolken meines elenden Tags bricht, und das macht mich gleich noch wütender.

So habe ich mich die ganzen zwei Wochen gefühlt, seit ich mit ihr arbeite. Ich sollte sie eigentlich hassen. Ich sollte ihr Lächeln nervig finden. Und diese seltsamen schrulligen Sprüche? Die sollte ich wirklich hassen. Aber tue ich das? *Nichts da*. Wenn überhaupt, muss ich mich unglaublich zusammenreißen, um nicht über ihre Scherze zu lachen. Und gegen den Drang ankämpfen, sie nicht jedes Mal in den Arm nehmen zu wollen, wenn sie in Reichweite ist.

Was zu der vertrauten Wut führt – aber nicht auf Nora, auf mich selbst.

Ich bin wütend, dass ihr Anblick schon wieder eine positive Reaktion bei mir auslöst, und vergrabe die Hände in den Hosentaschen. »Wieso gehst du nicht ans Telefon?«

Ihr Lächeln wird breiter, und sie geht mit einem Anzug über der Schulter an mir vorbei. »Tut mir leid, Dere-Bear. Mein Akku war vor einer Stunde leer, und ich hatte vergessen, mein Ladekabel mit ins Büro zu nehmen.« Sie wirft mir einen Blick über die Schulter zu. »Du hast dir doch keine Sorgen gemacht, oder?« Da ist so ein aufreizendes Funkeln in ihren grün-goldenen Augen, und ich muss mich zur Seite drehen, damit ich es nicht wegküsse.

»Nein. Ich brauche nur meinen Anzug.« Himmel, ich habe es so satt, mich wie der letzte Depp aufzuführen. Ich hatte wirklich geglaubt, sie würde längst aufgegeben haben. Ich weiß nicht, wie lange ich das noch durchhalte.

Das Lächeln vergeht ihr ein wenig, aber sie erholt sich rasch. »Nun, hier ist er! Der Anzug deiner Träume.«

Irgendwie klingt es verdächtig, wie sie das sagt. Erst in dem Moment nehme ich den Kleidersack richtig wahr. Es ist nicht der übliche durchsichtige aus meiner Reinigung – dieser ist schmal und schwarz und blickdicht. Dieser ist von einem Designer.

»Was, zum Teufel, ist das?«, frage ich sie, obwohl ich weiß, was es ist. Sie hat den Gesichtsausdruck von jemandem, der mich gerade über den Tisch gezogen hat.

»Das ist der gewünschte Anzug.«

»Nicht mein Anzug aus der Reinigung.« Ich formuliere das nicht als Frage, weil es keine ist.

Sie grinst und tippt mir einmal kurz auf die Brust – was ich bis in meine Wirbelsäule hinein spüre. »Scharfsinnig. Den wirst du nicht brauchen, und auch keinen von deinen alten Anzügen.« Das sagt sie ein wenig zu fröhlich, und dann trägt sie ihn ins Haus und Richtung Treppe. Die Treppe, die zu meinem Zimmer hinaufführt. Wieso geht sie rauf in mein Zimmer?

Und wieso folge ich ihr jetzt wie ein Lamm zur Schlachtbank?

»Nora, sag jetzt bitte, dass du den Werbevertrag mit dem Anzug-Designer nicht abgeschlossen hast.«

»Das könnte ich behaupten, aber da ich der festen Überzeugung bin, dass Ehrlichkeit die beste Strategie ist, gestehe ich dir lieber gleich, dass ich ihn abgeschlossen habe und du jetzt die Galionsfigur eines der bekanntesten amerikanischen Anzughersteller bist. Du musst heute Abend nur noch auf der gestrichelten Linie unterschreiben.«

Ich bleibe mitten auf der Treppe stehen und sehe zu, wie ihr frecher Knackpo vor mir her schwingt, und entgegen aller Vernunft denke ich nicht an den Werbevertrag. Ich frage mich, ob Nora noch immer Unterwäsche mit Aufdruck jedes einzelnen Wochentags trägt. Im College dachte ich erst, es wäre einfach ein witziger Zufall. Aber dann fiel mir allmählich auf, dass sie jedes Mal den richtigen Tag anzog. Als ich sie mal danach fragte, erwiderte sie, ihr würde die Gewohnheit gefallen. Ihr hübscher Hintern wurde mein Kalender, und – ja, darüber sollte ich eigentlich nicht mehr nachdenken.

»Du hast das ohne meine Zustimmung gemacht. Ich könnte dich auf der Stelle feuern«, sage ich und eile die letzten Stufen hinauf, um sie einzuholen.

Sie betritt mein Schlafzimmer. »Könntest du. Aber du wirst in ein paar Tagen, wenn du am Set bist, dringend einen Agenten brauchen. Und ich bezweifle, dass du vor deinem Flug Freitagmorgen jemand Adäquaten findest.«

»Wie bitte, vor meinem *was?* Und was für ein Set? Ich fliege Freitagmorgen nirgendwohin«, erwidere ich mit einer erzwungenen Gelassenheit, die ihr eigentlich klarmachen sollte, wie frustriert ich in diesem Moment bin.

Sie legt den Kleidersack auf meinem Bett ab, und ich gebe mir alle Mühe, nicht zu starren, als sie sich vorbeugt, um den Reißverschluss aufzuziehen. Diese Overallshorts, die sie trägt, müssten eigentlich unattraktiv sein. Sind sie nicht. Nora zieht meinen Anzug aus der Hülle und hält ihn hoch, untersucht ihn auf eventuelle Schäden und räumt ihn dann ordentlich in meinen Schrank, so selbstverständlich, als würde er ihr gehören.

Ich stehe mitten in meinem Schlafzimmer, die Arme vor der Brust verschränkt, die Füße fest in den Boden gestemmt, weil hier etwas vor sich geht und ich das Gefühl habe, ich werde meine ganze Willenskraft brauchen, um mich dem entgegenzustellen. Nora strahlt eine neue Energie aus. *Lass dich nicht von ihrem Lächeln täuschen, sie kommt zwar in gelben Gänseblümchen daher, aber sie ist höllisch gefährlich.*

Diese Frau taucht mit den Armen voller Kleidungsstücke wieder aus dem Kleiderschrank auf und schaut mich auch weiterhin nicht an. Ich sehe mit zusammengekniffenen Augen zu, wie sie alles auf meinem Bett ablegt und etwas von Socken murmelt und wie viel Paar ich wohl brauchen werde. Als Nächstes schleppt sie meinen Koffer an. Den großen. Sie hievt ihn auf das Bett und stöhnt dabei vor Anstrengung.

»Hast du beim Packen irgendwelche Vorlieben? Ich lege Socken und Unterwäsche immer gern in eine Ecke und baue dann eine Burg aus zusammengerollten T-Shirts um sie herum. Aber ich bin offen für Vorschläge … *bis zu einem gewissen Grad.*« Sie fängt an, meine Sachen zu packen.

»Hör auf damit«, herrsche ich sie an, aber sie gehorcht nicht. »Nora, hör auf zu packen.«

»Sorry, kann ich nicht! Wir haben hier ein eng getaktetes Programm. Ich muss *deine* Sachen heute Abend packen, damit ich morgen *meine* Wäsche waschen und packen kann. Im Moment sind meine Lieblingsleggings nämlich dreckig, und ich werde auf gar keinen Fall den ganzen Tag in Jeans im Flugzeug sitzen.«

Mit zwei Schritten bin ich bei ihr, und kaum sind ihre Finger nicht mehr im Koffer, klappe ich den Deckel zu. »Erklär mir, was hier vor sich geht.«

Sie strafft die Schultern, als hätte sie gehofft, dass es hierzu kommen würde. Das Funkeln in ihren Augen elektrisiert mich. Sie steht so nah vor mir, dass ich nur einen Schritt machen müsste, und wir würden uns berühren. Die Keine-Berührung-Regel schwebt zwischen uns. Verspottet mich. »Wir haben Freitagmorgen einen Flug. Gleich in der Früh. Tatsächlich ist es der allererste Flug, deshalb müssen wir gegen fünf Uhr dreißig am Flughafen sein.«

»Kommt gar nicht infrage.«

Ohne dass ich es will, landet mein Blick auf ihrem Mund. Es ist das erste Mal, dass sie sich gegen mich zur Wehr setzt, seit wir zusammenarbeiten, und es erinnert mich so sehr daran, wie wir damals, als wir zusammen waren, aus Spaß immer gegeneinander gekämpft haben. Und als mein Blick zu ihren Armen weiterwandert, sehe ich, dass sie Gänsehaut hat. Auch an ihr geht dieser Moment nicht spurlos vorüber.

Sie räuspert sich, dreht sich um und verschwindet wieder im Schrank, während ich stehen bleibe und den Verstand verliere. Ich raufe mir die Haare und ziehe an ihnen, um ein wenig von meinem Frust loszuwerden. Aber es geht nicht um diesen verdammten Job. Ich bin wütend, weil ich sie will. Und frustriert, weil ich sie nicht haben kann.

Und das kann ich wirklich nicht.

Selbst wenn Nora mich zurückhaben wollte, würde ich mir nie mehr erlauben, ihr zu vertrauen. Nicht nachdem ich sie so innig geliebt habe und sie mich dann ohne die geringste Vorwarnung hat fallen lassen. Nicht einmal eine Woche, um es langsam auslaufen zu lassen. Den einen Tag hat sie mich geliebt und von einer Zukunft mit mir geträumt und ihren Kurs über Reden in der Öffentlichkeit sausen lassen, damit wir zu einem Wasserfall wandern konnten, und am nächsten Tag hat sie unsere Beziehung unter die Guillotine gelegt.

»Wohin geht dieser Flug, den ich nicht nehmen werde?«, frage ich, stelle mich an den Schrank und lege die Hände zu beiden Seiten an die Türpfosten, um sie einzusperren, bis sie mir eine ehrliche Antwort gibt.

Sie grinst. »Las Vegas.« Und dann schlüpft sie mit den Händen voller Socken und Unterwäsche unter meinem Arm hindurch.

Ich fühle mich wie erschlagen. Sie meint das ernst. Sie hat uns wirklich einen Flug nach Vegas gebucht.

»Ich fliege nicht nach Vegas. Und ich mache nicht mit bei diesem Sponsoringvertrag. Aus, Ende.«

Sie ist wie eine kleine Biene, die in meinem Zimmer herumsummt und noch immer alles für eine Reise zusammensucht, die ich nicht antreten werde. »Oh, ich denke, das wirst du doch. Denn erstens habe ich die Flüge bereits gebucht und Dapper bestätigt, dass du Freitag am Set sein wirst, putzmunter und bereit, in ihrem Hauptwerbespot des Jahres aufzutreten.«

Meine Nasenlöcher beben. »Das hast du nicht gemacht.«

»Und zweitens haben mir die Jungs empfohlen, dir zu sagen, wenn du dich weigerst, werden sie mir erzählen, was sie vor ein paar Monaten in deinem Nachttisch gefunden haben.«

Mir vergeht das Grinsen.

Das würden sie nicht tun.

»Ich habe ihnen vorhin bei einem Gruppenanruf die Situation erklärt und sie um Vorschläge gebeten. Wie sich gezeigt hat, stehen sie auf meiner Seite und finden, es wird Zeit, dass du wieder an die Arbeit gehst. Deshalb hat mich Jamal angewiesen, dir diese Notiz von ihm vorzulesen, falls du dich weigerst.« Sie zieht einen Zettel aus der hinteren Hosentasche und faltet ihn auf, als wäre er eine altmodische Zeitung. *»Derek, du bist der größte Blödmann, der mir je über den Weg gelaufen ist, wenn du geglaubt hast, wir würden das nicht gegen dich verwenden. Schwing dein Hinterteil in diesen Flieger, oder ich erzähle ihr, was wir gefunden haben.«*

Ich stöhne, weil ich mehr an Antwort gerade nicht zustande bringe. Da ich Abstand brauche, laufe ich einmal hin und her und wende mich dann wieder abrupt Nora zu. »Haben sie dir bereits erzählt, was sie gefunden haben?«

»Nein. Allerdings bin ich sehr interessiert. Es muss wirklich peinlich sein, wenn es solch eine Reaktion auslöst. Ich denke, als deine Agentin sollte ich wissen …«

»Auf gar keinen Fall.«

Sie leckt sich lächelnd die Lippen, tritt noch näher an mich heran und schiebt das Kinn vor und nach oben, damit ich einen guten Blick auf ihre perfekten Lippen habe. »Heißt das, du kommst mit mir nach Vegas?«

Nora sonnt sich munter im Glanz eines klaren Siegs. Ich dagegen nicht.

Ich fahre mir mit der Hand durch das Haar und mache ein paar Schritte von ihr weg. »Das hättest du nicht tun sollen, Nora. Das geht zu weit.«

Ihr Blick ist wie ein scharfes Messer. »Wirklich? Du hast mich zwei Wochen lang schikaniert, und jetzt erwartest du, dass ich mich einfach zurücklehne und dich wegen etwas, das im College zwischen uns passiert ist, riesige Karrierechancen verpassen lasse? Schluss damit. Ab jetzt nehmen wir die Angebote an. Du gibst Interviews.«

Ich sollte den Mund halten. Sollte sie in dem Glauben lassen, dass ich dem allen nur wegen ihr aus dem Weg gehe. Aber auf einmal habe ich das Gefühl, in einem Fluchtauto zu sitzen, das ich nicht in den Griff bekomme. Bei der Vorstellung, mich öffentlich zu zeigen, wenn derart viel auf dem Spiel steht, steigt Panik in mir hoch. Ohne Erlaubnis wiederholt mein Gehirn die Kommentare der Sprecher im Sportradio und auf ESPN, dass ich garantiert nie wieder zu alter Form auflaufen werde. Dass sie genügend Sportler nach solch einer Verletzung haben scheitern sehen und dass es traurig sein wird, auch mir dabei zuzusehen. Es wird ein Spektakel werden.

Alles wirbelt endlos in meinem Kopf herum. Ich atme nur noch flach. In meinem Nacken sammelt sich Schweiß. Und plötzlich bin ich wieder in der Grundschule, stehe vor der Klasse und muss erleben, wie sie mich alle gnadenlos auslachen, weil ich es nicht durch den Absatz schaffe, den ich vorlesen sollte.

Und in dem Moment verliere ich die Beherrschung. »Es hat nichts mit dir zu tun, Nora!«

Trotz der Lautstärke, mit der ich das sage, zuckt sie nicht zusammen. Sie sieht erleichtert aus. »Womit hat es dann zu tun? Sag es mir, Derek, sonst kann ich das Problem nicht lösen.«

Ich balle die Hände zu Fäusten. »Ich will nicht für einen Designer den großen Star spielen, wenn es gut sein kann, dass ich aus der Mannschaft fliege, bevor die Saison überhaupt angefangen hat. Alle – und ich meine wirklich alle – glauben, dass die Sharks mich durch Abbot ersetzen werden. Und wenn das passiert, werde ich wie der Depp dastehen, der nicht gemerkt hat, dass er zum Gespött geworden ist. Dapper – und alle anderen, mit denen du Verträge abgeschlossen hast – wird den Vertrag wieder kündigen. Deshalb: nein danke. Ich ziehe mich lieber zurück und konzentriere mich auf mein Training und auf sonst nichts. Ich werde mich nicht ablenken lassen, und ich werde nicht in einem Anzug herumstolzieren, wenn ich dieses Jahr vielleicht nicht mal mehr einen Job habe!«

Nora schaut mich verblüfft an. Die Energie meines Ausbruchs verpufft allmählich. Und dann runzelt sie die Stirn. »Das heißt … die ganzen Schikanen … dass du mich davon abgehalten hast, zu meiner eigentlichen Arbeit zu kommen … das war deswegen? Weil du Angst hast, zu versagen und dann dumm dazustehen?«

Ich seufze. Es ist mir unmöglich, ihr zu erklären, dass ich mich nie wieder wie der Junge fühlen möchte, dessen vermeintliches Versagen allen anderen zur Unterhaltung diente, ohne dass ich ihr die Wahrheit über meine Vergangenheit erzähle und über meine kürzlich erfolgte Diagnose. »Ja und nein. Vermutlich … warst du ein guter Vorwand, alle öffentlichen Termine auf Eis zu legen, damit ich mich einfach zurückziehen und trainieren konnte. Also bitte … ruf an und sag ab. Ich will das nicht machen.«

Eine Minute lang herrscht Schweigen, und ich glaube wirklich, ich bin zu Nora durchgedrungen. Aber dann blitzt etwas in ihren Augen auf. Wenn ich vorher gedacht habe, dass sie entschlossen wirkt …

»Weißt du was, Derek? Das macht mich wütender als eine Hornisse, die sich im verschwitzten T-Shirt von jemandem verfangen hat. Ich wünschte, es hätte sich nur darum gehandelt, dass du mich fertigmachen wolltest. Aber deine Karriere wegzuwerfen, weil du Angst hast, was die Leute vielleicht von dir denken, wenn du es richtig intensiv versuchst und es trotzdem nicht schaffst?« Sie kommt auf mich zu und bohrt mir den Finger in die Brust, als wäre sie so groß wie ich und nicht fast dreißig Zentimeter kleiner. »Das bricht mir das Herz, und ich werde es nicht zulassen. Du hast Gutes verdient, egal, wie es mit deiner Verletzung weitergeht. Du hast deine ganze Karriere über hart gearbeitet und dir den Erfolg verdient. Und weißt du was? Nicht alle glauben, dass man dich durch Abbot ersetzen wird. Ich glaube an dich, Derek, *wirklich.*« Sie presst die Hand fest gegen meine Brust.

Sie hat etwas unbeschreiblich Intensives an sich. »Ich weiß, wie du bist, wenn du dir etwas vornimmst – das zeigt sich schon daran, wie du dich völlig darauf konzentriert hast, mir das Leben zur Hölle zu machen. Und davon ganz abgesehen, bin ich diejenige, die diese Woche bei all deinen Work-outs dabei war. Du bist nicht gescheitert. Du bist nicht eingerostet. Du bist ein sturer Ochse, Derek, aber du musst selbst an dich glauben, sonst tut es auch kein anderer.«

Sie schweigt lange genug, um Luft zu holen. »Setz deinen muskulösen Hintern in Bewegung und wette auf dich selbst. Unterschreib die Sponsorenverträge. Gib ein paar Interviews. Poste deine Trainingsinhalte, damit man sieht, dass du hart arbeitest und es hinbekommst. Gib nicht auf, weil ein paar engstirnige Leute sagen, du solltest aufgeben! Und *hör auf,* meine Karriere, für die ich mich halb totgeschuftet habe, als Spielzeug zu missbrauchen. Das ist mir gegenüber nicht fair, und ehrlich gesagt, ist das unter deiner Würde.«

Ich kann kaum atmen, so eng ist mir in der Brust. Ich kann mich nicht entscheiden, ob ich sauer, traurig, peinlich berührt oder angespornt bin. »Sonst noch was?«

»Ja.« Wieder sticht sie mich mit dem Finger, aber diesmal mitten ins Kinn. »Du lächelst nicht mehr genug.«

»Was?«

»Du hast mich verstanden«, erwidert sie barsch, aber es liegt keine Schärfe in ihrer Stimme. Ihr Blick ist wieder freundlicher. »Früher hast du dauernd gelächelt – und jetzt tust du das nie. Am Anfang dachte ich, es liegt daran, dass du mich hasst, aber bei anderen lächelst du auch nicht. Ich vermisse es, dieses Lächeln. Es war so warm, ich konnte es immer bis in die Zehenspitzen spüren.«

Ich starre Nora an – in meinem Kopf wirbeln tausend Fragen und Entschuldigungen umher, aber dominiert werden sie von der einen Frage, die ich so lange unterdrückt habe. »Ich bin bereit zu erfahren, was passiert ist«, sage ich leise – ich habe keine Kraft mehr.

Ich habe mir lange genug eingeredet, dass es mir egal ist. Dass sie es beendet und mich nicht mehr geliebt hat, und dass es mehr dazu nicht zu sagen gibt. Dass ich keine Einzelheiten wissen wollte oder gar brauchte. Denn jede denkbare Erklärung würde zu sehr wehtun, und es tat bereits dermaßen weh, dass ich dachte, ich würde es nicht überleben.

Aber jetzt muss ich es wissen. Weil mich ihre Beschreibung, wie ich meine Karriere quasi aufgegeben habe, an eine andere Situation in meinem Leben erinnert. Nora mag diejenige gewesen sein, die Schluss gemacht hat, aber ich habe sie das tun lassen. Ich habe nicht ein einziges Mal um sie gekämpft, weil ich Angst hatte, tatsächlich nicht gut genug für sie zu sein.

Nora starrt mich schockiert an. »W…was?«

»Was ist damals passiert? Mit uns?«, frage ich langsam und vorsichtig, um sie nicht zu verschrecken. »Woran lag es, dass du es beendet hast? Noch dazu so eiskalt? Was habe ich falsch gemacht, Nora?«

14

NORA

Ich schließe die Augen und seufze. »Es verstößt gegen die Regeln, darüber …«

»Sag es mir. Bitte. Ich muss es wissen.« Seine Stimme klingt verzweifelter, als ich das je bei ihm gehört habe.

Ich schaue ihm in die Augen und versetze mich wieder in mein letztes Jahr im College zurück, als ich kurz davor war, mein gesamtes Leben für einen Sportler aufzugeben, der auf dem Weg nach oben war. Ich lasse all die Gefühle zu, die ich jahrelang auszublenden versucht habe. Teilweise weil es so wehtat, teilweise weil ich mich so schuldig fühlte.

»Ich hatte Angst«, antworte ich ehrlich.

Er runzelt die Stirn und macht versuchsweise einen Schritt auf mich zu. »Angst – wovor?«

»Vor dir«, flüstere ich. »Vor dem, was ich für dich empfunden habe.«

Er betrachtet mich, als würde ich vor seinen Augen eine andere Gestalt annehmen. Ich mache ebenfalls einen Schritt auf ihn zu. Es fühlt sich an, als würde dem Zimmer allmählich jeglicher Sauerstoff entzogen. »Du warst nicht vorgesehen, Derek. Ich hatte einen festen Plan für mein Leben, und Liebe sollte darin erst viel später eine Rolle spielen.«

Aber kaum hatte ich Derek bei dieser Party kennengelernt, war ich verloren. Ich weiß es noch, als wäre es gestern gewesen. Dieser Blitz, der durch mein Nervensystem zuckte. Mein Körper, der sagte: *Ihn … er ist wichtig.*

»Als ich dich kennengelernt und mich Hals über Kopf in dich verliebt habe, hat mir das fürchterliche Angst gemacht. Und dann wurden auf einmal meine Noten immer schlechter, weil ich so viel Zeit mit dir verbrachte, und alle redeten darüber, wohin du in der NFL wohl gehen würdest, und du wurdest rasch immer bekannter.« Ich rede schnell, denn ich kann mich jetzt, wo ich es endlich laut ausspreche, einfach nicht bremsen. »Und als wenn das nicht schon beängstigend genug gewesen wäre, hatte ich an dem Tag, als ich mit dir Schluss gemacht habe, eine ganz schlechte Note in meiner Volkswirtschaftsprüfung bekommen, wegen der ich beinahe die Abschlussprüfung nicht bestanden hätte. Das war für mich ein lauter Weckruf. Vor allem wenn ich für einen höheren Abschluss weiterstudieren wollte.«

Diese Note hatte sich wie ein Schlag gegen meine gesamte Persönlichkeit angefühlt. In der Highschool war ich Klassenbeste gewesen. Ich gehörte nicht zu denen, die ihr Lernen vernachlässigten. Aber auf einmal war ich nur wegen eines Manns genau so jemand geworden, und es missfiel mir zutiefst – ich hatte Angst, was ich von mir noch aufgeben würde, wenn ich bei ihm blieb.

Außerdem – wenn ich eins von meinem Dad gelernt hatte, dann dass man sich für sein zukünftiges Glück besser nicht auf Männer verließ. Sie lassen einen sitzen, wenn sie sich langweilen. Und ich konnte nicht ahnen, wie lange es dauern würde, bis Derek mich satthatte. Das war alles solch ein großes Risiko an der Schwelle zu meiner Karriere. Ich musste für mich selbst kämpfen.

Jetzt mustere ich Dereks kantiges Gesicht, das irgendwie etwas noch Brutal-Schöneres hat, wenn er so die Stirn runzelt. Er schüttelt den Kopf, und es wirkt angespannt. »Ich ... ich wusste nicht, dass deine Noten schlechter geworden waren. Wenn du es mir gesagt hättest, hätte ich dir mehr geholfen, mit dir zusammen gelernt oder so.«

»Hättest du das?«, frage ich, denn ich weiß noch, dass Derek mich immer dazu zu bringen versuchte, meine Lehrbücher zur Seite zu legen und stattdessen mit ihm zu spielen. »Ich bin überzeugt, der Derek, der du heute bist, hätte mir geholfen. Aber der spaßversessene, immer nur Football spielende Derek von damals ... ja, der hätte zu mir gesagt, ich solle mir deswegen keine Sorgen machen. Ich vermute, du hättest mir stattdessen angeboten, mich zu heiraten und für meinen Unterhalt zu sorgen, und hättest mir versprochen, ich würde nie einen Tag in meinem Leben arbeiten müssen.«

In Dereks Augen blitzt etwas auf, das ich nicht zu deuten weiß, aber gleich darauf ist es verschwunden, und er sieht nur noch traurig aus. »Ich wünsche mir noch immer, du hättest mir das gesagt, als du mit mir Schluss gemacht hast. Auch wenn ich es damals nicht verstanden hätte – später hätte es geholfen, das zu wissen. Es hätte geholfen.« Er tritt von einem Fuß auf den anderen, als würde ihn seine Verletzlichkeit schier umbringen. Ich bin schockiert, als er den Satz schließlich beendet. »Wenn ich es gewusst hätte, hätte es vielleicht früher aufgehört wehzutun.«

Diesmal spüre ich den Schlag.

Das Wort *früher* bedeutet, dass es ihm lange wehgetan hat. Aber das kann nicht stimmen. Er war so schnell mit dieser anderen Frau zusammen. Andererseits steckt dahinter vielleicht mehr, das Derek mich nie sehen ließ, genau wie er nie sah, was hinter meinem eiskalten Schlussmachen steckte.

»Du hast recht. Ich hätte damals ehrlich zu dir sein sollen, aber ich kam mir so egoistisch vor, weil ich mich wichtiger nahm als uns. Außerdem wusste ich nicht, wie ich dir hätte erklären sollen, dass ich meinen Traum in so jungen Jahren nicht zurückstellen wollte, um deinen zu verfolgen.« Ich ziehe die Lippen zwischen die Zähne, weil es so grässlich ist, sich immer noch ein wenig schuldig zu fühlen. »Es tut mir leid, dass ich dir wehgetan habe, Derek – und wie ich es beendet habe. Ich war nicht bereit oder reif genug für die Liebe zwischen uns.«

»Du glaubst nicht, dass wir es geschafft hätten?«, fragt er, und die Hoffnung, die ich heraushöre, reißt mir den Boden unter den Füßen weg. Aber ich kann ihn nicht anlügen.

Ich schüttle sanft den Kopf. »Nein. Sosehr ich dich geliebt habe – es gab eine Menge Dinge im Leben, die ich ausprobieren musste, was ich nicht hätte tun können, wenn ich dir nach dem Collegeabschluss gefolgt wäre. Ich glaube, wir hätten uns eine Zeit lang ganz viel Mühe gegeben, und dann hätten wir gespürt, wie uns der Sog unseres jeweiligen Traums voneinander wegreißt. Diese Vorstellung konnte ich nicht ertragen. Und vielleicht ist keiner dieser Gründe ausreichend, dass du mir vergibst, aber …«

»Doch«, sagt er freundlich, und dennoch hat dieses Wort eine Kraft, als hätte ich einen Schlag in die Magengrube bekommen. Ich kann nicht atmen. Kann nichts tun außer zuschauen, wie die Konturen in Dereks Gesicht weicher werden. Diesmal ist er derjenige, dessen Gestalt sich vor meinen Augen verwandelt. Das ist nicht Derek, der übermütige Junge – das ist Derek, der Mann.

Er kommt mir sogar noch näher, und meine Haut erwacht zum Leben und ist dann enttäuscht, als er wenige Zentimeter vor mir stehen bleibt. Er macht keine Anstalten, mich zu berühren, aber seine funkelnden saphirblauen Augen signalisieren deutlich, dass sich zwischen uns etwas Neues entwickelt. Ein Waffenstillstand. Vielleicht sogar die Bereitschaft, sich einzufühlen.

Was immer wir an Gepäck mit in dieses Zimmer genommen haben, wir nehmen es nicht wieder mit hinaus.

Derek atmet tief ein. »Es war vielleicht damals, als ich vierundzwanzig und unreif war, kein ausreichend guter Grund, aber jetzt …« Er tritt von einem Fuß auf den anderen. »Es leuchtet mir ein, Nora.«

»Wirklich?«, frage ich, und meine Augen trüben sich. Bis zu diesem Moment hatte ich keine Ahnung, wie unbedingt ich das von ihm hören musste. Hören musste, dass er meine Entscheidung nachvollziehen kann und mich dann vielleicht nicht mehr hasst.

Sein Blick wandert wie eine Liebkosung über mein Kinn und meinen Mund. So wie er mich gerade anschaut, muss ich daran denken, wie besonders das war, was wir damals hatten. Dass ich damals etwas Besonderes für ihn war.

»Ich glaube …« Erneut holt er tief Luft und schaut mir wieder in die Augen. »Ich habe zu lange an einem Schmerz festgehalten, den ich vielleicht schon vor ewigen Zeiten hätte loslassen sollen.«

Ich möchte ganz nah zu ihm. Da ist ein unsichtbares Band zwischen seinen Lippen und meinen, und der Sog ist mächtig. Er ist fast zu mächtig, um ihm zu widerstehen, deshalb rücke ich näher an ihn heran. »Mir war nicht einmal klar, dass ich dir wehgetan hatte, Derek. Du bist einfach gegangen, als ich es beendet habe. Du hast mir den Karton abgenommen und hast dich ohne ein Wort umgedreht. Daher wusste ich, dass du wütend warst – aber verletzt? Das hast du dir nicht anmerken lassen.«

»Offenbar kann ich genau das am besten.« Sein Lächeln ist herzzerreißend traurig. »Es tut mir leid, Nora. Alles tut mir leid – auch dass ich mit deiner Karriere wie mit einem Pfand in meinem dummen Spiel umgegangen bin.« Seine Hand streicht an meiner entlang, und ich könnte nicht sagen, ob es beabsichtigt ist oder nicht. Aber mein Körper spürt die leichte Berührung in jeder Zelle.

»Schon okay. Wir hatten einen schwierigen Start«, erwidere ich beinahe atemlos.

»Nein.« Er klingt ernst. »Es ist nicht okay. Ich habe mich diese letzten zwei Wochen dir gegenüber wie ein Schwein aufgeführt, und das tut mir sehr leid.«

Ich öffne den Mund, aber ich weiß kaum, was ich sagen soll. Es fühlt sich wie ein Traum an. »Mir tut es auch leid.«

Beide stehen wir eine Zeit lang schweigend da, um uns in diese neue Realität hineinzufinden und in das, was sie für uns bedeutet. Wir sind uns so nah, dass ich den Kopf heben muss, um sein Gesicht zu sehen, und bei jedem Einatmen berühren sich beinahe sein und mein Brustkorb. Keiner von uns rührt sich – und als ich diese vertraute Anziehungskraft zwischen uns spüre, wird mir klar, dass ich nie wieder von Derek getrennt sein möchte. Ich will, dass er mich berührt. Dass er die Hände an meine Hüften legt und mich an sich zieht, bis kein Abstand mehr zwischen uns ist. Mein Körper sehnt sich nach diesem Druck, den nur er mir geben kann.

Aber jetzt sind unsere Karrieren miteinander verknüpft, und eine Beziehung könnte rasch ungut werden. Nicht nur das, ich habe auch gesehen, welchen Verschleiß an Beziehungen Sportler haben. Welchen *Derek* hatte. Vielleicht habe ich noch Gefühle für ihn, aber ich bin mir nicht sicher, ob ich ihm vertraue. Und ich bin eindeutig nicht der Typ, der heute mit ihm schläft und morgen weitermacht, als wäre nichts gewesen.

Wie es aussieht, können wir gerade nur …

»Können wir Freunde sein?« Ich klinge beschämend hoffnungsvoll.

Ich sehe genau den Moment, in dem Derek dichtmacht, und ich weiß, meine Hoffnung war unberechtigt. Er macht einen großen Schritt von mir weg und reibt sich den Nacken. »Nein. Tut mir leid, aber … ich kann nicht wieder mit dir befreundet sein, Nora.«

Weil er nicht will? Weil wir zu viel gemeinsame Geschichte haben? Ich bringe es nicht über mich zu fragen – außerdem habe ich das Gefühl, dass er, indem er es nicht gleich erklärt, eine Grenze zieht.

»Gut. Und das ist in Ordnung. Wirklich völlig okay.« Ich trete verlegen von einem Fuß auf den anderen. »Es ist verständlich und edel und … andere Adjektive, die mir gerade nicht einfallen.«

Derek starrt mich an und seufzt. Ich würde alles dafür geben, seine Gedanken lesen zu können. »Aber …«, bringt er mühsam heraus, »ich hole dich Freitagmorgen vor unserem Flug ab.«

Mit weit aufgerissenen Augen schaue ich ihn verblüfft an. »Du fliegst mit mir nach Vegas?«

Er presst die Lippen aufeinander, und ich spüre instinktiv, wie schwer ihm diese Entscheidung fällt. »Yeah. Ich werde deiner Karriere nicht mehr im Weg stehen, Anfängerin, und ich brauche Hilfe mit meiner, nachdem du mich offensichtlich nicht frühzeitig aufgeben willst.« Er lächelt zaghaft. »Ich unterschreibe den Vertrag und fliege mit dir nach Vegas.«

15

DEREK

Bumm, bumm, bumm.

Ich haue mit der Faust gegen Nathans Tür. Ich weiß, dass die Jungs alle dadrin sind, weil Nathan vor einer Stunde etwas gepostet hat, mit einem Foto von einem Stapel Brettspiele, und die Jungs dabei aufgelistet hat.

Die Tür geht auf, und vor mir steht Nathan in Sportshorts und T-Shirt und bekommt sofort einen schuldbewussten Gesichtsausdruck. »Derek, wir haben nicht damit gerechnet …«

Ich zwänge mich an ihm vorbei und schneide ihm das Wort ab. »Was, zum Teufel, habt ihr euch dabei gedacht, euch dermaßen in mein Leben einzumischen?«

»Wow!«, sagt er und reißt die Arme hoch, als ich an ihm vorbeistürme. »Dann hat Nora dir vermutlich von deinen Wochenendplänen erzählt?«

»Ja, hat sie. Und eure Erpressernachricht hat sie ebenfalls übermittelt. Ihr seid eindeutig zu weit gegangen.« Im Wohnzimmer angekommen, bleibe ich wie angewurzelt stehen, denn dort sitzen Jamal, Price und Lawrence auf dem Boden um ein Brettspiel herum. »Monopoly?«, frage ich empört.

Lawrence sieht mich verblüfft an. »Derek … es ist nicht das, wonach es aussieht.«

»Ach echt? Es sieht nämlich danach aus, als besäßet ihr Armleuchter die Frechheit, mein Lieblingsbrettspiel ohne mich zu spielen und euch gleichzeitig mit meiner Ex-Freundin-Schrägstrich-Agentin hinter meinem Rücken zu verschwören.«

Price zieht eine Grimasse. »Okay, dann ist es vielleicht doch ein bisschen das, wonach es aussieht. Willst du mitspielen? Es ist noch nicht zu spät.«

»Nein. Ich will nicht mitspielen. Ich will wissen, wie ihr auf die Idee kommen konntet, euch auf Noras Seite zu schlagen.«

Nathan stellt sein Weinglas ab. »Einfach. Du hast dich seit Wochen wie ein Schwein aufgeführt und mit ihr gespielt. Ehrlich gesagt, hättest du mehr verdient als nur eine kleine Erpressung, die dich offenbar dazu gebracht hat, die Arbeit zu machen, die du schon die ganze Zeit hättest machen sollen.«

»Ich habe nicht mit ihr gespielt.« *Ich habe sie vorsätzlich genervt.*

»Jedenfalls hast du sie nicht zu schätzen gewusst und sie auch nicht mit Respekt behandelt.« Lawrence steht auf und nutzt seine Größe, um meine Aufmerksamkeit zu erzwingen. »Du warst ein richtiges Arschloch. Und nicht nur ihr, sondern auch uns gegenüber. Du hast nicht auf unsere Anrufe reagiert und bist auch nicht gekommen, wenn wir dich eingeladen haben. Das tut weh.«

»Ich wollte mich nicht …« *Was?* Weil ich sie tatsächlich ausblenden wollte. Ich wollte mich verkriechen. Aber ich wollte ihnen damit nicht wehtun. Ein Teil von mir hat geglaubt, sie würden es nicht bemerken oder es würde ihnen nicht viel ausmachen. Ist es verkehrt, dass es mich glücklich macht, das zu hören?

Price scrollt auf seinem Handy herum. »Ich bestelle Essen. Was wollt ihr heute Abend?« Er richtet den Blick wieder auf mich. »Derek, du bringst vermutlich gar nichts mehr runter bei dem Riesenstock, der dir im Arsch steckt.«

Die Anspannung, die sich in mir aufgebaut hat, bricht sich Bahn. Ich entreiße ihm das Handy und lasse es in ein volles Wasserglas fallen, das auf dem Couchtisch steht. Mit einem dramatischen *Plopp* sinkt es zu Boden. Ich bereue es im selben Moment.

»*Pender* …«, knurrt Price drohend, stürzt herbei und rettet das Handy aus dem Glas. Er trocknet es mit seinem T-Shirt ab. »Du hast Glück, dass es wasserdicht ist. Wenn Hope versuchen würde, mich anzurufen, weil bei ihr die Wehen eingesetzt haben, und ich den Anruf verpasse, weil du dich wie ein bockiges Kind aufführst, dann hättest du das nicht überlebt. *Entschuldige dich.*«

Verdammt, was ist los mit mir?

»Tut mir leid, Mann«, sage ich und meine es auch tatsächlich so. Ich fahre mir mit der Hand durch die Haare, und allmählich lässt mein Ärger nach. »Die Wahrheit lautet … ich mache eine Menge durch. Aber ich wollte nicht darüber reden.«

Zum Beispiel, dass ich in den letzten Monaten unter neuen Gesichtspunkten auf meine Kindheit und Jugend zurückgeblickt habe. Wie alles hätte anders laufen können, wenn ich bei meinen Lernschwierigkeiten unterstützt worden wäre, statt mich zu beschämen. Und dann ist da Nora und alles, was sie mir heute Abend erzählt hat. Sie hatte recht – der Derek aus Collegezeiten hasste sein Studium und seine Lehrbücher und seine Seminare, weil sie ihm ein schlechtes Gefühl machten. Ich fühlte mich unzureichend. So mangelhaft. Hätte ich mich hineinknien und mehr mit ihr studieren müssen, hätte das einen Keil zwischen sie und mich getrieben, genau wie früher zwischen meine Eltern und mich.

»Ich habe mich von euch zurückgezogen … Mist … ich hatte einfach Angst, okay? Angst, dass ich euch als Freunde verliere, wenn ich ausgemustert werde und kein Shark mehr bin.«

»Ich wünschte, du hättest uns das erzählt«, erwidert Nathan. »Wir hätten dir schon vor langer Zeit in den Allerwertesten treten und Nora komplett außen vor lassen können. Jedenfalls wirst du uns nicht los.«

Lawrence lacht freudlos auf. »Wir werden alle älter, Mann. Verletzungen drohen uns allen. Für jeden von uns rückt die Pensionierung näher. Außer für Nathan, der spielt vermutlich noch mit achtzig.«

Nathan nickt. »Stimmt.«

»Deshalb hängt unsere Freundschaft auch nicht von unseren Verträgen ab. Wir sind wie *Eine für 4*.« Lawrence lässt sich wieder auf dem Boden nieder.

Ich runzle die Stirn. »Dieser Film mit der Hose? Haben wir uns auch eine Hose geteilt, und ich weiß nichts davon? Passen sie mir deshalb in letzter Zeit alle nicht richtig?«

»Ich wollte vorgestern schon was sagen. Deine Hosen sehen merkwürdig aus, Alter.« Price betrachtet die, die ich gerade trage, und tatsächlich – ein Hosenbein ist ein wenig kürzer als das andere.

»Nein«, unterbricht uns Lawrence, bevor wir zu weit vom Thema abkommen. »Ich meine, wir werden immer in Kontakt bleiben, egal, wie weit voneinander entfernt wir leben.«

Nathan betrachtet mit zusammengekniffenen Augen meine Beine. »Das sind mindestens zwei Zentimeter Unterschied. Hast du nur ein Hosenbein getrocknet?«

Ich zucke mit den Schultern. »Keine Ahnung. Vielleicht wächst eins meiner Beine noch, und das andere hat damit aufgehört?«

Jamal wirft mir ein Kissen ins Gesicht. »Deine hässliche Hose ist mir scheißegal, Derek. Was ist mit der *Frau?*«

»Was soll mit ihr sein?« Wieder zucke ich mit den Schultern.

Er reißt genervt die Augen auf. »Liebst du sie noch?«

Ausnahmsweise bin ich zu müde, um mich mit ihm anzulegen. »Ja. Sehr. Unerträglich.«

Alle sind genauso schockiert von meiner ehrlichen Antwort wie ich.

Jamal setzt sich auf. »Oh, verdammt, wenn du mir nicht drohst, mich aus dem Fenster zu werfen, weil ich gesagt habe, deine Hose ist hässlich, dann ist es wirklich schlimm.«

In dem Moment sinkt alles wie ein schweres Gewicht auf meine Schultern herab, und ich lasse mich müde auf die Couch fallen und verberge das Gesicht in den Händen. »Ich liebe sie tatsächlich noch immer. Ich glaube, das wird sich niemals ändern. Und – echt erbärmlich – ich glaube, teilweise habe ich ihr die ganze Woche alle möglichen Aufgaben in meinem Haus aufgebrummt, weil ich sie einfach gern in meiner Nähe habe. Ich höre sie gern lachen und mag ihre blöden Sprüche und die bösen Blicke, die sie mir zuwirft, wenn sie so tut, als wäre sie sauer auf mich. Ich mag sie – mehr als ich irgendjemanden oder irgendetwas in meinem ganzen Leben je gemocht habe.«

Nathan stößt einen tiefen Seufzer aus und stützt die Ellbogen auf die Knie. »Das habe ich nicht kommen sehen. Jetzt habe ich fast ein schlechtes Gewissen wegen der Erpressung.«

»Ich nicht«, sagt Jamal, und wir alle schauen ihn ausdruckslos an.

Nathan setzt sich neben mich auf die Couch. »Jetzt, wo dir das klar ist, was willst du da tun?«

»Wie meinst du das?«

Price beugt sich vor. »Er meint, du musst aus einem anderen Grund hergekommen sein, als nur mein Handy in ein Glas mit Wasser zu werfen. Willst du sie zurück?«

»Nein«, sage ich fest und meine es auch so.

Jamal verdreht die Augen, steht auf und verschwindet in der Küche. Meine Antwort gefällt ihm ganz und gar nicht.

Nathan betrachtet mich mit einem Blick, den ich bis in meine Seele spüre. »Was willst du dann?«

Was will ich?

»Ich will endgültig über sie hinwegkommen und was Neues anfangen. Vermutlich bin ich Beziehungen immer aus dem Weg gegangen, weil ein Teil von mir nach wie vor an ihr hängt. Ich muss sie loslassen, und … ich weiß nicht, vielleicht lasse ich mich doch endlich von euch mit jemandem verkuppeln.«

Lawrence steht auf. »Okay, wenn du was Neues anfangen willst, musst du dich ab jetzt wie ein Erwachsener benehmen. Hör auf, sie zu schikanieren, und sei einfach ehrlich zu ihr. Sag ihr, dass ihr beide nach dieser Reise nach Vegas getrennte Wege gehen müsst. Es tut dir nicht gut, derart eng mit ihr zusammenzuarbeiten, wenn du sie so sehr liebst.«

»Ich stimme Lawrence zu«, sagt Price. »Sie verdient mehr Respekt, als du ihr bisher gezeigt hast, und du hast es verdient, was Neues anzufangen. Sag ihr die Wahrheit.«

Ich hole tief Luft. Er hat recht. Nora war immer respektvoll und nett zu mir. Zum ersten Mal wird mir bewusst, dass ihr unvermitteltes Schlussmachen in gewisser Weise sogar etwas Barmherziges hatte. Sie hat gemerkt, dass wir nicht mehr zusammenpassten – sie musste sich auf College und Studium konzentrieren, und meine Persönlichkeit rebellierte aus Selbstschutz dagegen. Während alle anderen in meinem Leben rasch damit bei der Hand waren, mir zu sagen, ich solle mich zusammenreißen und mir mehr Mühe geben, hat Nora das nie getan. Sie liebte mich so, wie ich war, merkte aber auch, dass sie für sich etwas anderes brauchte, und wandte sich etwas Neuem zu, ohne mir mit »wenn du mit mir zusammen sein willst, musst du dich ändern« zu kommen.

Und dafür habe ich sie schikaniert.

»Du hast recht. Ich sage es ihr Freitag im Flieger.«

Jamal, der mit einem Sektkelch, gefüllt mit einem beerenfarbenen Getränk, das fast genau zu seinem T-Shirt passt, aus der Küche kommt, gibt ein abschätziges Schnauben von sich.

»Zunächst einmal«, er deutet auf Nathan, »hast *du* mir nicht gesagt, dass es Sangria gibt.« Sein Finger wandert weiter zu Lawrence. »Und *du* hast gerade den schlechtesten Rat gegeben, den ich je gehört habe. Es ist doch klar, dass dieser Mann seine Frau zurückgewinnen und nicht gehen lassen muss.«

Ich verschränke die Arme vor der Brust und lehne mich zurück. »Du irrst dich, Alter. Nora ist nicht meine Frau. Das hat sie schon vor Jahren klargestellt, und es wird Zeit, dass ich das respektiere. So, jetzt würde ich gern ins Monopoly einsteigen und hätte gern ein Glas Sangria. Mit einem Eiswürfel, wenn du schon dabei bist.«

Jamal setzt sich wieder auf den Boden. »Hol sie dir doch selbst, du unromantischer Esel.« Er reicht mir einen kleinen Stapel regenbogenfarbiges Geld. »Und du musst Mr Monopoly machen – was anderes ist nicht mehr übrig.«

16

NORA

Wow, könnt ihr das spüren? Das ist Hoffnung! Strahlend. Hell. Ausdrucksstark. Hoffnung! Wieso hüpfe ich wie ein Teenager, dem nie im Leben etwas Enttäuschendes passiert ist, in meiner Wohnung herum? Weil Derek und ich vorgestern Abend ein klärendes Gespräch hatten und weil ich glaube, dass er mich jetzt endlich meine Arbeit machen lässt. Gestern hat er mich nicht ein einziges Mal angerufen oder blöde Besorgungen machen lassen.

Nicht nur das, auch die Schuldgefühle, die ich so lange mit mir herumgeschleppt habe, sind fort. Er versteht. Mehr noch, er glaubt, es war die richtige Entscheidung. Das eigentliche Problem ist jetzt, die Erinnerung daran auszublenden, wie sein Gesichtsausdruck immer weicher wurde. Wie er sagte, er sei froh, dass ich damals für mich gesorgt habe. Wenn der wilde und überschäumende Derek verführerisch war, dann ist der reife Derek Furcht einflößend. Ich kann nicht leugnen, wie sehr ich noch immer …

Egal. Nichts davon ist wichtig. Weil er im nächsten Atemzug sagte, er wolle nicht, dass wir wieder Freunde sind, und das fühlte sich an, als wäre ich eine Forelle auf dem Fischmarkt, die gerade ausgenommen wird, aber das ist okay. Ich verstehe es.

(Ich hasse es aus tiefstem Herzen – aber ich respektiere es.) Unsere Karrieren haben Vorrang. Gut, gut, gut.

Mein Koffer ist gepackt, in meinem Rucksack steckt mein Laptop, voll mit Arbeitsprojekten (richtigen Projekten, nicht nur obskuren Aufträgen), an denen ich die ganze Nacht gearbeitet habe, weil ich viel zu aufgewühlt war, um zu warten, und ehe ich michs versah, klingelte mein Wecker. Seit er mich nicht mehr quält, habe ich nichts anderes getan, als endlose Stunden zu arbeiten, weil ich so viel verlorene Zeit wieder einarbeiten muss.

Ich fühle mich siegestrunken. Eigentlich müsste ich mit einer amerikanischen Flagge auf dem Rücken in meiner Wohnung herumrennen, als hätte ich bei den Olympischen Spielen gewonnen. Ich lebe von Hoffnung und Träumen und Kaffee, und mein Blick hat garantiert etwas leicht Fanatisches, aber das ist mir egal. Zum ersten Mal habe ich das Gefühl, dass in meinem Leben wirklich etwas vorangeht. Meine Träume sind realisierbar. Und selbst wenn ich mit Derek keine romantische und auch keine freundschaftliche Beziehung haben kann … zumindest bin ich wieder Teil seines Lebens. Ich muss mich nicht von ihm verabschieden. Ist das armselig? Ich ziehe es vor, diese Frage nicht zu beantworten.

Gerade als ich mir meine vierte Tasse Kaffee einschenke, klopft es an der Tür. Ich weiß, das ist Derek, weil mir ein Schauder über den Rücken läuft. War nur ein Witz, er hat gesagt, sein Fahrer und er würden mich um fünf Uhr morgens hier abholen.

Ich rase zur Tür und reiße sie auf. »Guten Morgen, Dere-Bear!«, empfange ich ihn und lächle breit, weil ich mich weigere, nach meinem Verletzlichkeitsgeständnis und unserem Augensex auch nur die geringste Befangenheit zuzulassen. Denn ja, nachdem ich die Szene seit jenem Abend immer wieder vor meinem geistigen Auge habe ablaufen lassen, habe ich ganz offiziell entschieden, dass es Augensex war. »Komm einen Moment rein, ich schnappe mir nur noch meine Sachen.«

Derek runzelt leicht die Stirn und bleibt zögerlich an der Tür stehen. »Äh, Nora …«

»Nein.« Ich zeige mit dem Finger auf ihn. »Fang gar nicht erst damit an. Wir fahren zum Flughafen. Ich sorge dafür, dass du jede Menge Geld verdienst, und es wird wegen vorgestern Abend keine Befangenheit zwischen uns geben. Wir können beide professionell und erwachsen sein und unsere Regeln noch verschärfen.« Ich gehe in mein Schlafzimmer, schnappe mir meinen Rucksack und meinen Koffer und rede dabei laut genug weiter, dass er mich im Zimmer nebenan hören kann. »Ich will mich ja nicht selbst beweihräuchern, aber in diesen Job als Agentin habe ich mich in den letzten paar Tagen echt reingefuchst. Ich bezweifle, dass auf dieser Reise auch nur das Geringste schiefgehen kann, auf das ich nicht vorbereitet bin.«

Als ich zurück ins Wohnzimmer komme, schaut mich Derek mit gerunzelter Stirn an. »Nora, hast du letzte Nacht überhaupt geschlafen?«

Ich deute mit meinem Flugzeugkopfkissen auf ihn und verstaue es dann in meinem Rucksack. »Gute Frage. Die Antwort lautet Nein. Aber glücklicherweise brauche ich keinen Schlaf mehr. Nebenbei bemerkt, wusstest du, dass man, wenn man genug Kaffee trinkt, die Farbe Lila hören kann?«

Ich setze mir den Rucksack auf und versuche, zur Tür zu gehen. *Versuchen* ist hier das Schlüsselwort, denn plötzlich reißt mich eine feste Hand an meinem Rucksack zurück. Ich schreie auf, als ich in Derek hineinstolpere. Er schaut mich über meine Schulter hinweg ernst an. »Du hast also nicht geschlafen. Hast du heute schon was gegessen?«

»Ja – ich habe etwa viertausend Milligramm Koffein zu mir genommen, und jetzt habe ich den siebten Sinn. Es ist großartig, alles wirbelt und kribbelt um mich herum.«

»Das nennt man Panikattacke.«

»Ach was.« Erneut versuche ich zu gehen, erneut zieht er

mich zurück. Ich schlucke, als ich spüre, wie seine Hände unter die Riemen meines Rucksacks gleiten und ihn mir abnehmen. »Derek, komm schon, wir müssen …«

»Hör mal zu, Anfängerin. Solange du nichts gegessen hast, gehen wir nirgendwohin.« Er stellt meinen Rucksack ab, und ich sinke in mich zusammen. »Hast du Eier im Kühlschrank?«

»Nun … ja … aber dafür habe ich keine Zeit mehr.«

Er ist bereits auf dem Weg in die Küche – dieser selbstbewusste Riese von einem Mann tut, als würden ihm Zeit und Raum zu Füßen liegen. Und mit einem Hintern wie seinem tun sie das vielleicht sogar.

Wir kommen rasch durch die Sicherheitskontrolle, aber ich will ehrlich sein, ich habe zu kämpfen. Meine schwerfälligen Beine versuchen, mit Dereks extralangen, extramunteren mitzuhalten, und Schlafmangel und Koffein lassen mich fast schon ins Delirium sinken. Zu diesem Zeitpunkt sehe ich die Welt wie durch ein Fischglas. Alles ist verschwommen, und Derek hat recht, die unglaubliche Menge an Koffein löst bei mir eine Menge Ängste aus. Vielleicht machen mich auch die vielen Leute nervös, die uns anstarren.

Wir tragen beide Kappe und Sweatshirt, um so viel wie möglich von uns zu verbergen. Aber selbst wenn die Leute nicht genau wissen, wer er ist – obwohl ich wette, dass es fünfundsiebzig Prozent der Leute hier wissen, weil er der berühmteste Tight End der NFL ist –, sehen sie seine Größe und seine Muskeln und seine teure Sportkleidung und schließen daraus, dass er ein wichtiger Mensch ist. Jemand, von dem man Fotos macht. Vermutlich sollte ich gerade für seine Sicherheit sorgen, aber ich falle dauernd über meine Füße, und mir ist schwindelig. Derek scheint es zu merken, denn ehe ich michs versehe, hat er den Arm um meine Schultern gelegt – er zieht mich an sich, damit ich nicht umfalle.

Das Problem ist nur, Derek ist so kräftig und warm und riecht nach marokkanischem Minzduschgel (ja, genau das ist der Geruch … könnte sein, dass ich mal einen Blick in seine Dusche geworfen habe), und es wird immer schwieriger, dem Drang meines Körpers, beim Gehen die Augen zu schließen, nicht nachzugeben. Irgendwann wird mir bewusst, dass mich Derek quasi aufrecht hält. Er beschwert sich nicht einmal. Seine Hand liegt fest an meiner Taille, als wollte er mich spüren lassen, dass mir nichts passieren kann. Ab und zu, wenn wir in einer Schlange warten müssen, erlaube ich mir, mich richtig an ihn zu lehnen und mir ein kurzes Nickerchen zu gönnen. Professionalität gern ab morgen.

Noch nie in meinem Leben war ich so müde. Ich fürchte, zwei weitgehend schlaflose Wochen und eine Nacht ganz ohne Schlaf fordern auf üble Art ihren Tribut.

»Fast an unserem Gate«, flüstert mir Derek ins Ohr. Mein ganzer Körper fängt an zu vibrieren, und ich bin zu müde, um mich dagegen zu wehren. Ich kann nur denken: *Himmel, wie ich das vermisst habe.*

Als wir endlich bei Gate zehn angekommen sind, führt mich Derek in eine abgeschiedene Ecke, aber so richtig hilft das auch nicht. Die Leute bemerken uns auch weiterhin, und er muss mehrere Minuten lang Autogramme geben und Selfies machen. Ich frage ihn, ob er möchte, dass ich ihm die Leute vom Hals halte, aber er sagt, es macht ihm nichts aus und er tut es gern. Und ich nehme ihm das ab, so wie er sich mit ein paar Teenagern Zeit nimmt und sie fragt, auf welchen Positionen sie im Highschoolfootball spielen und wo sie aufs College gehen wollen. Die Jungs fragen ihn, ob sein Knöchel so gut heilt, dass er wieder spielen kann, und Derek erwidert grinsend: »Bis zum Saisonstart bin ich wieder fit, keine Sorge.«

Ehrlich gesagt, glaube ich, dass er das gebraucht hat. Er hat sich nach der Saison zu lange zurückgezogen und sich geistig zu sehr auf den Anruf vorbereitet, dass er entlassen wird. Wenn ich es irgendwie verhindern kann, wird es diesen Anruf niemals geben.

Schon bald sitzen wir im Terminal auf unseren Stühlen und warten, dass unser Flug aufgerufen wird. Ich starre Dereks kräftiges Knie an, das nur wenige Zentimeter von meinem entfernt ist. Ich kann den Blick nicht abwenden. Meine Spanneraugen kleben an diesem biegsamen Gelenk, das mir auf einmal so erotisch vorkommt, dass ich es kaum ertrage. Hat er diese Knie schon immer gehabt? Seine Hand ruht auf seinem Oberschenkel, und als ich sehe, wie er sich kurz hineinkneift, spüre ich eine Veränderung, bevor er auch nur meinen Namen sagt.

»Nora … wir müssen reden.«

Ich fürchte, dieses Beinkneifen war kein gutes Zeichen. Ich fürchte, er hat mein Starren und das nackte Verlangen gesehen, das ich nicht verbergen konnte, weil ich zu müde bin. O nein …

Derek wird mich gleich feuern.

Ich weiß es. Ich sehe es daran, wie er die Augen zusammenkneift und mich mitfühlend anschaut. Seit vorgestern Abend hat sich bei Derek deutlich etwas verändert. Ich kann es nicht richtig in Worte fassen, aber jetzt, nachdem er mir Eier gemacht und mich beschützend durch den Flughafen geleitet hat, sehe ich es deutlich. Er ist liebevoll, weil er den Vertrag auflösen will. Vielleicht glaubt er, ich bin zu neu im Geschäft, um wirklich etwas für ihn tun zu können, jetzt wo ich ihn davon überzeugt habe, dass er sich nicht hinter seinem Training verschanzen darf und seine Karriere vorantreiben muss. Oder vielleicht hat es damit zu tun, dass ich heute Morgen keine Hose anhatte. Oder damit, dass ich auf dem Weg durch den Flughafen eingeschlafen bin.

Aber – nein! Ich kann nicht zulassen, dass er mich feuert, bevor ich mich zum ersten Mal beweisen kann. Ich kann mit meiner Sehnsucht hinter dem Berg halten! Ich kann jederzeit eine Hose tragen! Ich schwöre es!

»Nicht jetzt«, erwidere ich rasch, bevor er Gelegenheit hat, mir den Stuhl vor die Tür zu setzen. »Es ist nur … ich weiß, was du sagen willst … aber … kannst du damit bis nach diesem Wochenende warten? Bitte?«

Derek öffnet den Mund, um mir zu antworten, aber mich rettet die nette Dame, die uns über die Lautsprecheranlage mitteilt, dass das Boarding jetzt beginnt. Meine Träume dürfen noch mindestens eine Stunde länger leben.

Wir stehen beide auf, und ich greife nach meinem Rucksack, aber bevor ich ihn mir aufsetzen kann, nimmt Derek ihn mir ab und hängt ihn sich über die Schulter. Ein paar Minuten später sind wir im Flugzeug, und kaum sitzen wir wie König und Königin in der ersten Klasse, versinke ich im Tiefschlaf. Glücklicherweise weckt mich Derek nicht auf, um mich zu feuern – er weckt mich nicht mal auf, um mir zu sagen, dass mein Kopf an seinem Arm ruht.

17

DEREK

Hinter mir ertönt ein übertriebener südlicher Dialekt. »Entschuldigung, der Herr, dürfte ich Sie wohl um ein Autogramm bitten? Schauen Sie, ich bin Ihr größter Fan auf der ganzen Welt. Und es würde mir so viel bedeuten …«

»Wieso, zum Teufel, schläfst du nicht?«, frage ich Nora, als sie sich neben mich auf den Barhocker setzt. Sie sieht … verdammt, *sie ist dermaßen hübsch.* Ihr Haar hat sie ganz oben auf dem Kopf zu einem unordentlichen Bun zusammengesteckt, der mich ganz wild macht. Sie trägt dasselbe Outfit, das sie nach unserem Flug am Flughafen angezogen hatte – hellrosa Ledersandalen, hellblaue weite Hose und eine weiße kurzärmelige Button-down-Bluse, die sie in den hohen Bund ihrer Hose gesteckt hat. Ich kann es nicht richtig beschreiben, aber allein wenn man sie ansieht, weiß man, dass sie gut riecht – süß und köstlich. Wie ein Traum.

Nach diesem verrückten Tag steht es ihr eigentlich nicht zu, dermaßen gut auszusehen. Wir waren gegen neun Uhr dreißig morgens in Vegas und wurden sofort zum Set des Drehs für den Werbespot gefahren, der in einem Casino spielte. Man steckte mich in einen indigofarbenen Anzug, der mir wie angegossen passte, und die Crew schoss ein paar melancholisch und elegant aussehende Szenen, wie ich Blackjack, Roulette und Poolbillard spiele. Wie sich herausstellte, ist es mit meiner Figur nicht einfach, in einem hautengen Anzug Poolbillard zu spielen. Bei der letzten Einstellung konnte der Stoff mit der Dehnbeanspruchung nicht mehr mithalten, und die Jacke riss hinten über die gesamte Länge auf.

Die Jacke hatte ich zurückgelassen, mir aber nicht die Mühe gemacht, eine andere Hose anzuziehen, als wir wieder im Hotel waren. Ich begleitete Nora bis zu ihrem Zimmer und drohte ihr, ich würde sie festbinden, wenn sie sich nicht ausruhte. Wir hatten gegen dreiundzwanzig Uhr aufgehört zu filmen, und Nora hatte den ganzen Tag mit mir ausgeharrt, obwohl ich sie mehrfach dazu aufgefordert hatte, ins Hotel zurückzufahren und zu schlafen. Sie wollte nichts davon hören. Sie ist die bei Weitem engagierteste Agentin, die ich je hatte – was es umso härter macht, da ich mich zur Auflösung unseres Vertrags entschlossen habe.

Ich will es eigentlich nicht. Denn ich brauche einen guten Agenten und glaube, dass sie genau die Richtige wäre, so wie sie mir in den Hintern getreten hat, als ich meine Karriere fast schon aufgeben wollte – und ich fürchte mich auch davor, dass sie wieder aus meinem Leben verschwindet.

Es ist nicht so, als hätte sich jeglicher Schmerz über den Verlust dieser Frau auf magische Weise verflüchtigt, seit ich die Wahrheit erfuhr, aber ich sehe das Ganze jetzt in einem anderen Licht. Ich respektiere die Entscheidung, die Nora für sich getroffen hat. Und verdammt, mein Respekt für sie lässt mich sie nur noch mehr lieben.

Wenn ich über sie hinwegkommen will, kann ich ihr nicht jeden Tag gegenübertreten. Es würde zu sehr wehtun.

Nora versucht gar nicht erst, schuldbewusst zu wirken, weil sie jetzt neben mir am Tresen aufgetaucht ist. »Ich habe versucht zu schlafen. Aber es ist zu laut.«

»Ich kann dir Ohrstöpsel besorgen.«

Sie zieht die Nase kraus und wackelt mit den Fingern neben ihrem Kopf herum. »Ich meine, es ist zu laut in meinem Kopf. Ich kann nicht aufhören, an all die eventuellen Sponsorenverträge zu denken, für die du perfekt geeignet wärest – vor allem jetzt, da ich weiß, dass du Schauspielerqualitäten hast. Was hältst du von …«

»Nora.« Ich unterbreche sie, ohne von meinem leeren Glas hochzuschauen. Sie hört, dass ich anders klinge, und weiß, was ich gleich sagen werde.

Ihr Lächeln erlischt. Es ist mir zuwider, dass ich der Grund dafür bin.

Ich klammere mich an mein Glas und starre hinein, während ich das ausspreche, von dem ich weiß, dass es sie verletzen wird. »Ich … ich bekomme das nicht hin. Ich dachte, ich schaffe es, aber ich kann nicht. Ich muss unsere Zusammenarbeit beenden.«

Kurz schweigen wir beide, und nur die Geräusche von Vegas füllen die Stille. Aus dem Augenwinkel sehe ich, wie sich ihre Schultern heben und senken. »Liegt es daran … ich … habe ich das mit dem Werbespot verkehrt gemacht?«

Ich sehe sie überrascht an. »Was? Nein. Du bist eine unglaublich gute Agentin, und unter anderen Umständen … wäre ich froh, dich an meiner Seite zu haben.« Das habe ich nur mühsam rausgebracht. »Aber …« *Verdammt, ich will es nicht sagen.* »Wegen unserer Vergangenheit ist das zu viel für mich. Ich bin froh, dass wir vorgestern Abend geredet und die Sache geklärt haben. Ich habe es wirklich ehrlich gemeint, als ich gesagt habe, dass ich deine Sichtweise auf das Ganze verstehe, aber …« *Ich komme einfach nicht über dich hinweg.*

Ihr übliches Lächeln ist verschwunden. »Du glaubst nicht, dass wir mit der Zeit …«

Ich lache kurz auf. »Das liegt acht Jahre zurück. Ich denke, wenn es eine Frage der Zeit wäre, hätte sich das Problem längst gelöst.«

Ich habe das Gefühl, ziemlich durchschaubar zu sein. Dass sie versteht, was ich sage, ohne dass ich die peinlichen Worte aussprechen muss. *Hey, ich liebe dich noch immer, und wenn du meine Liebe nicht erwiderst, bekommen wir das nicht hin, weil es so verdammt wehtut, in deiner Nähe zu sein, ohne mit dir zusammen zu sein.*

Doch dann sagt sie: »Liegt es daran ... hasst du mich noch immer?«

Mir zerreißt es das Herz.

Ob ich sie hasse? *Ich hasse es, dass ich dich nicht küssen kann, wenn du lächelst. Ich hasse es, dass du mein Herz wie in einem Schraubstock hältst und es nicht mal ahnst. Ich hasse es, dass ich nie über dich hinweggekommen bin – nicht einen einzigen Tag lang. Ich hasse es, dass du, wenn ich dir das alles erzählen würde, gehen und mich hier am Tresen verletzt und verblutend zurücklassen würdest.*

»Nein. Hass ist nicht das richtige Wort.« Ich bringe es nicht über mich, sie mitten in einer Bar in Vegas so tief in mein Herz schauen zu lassen. Es wird Zeit, sich Neuem zuzuwenden und sie einfach ziehen zu lassen.

Wir werden unterbrochen, als der Barkeeper kommt und Nora fragt, was sie trinken möchte. Er beugt sich über den Tresen, damit er sie hören kann – vielleicht hat er aber auch bemerkt, wie schön ihre Augen sind, und will sie sich genauer anschauen.

»Was darf es sein?«, fragt er und fügt mit einem widerlichen Lächeln hinzu: »Vielleicht meine Nummer?«

Es juckt mich heftig in den Fingern, ihn mit dem Gesicht auf den Tresen zu knallen und ihm die Nase zu brechen. Was, yep, nur bestätigt, dass ich nicht mit Nora zusammenarbeiten kann. Ich kann so etwas nicht die ganze Zeit miterleben. Jeder scheint sie zu wollen – aus gutem Grund.

Sie lacht über seinen Flirtversuch, und ich beiße mir innen in die Wangen, um nichts zu sagen. Doch auf einmal liegt ihre Hand an meinem Nacken, unten am Übergang zur Schulter. Sie packt einmal fest und besitzergreifend zu, und ich sehe sie fragend an. *Was, zum Teufel …*

»Tut mir leid – ich bin schon vergeben«, sagt sie, und mein Herz – mein bemitleidenswertes, trauriges kleines Dummerchen von einem Herzen – hämmert gegen meinen Brustkorb.

»Ach, echt schade«, erwidert der Barkeeper und richtet unverfroren den Blick auf mich.

Ich halte den Mund, während Nora ihre Bestellung herunterrattert – einen Gin Gimlet –, ohne die Hand von meinem Nacken zu nehmen. Ihr Daumen gleitet über meine Haut, und vermutlich hat sie nicht die blasseste Ahnung, wie entsetzlich sie mich gerade foltert. Und ahnt auch nicht, wie sehr sie mich verwirrt. Habe ich sie nicht gerade gefeuert? Was, zum Teufel, passiert hier gerade? Und wieso kommt mir der Gedanke, ich könnte sie hochheben und auf schnellstem Weg in mein Zimmer tragen?

Der Barkeeper geht, und kaum hat er uns den Rücken zugedreht, nimmt Nora die Hand weg und hört auf zu lächeln.

»Es tut mir so leid«, sagt sie und sieht mich aus weit aufgerissenen Augen an. »Er hat mich angemacht, und ich bin einfach so müde. Außerdem scheint er mir der Typ Mann zu sein, für den eine Zurückweisung eher Ansporn ist, es noch intensiver zu versuchen. Und da wurde mir bewusst, dass ja du hier bist, und du hasst mich sowieso schon, und ich bin bereits gefeuert, also hatte ich nichts zu verlieren, nicht wahr?« Sie zieht einen Flunsch. »Oje, du siehst nicht gerade begeistert aus. Feuerst du mich jetzt noch mal? Hier … ich … rutsche einfach da rüber.« Sie schiebt ihren Barhocker ein Stück von mir weg. »Betrachte mich als durch und durch gefeuert. Ich werde dich nicht weiter belästigen. Im Gegenteil, ich mache den Mund zu, schließe ab und stecke den Schlüssel in die Tasche.« Natürlich unterstreicht sie das mimisch, indem sie ihre Lippen mit einem imaginären Schlüssel verschließt und ihn in ihre nicht existierende Tasche steckt.

Ich schaue zu, wie sich Nora kerzengerade hinsetzt und den Kopf nach vorne dreht, als würde sie nicht länger Notiz von mir nehmen. *Dieses Weib.*

»Nora, was treibst du da?« Ich versuche, mir das Lachen zu verkneifen.

Sie blinzelt mir zu und tut so, als würde sie den Schlüssel aus der Tasche holen und ihren Mund entsperren. »Ich lasse dir Freiraum.«

»Das nennst du Freiraum? Du sitzt eine Armeslänge von mir entfernt und tust so, als würde es mich nicht geben?«

»Ja … weil ich professionell bin. Die Professionalität in Person.« Irgendetwas macht sie jetzt mit ihrer Hand. Eine Kurbelbewegung. Nora kommuniziert wirklich mit dem ganzen Körper.

»Was machst du da mit der Hand?«, frage ich.

»Ich kurble mein Fenster hoch, damit wir nicht mehr reden. Du bist mich los.«

»Du kannst jedes imaginäre Auto auf der Welt haben, und du entscheidest dich für eins mit einer Fensterkurbel?«

Sie schaut mich noch immer nicht an. »Weil das natürlich« – sie tut so, als würde sie einen Knopf auf dem Tresen drücken –, »auch nicht ansatzweise so cool aussieht.«

»Ich bin mir nicht sicher, ob *cool* das Wort ist, das du suchst.«

Nora lächelt und dreht den Kopf langsam wieder in meine Richtung. Es sieht aus, als würde hinter ihren Augen ein Licht angehen. »Du bist nicht sauer? Du blödelst mit mir rum?«

»Das würde ich, wenn dein Fenster unten wäre, aber …« Ich zucke mit den Schultern und lächle in mein Glas.

Der Barkeeper nähert sich mit Noras Drink. Obwohl ich es

besser wissen sollte, beuge ich mich zu ihr, packe ihren Stuhl und ziehe ihn wieder zu mir her. Näher heran diesmal. Der Barkeeper stellt den Drink vor sie hin und bleibt einen Moment stehen, in der Hoffnung, dass sie ihn anschaut (weil er sich heute Abend vermutlich wie ein Sterbender fühlt), aber Nora nimmt keine Notiz von ihm. Sie starrt mich an.

Wir sind beide höllisch verwirrt.

Ich tue so, als würde ich nicht merken, wie nah ich sie zu mir hergezogen habe. Als würde ich nicht merken, wie unglaublich sie riecht. Stattdessen tue ich so, als wäre nichts Außergewöhnliches passiert. »Wirst du klarkommen, sobald der Vertrag aufgelöst ist?«

»War Matthew Macfadyen der beste Mr Darcy, der jemals die Leinwand beehrt hat?«

»*Was?*«

Sie trinkt einen Schluck und leckt sich die Lippen. »Die Antwort auf beides lautet Ja. Ich komme klar.« Nur, dass sie rasch den Blick abwendet, als wolle sie nicht, dass ich die Wahrheit sehe. Vielleicht wird sie nicht klarkommen. Vielleicht wird ihre Agentur glauben, sie hätte irgendetwas falsch gemacht. *Verdammt.*

»Ich rufe in der Agentur an und erzähle deinen Vorgesetzten alles. Ich sorge dafür, dass sie wissen, es liegt nicht an irgendetwas, das du getan hast, sondern an meinen persönlichen Problemen.«

»Schon okay. Ich werde mit ihnen fertig«, erwidert sie und ist wieder ganz die stählerne Nora. Sie setzt das Glas an die Lippen, trinkt, bis es fast leer ist, und gibt dann einen Zischlaut von sich.

»Ein bisschen sauer?«, frage ich grinsend.

Sie antwortet nicht. Sie rutscht auf ihrem Barhocker hin und her und stößt dabei gegen meinen Oberschenkel. »Wenn ich jetzt also nicht mehr deine Agentin bin … dann sind wir heute Abend einfach …?«

»Zwei Leute, die sich ein paar Drinks gönnen.«

»*Leute*«, wiederholt sie leicht gekränkt. »Richtig. Keine Freunde. Weil du mich hasst.«

»Nochmals – Hass ist nicht das richtige Wort dafür.«

»Okay, nun, egal, was wir sind …« Sie führt ihr Glas an den Mund und trinkt den restlichen Inhalt aus. »Können wir das sein, während wir trinken? Ich hatte nämlich eine lange Woche und würde mich gern betrinken, ohne dass mir was passiert. Und du bist groß«, fährt sie fort, als könnte ich das vielleicht nicht wissen. »Und ein Gentleman. Ich glaube, du passt auf mich auf, obwohl du mich hasst.«

»Nochmals: Hass ist nicht das richtige Wort.«

Sie hebt theatralisch die Hände. »Verabscheue mich, fühl dich von mir genervt, verachte mich, hasse mich …«

Ich liebe dich, verdammt.

»… ekle dich vor mir, wünsche meiner Seele alles erdenklich Schlechte!«

Ich fuchtle mit der Hand in der Luft herum, um mich bei meinem Lieblingsbarkeeper bemerkbar zu machen. Nora lässt den Blick meinen Arm hinaufgleiten, und ihre Augen funkeln. »Ohh, was tust du da? Rufst du ihn her? Soll ich mich währenddessen auf deinen Schoß setzen?«

Langsam lasse ich den Blick zu ihr wandern. Sie lächelt mich hinterhältig an. Aus irgendeinem Grund gibt ihr die Überzeugung, ich würde sie nicht mögen, ein ganz neues Freiheitsgefühl. Mir recht. Was immer uns diese letzte Nacht rumbekommen lässt, bevor wir getrennte Wege gehen und ich mich zwinge, sie endgültig zu vergessen.

Ich bestelle uns eine weitere Runde Drinks, dazu Schnaps, und ein paar Minuten später stoßen wir miteinander an.

»Auf unser offizielles Ende«, sagt sie mit ihrer üblichen Direktheit, was mich zum Lachen bringt, obwohl mir bei der Vorstellung, sie zu verlieren, die Brust schmerzt.

»Auf unser Ende.«

Wir stoßen an und kippen dann beide unseren Drink hinunter.

18

NORA

Ich fahre aus dem Schlaf hoch, weil ich schon wieder diesen verdammten Traum hatte, in dem Derek in jenem Flur die Frau küsst. Ich öffne die Augen, und die Sonne scheint ins Zimmer, ganz anders als in dem bedrückenden Flur. Ich atme heftig, als wäre ich gerade eine Stunde gelaufen, und auf meinem Gesicht steht der vertraute kalte Schweiß. *Nur ein Traum.* In meinem Kopf tobt ein Gewitter. *Oh, ich muss die Augen zulassen.* Wie viel habe ich gestern Abend getrunken?

Viel.

Viel, wie in schrecklich viel.

Wenn ich auf dem Rücken liege, scheinen die Kopfschmerzen schlimmer zu werden, deshalb versuche ich mich auf die Seite zu drehen, aber ich kann nicht, weil ich unter einem Baumstamm festklemme. Ich drehe den Kopf nach rechts, und erst jetzt merke ich, dass ich nicht allein bin. In meinem Bett ist ein Mann. Und nicht einfach irgendein Mann. Mein Ex-Freund, inzwischen auch mein Ex-Klient, liegt neben mir und schläft.

Nein, nein, nein. Das ist schlimm. Ganz schlimm.

Sprich: ganz warm und kuschelig. *Aber nein! Denk so was nicht, Nora!*

Dereks großer, schwerer Arm ruht auf meiner Taille, und ich

bekomme kaum Luft. Ich denke einen Moment darüber nach und komme zu dem Schluss, dass es vielleicht ganz in Ordnung ist, totgequetscht zu werden, denn dann brauche ich mich nicht mit dem auseinanderzusetzen, was *dies* hier sein mag.

Ich taste mich in die Gin-getränkten Tiefen meiner Erinnerung vor, um herauszufinden, was zu diesem großen Fehler geführt hat. Autsch, nachdenken tut weh. Es löst einen dumpfen, pulsierenden, stechenden Schmerz aus. Jene typische Höllenqual, die einem langen Abend folgt, an dem man zu viel trinkt, zu wenig isst und dehydriert.

Wie weiß man, ob man eine Alkoholvergiftung hat? Ich brauche ein mitfühlendes Wesen.

Aber ernsthaft, wie konnte es dazu kommen? Ich habe es nicht mehr so krachen lassen, seit … na ja, seit ich damals mit Derek zusammen war. Ich hätte es besser wissen sollen. Er wusste immer, wie er mich in seine Welt voller Vergnügungen hineinziehen konnte, bis ich nur noch wild mit den Händen in der Luft herumrudere, als wäre mir alles egal.

Offensichtlich haben wir Regel Nummer vierzehn gestrichen: kein gemeinsames Trinken.

Ich schließe die Augen wieder, jaule gequält auf und ramme Derek meinen Arm in die Schulter. »He! Wach auf, du!«

Derek schnappt nach Luft, als hätte man ihn gerade wiederbelebt. »Häh?« Er hebt kurz den Kopf, und ich sehe den Kissenabdruck auf seiner Wange – was ihn fast schon menschlich erscheinen lässt, wo er doch sonst immer wie Thor daherkommt.

Er stöhnt und vergräbt das Gesicht wieder im Kissen, nimmt den Arm aber nicht weg. Er liegt ausgebreitet da wie ein Adler im Flug. Wie ein oberkörperfreier, unglaublich gebräunter Adler, und Himmel, was für ein Anblick er ist! Sein Körper ist makellos. Und mit einem Laken über der unteren Körperhälfte wirkt er irgendwie gleich noch massiver. Es überrascht mich, dass mir sein Arm nicht die Rippen gebrochen hat.

Wider besseres Wissen lasse ich den Blick über Rundungen und Vertiefungen der Muskeln an seinen Schultern und seinem Rücken wandern. Über die straffe Haut und die verblassten schwarzen Tattoos überall auf seinem Rücken und seinen Armen. Und ehe ich michs versehe, rutsche ich näher zu der Hitze hin, die von seinem Körper abstrahlt.

Ach du meine Güte – Moment mal. Ist er nackt? Bin ich nackt? Das alles wird noch tausendmal merkwürdiger werden, wenn wir uns in nüchternem Zustand nackt sehen müssen. Es ist lange her, seit mir das mit Derek passiert ist. So lange, als hätte es quasi nie stattgefunden. Außerdem waren wir jung. Unerfahren.

Ich weiß zufällig, dass der Mann neben mir schon lange nicht mehr in der Liga der Unerfahrenen spielt. Nichts an ihm erinnert an den schlaksigen Jungen, der mir im College zärtlich meine Unschuld raubte. Es fühlt sich fast an, als würde man neben einem Fremden wach werden. Und doch gleichzeitig … so vertraut.

Rasch taste ich unter dem Laken meinen Körper ab, und glücklicherweise scheine ich von oben bis unten bekleidet zu sein. Außer meinen Schuhen habe ich alles an. Die Vorstellung, unter das Laken zu spähen und dabei Dereks Körperteile zu sehen, macht mich nervös, aber ich werde es tun, denn ich bin ein großes Mädchen und schaffe das.

Würde ich genügend Luft bekommen, würde ich beim Anblick von Dereks eng sitzender Anzughose erleichtert aufseufzen, aber sein schwerer Arm macht das unmöglich. Ist es gesund, wenn die schräge Bauchmuskulatur derart ausgeprägt ist? Ich bin mir nicht sicher, ob sie zu sehen sein sollte, wenn jemand schläft, aber so ist es bei ihm.

Ich haue Derek ein paarmal auf seinen Felsblock von einem Arm. »Derek. Beweg dich. Ich bekomme keine Luft!«

Er zieht den Arm weg, als müsste er ihn aus Treibsand befreien, und dreht sich dann auf den Rücken. Wir starren an die Decke, und noch nie habe ich ein derart beredtes Schweigen erlebt. Aus dem Augenwinkel sehe ich seine Brust – so braun im Kontrast zur weißen Bettwäsche –, die sich hebt und senkt. Und ich sehe auch die Tattoos dort, obwohl ich sie aus meiner Position heraus nicht genau erkennen kann. Auf jeden Fall irgendwas mit Flügeln.

»Bin ich in deinem Bett?« Seine Stimme ist wie Schmirgelpapier. Sexy, *sexy* Schmirgelpapier.

Ich muss raus aus diesem Bett.

»Sieht so aus.«

Wieder Schweigen.

»Das ist nicht gut.«

»Ganz und gar nicht gut.« Ich presse die Handballen gegen meine Augen, um das Hämmern im Kopf zu dämpfen. »Woran kannst du dich erinnern?«

Er stöhnt. Offenbar fühlt er sich genauso großartig wie ich. »Nicht mehr an viel nach den ersten Schnäpsen.« Er fährt hoch, als hätte er einen Schlag in die Magengrube bekommen. »Oh, verdammt, halt dir die Ohren zu.«

Derek stürzt ins Badezimmer. Als ich die nicht gerade entzückenden Folgen von zu viel Alkohol höre, stürze ich ihm gleich hinterher.

»Weg, weg, weg!«, brülle ich, als er spült, und dann mache ich weiter, wo er aufgehört hat. *Großartig. So ein freundlicher Morgen. Ein herrlicher Tag im Viertel!*

Das Licht im Badezimmer ist grell, und die dringend benötigte Zwangsbelüftung klingt wie ein Flugzeugtriebwerk. Derek dreht den Wasserhahn auf und beugt sich über das Waschbecken, um sich den Mund auszuspülen. Mir ist längst egal, dass er alles mitbekommt, was gerade mit mir passiert, oder dass ich es von ihm mitbekomme. Wir sind im Überlebensmodus. Kann sein, dass ich sogar in die Toilettenschüssel heule.

Was ist bloß aus mir geworden?

Derek dreht den Wasserhahn zu und stellt sich hinter mich. Ich bin zu sehr mit dem Zustand meines Magens beschäftigt, um mich zu fragen, was er da tut, bis ich seine Hand an meinem Nacken spüre. Mein Gin-getränktes Gehirn stellt sich vor, dass er mich vielleicht erwürgen will, um sich nicht den Konsequenzen stellen zu müssen, die sich aus der letzten Nacht ergeben. Aber nein … er streicht nur meine Haare nach hinten und legt ein kühles Handtuch auf meine heiße Haut. Diese zärtliche Geste lässt meine Tränen gleich noch mehr fließen.

»Was tust du da?« Ich wippe auf die Fersen zurück, reiße ein Blatt von dem körnigen, dünnen Toilettenpapier ab und wische mir den Mund sauber.

»Ich wollte nicht, dass du Erbrochenes ins Haar bekommst.«

Jetzt heule ich richtig. Ganze Fontänen, die meine Wangen hinabrinnen und ein bisschen zu sehr nach Wimperntusche und Gin schmecken.

Benommen sehe ich zu, wie Derek nach einem Haargummi greift und sich dann liebevoll meinem Haar widmet und es flicht, bis er am Ende angekommen ist und den Haargummi drüberstreift. Ich kann mich nur mit beiden Händen an der Toilettenschüssel festhalten, als wäre sie ein Floß im Ozean, und die Erinnerungen über mich hinwegfluten lassen. So viele Nächte bin ich auf der Couch vor ihm gesessen und habe Eis mit Müsli gegessen, während er meine Haare zum Zopf geflochten hat. Wie das geht, hatte ich ihm gleich zu Beginn unserer Beziehung gezeigt, und danach hat er es so oft wie möglich gemacht.

Ich wimmere, als ein weiterer Blitz durch meinen Kopf schießt. »Liege ich im Sterben?«

»Fast.« Wieder drückt er mir das kühle Handtuch auf den Nacken und streicht dann mit den Fingerknöcheln über meine Haut. »Ich fühle mich, als wäre ich unter einen Zug geraten. Übrigens – haben wir …?« Dass er nicht weiterredet, unterminiert irgendwie sein Playboy-Image. Er klingt fast, als wäre es ihm peinlich. »Ich kann mich an nichts erinnern, und das macht mir aus mehreren Gründen Sorgen.«

Ich lasse den Blick über meinen von oben bis unten bekleideten Körper gleiten und schaue dann über die Schulter auf seinen halb nackten. Er trägt eine Hose, aber kein Hemd. Keinen Gürtel. Zu sehen sind nur … Muskeln und der Bund seiner schwarzen Boxershorts, die aus seiner Anzughose lugen, und … Tattoos. Zwei große, wunderschöne und detailreiche Raubvögel mitten im Flug, einer auf jeder Seite von Dereks Brust, wie ein Spiegelbild. Sie haben riesige Flügel, und die Klauen sind ausgefahren, als würden sie gleich landen oder etwas greifen. Als würden sie sich auf die Mitte seines Brustkorbs stürzen, um ihm das Herz herauszureißen und damit davonzufliegen. Das Tattoo ist an sich schon umwerfend, aber auf Derek mit seiner Größe und den Muskeln und den elektrisierenden blauen Augen ist es regelrecht gruselig.

Ich schlucke den Kloß in meiner Kehle hinunter und drehe den Kopf weg. »Ich glaube, abgesehen davon, dass wir in Alkohol geschwommen sind, ist nichts passiert.«

Ich stütze mich an der Toilettenschüssel ab, als ich aufstehe, und taumle wie ein Rehkitz zum Waschbecken, um mir kaltes Wasser ins Gesicht zu spritzen und die Wimperntusche unter meinen Augen wegzuwischen. Derek setzt sich auf den Rand der Badewanne, stützt die Unterarme auf die Knie und lässt den Blick über meinen Körper gleiten, als suche er nach verborgenen Erinnerungen. Sein durchdringender Blick lässt mich beinahe schaudern. Erinnert er sich an irgendetwas aus der letzten Nacht oder an etwas aus unserer Jugend?

»Ich glaube, außer Schlafen ist nichts passiert.« Er lässt den Kopf sinken und fährt sich mit den Händen über das Gesicht. Ich will gar nicht darüber nachdenken, wie viele Frauen neben ihm aufgewacht sind und ihn bei dem Anblick möglichst rasch festnageln wollten. Von jemandem wie ihm könnte man schnell besessen werden – das weiß ich aus eigener Erfahrung.

Ich drehe mich von Derek weg und greife nach meiner Zahnbürste, um diesen Drachenatem loszuwerden und anschließend meine Nerven in Kaffee zu ertränken. Ich werde allein duschen (ich bin mir nicht sicher, weshalb ich glaubte, das mit dem *allein* hinzufügen zu müssen), und dann packe ich alles zusammen und buche einen Flug für heute Morgen, statt wie geplant heute am frühen Abend zurückzufliegen. Derek hat gestern Abend um die Auflösung unseres Vertrags gebeten, weil er mich nicht gern um sich hat oder nicht über unsere Vergangenheit hinwegkommt oder *was auch immer,* und dann wurde er in meinem Bett wach und hielt meine Haare nach hinten, als ich mich übergab; und nichts davon ergibt für mein Struktur liebendes Gehirn irgendeinen Sinn, deshalb werde ich so schnell wie möglich davonlaufen.

»Okay, Pender. Wir müssen dich irgendwie hier rausbringen, ohne dass dich jemand bemerkt. Denn sollten dich die Medien entdecken, wie du aus meinem Zimmer kommst, wäre das für uns beide katastrophal.«

»Äh …«

Ich schiebe mir die Zahnbürste in den Mund und putze mir wie eine Furie die Zähne, während ich durch den Schaum hindurch weiter auf Derek einrede. »Lass uns einfach vergessen, dass das passiert ist, okay? Wir sind beide erwachsen. Nicht nötig, aus einer Mücke einen Elefanten zu machen. Höchstwahrscheinlich wolltest du nur dafür sorgen, dass ich sicher in mein Hotelzimmer gelange, und dann bist du aufs Bett gesunken, und schon waren wir beide hinüber. Nichts weiter passiert.«

Derek reibt sich den Nacken und starrt mich an. »Ich bezweifle, dass wir die letzte Nacht so bald vergessen können.«

Beim Anblick meines verkaterten Gesichts im Spiegel verdrehe ich die Augen. Meine rotbraunen Locken sind völlig verfilzt, und unter den Augen habe ich schwarze Streifen von meiner Wimperntusche. Von meinem Lippenstift ist nur noch ein blassrosa Rest zu sehen.

Ich weiß, dass Derek sich beim Anblick der Frau vor ihm nicht wünscht, er könnte sie für immer haben. Nicht mehr. Stattdessen denkt er, dass er gerade noch rechtzeitig davongekommen ist.

»Derek, du brauchst wirklich nicht zu …«

Er springt vom Badewannenrand hoch und ist mit zwei Schritten hinter mir. Wir sehen uns im Spiegel an. Seine schwarzen Pupillen bilden einen starken Kontrast zu seiner blauen Augenfarbe. Er greift von hinten nach meiner Hand, und dabei stößt seine nackte Brust an meinen Rücken. Er hebt meine Hand an, und mir fällt die Kinnlade hinunter – gefolgt von der Zahnbürste, die mit einem feierlichen Klacken auf dem Boden landet.

»Ist das …?« Die Zahnpasta ist kurz davor, mir aus dem Mund zu tropfen, deshalb beuge ich mich rasch vor, spucke aus und drehe mich zu Derek um. Ich halte meine Hand zwischen uns hoch, und er macht dasselbe mit seiner.

Wir starren auf den Ringfinger des jeweils anderen.

»Es ist nicht auszuschließen«, sagt er betont ruhig, »dass wir gestern Abend geheiratet haben.«

19

NORA

Mir dreht sich der Magen um, und ich lehne mich auf der Suche nach einer Stütze an den Waschbeckentresen. Das ist nicht einfach ein Ring an meinem Finger, das ist …

»Ein Tattoo«, flüstere ich leise. »Wir … haben uns Tattoo-Eheringe stechen lassen?«

Eine Rollkartei aus Erinnerungen dreht sich in meinem Kopf. Derek und ich haben in der Bar getrunken, und dann haben wir in einer anderen Bar getrunken. Und dann sind wir über den Vegas-Strip gebummelt und an einer kleinen Kirche vorbeigekommen. Zu dem Zeitpunkt hatten wir so viel Alkohol intus, dass wir darüber gelacht haben, dass wir *damals* heiraten wollten, und dann fanden wir es auf einmal lustig, es jetzt zu tun. *Hah, Nora ist soooo lustig, wenn sie betrunken ist!*

Und so haben wir es getan. Wir haben geheiratet. Und dann sind wir zum Feiern und für den Hochzeitsempfang in eine weitere Bar gegangen (noch immer in dem Glauben, es wäre ein lustiger Witz), und dort fiel uns auf, dass wir keine Eheringe hatten. Aber wenn Nora betrunken ist, ist sie eine großartige Problemlöserin, und da es nebenan ein Tattoostudio gab, hatte ich die großartigste Idee, nämlich diese schlechte Entscheidung dauerhaft und für den Rest meines Lebens in meine Haut stechen zu lassen, und, o Himmel, ich muss mich schon wieder übergeben. Oder ohnmächtig werden. Oder heulen. Oder alles gleichzeitig.

Derek bemerkt meinen Gesichtsausdruck und legt die Hände an meine Schultern. »Hey. Schon okay. Dann haben wir eben heimlich geheiratet. Nicht weiter schlimm.«

»Nicht weiter schlimm?« Ich zeige ihm mit meinem Ringfinger samt neuem Daueraccessoire den Vogel. »Mir kommt das wahnsinnig schlimm vor. Derek, stell dir vor, wenn die Presse das herausfindet! Stell dir vor, was das für unsere Karrieren bedeuten wird! Oder nein … deine Karriere wird wie üblich weitergehen, weil männliche Sportler quasi mit allem davonkommen und für so etwas immer nur einen Klaps auf die Finger bekommen. Aber ich könnte meinen Job verlieren!«

Er holt tief Luft, und die Adler auf seiner Brust breiten ihre Schwingen aus. »Okay, yeah, du hast recht. Das ist nicht gut.«

Er fährt sich mit der Hand durch das Haar, und ich kann den Blick nicht von seinem nackten Bizeps abwenden, der sich obszön direkt vor meinem Gesicht anspannt. Es ist nicht meine Schuld. Man würde von mir ja auch nicht erwarten, dass ich wegschaue, wenn vor mir ein Komet vom Himmel stürzt, und dieser Bizeps hat in etwa dieselbe Größe. *Ich bin mit diesem Bizeps verheiratet.*

Ich muss etwas tun. Ich muss mich bewegen. Organisieren. So rasch und effizient wie möglich Ordnung in mein Leben bringen, damit ich wieder atmen kann. Eine Liste von A bis Z zu erstellen hilft in der Regel, und ich werde mich Schritt für Schritt durcharbeiten, bis alles wieder normal ist.

(A) *Meine Sachen packen.*

Ich flitze an Derek vorbei ins Zimmer, um meine wenigen Siebensachen zusammenzusuchen, die überall herumfliegen wie bei wilden, witzigen Mädchen üblich (sprich: sauber zusammengefaltet in diversen Stapeln in Schubladen verstaut).

Derek lehnt am Rahmen der Badezimmertür. »Nora … was tust du da?«

»Ich bewerbe mich um das Amt des Präsidenten. Ich weiß, der Zeitpunkt scheint vielleicht ein bisschen seltsam, aber irgendjemand muss es ja machen.« Der sarkastische Spruch hat die tödliche Wirkung eines herabfallenden Eiszapfens. Aber mir fehlt gerade die Geduld, ihm in Ruhe zu erklären, dass ich meinen Koffer packe, damit ich (B) *den ersten Flug nach Hause nehmen kann, wo ich* (C) *einen Rechtsanwalt kontaktieren und klären werde, wie man diese Ehe annulliert.* Und wenn ich mich beeile und allen Konsequenzen zuvorkommen kann, kann ich (D) *vielleicht Schadensbegrenzung betreiben, bevor irgendjemand etwas erfährt.*

Welche Regeln gelten überhaupt für eine Annullierung? Wenn man nur zehn Stunden verheiratet war und die Ehe nicht vollzogen hat, dürfte das doch garantiert kinderleicht sein, oder?

Derek packt mich sanft am Arm, als ich mich an ihm vorbeizudrücken versuche. Sofort habe ich am ganzen Rücken Gänsehaut. »Nora, du musst unbedingt mal tief Luft holen.«

Jahre wohlgemessenen Lächelns und schlagfertiger Antworten lösen sich unter dem Druck in nichts auf. Ich durchbohre ihn mit meinem Blick. Mein Herz hämmert wie wild. Mein Kopf schmerzt, das Licht hier drin ist zu hell, und ich bin so verkatert, dass mir sogar die Haut wehtut. Unter diesen Umständen ist es mir unmöglich, meine Worte abzuwägen.

»Anders als du, Derek, kann ich mir den Luxus, tief durchzuatmen, nicht leisten. Für dich wird das alles eine entzückende kleine Geschichte sein, über die alle bei ein paar Drinks lachen. Tatsache ist, ich habe vom ersten Arbeitstag an lernen müssen, wie man für Sportler Lösungen für solche Situationen findet – es gehört quasi zu meinem Job, solche Unbesonnenheiten unter den Teppich zu kehren.« Bei jedem verzweifelten Wort pulsiert mein Kopf. »Aber diesmal stehe ich auf der anderen Seite, wo ich vorsichtig versuchen muss, die Scherben aufzusammeln, ohne mich zu schneiden.« Beim letzten Wort bricht mir die Stimme. Es ist mir zuwider, mir irgendeine Schwäche anmerken zu lassen, deshalb ziehe ich meinen Arm weg und gehe zum Bett.

»Es tut mir leid«, sagt er leise.

Ich sinke mit den Knien auf die Matratze, krümme mich zusammen und halte mir den Bauch, weil mir erneut schlecht wird – aber nicht wegen des Katers. »Du weißt nicht, wie das ist, Derek. Ich … ich habe die letzten beiden Jahre so hart gearbeitet, um mich zu beweisen. Ich habe mich sogar mit einem Namen anreden lassen, den ich hasse, weil man in dieser Branche weiterkommt, wenn Männer im E-Mail-Kontakt glauben, ich wäre einer von den Jungs.« Ich schließe die Augen, weil ich selbst höre, wie lächerlich das klingt und wie traurig, weil es wahr ist. »Und dennoch erwartet jeder einzelne Mann in meiner Agentur, dass ich scheitere. Sie warten darauf. Nicole tolerieren sie, weil sie so etwas Furchteinflößendes an sich hat, aber mich hassen sie. Sie hassen es, dass ich mit meinen lächerlichen farbenfrohen Outfits und meiner Kaugummi-Persönlichkeit in ihren Jungsclub eingedrungen bin, und sie haben beschlossen, ich gehöre da nicht hin. Die ganze Zeit halten sie mich für eine inkompetente Stümperin. Und das, Derek, das wird ihnen den Beweis liefern. Ganz abgesehen davon, dass ich vielleicht auf der Stelle *gefeuert* werde, wenn meine Chefs herausfinden, dass ich im Vollrausch meinen Klienten geheiratet habe.«

Derek lehnt sich nicht länger an den Türrahmen. Mit seinem typischen mürrischen Gesichtsausdruck kommt er zu mir, kniet sich hin, stemmt die Hände zu beiden Seiten meiner Hüften in die Matratze und macht mich bewegungsunfähig. Klemmt mich ein, damit ich ihn ansehe.

»Ich weiß, wie es ist, anders zu sein als die anderen und deshalb als schwach wahrgenommen zu werden.« Er klingt aufgewühlt und zärtlich zugleich. »Und wie schlimm es sich anfühlt, sich für etwas den Arsch aufzureißen, und dennoch reicht es nie, eben *wegen* dieser Unterschiede.«

»Woher willst du das wissen?«, frage ich geradeheraus. »Du warst immer ein Spitzensportler. Alle respektieren dich.«

Ich sehe, wie er mit sich ringt. »Das erzähle ich dir ein andermal. Jetzt musst du dir erst mal klarmachen, dass du nicht im Geringsten inkompetent bist. Und ich schwöre dir, ich werde alles in meiner Macht Stehende tun, um deinen Namen da rauszuhalten. Ich habe unglaublich gute Rechtsanwälte, die das diskret erledigen können. Wir können die Ehe annullieren lassen, und ich werde es keiner Menschenseele erzählen. Ich schwöre es dir, Nora.«

Etwas Schattenhaftes schleicht sich in mein Herz ein. Ich kann nur in seine blauen Augen starren – und mich zwingen, ihm nicht die Arme um den Hals zu schlingen und ihn anzuflehen, mich festzuhalten. Ich spüre seine Körperwärme, und es wäre so einfach, mich einfach an ihn zu kuscheln und in seinen Armen die Panik zu vergessen, die mir die Kehle zuschnürt.

Diese Möglichkeit bleibt mir verwehrt.

Mein Handy, das auf dem Nachttisch liegt, vibriert laut. Ich schniefe und wische vehement die Tränen weg, die mir die Wangen hinuntergelaufen sind. Derek lässt die Arme sinken, damit ich an das Telefon komme. *Es ist Nicole.* Und wenn sie so völlig unerwartet anruft, heißt das, dass sie es irgendwie weiß.

»Hallo?«, melde ich mich und versuche, nicht so zu klingen, als hätte ich gerade neun Kilo Alkohol ausgekotzt, nur für den unwahrscheinlichen Fall, dass sie tatsächlich bloß wissen will, wo ich einen ihrer Verträge abgelegt habe.

»Es ist überall im Internet, Mac.«

»*Nein*«, kann ich nur vergeblich hauchen.

»Doch. Ich bin mir nicht sicher, ob du es bereits weißt, aber ihr zwei habt gestern Abend auf Dereks Instagram ein Foto von euch gepostet.«

»Nackt?«

»Was? Nein?«

»Oh, okay. Ich bin nicht mal jetzt nackt.«

Nicole lacht nicht. Derek betrachtet mich aus zusammengekniffenen Augen, dann steht er auf und blickt sich im Zimmer um. »Du warst vollständig bekleidet, aber deine Zunge war tief in seinem Mund, und ihr beide habt euren Ringfinger gezeigt, wie man jemandem den Mittelfinger zeigt. Ein Foto, das deutlich sagt: Ihr könnt uns alle mal, wir lieben uns. Großartig … aber …«

»Trashig.«

»Das hast du gesagt, nicht ich.« Sie klingt mitfühlender, als ich sie je erlebt habe.

Derek hat meine Handtasche entdeckt und bringt sie mir. Den Anblick dieses Manns mit seiner nackten, muskulösen, tätowierten Brust werde ich so bald nicht vergessen. Es wird immer schwieriger, mich auf Nicoles Hiobsbotschaften zu konzentrieren. »Es war kein schöner Anblick, und es geht viral«, fährt sie fort. »Ich dürfte dir das gar nicht sagen, aber … ich bin die letzte Stunde mit Joseph zusammengesessen, und es sieht nicht gut aus, Mac. Du bekommst demnächst per E-Mail die Einladung zu einer Videokonferenz mit uns. Und da ich dich kenne und mir sicher bin, dass hinter der Sache mehr steckt, als man auf den ersten Blick vermutet, wollte ich dich vorwarnen, damit du nicht überrumpelt wirst.«

Ich lasse mich auf das Bett fallen – vernichtet von dem, was sie sagt. *Ich werde vermutlich gefeuert.* Und dann löse ich mich wie ein Geist aus meinem Körper, um mit Abstand auf dieses Häufchen Elend zu starren und es dafür zu verurteilen, dass es nicht mal den Anstand besitzt, sich an diesen garantiert verdammt guten Zungenkuss mit Derek zu erinnern.

Das Leben ist zutiefst unfair.

Ich bin zu sehr mit der Selbstreflexion beschäftigt, um mich darüber zu wundern, wieso Derek in meiner Handtasche herumwühlt. Aber als er mein Röhrchen Paracetamol herausfischt, leuchtet mir das ein. Er will nur etwas gegen seine Kopfschmerzen nehmen.

»Dann … bin ich also gefeuert?«, frage ich tonlos.

Derek lässt zwei Tabletten in seine Handfläche gleiten und verschwindet dann hinter mir im anderen Teil des Zimmers.

»Von Rechts wegen kann ich diese Frage in einem inoffiziellen Telefonanruf nicht beantworten. Aber du solltest wissen, dass ich alles versucht habe, Joseph seine Entscheidung auszureden. Du kannst ihn hoffentlich mit etwas Besserem überzeugen.«

»Wieso warnst du mich eigentlich, Nicole? Ich verdiene es, gefeuert zu werden.«

Sie stöhnt frustriert. »Ich sollte das wirklich nicht sagen, aber du hast gegen keine Firmenvorschrift verstoßen, Mac. Nirgendwo steht, dass du keine Beziehung mit einem Klienten haben darfst. Allerdings hast du dich auf eine Art in Szene gesetzt, die ein schlechtes Licht auf die Agentur wirft. Das ist der einzige Grund, weshalb er dir kündigen kann. Also gib noch nicht auf – ich habe nicht das Risiko auf mich genommen, dich anzurufen, um dich jammern zu hören. Ich habe dich angerufen, damit du dir eine wasserdichte Verteidigungsstrategie überlegen kannst.«

»Aber wieso?« In diesem Moment fühle ich mich ihrer nicht würdig. Vielleicht haben die ganzen gönnerhaften Kommentare der Deppen im Büro ihre Richtigkeit. Vielleicht tauge ich nicht zur Agentin, schließlich habe ich wegen meiner Gefühle für diesen Mann meine Karriere in den Sand gesetzt.

»Tu das nicht«, sagt Nicole, als könnte sie meine Gedanken lesen. »Du bist eine verdammt gute Agentin. Ja, du hast Mist gebaut, aber das tun wir alle von Zeit zu Zeit. Reiß dich zusammen. Überleg dir, wie du da wieder rauskommst.«

Derek kommt um das Bett herum und stellt sich vor mich. Sein Nabel ist direkt vor meinen Augen, und erst nachdem ich ein paar Sekunden zu lange seine glatte, harte Haut angestarrt habe, merke ich, dass er mir etwas hinhält.

Nicole redet weiter. »Du bist die einzige andere Person in diesem toxischen Büro, die versteht, wogegen wir uns wehren müssen. Ich kann dich nicht verlieren, sonst muss ich ebenfalls kündigen. Also bring das in Ordnung.«

Obwohl ich derart aufgewühlt bin, muss ich lächeln. Vor mir steht ein Mann, der mir Schmerzmittel und ein Glas Wasser reicht, das er nicht für sich geholt hatte. Und am anderen Ende der Leitung ist eine gestandene Geschäftsfrau, vor der ich größten Respekt habe, und auch diese sorgt sich um mich. Das Gefühl von Einsamkeit, das mir schon länger zu schaffen macht, löst sich auf wie Morgennebel in der Sonne. Ich bin nicht allein.

»Du bist eine gute Freundin, Nicole.«

Ihre Antwort lässt einen Moment auf sich warten. »Wir sind keine Freundinnen.« Und dann legt sie auf. Aber das nehme ich nicht persönlich, weil ich weiß, es ist gelogen. Eine bloße Kollegin würde nicht riskieren, was sie gerade für mich riskiert hat. Ich glaube, Nicole ist das Konzept von Freundschaft genauso wenig vertraut wie mir. Wir sind beide Workaholics mit eigenwilligen Persönlichkeiten. Den meisten Menschen sind wir zu intensiv, und wir sind es gewöhnt, alles allein zu machen. In dem Punkt sind wir uns ausgesprochen ähnlich.

»Nimm die hier. Ohne Kopfschmerzen kannst du besser denken«, sagt Derek. Seine liebevolle Geste ist wie ein Schlag in die Magengrube.

Meine Angst und meine Nerven reichen sich die Hand und zwingen mich, wieder ins Badezimmer zu stürzen, mein Gesicht in der Toilettenschüssel zu versenken und alle meine schlechten Entscheidungen auszuspucken. Ich kann nur hoffen, dass Derek nicht zuhört.

Diesmal ist es wirklich ernst. Ich übergebe mich und schluchze in die Toilettenschüssel, weil alles, wofür ich so hart gearbeitet habe, *weg* ist.

»Bitte geh«, sage ich zu Derek, als ich ihn ins Badezimmer kommen höre.

»Nein.« Er setzt sich hinter mich auf den Boden.

»Derek, ich meine das ernst. Bitte geh! Ich muss in ein paar Minuten mit meinen Chefs reden, und da musst du nicht dabeibleiben.«

»Ich bleibe, Nora.« Er greift um mich herum und stellt die Dusche an.

Ich würde am liebsten die Augen schließen, mich über der Toilettenschüssel häuslich einrichten und hier den Rest meines Lebens verbringen, statt mich dem zu stellen, was als Nächstes auf mich zukommt. Doch Derek legt den Arm um meine Taille und zieht mich hoch. Ich will aber nicht stehen. Ich will mich weiter in meinem Elend suhlen. Noch nie ist mir der Gedanke an Aufgeben gekommen, aber diesmal droht alles über mir zusammenzubrechen. Ich bin zu müde.

»Ich kann das nicht, Derek. Ich habe Mist gebaut. Meine Karriere ist vorbei, und ich will mich dem so überhaupt nicht stellen.«

»Hey.« Er dreht mich um, und ich sinke an seine Brust, dabei müsste ich doch unbedingt auf meinen eigenen Füßen stehen. Normalerweise kann ich das so gut. Aber heute bin ich erschöpft, und seine Brust ist so fest und warm und tröstlich.

Er schiebt mich nicht weg. Er legt die Arme um mich und hält mich, wie sich das meine Seele schon lange erträumt hat. Ich schmiege mich an ihn und genieße jeden Zentimeter, an dem sich unsere Körper berühren. Diese Umarmung fühlt sich an, als käme man von einer langen Reise zurück und würde endlich wieder aus seinem Lieblingsbecher Kaffee trinken. Sich in die Plüschdecke hineinkuscheln, von der man schon seit Tagen geträumt hat.

»Du hast mich nicht aufgeben lassen«, flüstert er mit rauer Stimme. »Und ich lasse dich jetzt auch nicht aufgeben. Du musst dich auf dieses Telefongespräch vorbereiten.«

»Ein Telefongespräch, in dem ich gefeuert werde.« Ich schniefe an seiner nackten Brust. »O ja – dafür sollte ich mich unbedingt herrichten. Welche Farbe passt deiner Ansicht nach am besten zu Scham?«

Derek legt die Hand an mein Kinn und hebt es an, damit ich ihm in die Augen schauen muss. Dort, in den schwarzen Pupillen, funkelt ein neues Feuer. Es ist der pure Hass. »Du wirst nicht gefeuert – und wenn du auch nur eine Sekunde lang glaubst, ich lasse zu, dass du die Kugeln abfängst, während du mich aus der Schusslinie bringst, dann kennst du mich schlecht. Heb die Arme hoch.«

Ich bin so verloren und verwirrt und habe so viel Angst um meine Zukunft, dass ich ihm nicht einmal widerspreche. Ich hebe die Arme über den Kopf. Derek schließt die Augen, bevor er mir das T-Shirt auszieht. Als er um mich herum greift und meinen BH aufhakt, bekomme ich Gänsehaut. Als Nächstes zieht er meine Hose und Unterhose hinunter, bis alle meine Sachen wie Blätter im Herbst auf dem Boden liegen. Ich stehe splitternackt vor ihm, aber er öffnet kein einziges Mal die Augen. *Ich wünschte, er würde es tun.* Es ist eindeutig die verstörte Nora, die diese unangebrachten Gedanken hat, und ich sollte dankbar sein, dass Derek nicht das Gleiche denkt.

Mit der Hand an meinem nackten Schulterblatt lenkt er mich zur Dusche.

Sobald der Duschvorhang zugezogen ist, trete ich unter den heißen Wasserstrahl, schließe die Augen und spüre die restliche Wimperntusche meine Wangen hinablaufen. *Bemitleidenswert. Du bist absolut bemitleidenswert, Nora.*

Die Stille hält nur eine Minute lang an.

»Ich glaube, wir sollten verheiratet bleiben«, höre ich Derek auf der anderen Seite des Duschvorhangs sagen. Ich bin so verblüfft, dass ich beinahe ausrutsche und in die Badewanne falle. Glücklicherweise ist da ein praktischer kleiner Griff, an dem ich mich festhalten kann.

»Bist du immer noch betrunken?«, frage ich über das Rauschen des Wassers hinweg. »Musst du wohl sein, wenn du so etwas vorschlägst.«

»Ich bin vollkommen nüchtern.«

»Okay, dann leidest du an irgendeiner Form von Alkoholvergiftung, die das Gehirn zersetzt. Ruf einen Arzt. Vor ein paar Tagen hast du noch zu mir gesagt, du willst nicht mal mit mir befreundet sein. Und jetzt schlägst du vor, wir sollen verheiratet bleiben?« Ich drücke Shampoo in meine Hand, was ein ekliges Geräusch macht. »Das war übrigens die Shampooflasche.«

»Mmhm.«

Ich schnappe nach Luft, presse mir den Duschvorhang an die Brust und linse um ihn herum. »Wie kannst du es wagen, mir in so beängstigenden Zeiten wie jetzt nicht zu glauben?« Sollte ich lachen oder weinen? Ich weiß es nicht mehr.

Er grinst und lehnt sich mit seinem nackten Rücken an die Wand, die Arme vor der Brust verschränkt – Casanova wie er leibt und lebt. Jetzt hat er die Augen nicht mehr geschlossen, und sein Blick gleitet über mein nasses Haar und die entblößten Schlüsselbeine. Plötzlich fühle ich mich nackter als je zuvor.

Ich lasse den Duschvorhang wieder los, um mich vor diesem schwer zu entziffernden Blick zu schützen.

»Hör mir erst mal zu«, sagt Derek. Seine Stimme klingt ein wenig rau. »Höchstwahrscheinlich glaubt man in deiner Agentur, dass das alles ein im betrunkenen Zustand begangener Fehler war und dass wir die Ehe so schnell wie möglich annullieren werden.«

»Und sie würden eine Million Dollar gewinnen, weil das stimmt.«

»Okay, aber was ist, wenn wir sie überzeugen, dass es echt ist? Dass … wir zusammenbleiben wollen und vorsätzlich geheiratet haben?«

Ich halte mit den Händen im Shampoo inne. »Wieso sollten wir das tun?«

»Weil ich den Verdacht habe, dass sie genauso wenig einen Skandal wollen wie du. Wenn wir ihnen also weismachen können, dass es kein Skandal ist und nichts, wofür wir uns schämen – vielleicht darfst du dann deinen Job behalten.«

Moment mal. Vielleicht liegt er nicht völlig daneben. Vielleicht hat Nicole genau solch einen Plan gemeint.

Ich linse wieder um den Vorhang herum, weil ich unbedingt Dereks Gesicht sehen muss. Wie ich ausschaue, ist mir völlig egal. »Wieso solltest du so etwas auch nur in Betracht ziehen?«

Seine Mundwinkel wandern leicht nach oben, und als er dann mit den Schultern zuckt, ist das eine fast schon traurige Kombination. »Weil es für dich ist.«

Ich weiß nicht, was ich darauf sagen soll. Oder auch nur davon halten soll.

»Aber du hasst mich doch jetzt«, erwidere ich leise, während Schaum mein Gesicht hinunterläuft.

Derek löst sich von der Wand, kommt zu mir, streicht mir den Schaum aus dem Gesicht und versenkt die Finger in meinem eingeschäumten Haar. »*Hass* ist nicht das richtige Wort, erinnerst du dich noch? Es ging nie um Hass.«

Nein, ich erinnere mich nicht, denn so wie er mich anschaut, kann ich keinen klaren Gedanken mehr fassen. Hinter mir ist Dampf, vor mir ein nackter Männeroberkörper, und über den entblößten Teil meiner Brust streicht kalte Luft. Es ist ein Wirbel aus Empfindungen – sie alle vermischen sich zu etwas Gefährlichem. Etwas Unvergesslichem.

Und für den Bruchteil einer Sekunde senkt Derek den Blick auf meinen Mund und lässt ihn gerade so lange darauf ruhen, dass ich mir wünsche, sein Mund läge auf meinen Lippen und nicht sein Blick. Aber dann zieht er die Hand weg, macht einen Schritt rückwärts und wischt sich die Hand am Handtuch ab. Ich kann den Blick nicht abwenden, mein Körper schwingt mit seinen Bewegungen mit, denn er spürt, dass gleich etwas passieren wird.

Derek zögert kurz, dann zieht er seinen Geldbeutel aus der Gesäßtasche.

»Hast du deine Meinung geändert und willst mich jetzt auszahlen?«, frage ich enttäuscht. »Du solltest wissen, Kumpel, ich bin sehr teuer.«

Er verzieht nur das Gesicht und holt ein kleines Stück Papier heraus. Es ist vergilbt, und an der Stelle, an der es gefaltet ist, ist das Papier so dünn, dass es aussieht, als könnte ein Windhauch es in zwei Hälften reißen. Ohne es genauer ansehen zu müssen, weiß ich, was es ist, aber ich strecke trotzdem eine abgetrocknete Hand um den Duschvorhang herum und lasse es mir geben. Meine Finger wollen dieses Erinnerungsstück unbedingt spüren. Möchten zurück zu der Zeit, als ich es geschrieben habe.

»Das ist der Schuldschein, den ich dir gegeben hatte.«

Ich erinnere mich an den Tag, als wäre es gestern gewesen – wie ich fast so verkatert wie jetzt aufwachte, nachdem sich Derek die ganze Nacht um mich gekümmert hatte, obwohl er mich gerade erst kennengelernt hatte. Und da es mir nicht behagt, wenn mir Leute aus reiner Herzensgüte helfen, hatte ich ihm diesen jederzeit einlösbaren Schuldschein gegeben.

»Ich möchte ihn jetzt einlösen«, sagt er selbstsicher. »Ich will, dass du aus Schadensbegrenzungsgründen mit mir verheiratet bleibst – das bist du mir schuldig.«

Ich werde gleich wieder weinen. Ich werde in einer Pfütze aus Gefühlen zerfließen und im Abwasserrohr verschwinden. Typisch für ihn, dass er seinen Schuldschein einsetzt, um mir zu helfen. Denn wenn er Schadensbegrenzung sagt, meint er Schadensbegrenzung für mich.

Ich richte den Blick wieder auf den unschuldigen kleinen Zettel. Derek hat ihn all die Jahre aufbewahrt. Obwohl er mich gehasst hat. Selbst als er glaubte, mich niemals wiederzusehen, hat er ihn in seiner Hosentasche mit sich herumgetragen. Warum?

Ich schaue ihm in seine funkelnden Augen, suche nach irgendetwas Gequältem. Aber da ist nur Gewissheit. Unerschütterliche Einsatzbereitschaft, die ich, finde ich, nicht verdient habe, aber gerade unbedingt brauche. Mir bleibt keine Wahl – wenn er mir helfen will, muss ich seine Hilfe annehmen.

»Nun … diesen sehr formellen und bindenden Schuldschein kann ich natürlich nicht zurückweisen, nicht wahr?«

»Das würde ich nicht empfehlen. Ich habe wirklich gute Rechtsanwälte.« Er setzt ein schiefes Lächeln auf, das meinen Magen erneut in Aufruhr versetzt. Dann nimmt er mir den Schuldschein aus der Hand, faltet ihn wieder zusammen und verstaut ihn in seinem Geldbeutel. *Der gehört mir,* sagt sein Blick.

»Vielleicht solltest du dir die Haare ausspülen. Dir läuft gleich Shampoo in die Augen«, sagt er. Erst in dem Moment fällt mir auf, dass ich diese entzückende, überschwängliche Geste mit einer Schaumperücke auf dem Kopf erlebt habe.

Sexy wie immer, Nora.

20

NORA

Zwanzig Minuten später sitzen Derek und ich an dem kleinen Hotelschreibtisch. Mein Laptop steht geöffnet vor uns, und die Videokonferenz mit Nicole und Joseph beginnt.

»Hi«, sage ich und lächle, obwohl mir nicht danach zumute ist. »Mache ich mir zu viel Hoffnung, wenn ich annehme, dass ihr anruft, weil ihr im Büro mein fröhliches Gesicht vermisst und es mal wieder sehen wolltet?«

Nicole sieht mich genervt an. Joseph – der Eigentümer – verzieht das Gesicht. Sie mögen meinen Humor heute nicht. Eigentlich mögen sie ihn nie.

Mein Knie wackelt wie ein losgelassenes Aufziehspielzeug.

Nicole seufzt. Nichts an ihrem Gesichtsausdruck verrät, dass sie mich vor einer halben Stunde angerufen hat, um mich auf dieses Gespräch vorzubereiten. Sie ist eine gute Schauspielerin. »Mac – du weißt, dass ich gern gleich zur Sache komme.«

»Das weiß ich – ja. Es ist eine deiner beeindruckendsten Eigenschaften.« Ich stelle mir vor, dass Nicole zu dieser speziellen Sorte Mensch gehört, die ein Buch zunächst hinten aufschlägt und die letzte Seite zuerst liest. Sie verschwendet ihre Zeit garantiert nicht für eine Geschichte, die sie überrumpelt. »Aber wenn es euch nichts ausmacht, würde ich mich als Erstes gern entschuldigen, bevor wir anfangen. Es tut mir wirklich unendlich leid. Ich weiß, was dieses Wochenende zwischen Derek und mir passiert ist, sieht nicht gut aus, und ich fühle mich ganz schrecklich, weil das vielleicht schlechte Publicity für die Agentur bedeutet.«

Mr Newman (Joseph) nickt, und als er zu reden anfängt, beugt er sich viel zu nah Richtung Bildschirm. Zu neunzig Prozent sieht man nur seine Nase. Zwischen seinen buschigen grauen Augenbrauen hat sich eine Unheil verkündende Falte gebildet, und mein Bein wackelt jetzt doppelt so schnell.

»Mac – du weißt, dass wir dich trotz deiner unkonventionellen Art immer gern in der Agentur gehabt und dich als Bereicherung für das Team empfunden haben. Aber …«

Oh. Jetzt kommt er. Der Hammer. Ich hasse den Hammer.

»… Aber das war ein Desaster«, fährt er fort. »Ich weiß nicht genau, was zwischen dir und Mr Pender passiert ist – den ich neben dir sitzen sehe –, und bitte lassen Sie mich Ihnen sagen, Mr Pender, dass nichts von dem, was ich gleich sagen werde, irgendetwas mit der Einstellung unserer Agentur Ihnen gegenüber zu tun hat.« Das dürfte stimmen. »Aber, Mac, wir können keine Agentin in unserer Belegschaft haben, von der bekannt ist, dass sie trinkt und aus einer Laune heraus heimlich einen Klienten in Vegas heiratet. Das sieht nicht gut aus, und ehrlich gesagt, ist es außerordentlich unprofessionell.«

Ich würde ihm gern widersprechen, aber er hat vollkommen recht. Natürlich steckt mehr dahinter, als sie wissen, aber ich bin mir nicht sicher, ob es dadurch besser würde. Ich hätte von Anfang an offen zu meiner Vergangenheit mit Derek stehen und ihnen sagen sollen, dass es einen Interessenskonflikt geben würde, wenn ich ihn vertrete.

Mein Knie ist inzwischen eine eigenständige Persönlichkeit mit eigenen Vorstellungen. Mein ganzer Stress und meine Angst konzentrieren sich in diesem einen Gelenk, während ich mich innerlich auf die Worte *du bist gefeuert* einstelle.

Aber dann passiert etwas außerordentlich Seltsames. Derek schiebt die Hand unter den Schreibtisch und legt sie auf meinen Oberschenkel. Unter dem Gewicht seiner schweren Hand hört das Wackeln sofort auf. Er drückt einmal zu, und instinktiv (und irrational) entspannt sich mein Körper. Zum ersten Mal in meiner Karriere erlebe ich es, dass ich ein Hindernis nicht allein überwinden muss.

Derek räuspert sich – die Hand lässt er auf meinem Bein liegen. »Also sehen Sie, das ist folgendermaßen.« Entgeistert schaue ich ihn an. Er wirft mir rasch einen Blick zu und drückt einmal mehr leicht mein Bein. *Vertrau mir.*

»Das ist weder aus einer Laune heraus noch aus Versehen geschehen«, versichert Derek meinem Chef voller Überzeugung.

Und dann lässt er mein Bein los, legt mir den Arm um die Schultern und zieht mich an sich. *Ohhimmelja.*

»Nichts an unserer plötzlichen Heirat war ein Versehen. Im Grunde lief es schon seit Jahren darauf hinaus.« Das ist eine raffinierte Verdrehung der Tatsachen.

»Erklären Sie es uns«, erwidert Joseph knapp, aber nicht unfreundlich. Er hat angebissen.

»Nun, Sir, wir haben vorab niemanden informiert, weil Nora und ich beide glaubten, es würde kein Problem darstellen, aber … wir hatten früher bereits eine Beziehung. Eine ernsthafte. Damals im College.«

Josephs buschige Augenbrauchen wandern nach oben. Ich könnte nicht sagen, ob ihn dieses Geständnis freut oder in seiner Entscheidung, mich zu feuern, noch bestärkt. Mein Knie fängt wieder mit seinem Eigenleben an. Ich würde jetzt wirklich gern unter vier Augen mit Derek reden, um mich zu vergewissern, dass er weiß, was er tut. Diesmal schwingt er sein Bein auf meins, um es unter dem Tisch zur Ruhe zu bringen.

»Wir hatten beschlossen, es nicht an die große Glocke zu hängen, weil es so lange zurücklag. Und das war mein erster Fehler.« Jetzt richtet er den Blick auf mich und schaut mich so liebevoll an, dass es sogar mich überzeugt. »Ich hätte niemals davon ausgehen dürfen, dass ich mich nicht sofort wieder in Nora verliebe. Ich hätte Nicole und der Agentur gegenüber ehrlich sein und gleich sagen sollen, dass ich den Rest meines Lebens mit dieser Frau verbringen muss.«

Mit offenem Mund hole ich tief Luft und betrachte Dereks Gesicht. Er wirkt so ehrlich. Als würde er wirklich so empfinden. Wieso fühlt es sich gerade so an, als würde er die Wahrheit sagen? *Aber nein.* Das ist absurd. Gestern Abend hat er mich noch gefeuert. Wollte Abstand von mir. Hass oder nicht, jedenfalls wollte er mich keinen weiteren Tag um sich haben.

Niemand unterbricht Derek. »Nachdem wir beide uns unsere Gefühle eingestanden hatten, führte eins zum anderen, und wir konnten es nicht länger ertragen, es nicht offiziell zu machen. Es war weder eine Laune noch ein Unfall und auch nichts, das wieder vorbeigeht. Wir sind jetzt verheiratet und schämen uns dessen auch nicht.«

Herr im Himmel, was für ein überzeugendes Schauspiel. Ich versuche, bei dem Gedanken nicht die Schultern herabsacken zu lassen. Was, hallo, lächerlich ist, weil ich nicht mal eine Beziehung mit Derek will. *Oder?* Ehrlich gesagt, war ich so auf meine Karriere fixiert, dass ich mir gar keine Gedanken gemacht habe, ob ich für die nächste Phase meines Lebensplans bereit bin. Vielleicht kann ich diese ganze Zeit nachholen.

Äh. Nein. Was ist mit mir los? Ich kann mir doch keine Gedanken über eine echte Beziehung mit Derek machen. Als wir vor diesem Anruf alles besprochen haben, haben wir beschlossen, nur so lange verheiratet zu bleiben, bis sich die ganze Aufregung wieder gelegt hat, und uns dann unauffällig scheiden zu lassen und nicht groß darüber zu reden. Dass es nur dem Namen nach eine Ehe sein würde – so künstlich wie die Plastikpflanze in meinem Büro. (Echte Pflanzen gedeihen dort aus Sonnenmangel nicht.)

Joseph stößt einen tiefen Seufzer aus, und ich rutsche auf meinem Stuhl ganz nach vorne, gespannt auf seine Antwort. Er öffnet den Mund, um Gott weiß was nach Dereks langer Rede zu sagen, aber Nicole kommt ihm zuvor.

»Weißt du, Joseph, ich dachte gerade …« Die Mundwinkel ihrer roten Lippen formen sich zu dem großartigsten hinterhältigen Lächeln, das ich je gesehen habe. Und wenn ich mich nicht irre, funkelt da auch so etwas wie Stolz in ihrem Blick. Auf solch einen Plan hatte sie gehofft. »Wenn diese Ehe echt ist und die beiden vorhaben, langfristig zusammenzubleiben, könnte das richtig gute Publicity für die Agentur bedeuten.«

Die Falte zwischen seinen Augenbrauen wird zum Krater. »Wir haben doch *gerade erst* darüber gesprochen, was für ein großes Problem das sein wird.«

»Ja, nun, da sind wir noch davon ausgegangen, dass sie die Ehe gleich wieder annullieren lassen. Aber eine Ehe, die auf Liebe und Bindung beruht, ist natürlich etwas völlig anderes.«

Mein Herz rast auf eine Wildwasserstromschnelle zu. Verliere ich meinen Job oder nicht? Es fühlt sich irgendwie danach an, als verlöre ich ihn nicht, aber auch, als würde vor mir gerade ein kompliziertes Netz aus Lügen gewoben, und eins muss ich euch sagen, ich bin keine gute Lügnerin.

Nicole legt die Fingerspitzen aneinander (ihr Nagellack passt zu ihrem Lippenstift). »Ich würde vorschlagen, wir kommen dem Ganzen zuvor und veröffentlichen sofort eine Erklärung, in der wir ihre Beziehung unterstützen. Keine Rechtfertigung. Kein Hinweis auf einen Fehler, weil« – sie macht eine bedeutungsvolle Pause und grinst wie eine durchtriebene Katze – »weil es keiner war, wie sie uns gerade bestätigt haben.«

Das Seltsame ist, dass irgendetwas tief in meinem Inneren

tatsächlich glaubt, dass es kein Fehler war. Und das kann doch nicht gut sein, oder? Auf welchem Planeten ist etwas so Chaotisches eine gute Entscheidung?

»Ich glaube sogar«, fährt Nicole fort, »ich könnte ein paar Beziehungen spielen lassen und daraus eine ganz große Sache machen, wenn die beiden mitspielen. Ich habe eine gute Freundin, die für das Magazin *Celebrity Spark* schreibt und die sich nach Geschichten wie dieser die Finger leckt. Ich würde vorschlagen, wir buchen für Derek und Mac für morgen einen Flug nach … lass mich überlegen, ein Resort irgendwo am Strand, wo sie acht oder vierzehn Tage ihre Flitterwochen verbringen können. *Spark* bekommt die Exklusivrechte an ihrer stürmischen Romanze, und wir können sie die Geschichte so erzählen lassen, wie wir das gern hätten. Über ein Powerpaar oder so ähnlich.«

Ich lege die Hand auf Dereks Oberschenkel, der meinen noch immer nach unten drückt, und packe aus schierem Entsetzen fest zu. Das ist nicht gut. Ganz und gar nicht gut. Derek und ich können nicht auf Hochzeitsreise gehen. Wir sind nicht wirklich verheiratet. *O Himmel, das ist Betrug!* Könnte ich dafür ins Gefängnis kommen? Vielleicht sollte ich mich um eine Greencard bemühen. Andere Situation.

Derek legt die Hand auf meine, und jetzt sind wir ein absurder Wackelturm aus Gliedern. Er ist so entspannt, als säßen wir im Kino und würden einen Film anschauen, in dem alles nur gespielt ist und der nichts mit unserem richtigen Leben zu tun hat. Dennoch ist die Wärme seiner Hand beruhigend.

»Hältst du das wirklich für eine gute Idee, Nicole?«, fragt Joseph.

Nicole lächelt amüsiert, als wüsste sie, dass alle ihre Ideen Gold wert sind. »Es ist eine fantastische Idee. Ich würde voraussagen, dass *Spark* daraus eine Titelstory macht, was uns sogar neue Werbeverträge für Derek bringen wird, sobald der Fokus nicht mehr auf seiner verheilten Verletzung liegt, sondern darauf, wie romantisch er ist – nichts liebt die Öffentlichkeit mehr als einen Mann, der unsterblich verliebt ist. Frag mal meinen Klienten Nathan. Vor ein paar Jahren habe ich ihn und Bree, die inzwischen seine Frau ist, etwas Ähnliches machen lassen, und es hat ihm eine Menge Aufmerksamkeit verschafft. Und was dich betrifft, Mac, könnte deine Professionalität gar nicht erst durch irgendwelche geschmacklosen Kommentare infrage gestellt werden. Davon würden wir alle profitieren.«

Derek hatte recht. Der Plan funktioniert tatsächlich.

»Jetzt ist die Frage, Mac … könntest du damit leben, dass eine Zeitschrift deine Flitterwochen dokumentiert? Ich will dir nichts aufzwingen, womit du dich nicht wohlfühlst.«

Ich brauche genau zwei Sekunden, bis ich antworte. Aber glaubt mir, in diesen zwei Sekunden steckt die Denkarbeit eines gesamten Tags. Mein Gehirn rast durch ein Labyrinth an Möglichkeiten, wie ich aus diesem Schlamassel herauskommen könnte, und landet jedes Mal in einer Sackgasse. Mehr Optionen gibt es nicht. Wenn ich meinen Job behalten möchte, muss ich mit meinem Ex verheiratet bleiben.

»Ich bin dabei! Veranstalten wir diesen Hokuspokus!« Alle schauen mich irritiert an. Alle außer Derek, der mit einem Blick, den ich nicht zu deuten weiß, auf meine Hand auf seinem Bein hinunterstarrt. »Und mit Hokuspokus meine ich, ruf gern deine Leute von *Celebrity Spark* an, und Derek und ich kommen, egal, wohin sie uns haben wollen.«

Nicole nickt. »Gut. Ich melde mich.«

Sie beendet den Anruf, und *mein Ehemann* und ich versinken sofort in tiefstem Schweigen.

Schnall dich an, Nora, du gehst auf Hochzeitsreise mit deinem Ex.

21

DEREK

Als professioneller Sportler bin ich oft nicht gut mit meinem Körper umgegangen. Ich habe ihn bis an den Rand des Zusammenbruchs geschunden – unter anderem habe ich nur Stunden nach einer Darmgrippe ein Spiel gespielt. Aber ich bin mir nicht sicher, ob ich mich jemals so erledigt gefühlt habe wie jetzt, nachdem ich mit einem grauenhaften Kater aufgewacht bin, verheiratet mit meiner Ex, und dann stundenlang verzweifelt in Vegas auf Shoppingtour gehen musste, weil wir nicht genügend Kleidung für eine spontane Hochzeitsreise nach Cancún, Mexico, dabeihatten.

Nicoles Freunde von *Celebrity Spark* waren ganz aus dem Häuschen über diese Sensationsnachricht, und sie sagten, diese würde perfekt zu einer Werbung passen, die sie bereits mit einem edlen Resort vereinbart hatten.

Der Plan lautet: Nora und ich zeigen uns überall in diesem Resort unsere Liebe, und sie fotografieren das. *Verdammt.* Das klang nicht richtig. Noras und meine Flitterwochen werden im Wesentlichen von Nirvana gesponsert – einem neuen Luxusresort in Cancún. Wir werden in ihrem Restaurant essen, an ihrem Strand liegen, in ihren Pools schwimmen und an ein paar Resortaktivitäten teilnehmen – im Grunde zehn Tage in Badebekleidung in die Kamera lächeln und dann ein paar Tage vor Beginn des Trainingscamps nach Hause reisen.

Wir waren gegen neun Uhr abends in Cancún gelandet, nach fünf Stunden der schlimmsten Turbulenzen, die ich je erlebt habe. Beide haben wir nicht geschlafen und kaum ein Wort miteinander gewechselt. Und dann gerieten wir nach Verlassen des Flughafens in einen langen Stau (denn natürlich musste um neun Uhr an einem Sonntagabend Verkehrschaos herrschen, weil es so nun mal läuft, wenn man eines Tages aufwacht und auf einmal mit dem Menschen verheiratet ist, den man niemals mehr wiedersehen wollte).

Und um das alles zu toppen, verhält sich Nora seltsam. Jedenfalls seltsamer als sonst. Sie tanzt um mich herum, als wäre ich eine menschliche Granate. Allerdings muss ich zugeben, dass ich auch nicht recht weiß, wie ich mich ihr gegenüber verhalten soll. Was, zum Teufel, sind wir jetzt? Und wie sollen wir diese zehn Tage überleben?

Inzwischen sind wir in der Hotellobby angekommen, und ich habe das Gefühl, es endlich ins gelobte Land geschafft zu haben. Nicht weil das Hotel großartig ist (ist es), sondern weil ich weiß, dass ich nur noch wenige Minuten von einem Bett entfernt bin. Ich brauche etwas zu essen. Und dann Schlaf. Und danach bin ich bereit, mich dem zu stellen, was da zwischen Nora und mir läuft, egal, was es ist.

Obwohl es schon spät ist, vibriert das Resort von der Energie des Wohlstands und von Menschen in weißer Leinenkleidung. Nora lässt sich unterwegs immer wieder von der ganzen Opulenz ablenken.

»Na, das ist mal eine Löwenskulptur! So eine müssen wir uns auch besorgen. Sie wäre dann der Papalöwe für deinen Babylöwen.« Sie schnappt nach Luft. »Mufasa für deinen Simba!«

»Ich brauche nicht noch mehr Löwen.«

Sie gibt ein sardonisches Lachen von sich. »Als ob jemals jemand zu viele Löwen besitzen könnte. Komm schon, Pender, benutz deinen Kopf.«

»Könntest du einfach weitergehen?« Ich lege die Hand an ihren unteren Rücken und ignoriere, dass sich das wie Schloss und Schlüssel anfühlt. Und dass ich die Hand nie wieder wegnehmen möchte.

Je tiefer wir in das Resort vordringen, desto mehr Aufmerksamkeit erregen wir, denn leider lässt meine Größe nicht zu, dass ich so ohne Weiteres unbemerkt bleibe. Auch wenn die Leute nicht genau wissen, wer ich bin, nehmen sie im Allgemeinen an, dass ich irgendein Sportler bin, und fangen an zu googeln. Danach dauert es nicht mehr lange.

Dass der Post über unsere heimliche Heirat viral gegangen ist, macht die Sache auch nicht leichter. Ich bin für zehn Sekunden auf meine Social-Media-Profile gegangen, mehr konnte ich nicht ertragen. Die meisten Leute waren wohlwollend, aber eine Reihe ignoranter Knallköpfe hat Nora mit schrecklichen Begriffen belegt, die ich ihnen am liebsten in den Hals stopfen würde. Vermutlich habe ich deshalb ihr gegenüber gerade einen derart ausgeprägten Beschützerinstinkt.

Während wir über den Marmorboden gehen, fallen mir zwei Paare auf, die an der Hotelbar sitzen und uns anstarren. Sie haben diesen Blick fanatischer Fans, die sich gleich auf uns stürzen und um Autogramme und Fotos bitten werden.

Nora hat das ebenfalls bemerkt und schiebt sich vor mich – die kleine Hand hinter sich gespreizt, als würde sie so einen unsichtbaren Schild bilden.

»Was, zum Teufel, tust du da?«, frage ich ihren Hinterkopf.

Sie wirft mir einen Blick zu, als wäre ich nicht ganz bei Trost, und macht sich so groß, wie ihre knapp ein Meter siebzig das zulassen. »Ähm … ich beschütze dich. Wonach sieht es denn aus?«

Sie … ach herrje. *Diese Frau.* »Wieso beschützt du mich?«

»Weil ich deine Agentin bin. Das ist unsere Aufgabe.«

»Das ist nicht eure Aufgabe. Bill hat nie meinen Bodyguard gespielt.«

Sie zuckt mit den Schultern. »Nicht meine Schuld, dass Bill nicht so ein großartiger Agent ist wie ich. Wieso? Glaubst du, ich kann das nicht? Es gibt auch weibliche Bodyguards.«

Ich greife nach ihrer Hand, verschränke unsere Finger miteinander und ziehe sie an meine Seite. Wieder flammt das Schloss-und-Schlüssel-Gefühl auf. »Ja – aber die sind ausgebildet. Du hast Arme wie Spaghetti. Außerdem« – ich deute auf unsere ineinanderliegenden Hände – »hält das Leute eher davon ab, mich anzusprechen, als dein böser Bodyguardblick. Normalerweise reden mich die Leute nicht an, wenn ich mit einem Date unterwegs bin, aus welchem Grund auch immer.«

»Interessante Logik. Du hättest Bill dazu bringen sollen, dir die Hand zu halten.«

»Wer sagt, dass ich das nicht getan habe?«, frage ich grinsend.

Nora bleibt stehen, lacht aber nicht, wie ich das erwartet hatte. Leise lächelnd betrachtet sie mich und lässt den Blick dann zu meinen Lippen wandern und dort verweilen.

»Nora. Du starrst meinen Mund an.« Das rutscht mir einfach so raus und klingt vielleicht eine Spur zu hoffnungsvoll.

Sie wendet den Blick nicht ab. »Weil du endlich gelächelt hast. Ich will es nicht verpassen, falls es noch mal geschieht.«

Ich verdrehe die Augen und ziehe sie mit mir zur Rezeption. Sie redet mit der Rezeptionistin, aber ich bekomme kein Wort mit. Mich beschäftigt noch, wie Nora meinen Mund angestarrt hat, als wäre er etwas Köstliches, das ihr gehört.

Nachdem wir eingecheckt haben, lehnen wir die Hilfe eines Pagen ab (weil ich, ehrlich gesagt, einfach die Nase von Menschen voll habe) und betreten mit unseren zwei Koffern den Fahrstuhl.

Leider steigt noch ein Mann mit ein, und mir entgeht nicht, wie er Nora von Kopf bis Fuß mustert. So etwas ist heute dauernd passiert. Sie trägt eng anliegende schwarze Leggings, weiße Nikes und ein loses bauchfreies lila Trägerhemd (das haben wir alles heute Morgen bei unserer Shoppingtour gekauft).

Ich versuche respektvoll, Noras wunderschöne Kurven, ihre muskulös wirkenden Beine und ihre zarte, blasse Haut zu ignorieren, versage aber kläglich. Vor allem, als ich mich erinnere – wenn auch verschwommen –, wie sich all diese weiche Haut angefühlt hat.

Es ist auch nicht gerade hilfreich, dass sie nach ihrem Pferdeschwanz greift, um ihn zurechtzurücken, und dabei ein paar weitere Zentimeter ihres Bauchs zu sehen sind. Beim Anblick ihres Nabels taucht aus den Tiefen meines Gehirns eine Erinnerung auf. Wir alberten auf der Couch herum, während wir einen Film sahen (*sehen* nicht wörtlich zu nehmen), und ihr T-Shirt wanderte genau wie jetzt nach oben. Ich lächelte und vergrub dann zärtlich meine Zähne genau in diese weiche Stelle ihres Bauchs – gerade so tief, dass sie nach Luft schnappte und dann selbst über ihre Reaktion lachen musste.

Auf der einen Seite ihres Bauchs befindet sich eine kleine weiße horizontale Narbe, die es noch nicht gab, als wir zusammen waren. Ich bohre mir die Fingernägel in die Handflächen, um mich davon abzuhalten, dieses dünne Mal zu berühren.

Nora hat ein ganzes Leben gelebt, von dem ich nichts weiß, und ich hasse es.

Sie ertappt mich dabei, wie ich ihren Bauch anstarre, und ich frage mich, wie deutlich mir mein Verlangen anzumerken ist. *Verdammt deutlich*, so wie sie die Stirn runzelt.

Ich überspiele es, indem ich ihr in die Augen sehe. »Ich habe gerade daran gedacht, dass ich am Strand unbedingt eine Brille tragen muss, sonst wird mich dein weißer Bauch blenden.« Das bringe ich perfekt trocken heraus.

»Hey!« Sie deutet mit dem Finger auf mich. »Das ist nicht nett. Nicht jeder kann sich an den Strand legen und wie ein brauner Keks in der Sonne schmoren. Manch einer braucht Sonnenschutzfaktor siebzig, sonst nimmt derjenige einen Rotton an, der vom Weltraum aus zu sehen ist. Als ich mich das letzte Mal gebräunt habe« – bei *gebräunt* malt sie Anführungszeichen in die Luft –, »war der untere Teil meiner Hinterbacken so verbrannt, dass ich fünf Tage lang nicht sitzen konnte. Immerhin konnte ich in der Woche mein Soll im Stehen zweihundertprozentig erreichen.«

Manchmal frage ich mich, wird sie, wenn ich nichts mehr sage, die ganze Nacht weiterreden? Ich würde ihr liebend gern zuhören.

Plötzlich tritt der Glotztyp näher, um Nora genauer anzuschauen, und sein alkoholisierter Atem erklärt die Frechheit, mit der er sagt: »Ich stelle mich gern zur Verfügung, Sie einzucremen, damit Sie vor der Sonne geschützt sind, Prinzessin.«

Mein Auge fängt an zu zucken, so dringend möchte ich den Kerl gegen die Wand schubsen.

Nora dagegen lacht nur, und in dem Moment geht die Fahrstuhltür auf. »Echt nett von Ihnen, zufällig hereingestolperter Mann. Das erreicht fast hundert Prozent auf der Skala für gruselige chauvinistische Vibes, aber danke für das Angebot.« Sie tritt aus dem Aufzug, und ich drehe mich zu ihm um und dränge ihn in eine Ecke, rühre ihn aber nicht an.

»Reden Sie noch mal so mit ihr, und Sie werden sehen, was passiert.«

Ich lasse ihn mit weit aufgerissenen Augen sprachlos zurück. Hinter mir schließt sich die Aufzugtür, und endlich gehen Nora und ich allein den Gang entlang. Für heute reicht es mir mit Menschen. *Außer mit ihr.*

Als wir vor unserer Suite stehen bleiben, grinst sie mich an. »Was hast du da eben zu Mr Prinzessin gesagt?«

Ich kneife die Augen zusammen und versuche, nicht zu lächeln. »Wie meinst du das?«

»Ich weiß, dass du zurückgeblieben bist und mit ihm geredet hast. Was hast du gesagt, Dere-Bear?«

Ich hole tief Luft und zucke mit den Schultern. »Das ist so lange her. Wer weiß das schon noch?«

»Gib dein Bestes«, erwidert sie und grinst herausfordernd. Und jetzt weiß ich, dass ich nicht besser bin als der Typ im Aufzug, denn ich möchte Nora an den Hüften packen, sie gegen die Zimmertür pressen und sie küssen, bis unsere Lippen in Fetzen hängen. Aber natürlich tue ich das nicht, außer sie würde mich darum bitten. Selbst dann bin ich mir nicht sicher, ob ich es tun würde, denn mein Herz hat sich noch nicht von der Trennung im College erholt. Es macht mir Angst, sie wieder derart zu begehren.

»Vielleicht habe ich etwas gesagt wie: ›Reden Sie noch einmal so mit ihr, und Sie werden sehen, was passiert.‹«

Nora lacht laut auf. »Derek, das hast du nicht gesagt! Etwa auch noch mit dieser Machostimme?«

»Mir hat nicht gefallen, wie er dich angequatscht hat. Und ›Prinzessin‹? Hat er diesen Schwachsinn ernst gemeint?«

Nora schaut mich kopfschüttelnd an und versucht sich das Lachen zu verkneifen. »Nur um das festzuhalten, ich kämpfe meine Kämpfe lieber selbst. Aber trotzdem«, sie senkt den Blick, drückt die Wange mit der Zunge heraus und schaut dann wieder hoch, »danke. Es ist irgendwie nett, dass jemand auf mich aufpasst.«

»Jederzeit gern«, erwidere ich und meine es auch so. Selbst in der Zeit, als ich am wütendsten auf sie war, hätte ich mich für sie vor einen Bus geworfen.

Jetzt starren wir einander an und wissen beide offenbar nicht, was wir sagen sollen, spüren aber eine alte Intimität, die uns einhüllt wie Rauch. Er ist so dicht, dass ich kaum Luft bekomme.

Noras Gesichtsausdruck ist das Spiegelbild von meinem. Zusammengekniffene Augenbrauen. Nachdenklicher Blick. Geöffneter Mund. Wie gehen wir mit diesem Was-auch-immer-zwischen-uns um?

Das Klingeln meines Handys rettet uns. Ich gehe sofort dran – verzweifelt auf der Suche nach etwas, das die Stille beendet, während es gleichzeitig hinauszögert, dass ich mit Nora diese Suite betreten muss.

»Was, zum Teufel, ist los? Seid ihr verheiratet?«, brüllt Nathan fast schon ins Telefon. Ich habe Dad wütend gemacht.

»Nun ja …«

»Gib her.« Das ist Bree. Ich stelle mir vor, wie sie hochspringt, um an das Handy zu kommen, das Nathan ihr nicht geben will, und ihm die Finger in die Rippen bohrt, bis er sich unfreiwillig nach vorne beugt und es ihr in die Hand gleitet. Denn eine Sekunde später klingt es, als würde sie vor ihm davonrennen. »Derek Pender«, sagt sie, »du steckst ja dermaßen in Schwierigkeiten! Du kannst doch nicht so etwas posten und dann vierundzwanzig Stunden auf Tauchstation gehen und nur eine Nachricht schicken, die da lautet: *Heirat fake, ich erkläre es euch später. Behaltet es für euch.*« Das Letzte sagt sie mit übertrieben tiefer Stimme, die meinem Ego richtig guttut. »Was für ein schlechter Freund bist du!«

»Sie hat recht, sehr stillos von dir, Pender.« Nora zieht selbstgefällig die Braue hoch, was ich gerade gar nicht gebrauchen kann. »Sogar ich habe mir eine Minute Zeit genommen, um meine Mom anzurufen.«

Das stimmt, sie hat sie quasi sofort angerufen, nachdem wir gestern das Gespräch mit Nicole und Joseph beendet hatten. Als ich Nora fragte, wie ihre Mutter es aufgenommen hatte, lächelte sie und sagte: *Pam lebt für so was. Sie hat gesagt, ich soll sie auf dem Laufenden halten.*

»Moment mal, ist Nora gerade da?«, fragt Bree, die für meinen Geschmack ein bisschen zu begeistert klingt. »Gib ihr das Telefon. Besser noch …«

Oh, klasse. Bree will jetzt per FaceTime mit uns kommunizieren.

Die Verbindung wird hergestellt, und Nora legt den Kopf an meine Schulter, damit wir beide zusehen können, wie Bree durch das Haus flitzt, damit Nathan (der hinter ihr zu sehen ist) nicht an das Telefon kommt. Sie macht einen Ausfall nach rechts in die Küche und rutscht über den Tresen. »Du bist ein Trottel, Nathan Donelson! Du bekommst das Telefon niemals zurück.«

»Sie macht einen netten Eindruck«, flüstert Nora mir zu.

»Wir nennen sie *Bree Cheese.* Wenn du nicht aufpasst, versucht sie, deine beste Freundin zu werden.«

»Es gibt keine Versuche, nur Erfolge!«, sagt Bree mit ihrem typischen breiten Lächeln ins Handy. »Dann bist du also Nora?« Jetzt flankt sie über die Rückenlehne der Couch.

»Nein, ich bin seine andere Fake-Frau.«

»Oh, Wahnsinn, sie hat auch Sinn für Humor! Ich liebe dich schon jetzt«, brüllt Bree, um im nächsten Moment in irgendetwas hineinzurennen. Das Telefon kracht auf den Boden.

Ich halte die Schlüsselkarte vor das Schloss, und das grüne Lämpchen leuchtet auf. Das fühlt sich auf beängstigende Weise metaphorisch an.

Ich höre Bree aufschreien, dann folgt eine gemurmelte Auseinandersetzung, und schließlich taucht Nathan wieder auf dem Bildschirm auf. »Wie ist das passiert? Du hast gesagt, du würdest niemals heiraten. Und wieso ist es gefakt? Und wie lange soll es gefakt bleiben? Außerdem … hi, Nora.« Nathan will vermutlich gar nicht, dass sein Lächeln sexy wirkt, aber wahrscheinlich ist es das. *Na gut, es ist absolut sexy.* »Nett, dich mal wieder zu sehen.«

Bree hüpft wie ein Eichhörnchen im Koffeinrausch hinter Nathans Schulter auf und ab. »Beantworte die Fragen, Derek!«

Das würde ich, nur haben Nora und ich gerade unsere unglaubliche Suite betreten, und unser beider Blick fällt auf dieselbe Stelle im Zimmer.

»Moment mal – was schaut ihr euch da alle an?«, fragt Bree und presst das Gesicht an das Display.

»Ich weiß es nicht«, erwidert Nathan mehr an seine Frau gerichtet. »Aber sie wirken beide, als hätten sie gerade ein Monster gesehen.«

Ich schlucke. »Wir rufen euch später zurück.«

»Derek Pender, wag ja nicht, aufzu…«

Ich beende den Anruf, weil ich den Blick nicht von dem leidigen Objekt im Zimmer abwenden kann.

Es gibt nur ein Bett.

22

NORA

Es ist eine Ein-Zimmer-Suite. Natürlich! Wieso hätte uns die Agentur irgendetwas anderes buchen sollen? Wir sind verheiratet, verflixt noch mal. Aber irgendwie habe ich, vor Schlafmangel fast schon im Delirium und in der Wahnsinnshektik, in der wir einkaufen, unsere Sache packen und zum Flughafen fahren mussten, keinen Gedanken daran verschwendet, dass Derek und ich uns vielleicht ein Zimmer teilen müssten. Tatsächlich mehr teilen müssen als nur dieselben Räumlichkeiten.

Verblüfft starre ich das einzige Bett im Zimmer an.

Es ist riesig – was vermutlich gut ist. Aber auch irgendwie beunruhigend. Ein verlangendes Prickeln überläuft mich bei der Vorstellung, wieder neben Derek zu schlafen. Darf ich verlangendes Prickeln spüren? Ich glaube nicht. *Du bist seine Agentin, Nora.* Moment, bin ich das? Inoffiziell hat er mich gefeuert.

O Himmel, was habe ich für ein riesiges Chaos angerichtet! Ich bin mit meinem Klienten verheiratet, der mich gefeuert hat. Der zufällig auch noch Derek ist. Für den ich zufällig auch noch Gefühle hege und wegen dem ich mir alle zehn Minuten die Frage stelle, ob ich einen Fehler gemacht habe, als ich mich damals von ihm getrennt habe. Ich frage mich, könnte ich ihn vielleicht küssen und würde er meinen Kuss erwidern?

Nicht gut.

Mein Blick wandert zu dem Mann neben mir. An seinen tätowierten Armen hinauf zu seinen superbreiten Schultern, über sein eckiges Kinn zu seinen vollen Lippen, wie sie ein Mann von Rechts wegen gar nicht haben dürfte.

Das wird heikel werden.

»Was für eine fantastische Suite«, sage ich und trete tief ins Innere der Bestie, aber weg von dem verstörenden Bett. Ich stelle meinen Rucksack neben die große schwarze Samtcouch und streiche über die weiche Armlehne.

»Ich wollte schon immer eine Samtcouch.« Ich bin ein Plappermaul, das nichts Wichtiges zu sagen hat.

Derek sieht zu, wie ich theatralisch auf der Couch herumrutsche und eine große Show daraus mache, wie sehr ich dieses Möbel liebe. »Die ist großartig, ich meine, was für eine Couch! Eigentlich ...« Ich ziehe den Reißverschluss meines Rucksacks auf, hole meinen Laptop heraus und stelle ihn mir auf die Oberschenkel. »Ich glaube, die will ich für mich, wenn das für dich okay ist?«

»Nora.« Das ist Dereks nur allzu vertraute Art, meinen Namen so zu sagen, dass es wie *Was ist denn jetzt schon wieder mit dir los* klingt.

Ich zwinge mich, ihn anzusehen.

Er steht noch immer gleich hinter der Eingangstür, aber er ist so groß, dass es sich anfühlt, als würde er das gesamte Zimmer einnehmen. Ein weiterer Grund, weshalb ich das Bett nicht mit ihm teilen werde. Er scheint noch zu wachsen, während wir reden, und seine Schultern werden doppelt so breit. Da wäre überhaupt kein Platz für mich. Unsere Hintern würden aneinanderstoßen. Unsere Beine würden sich verhaken. Ich würde mit dem Gesicht nach unten auf seiner Brust liegen müssen, weil er so riesig ist, dass er zur Matratze werden würde. Und dann würde ich irgendwie schwanger aufwachen, und ich wüsste echt nicht, wie ich eins von Dereks gigantischen Babys auf die Welt bringen sollte; deshalb beanspruche ich die Couch für mich.

Ich schaue ihn nur den Bruchteil einer Sekunde an und versenke mich dann sofort wieder in die Welt meines Laptops. Kaum mache ich mich daran, eine E-Mail zu beantworten, die eingegangen ist, als wir in der Luft waren, spüre ich, wie sich meine Schultern entspannen. Manche Leute nehmen Fidget Spinner her, um ihre Finger zu beschäftigen, wenn sie nervös sind. Ich bevorzuge Arbeit. Arbeit ist gut. Arbeit ist mein Rettungsanker, wenn mich die Welt verunsichert, denn für mich ist Arbeit eine Gleichung, bei der immer ein eindeutiges Ergebnis herauskommt. Außerdem bin ich gut in dem, was ich tue.

Wollt ihr raten, worin ich nicht gut bin? Derek.

Ich spüre, wie sein Blick auf mir ruht, und meine Finger holpern ungeschickt über die Tasten. Ich muss viermal die Rücktaste betätigen.

»Nora, ich habe das Gefühl, dass ich das in letzter Zeit dauernd frage, aber … was tust du da?«, knurrt Derek. Oder er knurrt mich an. Seine Stimme ist rau vom Mangel an Schlaf, und seine untere Gesichtshälfte ist voller hübscher Bartstoppeln.

»Ich arbeite.«

»Ja – das sehe ich, und dazu komme ich gleich. Aber, um mich genauer auszudrücken, was meinst du damit, dass du auf der Couch schläfst?«

»Ehrlich gesagt, Derek, habe ich sehr wenig Vertrauen in anderer Leute Fähigkeit, die Bedeutung einer großartigen Couch wirklich zu schätzen. Ich möchte sichergehen, dass alle Möbel hier im Zimmer gleichbehandelt werden. In meinem Hotelzimmer herrscht Gleichberechtigung.«

Er legt den Kopf schief und sieht mich wenig erbaut an. »Du stellst sicher, dass die leblosen Objekte eine Chance auf Gleichberechtigung bekommen?«

Ich streiche über das Sofa, als würde ich seine Ohren suchen.

»Psst. Man weiß nie, wann es sich in eine *Die Schöne und das Biest*-Situation verwandeln könnte und diese ganzen Möbel vielleicht zum Leben erwachen. Man macht sich besser lieb Kind bei ihnen.«

Derek schließt die Augen und reibt mit Daumen und Zeigefinger darüber. Sein Bizeps macht dabei wieder dieses Kometending. »Nora … ich kann dich nicht auf der Couch schlafen lassen.«

»Wieso nicht? Willst du hier schlafen? Weißt du was, wir können darum wetten. Wir balancieren beide auf dem linken Fuß, und der Erste, der den anderen absetzt, muss in dem langweiligen Bett schlafen.« Ich tippe, tippe, tippe und rede dabei weiter, wie ich das Nicole unzählige Male erfolgreich habe tun sehen. Aber es ist schwieriger, als es aussieht. Ich habe gerade einen langen Satz Buchstabensalat geschrieben.

»Weil – kannst du mal kurz aufhören zu arbeiten?«

»Wieso?« Ich sehe ihn mit gerunzelter Stirn an. »Der Vogel, der den Wurm erwischt, schläft nie.«

»So geht das Sprichwort nicht.«

»Sollte es aber.« Ich tippe weiter.

»Nora, mach deinen Laptop zu«, sagt Derek im Befehlston, aber es dringt kaum zu mir durch, weil ich jetzt völlig in meinen E-Mails versinke und meine Daseinsberechtigung wiedergefunden habe. Aber dann kommt ihm etwas über die Lippen, das mich aufblicken lässt. *»Bitte.«*

Ich sehe ihm in die müden Augen und schließe dann langsam den Laptop.

Er schaut mir zu, wie ich ihn zur Seite lege. »Ich bin mir nicht sicher, ob du es bemerkt hast oder nicht, aber es gibt hier im Zimmer ein größeres Problem.« Er setzt sich auf die Bettkante.

»Natürlich habe ich das Problem bemerkt. Es ist von oben bis unten mit Bling-Bling behängt und zündet ein Feuerwerk. Ehrlich, dieses Problem will dauernd im Mittelpunkt stehen.«

Derek versucht verzweifelt, sich das Lächeln zu verkneifen, verliert den Kampf aber in den Mundwinkeln. Ich liebe es. Seit ich dieses Lächeln in der Lobby gesehen habe, bin ich zum Nimmersatt geworden. *Gib es mir, Pender.*

»Bitte, antworte mir ehrlich, Nora. Für alles andere bin ich gerade zu müde.«

»Okay. Die Wahrheit lautet, ich arbeite, weil ich nicht mehr weiß, wie ich mich in deiner Gegenwart verhalten soll. Ich weiß nicht, wie ich normal atmen soll, wenn wir verheiratet sind und in einem Zimmer mit einem Doppelbett dieselbe Luft atmen. Ich weiß nicht, wie ich dir in die Augen schauen soll, seit du gesagt hast, du verstehst, wieso wir uns getrennt haben, aber jetzt magst du nicht mit mir befreundet sein. Denn wie, zum Teufel, sollen wir das hinbekommen? Ich bin deine Agentin, bin aber gefeuert, außerdem bin ich deine Ex-Freundin, die jetzt deine Frau ist, und dann haben wir da noch diese lange Liste mit den Regeln, die eingehalten werden müssen. Es gibt zu viele Überschneidungen, zu viel geht durcheinander. Das Venn-Diagramm sieht aus wie ein hypnotisierender Strudel.« Ich schaue begehrlich auf meinen Laptop und tätschle den Deckel. »Aber in meinen E-Mails bin ich zurzeit noch deine Agentin, und das ist so gar nicht verwirrend, deshalb würde ich mein Leben lieber dort verbringen.«

Er nickt langsam. »Gut, dass du das angesprochen hast. Ich nehme die Kündigung zurück.«

Ich werfe ihm misstrauisch einen Blick von der Seite zu. »Wieso? Ich will nicht deine Agentin sein, wenn ich den Job nur bekomme, weil wir aus Versehen geheiratet haben und du dich deswegen schlecht fühlst.«

»Das ist nicht mal ansatzweise der Grund. Ich will, dass du meine Agentin bist, weil du einfallsreich und kreativ bist. Weil du es irgendwie sogar geschafft hast, wahnsinnig gute Verträge für mich abzuschließen, obwohl ich dich Tag und Nacht mit allem möglichen Unsinn beschäftigt habe. Weil du dich gegen mich gewehrt und mir gesagt hast, ich solle aufhören, mich wie ein Schwein aufzuführen – das hätte niemand sonst in deiner Situation getan. *Weil du für diese Arbeit die Beste bist.*«

Ich bin nicht überzeugt von dem, was er sagt, und ich habe das chronische Bedürfnis, mir meinen Platz im Leben zu verdienen. »Wenn das alles stimmt, wieso hast du mich dann überhaupt gefeuert?«

Er weicht meinem Blick nicht aus, nur ein Muskel an seinem Kinn zuckt kurz. »Ehrlich? Ich dachte, es wäre langfristig zu kompliziert für uns. Aber jetzt bin ich bereit, darüber hinwegzukommen und mit dir zusammenzuarbeiten. Es tut mir wirklich leid, Nora, und ich hoffe, du kannst es mir verzeihen. Alles.«

»Oh.«

»Du bist sprachlos?«

»Zum ersten Mal im Leben, ja.«

»Dann werde ich das ausnutzen.« Er schiebt den Ärmel seines leichten Hoodies hoch und stützt die Unterarme dann auf den Knien ab. »Ich will wirklich, dass du meine Agentin bist, aber nicht diese Woche. Diese Woche solltest du, finde ich, den Laptop zulassen und deine Urlaubstage nehmen.«

Mir bleibt der Mund offen stehen. »Du musst dir mal die Ohren reinigen lassen, offenbar hast du nicht zugehört, als ich gesagt habe, dass ich meine Arbeit brauche, um das alles durchzustehen.«

Er lehnt sich zurück, stützt sich mit den Händen hinten auf der Matratze ab, und – verdammt – wieder wächst seine Brust. »Es ist seltsam, wenn du arbeitest und wir so tun, als wären wir verheiratet. Lass uns, nur für diese Woche, einfach Derek und Nora sein. Da sind zu viele Jonglierbälle in diesem Szenario, und es ist für uns beide ein einziges Durcheinander. Deshalb schlage ich vor, dass wir deinen Laptop diese Woche zulassen, und wenn wir dann in L. A. sind, können wir alles reinarbeiten, uns wieder an die Regeln halten und alles wieder normal laufen lassen.«

So ungern ich es zugebe, vermutlich hat er recht. »Die Regeln willst du beibehalten?«

Er runzelt nachdenklich die Stirn. »Wo es sinnvoll ist, ja. Ich möchte, dass du dich wohl und sicher fühlst, also können wir uns an sie halten, wenn du magst. Aber es wird vielleicht nicht ganz einfach, wenn wir in der Öffentlichkeit so tun wollen, als hätten wir eine Beziehung.«

»Mit dir fühle ich mich immer sicher, Derek«, rutscht mir heraus. Aber es stimmt, und es tut mir nicht leid, dass er es weiß. »Wir könnten die Regeln komplett streichen, und ich würde mich immer noch sicher fühlen.«

Er starrt mich durchdringend aus seinen blauen Augen an, und in der Luft scheint kaum noch Sauerstoff zu sein. »Das höre ich gern. Und da wir uns so einig sind … ich glaube, wir können uns dieses Bett teilen.«

Mein Blick wandert zu der Stelle, an der seine Hand die Bettdecke eindellt. »Wie sollen wir es uns teilen, ohne …«

Er sieht mich fragend an, als ich nicht weiterrede.

»Uns aus Versehen zu berühren! Das war alles, was ich gedacht habe. Nicht an Sex. Ich habe nicht eine Sekunde an Sex mit dir gedacht. Sex ist mir gar nicht in den Sinn gekommen. Nie. Nicht mal damals, als wir Sex hatten.«

Es sieht aus, als würde er mit dem ganzen Körper grinsen. »Du sagst sehr oft *Sex*.«

»Den Eindruck könnte man wirklich bekommen, nicht wahr?« Ich ziehe eine Grimasse. »Jetzt könnten wir uns das Bett endgültig nicht mehr teilen.«

Er lacht und faltet seinen großen Körper auseinander, als würde ihn das Wort *Sex* nicht im Geringsten beunruhigen. Vermutlich weil er im Laufe der Jahre genug davon bekommen hat, anders als ich, die seit Ewigkeiten keinen Mann mehr berührt hat. Himmel, das sollte ich ändern.

Aber nicht mit ihm!

»Wir haben früher miteinander geschlafen, Nora, das ist eine Tatsache und nichts, wofür wir uns schämen müssten. Ab jetzt offene Kommunikation.« Er steht inzwischen neben dem Bett und grinst mich an, und sofort fühlen sich meine Knie an, als wären sie aus Bananenpudding.

»Was tust du da?«, frage ich, als er eine Extradecke auf das Bett und eins der Kopfkissen ans Fußende legt.

»So können wir uns ein Bett teilen, ohne uns zu berühren. Ich schlafe auf der Bettdecke, und du kannst darunter schlafen. Und zur Sicherheit schlafen wir Kopf an Fuß.«

»Du meinst neunund…«

»Sprich den Satz nicht zu Ende«, warnt er mich, und so ernst, wie er das sagt, glaube ich fast, dass es ihm doch nicht so wenig ausmacht.

23

NORA

»Okay«, sagt Derek, als er wieder in die Suite kommt, nachdem er sich vor zehn Minuten auf die Suche nach Essen begeben hatte.

Die schwere Tür fällt hinter ihm ins Schloss, und falls es ihm unangenehm ist, dass ich mich während seiner Abwesenheit ins Bett verkrümelt habe, lässt er es sich nicht anmerken.

Ich dagegen schieße vom Kissen hoch wie ein schuldiger Schachtelteufel, weil es sich falsch anfühlt, in der Waagerechten zu sein, wenn er in der Nähe ist. Falsch insofern, als ich ihn am liebsten zu mir herunterziehen und herausfinden würde, ob sich all diese zusätzlichen Muskeln anders anfühlen, wenn er auf mir liegt, oder nicht.

Derek kommt zum Bett, und ich setze mich kerzengerade auf. Puritanische Haltung.

»Ich dachte, vielleicht bist du hungrig, deshalb habe ich dir auch etwas mitgebracht.« Er hält zwei Schüsseln hoch. Die Matratze sinkt fast obszön tief ein, als sich Derek darauf niederlässt, und ich rutsche ungewollt zu ihm hin. Am liebsten würde ich mich in eine Murmel verwandeln und mich auf ihn rollen.

Er sieht sich neugierig um. »Was ist hier anders?« Er schnüffelt fast schon. »Aha, du hast das Dekor verschoben und alles nach Farben zusammengestellt.«

»Es ist passiert, bevor ich es aufhalten konnte.«

»Wie es das üblicherweise tut.«

Empört richte ich mich auf. »Wenn ich nicht ganz auf dem Posten bin, hilft mir Aufräumen, mich zu entspannen.«

»Ich weiß.«

»Echt?«

Er grinst. »Meine Wohnung im College war nie so sauber und aufgeräumt wie in der Zeit, als wir zusammen waren. Und deine ist es auch, wie ich gesehen habe. Aber die Farbkomponente ist neu.«

»Was soll ich sagen, ich habe mich weiterentwickelt.« Ich streiche eine Falte im Bettlaken glatt. »Ist es … nervig, dass ich das tue?«

Er legt den Kopf schief und sieht mich an, als würde er in meinem Gesicht nach einer Antwort suchen. »Ich bin mir nicht sicher, ob ich dich jemals vorher unsicher erlebt habe.«

Meine Wangen laufen rot an. »Ich bin ein Mensch.«

»Fraglich. Wer hat behauptet, es wäre nervig?«

Okay – dass er das fragt, war nicht vorgesehen. Oder dass er es auch nur wahrnimmt. »Irgendjemand.«

»Eindeutig ein unangenehmer Mensch, wenn er versucht, dir etwas Einzigartiges mieszumachen.« Er wirkt wütend. »Nein. Es ist nicht nervig. Und … ich tue mich schwer mit Aufräumen, deshalb fand ich die Unterstützung nett.«

Ich bemerke Dinge, die ich in dieser Situation nicht bemerken sollte. Seine schwarze Jogginghose, die wie eine zweite Haut an seinen muskulösen Oberschenkeln anliegt. Seinen Geruch, eine Mischung aus Deo und einer Spur Schweiß nach einem langen Reisetag. Die kaum wahrnehmbaren Fältchen in seinen Mundwinkeln, die beweisen, dass er seit unserer Trennung *tatsächlich* gelächelt hat. Und die schrille Aufforderung meines Körpers, quer über das Bett zu kriechen, meine Nase an seinen Hals zu drücken und seinen Geruch einzusaugen. Ich brauche eindeutig Schlaf.

»Was hast du für uns aufgetrieben?« *Geglückter Themenwechsel.* »Ich würde gern lügen und dir erzählen, dass ich problemlos ein Abendessen ausfallen lassen kann, aber die Wahrheit lautet: Zwei Minuten länger, und ich hätte mich über dieses Kissen hergemacht.«

Er grinst. »Dachte ich mir.«

Derek reicht mir eine der Schüsseln, und mir fehlen einen Moment lang die Worte. Verblüfft starre ich auf den spätabendlichen Snack hinunter, als wäre er eine Opfergabe aus Juwelen. Auf einmal scheint alles vor mir zu verschwimmen. »Du … hast mir Eis mit Müsli besorgt?« *Zwei Kugeln Vanilleeis mit etwas wie Cinnamon Toast Crunch obendrauf.*

»Magst du das immer noch so gern?«

Ich nicke. »Nach wie vor mein Lieblingsessen. Vermutlich hatte ich … einfach nicht damit gerechnet, dass du dich noch daran erinnerst.«

Er lächelt amüsiert, was meinen Magen einen Purzelbaum schlagen lässt. »Nora, im College hast du das mindestens viermal die Woche gegessen. Wie hätte ich das jemals vergessen sollen?«

»Es war immer Hauptbestandteil meiner Essenspyramide.« Rasch probiere ich einen großen Löffel voll, damit ich nicht herausplappere, wie viel mir diese Geste bedeutet. Ehrlich gesagt, hatte ich vergessen, wie es ist, jemanden um mich zu haben, der mich kennt. Oder eher … der mich kennt und nicht findet, dass ich übertrieben schrullig bin. Manchmal habe ich es so satt, meine ganze Energie für ein Kennenlernen zu opfern, nur damit derjenige zu dem Schluss kommt, dass ich es nicht wert bin, und mich fallen lässt. Es hat seinen Grund, dass neben meiner Mom meine Arbeit meine BFF ist.

Ich schlucke den Kloß in meiner Kehle hinunter. »Hast du dir auch Eis geholt?«

Als Antwort führt er eine Selleriestange mit Erdnussbutter an die Lippen und zerbeißt sie krachend zwischen seinen schönen weißen Zähnen. »So kurz vor der Saison versuche ich ernsthaft darauf zu achten, was ich esse. Vor allem jetzt, da es so aussieht, als bräuchte ich jegliche erdenkliche Unterstützung, um nach dieser verdammten Verletzung ein Comeback zu schaffen.«

»Hast du vor der Verletzung nicht so gegessen?«

Er zuckt leicht mit den Schultern. »Doch. Aber nicht so konsequent. Ich war trotzdem unterwegs und habe gefeiert und getrunken. Aber das habe ich jetzt völlig aufgegeben.«

Ich nehme den Löffel aus dem Mund. »Das ist trauriger als ein nasser Spitzwelpe.«

»So schlimm ist es gar nicht.« Er grinst unsicher. »Na ja … das Eis vermisse ich durchaus, aber das Feiern seltsamerweise nicht.« Er schweigt einen Moment und legt die Stirn in Falten. »Das war das Seltsamste: Als ich mich aus dem Rampenlicht verabschiedet und die ganze Aufmerksamkeit auf die Heilung meines Knöchels gerichtet habe, dachte ich, dass ich das Feiern total vermissen würde. Aber wie sich herausstellte, ergab sich die Umstellung ganz von allein. Es war sogar angenehm.«

»O nein. Hat Peter Pan Nimmerland endgültig verlassen?«

»Ich trinke jetzt abends Kamillentee, Nora. *Und er schmeckt mir.*« Er sagt das, als würde er einen Mord gestehen. »Das waren zwei merkwürdige Monate für mich.«

Ich gönne mir einen weiteren Löffel von meinem Trostessen. »Das kann ich mir vorstellen.«

»Übrigens … habe ich mich manchmal gefragt …« Er sieht mich prüfend an. »Du hast gesagt, du bist seit zwei Jahren in der Agentur … was hast du davor gemacht?«

Mir steht das Blatt mit den Regeln vor Augen, die wir gemeinsam aufgestellt haben, und dann reißt es in der Mitte durch.

Nicht nur teilen wir gerade dasselbe Bett (tschüss, Regel Nummer zehn), sondern er will auch noch etwas über meine Vergangenheit wissen (auf Nimmerwiedersehen, Regel Nummer zwei).

»Wie sich herausstellte, stimmten die Gerüchte. Die Sportbranche wird tatsächlich von chauvinistischen, engstirnigen Männern beherrscht, die der festen Überzeugung sind, eine Frau könne Sport niemals so gut verstehen wie jemand mit Klöten zwischen den Beinen. Offenbar wird dort das gesamte Wissen über die Welt gelagert.«

»Wieso, glaubst du, passen wir so gut auf sie auf?«

Ich tue so, als würde ich nach ihm treten, und er lacht richtig laut. Sein Lachen wirbelt in meiner Brust herum und fegt alle Spinnweben hinweg. »Ehrlich, dort bewahren wir unser gesamtes ungerechtfertigtes Ego auf. Es tut höllisch weh, wenn wir da unten getroffen werden.«

»Wird vermerkt.«

»Also, was ist passiert?«, fragt er. »Du hast das College beendet, bist auf die Uni … und dann?«

»Und dann stürmte ich mit unendlichem Optimismus und einem neuen Power-Outfit in die Welt hinaus und verbrachte das nächste Jahr als Praktikantin in einer Agentur, in der man mir klarmachte, dass ich nie etwas anderes für die Agenten tun würde als Kaffee holen und Ablage machen.« Es ist wirklich traurig, dass Sports Representation Inc. im Vergleich mit den anderen Agenturen fast schon ein Zuckerschlecken war.

»Also kündigte ich und machte mich auf die Suche nach einer neuen Anstellung oder einem Praktikum«, fuhr ich fort. »Bei jedem Vorstellungsgespräch saß ich einem Mann namens Robert oder Michael oder Richard gegenüber, der mich mit ›Herzchen‹ oder ›junge Dame‹ anredete, wenn er mir sagte, sie suchten jemanden mit mehr Erfahrung.« Ich verdrehe die Augen. »Praktikanten brauchen keine Erfahrung. Offensichtlich brauchen sie nur …«

»Klöten«, ergänzt Derek, und ich muss lachen. »Und wie ging es weiter?«

Ich löffle meine Schüssel leer und stelle sie zur Seite. »Dann habe ich aufgegeben.«

»Quatsch«, sagt er überzeugt und völlig unsarkastisch.

»Doch.«

»Das glaube ich dir nicht. Du hast noch nie irgendetwas aufgegeben.« Aber kaum hat er das gesagt, wird uns beiden das Gleiche bewusst. Eins gibt es, von dem wir beide wissen, dass ich es aufgegeben habe. Aber Derek spricht es nicht an, und ich tue es ebenfalls nicht, allerdings erlischt sein Lächeln ein wenig.

Ich vergrabe die Beine in der weichen Bettdecke. »Mein Lieblings-Coffeeshop suchte Leute, und ich brauchte dringend Geld – also nahm ich den Job an und leckte lange Zeit meine Wunden, bis eines Tages Nicole auf ihren großartigen Zwölf-Zentimeter-Stilettos hereingestöckelt kam.« Ich höre noch heute das Klacken ihrer Absätze auf dem Boden. »Ich kannte sie von meinen Recherchen, als ich Bewerbungen rausgeschickt habe, und sie war eine von denen, von der ich nie eine Antwort bekam. Ich stellte mich mit einem gelungenen Kaffeewortspiel vor und fragte sie dann, ob sie sich meine Bewerbung ansehen würde.«

»Und sie hat Ja gesagt?« Er beißt erneut in Mutter Naturs selbst gemachten Zahnstocher.

Ich lache ein bisschen zu laut. »Nein. Sie hat mich auf der Stelle gehasst. Sie sagte, ich wäre zu nett und freundlich für diese Branche und solle lieber weiter Kaffee ausschenken.«

»Aua.« *Ich liebe sein Grinsen.*

»Nein, ich wusste es zu schätzen. Zum ersten Mal wurde ich aus einem konkreten Grund abgewiesen. Der Grund war ihre eigene internalisierte Frauenfeindlichkeit, die ihr überhaupt nicht bewusst war – aber sie war auch etwas, wogegen ich ankämpfen konnte.« Jene Wochen, in denen ich versucht habe, Nicole umzustimmen, gehören zu den besten meines Lebens.

»Nicole kam jeden Tag exakt zur selben Zeit in den Coffeeshop. Ich merkte mir ihre Bestellung und sorgte dafür, dass ihr Kaffee rechtzeitig bereitstand. Und dann fing ich an, auf die Seite des Bechers all die Gründe aufzuschreiben, weshalb sie mich einstellen sollte – und dazu Statistiken von College-Sportlern, die sie sich meiner Meinung nach mal anschauen sollte.«

»Und?«, fragt Derek mit funkelnden Augen, denn er kennt mich nur zu gut. »Was stand noch auf den Bechern?«

Ich lächle. »Ein Klopf-Klopf-Witz.«

»Dachte ich es mir doch. Hat es funktioniert?«

»Die Witze kamen nicht so gut an – aber irgendwann hatte ich sie zermürbt. Eines Tages kam sie herein, nahm ihren Kaffee, und auf dem Weg nach draußen rief sie mir über die Schulter hinweg zu: *Seien Sie Montagmorgen um acht in meinem Büro.* Und das war es dann.« Ich zucke mit den Schultern. Jener Moment ist in meinem Gedächtnis abgespeichert, als wäre er auf Film gebannt, er gehört zu meinen glücklichsten Erinnerungen. Wenn ich mich mies fühle oder erledigt bin, spiele ich ihn gern ab, und er ermutigt mich weiterzumachen. Weiterzukämpfen für das, was ich will, selbst wenn mir alle sagen, dass es niemals klappen wird.

Erst ein paar Augenblicke später merke ich, dass Derek mich liebevoll anstarrt. »Ich freue mich für dich, Nora. Du bist eine ausgezeichnete Agentin. Und ich bin froh, dass du deinen Traum nicht aufgegeben hast.« Bei seinen Worten kuschelt sich ein flauschiges kleines Wesen in meinem Bauch zusammen.

»Das Gleiche gilt für dich. Ich habe laut geschrien, als du gleich in der ersten Runde in die NFL kamst.« Mein Lächeln erlischt, weil Derek mich derart durchdringend anschaut. Sofort wird mir mein Fehler bewusst.

»Du hast geschaut, ob ich genommen werde?«

Er durchbohrt mich mit seinem Blick. Am liebsten würde ich mich davor verstecken, damit er nicht die Wahrheit herausfindet. Dass ich jeden Schritt seiner Karriere verfolgt habe. Dass ich alles mitbekommen habe, jeden Meilenstein, jedes Erreichen eines Karriereziels, jeden Erfolg. Dass ich unsere Trennung häufiger bereut habe, als ich zählen könnte. Und dass ich, während er mich so problemlos vergessen hat, nie über ihn hinweggekommen bin. Dass ich gelernt habe, mit dieser Tatsache zu leben.

Stattdessen stupse ich sein Knie spielerisch mit dem Fuß an. »Komm schon – das ist doch nichts Besonderes. Natürlich habe ich mir angeschaut, wer einen Vertrag bekommt. Das habe ich jedes Jahr gemacht, seit ich sechs war, und mein Dad hat mir erlaubt, Schokoladenkuchen zu essen, wenn wir dabei zusammengesessen sind.«

In jenem Jahr hatte ich es mir allerdings nicht angeschaut, um die Aufmerksamkeit meines Vaters zu erringen …

»Stimmt.« Er stellt die Schüssel zur Seite und lächelt, aber sein Lächeln reicht nicht bis zu den Augen.

Das Schweigen ist so unangenehm, dass mir das Schlucken schwerfällt. Die freundschaftliche Stimmung ist etwas Schwerem gewichen. Derek wird doch wohl nicht enttäuscht sein, weil ich mir den NFL Draft nicht extra wegen ihm angeschaut habe? Er ist über mich hinweg. Hat wortwörtlich gesagt, er will nicht mit mir befreundet sein.

Wieso sieht er mich dann so an?

Die Spannung ist zu groß, deshalb schwinge ich die Beine aus dem Bett. »Es wird spät.«

Ich hole Kulturbeutel und Pyjama aus meinem Koffer. »Ich putze mir lieber die Zähne, bevor ich einschlafe und es vergesse. Du weißt ja, was man über Zähne sagt?«

Derek schüttelt den Kopf, er bereut bereits, auf mich eingegangen zu sein. »Nämlich?«

»Saubere Zähne sind göttliche Zähne.«

»So geht der Spruch auf gar keinen Fall.«

Ich kneife ein Auge zusammen. »Bei allem Respekt – ich glaube, da liegst du falsch.«

»Ich liege nicht falsch.« Er steht auf und folgt mir mit seinem eigenen Kulturbeutel ins Bad. Meine untertassengroßen Augen im Spiegel verraten, dass ich da eher einen wilden Bären bei mir im Badezimmer sehe als einen Mann.

»Oh. Du willst dir auch die Zähne putzen?« Ich werfe ihm einen fragenden Blick über die Schulter zu, als er um mich herum greift und seine Brust ganz nah an meinem Rücken ist. Er stellt seinen braunen Lederkulturbeutel direkt neben meinen, der mit einem Regenbogen bedruckt ist.

»Ist das in Ordnung?« Er runzelt die Stirn.

»Natürlich! Absolut. Ich will unbedingt, dass du auch göttliche Zähne hast.«

Es ist unglaublich schrecklich. Denn während ich mir die Zähne putze, steht Derek hinter mir und putzt sich seine ebenfalls, und ich muss mich schwer zusammenreißen, ihn nicht im Spiegel anzustarren. Und während wir uns beide unserer Dentalhygiene widmen wie zwei häusliche und rein platonische Nichtfreunde/Leute/Ex-Freunde, wende ich den Blick von seinen so intensiv blauen Augen ab, einfach um mal eine Pause von ihnen zu bekommen. Ein bisschen Atemholen, ihr wisst schon. Ein Mädchen kann nur begrenzte Zeit in die faszinierenden blauen Augen eines muskulösen, stoppelbärtigen, einen Meter neunzig großen männlichen Wesens schauen.

Und erst jetzt bekomme ich zum ersten Mal einen richtig guten Blick auf die Tattoos an seinen Armen. Im hellen Badezimmerlicht kann ich endlich sehen, was sie darstellen. *Ein bedrohlicher Hai, der aus weißen Wellenschaumkronen bricht und die Zähne zeigt.* Nett. Das Tattoo steht offensichtlich für sein Team. *Ein Schädel und darauf ein Vogel.* Beängstigend, aber cool. *Eine Libelle. Wolken, aus denen eine Sonne hervorlugt. Ranken mit kleinen Blumen, die sich seinen Arm hinaufwinden. Und …*

Moment mal, was ist das winzige kleine Schwarze auf der Innenseite seines Bizeps? Es ist wie ein Buchstabe oder …

Derek presst bewusst den Arm an die Seite.

Verwundert schaue ich in den Spiegel hoch, aber Derek gibt weder eine Erklärung ab, noch scheint er sich auch nur im Geringsten schuldig zu fühlen, dass er das Tattoo vor mir versteckt. Stattdessen beugt er sich um mich herum, um seine Zahnpasta auszuspucken – wobei seine Brust außen an meinem Arm entlangstreicht. Er spült seine Zahnbürste aus und legt sie ordentlich neben das Becken, genau wie er das immer in meiner Wohnung getan hat, nachdem ich ihm gesagt hatte, dass mein ordnungsfanatisches Gehirn es gern sah, wenn unsere Zahnbürsten gerade nebeneinanderlagen.

Ohne einen weiteren Blick verlässt er das Badezimmer, und ich bin selig allein. Ich kann es mir gerade noch verkneifen, nicht theatralisch an der Tür hinunterzurutschen, nachdem ich sie hinter ihm zugemacht habe. Aus den dreißig Sekunden, die ich eigentlich nur brauchen dürfte, um mich umzuziehen, werden ganze fünf Minuten, was an dem stummen Zwiegespräch mit dem Spiegel liegt, bei dem ich mich ermahne, mein Herz nicht wieder an meinen Ex-Freund zu verlieren. *Er will dich nicht. Und selbst wenn er dich wollte, wäre es zu chaotisch. Zu unvorhersehbar.* Zum Schluss befehle ich mir, ins Zimmer zu gehen und meinen Hintern unter die Bettdecke zu schwingen, ohne aus dieser Ein-Bett-Situation eine große Sache zu machen.

Ich öffne die Tür einen Spaltbreit. »Ich, äh, ich komme jetzt ins Bett. Schau nicht hin.«

»Okay.«

»Hast du die Augen auf?«

»Nein.«

»Derek!«

Er lacht. »Komm schon, das ist doch nichts Besonderes.« Das sagt er im selben Ton wie ich vorhin, als ich genau dasselbe zu ihm gesagt habe. »Vorgestern Morgen bist du in Unterwäsche vor mir gestanden und hast nicht mit der Wimper gezuckt.«

»Ja, weil ich leicht daneben war und unter Schlafentzug litt!«

»Du bist immer leicht daneben, Nora.« Aber da schwingt eindeutig Zuneigung in seiner Stimme mit, die mich wärmt wie eine Tasse süße heiße Schokolade.

»Gut. Dann komme ich jetzt raus ... aber stell dich darauf ein, dass ich ... schließlich konnte ich nicht ahnen, dass ich diese Woche im selben Zimmer mit dir schlafe – meinen erotischsten Pyj...« Der Rest des Satzes bleibt mir im Hals stecken, als ich aus dem Badezimmer trete und Derek an das Kopfteil des Betts gelehnt sitzen sehe, die Hände hinter dem Kopf verschränkt, das frische weiße Laken bis zur Taille hinaufgezogen ... ohne T-Shirt. Meine eindringlichen Ermahnungen machen sich aus dem Staub.

Wieso muss er dermaßen muskulös sein? Und so sexy? Und tätowiert. Und ... gebräunt, dass einem das Wasser im Mund zusammenläuft.

Ich würde mich am liebsten auf ihn stürzen. Ich muss mich auf ihn stürzen.

»Ist das dein erotischster Pyjama?«, fragt er und lenkt meinen Blick damit weg von seiner Nacktheit und hin zu seinem Gesicht, auf dem mein Blick die ganze Zeit hätte verweilen sollen.

Ich nähere mich mit kleinen Schritten dem Bett. »Ich habe versucht, dich vorzuwarnen. Er ist sehr verführerisch.«

»Noch nie habe ich Mr Rogers' Gesicht so groß gesehen.«

»Ich weiß ... er macht echt was her.« Ich zögere, bevor ich die Bettdecke anhebe, um mich darunterzulegen. Ins Bett zu kriechen. Zu Derek.

Ich trage ein XL-T-Shirt, dessen Vorderseite fast vollständig mit dem Konterfei meines guten alten Kumpels Mr Rogers bedruckt ist. Darüber steht in einem Regenbogen: *Ich mag dich genau so, wie du bist.* Ich mache mir keine Illusionen, dass dieses

Ding auch nur ansatzweise sexy ist. Aber … ich habe darunter kein Höschen an. Und wenn ich mich richtig erinnere, war Derek von mir in hosenlosem Zustand immer recht angetan.

Derek sieht nicht eine Sekunde weg, während ich unter die Bettdecke schlüpfe. Ungeniert schaut er zu, und als wir beide liegen und das Licht aus ist, besitzt er die Frechheit zu sagen: »Mir ist aufgefallen, dass du immer noch deine Unterhöschen mit dem Wochentag trägst.«

Ich verschlucke mich an meinem eigenen Speichel. »O nein – sag bloß nicht das Wort *Unterhöschen*, während wir zusammen im Bett liegen.«

»Tut mir leid«, erwidert er, aber ich merke, dass er grinst und dass es ihm nicht im Geringsten leidtut. Es ist ein kurzer Rückblick auf den alten Derek. Den, der schamlos flirtete. Den, der immer genau wusste, was er sagte und wie es auf mich wirken würde. Ich liebe es. Und eine aufrüttelnde Sekunde lang taucht in mir der radikale Wunsch auf, er würde wieder mit mir zusammen sein wollen.

»Schlaf einfach, Unruhestifter.« Aggressiv knülle ich mein Kissen zurecht, bis es bequem ist, und drehe mich dann auf die Seite. Aber jetzt habe ich Blickkontakt mit Dereks Füßen. »Äh, Derek? Du läufst nicht mehr im Schlaf, oder?«

»Manchmal«, erwidert er, und dann wird ihm plötzlich klar, wieso ich mir deswegen Sorgen mache. Er setzt sich auf, und ich tue das ebenfalls. »Das ist lächerlich, oder? Du solltest dich wieder richtig herum hinlegen, wir können doch im selben Bett schlafen, ohne dass irgendetwas daran seltsam ist.«

»Stimmt. Du triffst den Nagel auf den Kopf. So sehr, dass es fast schon wehtut.« Ich drehe mich bereits, damit mein Kopf und mein Kissen auf gleicher Höhe mit seinen sind. »Da ist ja nichts dabei.«

»Gar nichts.« Er legt sich wieder hin. »Wer zuerst einschläft, hat gewonnen.«

Ich weiß seinen Versuch zu schätzen, locker mit der Situation umzugehen. Aber als seine Körperwärme durch die Decken dringt ... als ich mein Bein anders hinlege und mein Knie an seinem Oberschenkel entlangstreift ... als ich die Augen öffne und feststelle, dass er mich beobachtet, aus nur einer Armlänge Entfernung – da fühlt es sich auf einmal an, als wäre da sehr viel mehr als nichts dabei.

Und als ich um zwei Uhr morgens wach werde und feststelle, dass wir völlig ineinander verschlungen daliegen – mein Bein über seinem, mein Bauch an seiner Seite, mein Gesicht in der Vertiefung an seiner Schulter, seine Hand auf meiner Hüfte –, fühlt sich das alarmierend mehr als nichts an.

Noch alarmierender: Ich kann mich nicht dazu bringen, wegzurücken.

24

DEREK

»Machen wir schnell. Nora ist unter der Dusche, aber vielleicht nicht mehr lange«, sage ich zum Bildschirm meines Laptops, über den ich gebeugt am Couchtisch sitze. Die Gesichter meiner Kumpel sind in ihrem jeweiligen Videokonferenzviereck zu sehen. Ich habe ihnen vor ein paar Minuten eine Nachricht geschickt und eine Eilkonferenz einberufen.

»Okay, kommen wir zur Sache«, sagt Jamal und beugt sich eifrig vor. »Dein Haar ist zu lang. Deine Nase ist ein bisschen krumm, und ehrlich gesagt, würde eine Schönheitsoperation eine Menge bringen. Und wenn du gehst …«

Ich schalte ihn auf stumm und lächle in den Bildschirm. »Das ist der Vorteil, wenn man Gastgeber des Treffens ist. Ich kann dich auf stumm schalten, wann immer ich will. Du hast offiziell Redeauszeit, Blödmann.«

Jamal macht eine unangebrachte Geste Richtung Bildschirm.

Nathan stellt den Proteinshake, von dem er gerade getrunken hat, zur Seite. »Ich sage das ja nur ungern, aber Bree und ich wollen gleich los zum Joggen. Also lasst uns anfangen.«

Lawrence und Price bestätigen, dass sie bereit sind. Jamal hat die Arme vor der Brust verschränkt und schmollt.

»Okay. Also Folgendes. Ihr wisst alle, dass ich aus Versehen meine Agentin geheiratet habe, die gleichzeitig meine Ex-Freundin ist, die ich frustrierenderweise nach wie vor liebe.«

»Und von der du auf Social Media ein Foto mit deiner Zunge fast in ihrer Kehle gepostet hast, weshalb ihr beinahe gekündigt wurde«, erwidert Price hämisch grinsend.

»Vorsicht, sonst schalte ich dich auch auf stumm.«

Er hebt beschwichtigend die Hand. »Ich wollte nur, dass jeder alle Fakten kennt.«

Nora beginnt, laut unter der Dusche zu summen, und das erinnert mich daran, dass ich das hier beschleunigen muss. »Das Problem ist folgendes: Ich glaube ... nein, ich weiß, dass ich wieder mit ihr zusammen sein möchte. Nicht nur, weil sie lustig und klug und umwerfend und super im Organisieren ist, sie tut mir auch gut. Sie hat keine Angst, mich zu konfrontieren, und in ihrer Gegenwart bin ich besser drauf. Ich ... ich kann sie nicht wieder verlieren.«

Ich erwarte, dass sie überrascht nach Luft schnappen, aber nichts dergleichen geschieht.

Lawrence lacht. »Yeah, Mann. Das wissen wir. Dass du sie zurückwillst, wussten wir schon, seit wir Nora in deinem Haus kennengelernt haben.«

Nathan lächelt. »Wir haben darauf gewartet, dass du es ebenfalls begreifst.«

Jamal gestikuliert wild, ich soll ihn wieder auf laut stellen, damit er seinen Senf dazugeben kann. *Keine Chance.*

»Wie, zum Teufel, konntet ihr wissen, dass das passieren würde, wenn ich euch doch neulich Abend noch gesagt habe, dass ich das hinter mir lassen will?«

Price lacht, und er amüsiert sich eindeutig auf meine Kosten. »Kaum zu übersehen, wenn dein Gesicht noch unerträglich verzückter aussieht, sobald du von Nora redest, viel mehr als Nathans, sobald er von Bree redet.«

»*Hey!*«, sagen Nathan und ich gleichzeitig.

Aber Nathan ist aus einem anderen Grund beleidigt. »Niemand liebt seine Frau mehr, als ich Bree liebe.«

Wir alle verdrehen die Augen, und ich drücke auf die Stummschalttaste. »Damit hast du dir gerade ebenfalls eine Minute Redeauszeit eingehandelt. Jamal, du bist auf Bewährung.« Ich schalte ihn wieder laut.

Jamal schnappt nach Luft, als wäre er seit zwanzig Jahren am Ersticken. »Derek, ich hasse dich so sehr, dass es fast schon in Liebe umschlägt, deshalb überspringe ich die *Ich habe es dir doch gleich gesagt*-Rede und sage dir gleich, dass Nora in einer viel höheren Liga spielt und du unbedingt die Zeit, die du jetzt mit ihr hast, nutzen solltest, um sie zurückzugewinnen. Kämpf um sie. Wer stimmt mir zu?«

Lawrence hebt die Hand. »Ich stimme zu … aber mit einem Vorbehalt. Ich halte nichts davon, eine Frau zu erobern, die nicht erobert werden will. Lässt sie irgendwie erkennen, dass sie wieder auf dich steht? Oder wirkt sie eher verschlossen und abweisend?«

»Natürlich ist sie abweisend«, sagt Jamal und deutet vermutlich auf mein Foto auf seinem Bildschirm. »Schaut euch doch seine Visage an. Würdet ihr die jeden Tag eures Lebens an…«

Ich schalte ihn wieder stumm und Nathan wieder laut. »Wir haben gestern Abend lange nur geredet. Und dann haben wir uns ein Bett geteilt, und als ich heute Morgen wach wurde, lag sie quasi schlafend auf mir.« Alle sehen mich hoffnungsvoll an. »Aber das könnte auch daran liegen, dass ich doppelt so groß bin wie sie und die Matratze so tief eingesunken ist, dass sie auf mich gerollt ist.«

Der Gesichtsausdruck meiner Kumpel wechselt zu verblüfft.

»Du kannst auch versuchen, einfach ehrlich zu sein«, schlägt Price vor.

Nathan saugt zischend Luft durch die Zähne. »Das ist riskant. Nicht nur müssen sie dann die ganze Hochzeitsreise trotz eventueller Befangenheit gemeinsam durchstehen, Nora ist auch, wenn sie nach Hause kommen, immer noch seine Agentin. Mir wäre zumindest ein bisschen Sicherheit wichtig, dass sich das Ganze in die richtige Richtung bewegt, bevor ich voll einsteige.«

»Okay, dann solltest du es so angehen«, nimmt Lawrence den Faden auf. »Hör ihr gut zu. Schau genau hin, wie sie sich verhält. Und wenn du den Eindruck bekommst, dass sie noch Gefühle für dich hat, umwirb sie.«

»Sie umwerben? Wer bist du, eine achtzigjährige Großmutter?«

»*Umwerben* ist ein gutes Wort. Du versuchst nicht, sie zu verführen. Umwerben bedeutet, dass du ihr Herz erobern möchtest, nicht nur ihren Körper.«

Das leuchtet ein. Doch es erinnert mich auch an den anderen Grund, weshalb ich die Jungs angerufen habe. »Haltet ihr mich für blöd, weil ich mir überlege, sie zurückzugewinnen? Schließlich war sie diejenige, die mit mir Schluss gemacht hat, und das hat mich damals schon beinahe umgebracht.«

»Bree hat mich auch aus ihrem Leben geworfen, kurz vorm College«, sagt Nathan. »Und obwohl ich nicht im Einzelnen weiß, was zwischen Nora und dir gelaufen ist, kann ich nur sagen, hätte ich eine Entscheidung als unumstößlich akzeptiert, die Bree als junges Mädchen getroffen hatte, hätte ich ein schönes Leben mit ihr verpasst.«

Lawrence nickt. »Ich stimme Nathan zu. Es ist nahezu perfekt, du hast eine ganze Woche, um herauszufinden, woran ihr seid. Probier es aus. Und auch wenn ich glaube, dass du mit ihr nicht gleich aufs Ganze gehen musst – ich finde es mutig von dir, dass du wieder für eine Verbindung offen bist und sehen willst, was passiert.« *Verdammt, was für ein Selbsthilfebuch liest dieser Kerl?*

Nathan richtet sich auf. »Ich habe noch den alten Spickzettel, mit dessen Hilfe ich Bree erobert habe. Ich kann ihn dir schicken.«

Ich verdrehe die Augen. »Auf dem Gebiet brauche ich keine Hilfe, besten Dank auch. Die Idee für das blöde Ding hattest du von mir.«

»Du hast mir gesagt, ich soll blinzeln. Was nicht funktioniert hat, wenn ich das hinzufügen darf.«

»Nicht meine Schuld, wenn du es nicht draufhast.«

Jamal steht inzwischen und brüllt Gott weiß was auf den Bildschirm ein. Ich lächle ihn freundlich an und zeige ihm den Vogel. Nur zum Spaß bilde ich mit der anderen Hand Flügel und lasse sie über den Bildschirm flattern.

»*Was* tust du da?«, fragt Nora, die direkt vor der Badezimmertür steht, die ich sie nicht habe öffnen hören. Sie trägt einen großen Sonnenhut und ein Badeanzug-Strandkleid.

Ich sehe gerade noch, wie die Jungs entsetzt die Augen aufreißen (und Jamal sich halb totlacht), bevor ich den Laptop zuhaue. »Oh, äh – nichts. Ich habe nur meine Hand gedehnt. Das ist für Football.« Ich schweige, und sie hat es nicht eilig, das Schweigen zu beenden. »Das ist nur … Leute im Sport machen das so. Sportler. Das ist so ein« – wieder weiß ich nicht gleich weiter – »Handding.«

Sie lächelt. »Das klingt verdächtig nach einer Lüge, aber ich lasse es durchgehen, weil wir zu spät zu unserem Treffen kommen, wenn wir hier noch länger stehen und über deinen interpretationsfähigen Handtanz debattieren.«

25

NORA

»Wir sind ja derart begeistert, hier mit Ihnen sitzen zu dürfen«, sagt Kamaya, die nette Journalistin von *Celebrity Spark*, die auf der anderen Seite des Tischs sitzt und Derek und mich anstrahlt. Wir haben uns draußen in dem kleinen Café des Resorts getroffen, und wenn man bei Google Maps *Paradies* eingeben würde, würde die Markierung genau hierherzeigen. Warme Luft, babyblauer Himmel, Palmen rund um den Innenhof und im Hintergrund ein Ozean, der so unglaublich schön ist, dass er eine Einbildung sein muss.

Neben Kamaya sitzt Alec, der Fotograf, der uns diese Woche begleiten wird. Beide haben sie dieses strahlende Lächeln und die Art von Persönlichkeit, durch die man sich sofort aufgehoben fühlt.

Und ich bin froh, dass unser Treffen mit ihnen Derek und mir einen Vorwand geliefert hat, nicht darüber reden zu müssen, dass wir eng umschlungen aufgewacht sind (ich schon zum zweiten Mal). Stattdessen mussten wir uns beeilen und ins Café hetzen, um rechtzeitig zu diesem Frühstückstreffen zu kommen.

Vermeidung ist doch gesund, nicht wahr?

»Danke noch mal, dass Sie uns Ihre Liebesgeschichte und Ihre Flitterwochen dokumentieren lassen«, sagt Kamaya. »Nicole und ich kennen uns schon lange, deshalb wusste ich, es muss etwas Gutes sein, wenn sie mich anruft und sagt, sie hat eine Insiderstory für mich. Diese Frau liegt nie daneben.«

Ich lache. »Niemand lehnt ab, wenn Nicole anruft.«

»Genau.« Sie verändert ihre Sitzposition, um ihre langen goldbraunen Beine übereinanderzuschlagen, und schaut lächelnd auf ihre Notizen hinunter. Sie ist umwerfend. Wenn sie wollte, könnte sie auch ein Laufsteg-Model sein – eigentlich ähnlich wie die Frauen, die Derek gedatet hat. Ich kann nicht verhindern, dass ich mich frage, ob er sich gerade zu ihr hingezogen fühlt. Ob er sie anschaut und sich denkt, *Mann, würde ich mir wünschen, diese Frau würde nicht denken, dass ich verheiratet bin.* Schlagartig verspüre ich eine Eifersucht, auf die ich kein Recht habe.

Aber dann, als könnte Derek meine Gedanken lesen, lehnt er sein Knie unter dem Tisch an meins. Ich sehe ihn an. Er beachtet die schöne Frau auf der anderen Seite des Tischs gar nicht, er starrt mich an – mit fragendem Blick. Hatte ich Kamaya zweifelnd angeschaut? Vermutlich habe ich ausgesehen, als wollte ich ihr ihre fantastischen Haare ausreißen, und Derek hat das mitbekommen.

Nicht sehr feministisch, Nora.

»Okay, wir dachten, wir reden als Erstes über das Programm für die Woche und machen anschließend das Interview. Klingt das gut?«, fragt Kamaya, und ich versuche, meine ganzen eifersüchtigen Gedanken zu verbannen. Aber es ist nicht einfach, sie sieht so reizvoll und geschleckt aus, während ich ein blickdichtes Badeanzug-Strandkleid trage, denn wie ich bereits zu Derek sagte, vertragen sich die Sonne und meine Haut nicht.

»Ready, Freddie. Legen Sie los«, sage ich ein bisschen zu forsch.

Sie zieht die Nase kraus und lächelt mich an. »Sie sind so entzückend, wie Nicole gesagt hat.«

»War *entzückend* wirklich das Wort, das sie gebraucht hat?«, frage ich skeptisch.

Kamaya zuckt mit den Schultern. »Mehr oder weniger.«

»Sie hat *unausstehlich* gesagt, nicht wahr?«

»Unausstehlich reizend, waren ihre genauen Worte.«

Ich weiß nicht, wieso es mich trifft, dass Nicole – meine einzige Verbündete in diesem Büro – das über mich zu Kamaya gesagt hat. Genau das bin ich, und das war für mich so immer okay. Ich werde mich nicht ändern, um dem gesellschaftlichen Klischee einer starken Karrierefrau zu entsprechen, nur damit die Leute sich wohler fühlen. Und dennoch – ich glaube, mit Derek neben mir und angesichts einer Frau, die ich wirklich bewundere, sinke ich doch ein bisschen in mich zusammen. Ich komme mir altbacken und dumm vor, und mein Hut ist zu groß.

Aber eher esse ich diesen überdimensionierten Hut, als dass ich irgendjemanden wissen lasse, dass mir seine Meinung über mich zu schaffen macht. Denn Meinungen sind keine Fakten. Wie meine Mom immer sagte, Meinungen werden nur Wahrheit, wenn man sie als solche akzeptiert.

»Ich ziehe hysterisch witzig vor, oder frohgemut aufgeschlos…« Ich wollte »aufgeschlossen« sagen, aber genau in dem Moment beugt sich Derek vor, legt den Arm um mich und lässt die Finger über meine Schulter und meinen Bizeps gleiten. Deshalb kommt das Wort »aufgeschlossen« wie »aufgeschlonnn« heraus.

Kamaya bemerkt die plötzliche Maschinenfehlfunktion und zerfließt in ihrem Lächeln. »Die Flitterwochenphase. Ich liebe es. Okay, machen wir weiter, damit Sie uns für den Rest des Tages loswerden.«

Ich schaue Derek an, und er … blinzelt mir zu. *Heilige Mutter von Harry Styles.* Was war das? Mein Magen macht einen Sturzflug, als säße ich bei Turbulenzen in einem Flieger. Er hat unverfroren gegen Regel Nummer achtzehn verstoßen (nicht dass wir sie unbedingt befolgen müssen).

Ich kann nicht glauben, wie mein Körper auf ihn reagiert. Es ist wie nicht von dieser Welt. Ich habe mit anderen Männern geschlafen – gut aussehenden Männern, möchte ich hinzufügen –, aber mein Magen hat nie einen Sturzflug hingelegt. Nicht ein einziges Mal. Derek braucht nur zu blinzeln? Er hatte immer so eine Art, mich aus der Fassung zu bringen, die mir riesige Angst eingejagt hat. Wenn er in der Nähe ist, könnte der Rest der Welt genauso gut aufhören zu existieren. Es ist nervenaufreibend. Und genau deshalb habe ich damals mit ihm Schluss gemacht.

Aber wie ist es jetzt? Bin ich diesmal dafür bereit?

O Himmel, Nora, diesmal ist es fake. Diesmal schauspielert er, damit du deinen Job behältst. Der Sturzflug deines Magens ist irrelevant, weil Derek jetzt dein Nichtfreund/Klient/Ehemann ist. Konzentrier dich.

Aaaaber, widerspricht mein Gehirn erneut, er hat jahrelang einen Schuldschein von dir in seiner Geldbörse aufbewahrt. Er hat sich noch an deinen Lieblingssnack erinnert. Und manchmal ertappst du ihn dabei, wie er dich ansieht, als … als ob er dich noch lieben würde. *Deshalb sollten wir das vielleicht nicht ganz außer Acht lassen, Nora.* Denn wenn ich das zwischen uns wieder spüre, spürt er es vielleicht auch. Könnte sein, dass ich zu viel Angst habe, um darauf zu hoffen.

»Wir haben uns das folgendermaßen vorgestellt«, beginnt Kamaya und schiebt ihre Unterlagen zu einem ordentlichen kleinen Stapel zusammen, der mich zugegebenermaßen ein bisschen heiß macht. »Heute Morgen erledigen wir das Interview. Danach steigen wir alle in ein Auto, das wir gemietet haben, und fahren zu der Korallenrifftour, die das Resort anbietet. Wäre Ihnen beiden das recht?«

»Klingt gut«, erwidert Derek. »Was meinst du, Nora?« Aber anstatt mich nur zu fragen, küsst er mich auch noch zärtlich auf die Schläfe. Während sein Daumen immer wieder über meinen Hals streicht, direkt unter meinem Ohr. Während mein Herz stehen bleibt.

Ich schlucke und versuche, mir nicht anmerken zu lassen, wie tief mich das gerade berührt. »Großartig!« Aber es kommt heraus wie ein vorpubertäres Quieken.

Kamaya grinst. »Wunderbar. Und da es Ihre echten Flitterwochen sind, werden wir versuchen, nicht mehr als ein Fotoshooting pro Tag anzusetzen, damit Ihnen noch Zeit bleibt, um … nun, um das zu tun, was immer Sie tun möchten.« Sie wackelt mit den Augenbrauen, und ich versuche, mich nicht zu verschlucken bei der peinlichen Anspielung auf Naked Twister. »Hier sehen Sie die ganzen Ausflüge und Aktivitäten, die wir geplant haben.« Sie schiebt uns einen Stapel Unterlagen zu. Derek beugt sich vor, lässt seinen Arm aber liegen. Er zieht mich sogar ein bisschen näher an sich, damit ich sie mir mit ihm gemeinsam anschauen kann. Ich rieche sein Deo und würde am liebsten seinen Bizeps ablecken. Ich bin völlig daneben.

»Ein Spa-Tag?«, fragt Derek und zieht eine Braue nach oben, denn er ist tatsächlich bei der Sache und träumt nicht wie ich von unangebrachten Dingen, die wir miteinander tun könnten.

Kamaya nickt. »Die meisten dieser Aktivitäten sind Annehmlichkeiten, die das Resort anbietet und die es gern für Paare bewerben würde. Während der Aktivitäten werden Alec und ich Sie so gut wie möglich in Ruhe lassen, damit Sie kaum mitbekommen, dass wir da sind. Und falls Sie irgendetwas davon ganz fürchterlich finden, canceln wir es natürlich und planen etwas anderes. Klingt das gut?«

Derek und ich schauen gemeinsam das Programm durch und stoßen auf nichts, was uns zu drastisch oder zu unangenehm erscheint, deshalb stimmen wir zu und fangen mit dem Interview an. Mit unserer Erlaubnis stellt Kamaya ein Aufnahmegerät auf den Tisch und steigt mit einer einfach zu beantwortenden Frage ein. »Wie haben Sie beide sich kennengelernt?« Derek beantwortet diese Frage und berichtet ehrlich und perfekt detailliert von unserer ersten Begegnung auf der Party im College.

Uns werden ein paar weitere einfache Fragen gestellt wie: Was war unser erstes Date? *Bowling.* Und was ist unsere witzigste Erinnerung als Paar? *Nachts beim Nacktbaden in unserem Collegeschwimmbecken erwischt zu werden.*

Das Interview läuft so gut, dass ich ganz eingelullt bin, bis Kamaya mir direkt in die Augen schaut und fragt: »Aus welchem Grund haben Sie sich im College getrennt?«

Mein Knie fängt an zu zittern, weil ich nicht weiß, was ich darauf antworten soll. Ich kann nicht gut lügen, will mich aber auch nicht über die Wahrheit auslassen, die Derek und ich selbst noch nicht richtig erforscht haben. Für Kamaya, die uns für ein frisch verheiratetes Paar hält, ist das eine nette Frage und etwas Witziges, auf das man zurückschaut. Aber in Wirklichkeit sind die Folgen dieses Bruchs noch nicht verheilt. Vor allem bei Derek, und darauf möchte ich Rücksicht nehmen.

Kamaya deutet meinen Gesichtsausdruck falsch. »Ich sehe Ihnen an, Nora, dass das eine gute Geschichte ist.«

Äh, nein, eigentlich nicht!

Derek legt die Hand auf mein Knie. »Das ist privat. Nächste Frage.« Er sagt das mit so viel Autorität und so viel Fürsorge, dass ich Gänsehaut bekomme.

»Kein Problem.« Kamaya lächelt verständnisvoll. Sie ist nicht der Typ, der aufdringlich nachhakt, sie macht nur ihren Job und interessiert sich für Einzelheiten. »Was ist mit den Jahren, in denen Sie beide nicht zusammen waren? Derek, wie wir natürlich alle wissen, hat viel gedatet, aber Nora, wie war es bei Ihnen? Waren Sie mit jemand anderem zusammen, oder hingen Sie eher noch an Derek?«

Ich spüre, wie Derek erstarrt, und ich wünsche mir wirklich, ich müsste diese Frage beim ersten Mal nicht in Anwesenheit eines Fotografen und einer Journalistin beantworten. Aber wenn ich die Antwort auf diese Frage ebenfalls verweigere, wird Kamaya vielleicht misstrauisch. Außerdem finde ich es witzig, dass sie glaubt, Derek hätte mit mir Schluss gemacht. Denn natürlich müsste ein dämliches Mädchen wie ich in dieser Welt glücklich sein, sich einen Derek geangelt zu haben.

Diese Folgerung bringt etwas in mir zum Kochen, das jede Frau kennt, zu der man mal gesagt hat, sie könne sich glücklich schätzen, einen guten Mann erwischt zu haben. Als wäre das unser vorrangiges Ziel im Leben. Und kaum ist er gefunden, ist er ihr Ein und Alles, bis er sie satt hat.

Ich setze mich ein bisschen aufrechter hin. »Ich habe ab und zu gedatet, aber diese Beziehungen waren nie etwas Ernsthaftes. Vor allem, weil meine starke, alleinerziehende Mom mir schon in jungen Jahren eingebläut hat, meinen Träumen und meinen Zielen Priorität einzuräumen – egal, um was es sich handelte. Sie hat mir versichert, dass sie niemals versuchen würde, mich zurückzuhalten oder darüber zu lachen, wie hoch ich hinauswollte. Dass sie mir immer eine Stütze dabei sein würde, die nächste Sprosse der Leiter zu erklimmen, und dass ich weiterklettern sollte, außer ich fände jemanden, der mich genauso unterstützt – als gleichberechtigte Partnerin, deren Träume genauso wichtig sind wie seine.«

Derek ist unnatürlich still. Er hat aufgehört, mit dem Daumen über meinen Hals zu streichen, und mir wird schmerzhaft bewusst, dass ich mir wünsche, er würde niemals damit aufhören.

»Eine weise Frau.« Kamayas Augen funkeln. Offenbar sieht sie das genauso wie ich. »Und jetzt haben Sie ihn gefunden.«

»Wen?«, frage ich, weil ich nicht gleich begreife, wen sie meint.

»Derek«, erwidert sie lachend und deutet mit dem Kopf auf ihn. »Sie haben endlich den richtigen Mann gefunden, der Sie aufbaut, statt Sie kleinzumachen. Und Sie haben ihn geheiratet.«

Diese Frage rührt etwas tief in mir an, und mir stockt der Atem. Kamaya ist gar nicht bewusst, wie sehr sie ins Schwarze getroffen hat. Ich richte den Blick auf Derek und sehe ihn in einem neuen Licht. Vor einer Minute war ich noch in der Vergangenheit gefangen, mit einem Derek, der mich unbekümmert liebte, aber nie ganz. Er fiel in die Kategorie Männer, die meine Träume, ohne es zu wollen, als weniger wichtig betrachten. Männer, die wollen, dass ihre Bedürfnisse immer an erster Stelle stehen.

Aber mit dem Derek bin ich nicht mehr zusammen, oder? Er hat sich verändert, und ich mich ebenfalls.

Dieser Derek hat gesehen, dass meine Karriere gefährdet war, und er war bereit, alles Nötige zu tun, um sie zu retten. Der Unterschied ist nicht zu übersehen. Der Derek, mit dem ich im College zusammen war, war ein Junge. Dieser Derek ist ein Mann. Und wie es scheint, ein vertrauenswürdiger.

»Aber klar habe ich ihn geheiratet.«

Gewöhn dich nicht zu sehr daran, Nora. Es ist nur vorübergehend.

26

NORA

»Wie viele?«, fragt Derek abrupt, sobald wir halbwegs allein sind.

»Fünfhundert.« Meine Antwort kommt wie aus der Pistole geschossen. »Moment, wovon reden wir gerade?«

Sein Blick ist weiterhin über das Steuer des Boots hinweg auf den kristallklaren türkisen Ozean gerichtet, aber es ist klar, dass seine Aufmerksamkeit mir gilt, die ich neben ihm sitze.

Nachdem wir das Interview beendet hatten, sind wir zu viert in einen Mietwagen gestiegen und zu einer großen Bootsanlegestelle gefahren. Kamaya meinte, sie könnten großartige Fotos von Derek und mir machen, wie wir mit einem der örtlichen Führer ein Schnorchelabenteuer an einem Korallenriff erleben. Ich fand die Vorstellung ebenfalls gut. Eine Superidee, als ich noch dachte, ein Korallenriff wäre etwas, wohin man vom Strand aus laufen könne. Ich bin mir nicht ganz sicher, wieso ich das geglaubt habe, aber es war jedenfalls so. Jetzt allerdings, nachdem ich mich in eine sperrige Rettungsweste gezwängt habe, habe ich rasch begriffen, dass wir nicht hinlaufen können – wir fahren in einem Boot über das aufgewühlte Wasser, und ich hoffe, hier nicht den Tod zu finden.

Derek sieht mich durchdringend an. »Mit wie vielen Männern warst du nach mir zusammen?«

Ich klammere mich an der Reling fest. »Wie bitte? Schnüffelalarm. Ich glaube nicht, dass dich das was angeht.«

»Ich frage trotzdem. Ich will es wissen.« Rasch wirft er aus dem Augenwinkel einen Blick auf Kamaya und Alec, die mit dem Kapitän (Fahrer?) des Boots reden. Ich weiß nicht, wie ich den Mann nennen soll, der vielleicht Anfang zwanzig ist und uns gleich in einen endlosen, tobenden Ozean hinauslenken wird, obwohl er aussieht, als wäre er kaum alt genug, um ein Auto fahren zu dürfen, geschweige denn ein Wasserfahrzeug auf dem Meer. Ich bin unfair. Vermutlich ist er ein großartiger Kapitän.

Ich hasse Boote einfach so sehr. In wirklich jedem Film, in dem ein Boot vorkommt, gibt es einen Unfall, und alle ertrinken oder stranden auf einer einsamen Insel. Vermutlich hat mein Hass auch etwas mit Kontrollverlust zu tun, aber das werden wir niemals erfahren, denn als Therapie habe ich nur *The Great British Bake Off*.

Derek hakt den Finger oben an meiner Schulter in meine Schwimmweste (er selbst will seine erst im Wasser anziehen, da er nicht wie ich heillose Angst hat, über Bord zu gehen), und dreht mich zu sich herum. Er öffnet den Verschluss und zieht dann den Stoff meines Strandkleids ein wenig hoch, sodass ein paar Zentimeter meiner Bauchmitte freiliegen, die nicht von meinem Bikini abgedeckt werden.

»Hey! Was, zum Teufel, …«

»Und ich will auch wissen, was es damit auf sich hat.« Er streicht sanft über die kleine Narbe an der rechten Seite meines Bauchs, die von einer Operation vor fünf Jahren stammt.

Ich ziehe mein Strandkleid wieder hinunter und starre ihn böse an – nicht weil ich sonderlich verschämt bin oder mich unwohl fühle, sondern weil ich mich noch nicht eingecremt habe und verbrutzeln werde wie Frühstücksspeck. »Was ist in dich gefahren? Warum musst du das auf einmal alles wissen?« *Weil er spürt, was du spürst.* Eine Veränderung. Ein Erwachen.

Dereks Augen funkeln. »Weil du …« Er wirkt frustriert, als überlege er verzweifelt, wie er den Satz zu Ende bringen soll. Wieder sieht er mir in die Augen, und ich bin enttäuscht, dass er nicht ehrlich antworten wird. »Diese Woche bist du meine Frau, nicht wahr? Wichtige Dinge von dir sollte ich wissen. Also, wie viele?«

Ich stemme die Hände in die Hüften und lasse meinen Verdacht in meiner Antwort deutlich durchklingen. »Derek Pender. Du … du hast doch wohl nicht vor, den Eifersuchtszug nach Besitzergreifungsstadt zu nehmen, oder?«

»Vielleicht. Sag mir bitte einfach, wie viele, Nora. Erlöse mich aus meinem Elend.« Er sieht so starrsinnig aus. So resolut. Besitzergreifend und geschlagen gleichzeitig.

»Ich glaube nicht, dass Sie dieses Spiel spielen wollen, Sir. Vor allem nicht, wenn ich dir sage, dass es nur zwei Männer waren, verglichen mit deinen Millionen von Frauen.« Er zieht einen Flunsch, aber nicht aus dem Grund, den ich vermute. »Verdammt, Nora, zwei nur? Zwei ist viel schlimmer.«

Mir bleibt der Mund offen stehen, und dann fange ich lauthals an zu lachen. Mit einem Blick über die Schulter vergewissere ich mich, dass Kamaya und Alec noch im Gespräch mit dem Bootskapitän sind. Vorsichtshalber senke ich trotzdem die Stimme. »Auf welchem Planeten sind zwei Männer, die ich gedatet habe, schlimmer als die vielen, vielen Frauen, die du gedatet hast?« Und dann rüttle ich mich wach. »Nein, Moment mal – beides ist nicht schlimm, weil wir in jenen Jahren gar nicht zusammen waren. Du hattest das Recht zu daten, wen immer du wolltest, und ich hatte das ebenso.«

Er ignoriert meine pragmatische Aussage, tritt noch näher an mich heran und klickt die Schnallen meiner Schwimmweste wieder fest. »Zwei ist schlimmer, weil es so gezielt ist. Zwei bedeutet, du kanntest die Männer wirklich – und vermutlich kannst du dich sehr gut an sie erinnern.« Noch lässt er meine Schwimmweste nicht los. »Wie hießen sie?«

»Du musst dringend Manieren lernen.«

»*Bitte.*« Er grinst. »Bitte, *Ginger Snap,* nennst du mir die Namen der Männer, die du gedatet hast?« Ich schnappe beinahe nach Luft, als ich meinen alten Kosenamen aus seinem Mund höre. Mir wird vor Aufregung ganz flau im Magen.

Dennoch schaue ich ihn mit schief gelegtem Kopf an, weil ich bei seinem wilden Blick fast schon fürchte, er will die Namen wissen, um sie an einen Auftragskiller weiterzugeben. »Liam und Ben.«

»Nein.« Er klingt geschlagener als irgendjemand zuvor in der Geschichte. »Ben? Du warst mit einem Mann namens Ben zusammen? Was vermutlich die Kurzform von Benjamin ist. Ist das dein Ernst?« Er macht einen Schritt von mir weg, wirbelt aber gleich wieder zu mir her. »Mist … er war ein guter Mann, oder? Ein Arzt? Bens sind immer Ärzte oder Baseballspieler.«

Ich kann mir das Grinsen nicht verkneifen. Wie es scheint, finden es meine niederen Instinkte prima, dass Derek eifersüchtig ist. Sie mögen diese neue Energie zwischen uns, auch wenn sie mich gleichermaßen erschrickt. »Kinderarzt.«

Er stöhnt. »Hast du mit ihm geschlafen?«

Empört reiße ich die Augen auf. »Okay, jetzt trete ich auf die Bremse.« Theatralisch hebe ich den Fuß und lasse ihn auf eine imaginäre Bremse hinuntersinken. »Siehst du? Fuß. Bremse. Solche Fragen hast du mir nicht zu stellen.«

»Also ja. Du hast mit ihm geschlafen.« An seiner Aufgewühltheit ist nichts gespielt, er flippt tatsächlich gerade aus. Und ich infolge ebenfalls. Denn was passiert hier eigentlich gerade? »Himmel – ich habe das Bedürfnis, jemanden umzubringen, den ich nicht mal kenne.«

»Machst du dich gerade über mich lustig?«

»Mir war noch nie etwas so ernst.«

»Findest du nicht, dass du eine Doppelmoral pflegst?«

Er drängt mich an die Reling. »Bist du denn *nicht* eifersüchtig? Wirst du nicht wütend bei der Vorstellung, dass ich mit einer anderen schlafe?«, knurrt er fassungsloser, als ich ihn je erlebt habe.

Und natürlich bin ich eifersüchtig! Aber ich will nicht, dass er das weiß. Und ehrlich gesagt, will ich auch gar nicht eifersüchtig sein, weil ich weiß, dass er alles Recht der Welt hatte, zu küssen, wen immer er wollte. Und das Gleiche gilt für Sex und Verliebtheit. Ich bin gern vernünftig – aber wenn es um Derek ging, konnte ich noch nie vernünftig bleiben.

»Bin ich der Einzige, der …« Er weiß offenbar nicht, ob er den Satz beenden oder den Rest lieber für sich behalten soll. Und dann richtet sich sein Blick auf etwas hinter meiner Schulter, und er lächelt Kamaya, die auf uns zukommt, höflich an.

»Alles in Ordnung, Turteltauben? Der Kapitän ist so weit, wir können los. Wenn Sie beide während der Fahrt einfach hier stehen bleiben und auf den Ozean hinausschauen wollen, stellt sich Alec dort drüben hin« – sie deutet auf eine Stelle nicht weit entfernt – »und macht ein paar nette ungestellte Fotos von Ihnen. Klingt das gut?«

»Klingt großartig«, erwidere ich, obwohl die Vorstellung, fotografiert zu werden, während ich vor Angst, vom Boot zu fallen und auf den Grund des Ozeans zu sinken, beinahe sterbe, für mich ähnlich reizvoll klingt, wie Kaktusnadeln zu schlucken.

Der Motor springt an, und als sich das Boot über das Wasser zu bewegen beginnt, fängt auch mein Herz an zu rasen. Ich habe das Gefühl, ich müsste mich unbedingt irgendwohin setzen, aber leider gehört dieses Boot nicht zu der Variante mit Sitzplätzen. Wir stehen auf einem großen blauen Deck mit einer sehr fadenscheinigen Reling drum herum (nicht sicher), und unter Deck gibt es zwar eine kleine Kabine mit ein paar Sitzgelegenheiten, aber Alec hat sich sofort dagegen ausgesprochen, denn schließlich könne er fantastische Fotos machen, wenn wir beide unterwegs über den Bug hinweg auf das Meer schauen.

Ich wette, Alec hat nicht eingeplant, dass mein verängstigter Gesichtsausdruck ebenfalls auf dem Foto zu sehen sein wird.

»Alles okay, Nora?«, fragt Derek über das Motorengeräusch hinweg, als er mich ansieht.

»Yep!«, erwidere ich laut und fröhlich und mit einem Daumen-hoch-Zeichen, bereue aber sofort, die Reling losgelassen zu haben. Ich klammere mich wieder daran fest, als hinge mein Leben davon ab.

Derek stellt sich hinter mich, zieht mich an seinen massiven Körper, schlingt die Arme um meine Taille und hält mich fest an sich gepresst. Ich blicke nach unten und verschlucke mich beinahe, so fasziniert bin ich von seinen kräftigen Unterarmen. Männliche Unterarme. *Sportler*unterarme.

»Du hast doch nicht etwa Angst vor Booten?«, flüstert er mir ins Ohr.

»Nein«, erwidere ich rasch, und dann, als das Boot über eine kleine Welle tanzt, krächze ich wie eine Krähe: »Keine Angst. *Panik.*«

Derek legt die Arme noch fester um mich. »Du bist in Sicherheit. Ich lasse dich nicht über Bord gehen«, sagt er, und ich glaube ihm voll und ganz. Tief im Inneren weiß ich, würde dieses Boot einen Eisberg rammen und auf den Grund des Meers sinken wie die *Titanic,* würde mich Derek nicht loslassen. Und ihr könnt mir glauben, würde ich ein Stück Treibholz finden, an dem man sich festklammern könnte, würde ich zur Seite rutschen und ihn sich ebenfalls daran festhalten lassen. *Da war mehr als genug Platz, Rose!*

Ganz am Rande bekomme ich mit, dass Alec ebenfalls zum

Bug des Boots gekommen ist und die Kamera auf uns richtet – aber ich bin viel zu sehr von Dereks Hand abgelenkt, die an meiner Hüfte liegt, fast schon an meinem Oberschenkel. Sein Griff ist weder zaghaft noch zurückhaltend. Ich würde ihn ja fragen, ob das nur gespielt ist, aber … so wie er gerade zugegeben hat, auf meine vergangenen Beziehungen eifersüchtig zu sein, glaube ich das eigentlich nicht.

Ich bin mir nicht ganz sicher, was ich tue oder wieso mir das Herz schier aus der Brust springt oder ob das die schlechteste Idee der Welt ist. Aber bevor meine Feigheit die Oberhand gewinnt, sage ich über den Lärmpegel hinweg: »Derek. Du bist nicht der Einzige, der eifersüchtig ist.«

Aber er versteht mich nicht. »Du musst lauter reden! Der Motor macht zu viel Krach«, brüllt er über die Gischt hinweg.

»Du bist nicht der Einzige!«, brülle ich zurück. »Ich war eifersüchtig, seit ich dich eine Woche nach unserer Trennung vor deiner Wohnung eine andere Frau habe küssen sehen!«

Auf einmal wirbelt mich Derek zu sich herum und sieht mich besorgt an. »Du warst bei meiner …«

Doch das Boot verlangsamt die Fahrt, gerade als es auf eine Welle trifft, und das Ergebnis ist, dass Derek gegen mich geschleudert wird und mein Kopf nach vorne knallt – ihm genau ins Gesicht.

Ich schreie auf. Derek stöhnt, und als ich ihn anschaue, hält er beide Hände an die Nase. »O nein, Derek, alles okay?«, frage ich, aber als er die Hände wegnimmt, sehe ich, dass nichts okay ist. Ihm läuft Blut aus der Nase.

Derek bemerkt es im selben Moment wie ich, und ich sehe ihm an, dass er weiß, was gleich passiert. Inzwischen ist das Boot zum Stehen gekommen, und unser tapferer Kapitän kündigt über Lautsprecher an, dass wir unser Schnorchelziel erreicht haben. Aber ich höre nur *Wa, wa, wa,* weil die Welt beim Anblick von Dereks Blut zurückzuweichen beginnt.

Derek ruft meinen Namen und hechtet auf mich zu, während das Blut aus seiner Nase weiter sein Gesicht hinunter und auf sein T-Shirt läuft, und dann wird alles schwarz.

27

NORA

Es war dermaßen viel Blut auf dem Boot (auf Derek), dass sie uns ins Resort zurückgebracht haben. Ganz abgesehen davon, dass ich ohnmächtig wurde und allen einen Riesenschreck eingejagt habe. Kamaya bestand darauf zurückzufahren, damit die im Resort angestellte Krankenschwester Dereks Nase untersuchte, ob sie gebrochen war. Glücklicherweise bestand bei mir nicht die Gefahr einer Gehirnerschütterung, weil Derek mich aufgefangen hatte.

Dereks Nase und mein Kopf sind in Ordnung, aber mein Stolz ist schwer angeschlagen. Ich habe eine riesige Szene gemacht. So riesig, dass eine gesamte Tour umgeplant werden musste, nachdem ich so überraschend ihren Terminplan durchkreuzt hatte. Alle waren überwiegend nett, aber bestimmt nicht begeistert, wie es gelaufen war.

Klar, in dem Moment, in dem ich mich verletzlich zeige, knalle ich ihm so heftig gegen die Nase, dass er fast auf dem Boot verblutet, und dann werde ich wie eine dramatische Heldin des 19. Jahrhunderts, deren Korsett zu eng anliegt, ohnmächtig. Und das alles wurde mit der Kamera festgehalten. Ich möchte heulen.

Beweis, dass Nora Mackenzie (Pender) wirklich etwas Besonderes ist.

Derek ist gerade unter der Dusche (er wäscht sich sein Blut ab), und ich liege im Bett, pflege mein angekratztes Ego und frage mich, ob das ein Zeichen des Universums war, lieber den Mund zu halten. Dass das, was Derek und ich hatten, Vergangenheit ist und auch bleiben sollte. Begraben. Ohne Karten oder Xe, um die Stelle zu markieren.

Vermutlich ist das Ganze sowieso hinfällig. Derek hat gerade mal wieder erleben dürfen, wie es ist, mich zu daten.

Doch jetzt wird die Badezimmertür geöffnet, und heraus kommt in einer Wolke aus Dampf ein riesiger gebräunter Mann, der sich nur ein kleines weißes Handtuch um die Hüften geschlungen hat, und ich finde, das Universum kann eine Zitrone lutschen. Dieses Handtuch sitzt sehr locker, und es gibt da in mir eine innere Jubelabteilung, die es anfeuert, sich fallen zu lassen.

»Tut mir leid. Hatte meine Sachen vergessen.« Ich kann mir nicht verkneifen, den Haarflaum anzustarren, der sich von seinem muskulösen Bauch hinabzieht und dann im Handtuch verschwindet.

Rasch richte ich den Blick an die Decke. »Mhm. Kein Problem.«

Es ist totenstill hier drin, zu hören ist nur das Geräusch von Dereks nackten Füßen auf dem Teppich, das mich nicht vergessen lässt, dass wir hier sind und uns dieses Zimmer teilen und dass ihm Wassertropfen sinnlich den Rücken hinablaufen. O verdammt. Ich kann sogar hören, wie das Handtuch an seinen Hüften entlangstreicht. Kann hören, wie der Reißverschluss seines Koffers aufgezogen wird und dann, wie Stoff seine Beine hinaufgleitet. Seine Boxershorts? Hat er das Handtuch einfach so fallen lassen? Sollte ich hinschauen? Nein. Das wäre unhöflich.

Ich schaue nun doch ganz kurz hin und stelle fest, dass er sich bereits mit dem Rücken zu mir weitgehend angekleidet hat, zumindest trägt er eine schwarze, eng anliegende Trainingshose, aber noch kein T-Shirt. Die Bewegungen seiner Muskeln sind deutlich zu sehen, als er es sich über den Kopf zieht, gefolgt von einem Sharks-Hoodie, der so kuschelig wirkt, dass ich am liebsten mit hineinklettern würde.

Er dreht sich um und bemerkt, bevor ich wegschauen kann, dass ich ihn anstarre. Schuldbewusst lasse ich mich auf mein Kissen zurücksinken und schließe die Augen.

»Was tust du da?«, fragt er amüsiert.

Ich lasse die Augen geschlossen. »Ich schlafe. Ich bin erschöpft von dem Aderlass, den ich dir heute verpasst habe, deshalb werde ich wohl ein kleines Nickerchen machen.«

Eine Weile ist es still, doch dann spüre ich plötzlich Dereks Hand an meiner Stirn. Ich fahre hoch und reiße die Augen auf. Derek steht direkt neben dem Bett.

»Bist du krank?«, fragt er ernst.

»Ich glaube nicht.« Aber ich bin gefährlich kurz davor, loszuheulen.

»Nickerchen? So kenne ich dich gar nicht.«

Ich ziehe eine Augenbraue nach oben. »Nun … fairerweise muss man sagen, dass es da ein paar Jahre gibt, in denen du mich nicht kanntest. Vielleicht mache ich jetzt jeden Tag ein Nickerchen.«

»Tust du das?«, fragt er. Ich weigere mich wahrzunehmen, dass er die Hand nicht gleich wegzieht, sondern zärtlich die Finger über mein Haar gleiten lässt und es mir aus dem Gesicht und hinter das Ohr streicht.

Ein leichter Schauder überläuft mich. Vielleicht habe ich tatsächlich Fieber. »Nein, das habe ich nicht mehr gemacht, seit ich zwölf war. Aber … ich bin einfach müde. Das war ein Hammermonat, und ich komme mir wie eine dumme Gans vor, weil ich auf dem Boot ohnmächtig geworden bin und … ich glaube … ich glaube, ich muss einfach ein bisschen schlafen.« Meine Stimme zittert.

Keine Witze. Keine Munterkeit diesmal. Nur Ehrlichkeit, weil mich gerade alles einholt und sich die Müdigkeit tief in meinen Körper gefressen hat. Ich brauche einen Neustart, damit mir, wenn ich aufwache, nicht mehr alles so peinlich ist und ich nicht überwältigt von Gefühlen für Derek bin. Ich muss mich in den Griff bekommen, bevor ich zu viel in seine Aussage, er sei eifersüchtig, hineininterpretiere. In seine leichten Berührungen. In die Möglichkeit, dass er es vielleicht noch mal mit mir würde versuchen wollen, wo das doch wirklich eine ganz schlechte Idee wäre.

Derek schaut mich ein paar Sekunden an, und einmal zuckt an seinem kantigen Kinn ein Muskel. Dann geht er um das Bett herum auf seine Seite.

Ich stütze mich auf die Ellbogen und beobachte jede seiner Bewegungen. »Was tust du da?«

»Ich mache mit dir ein Nickerchen.«

Ich lache nervös. »Was? Wieso?« Das wird mir garantiert nicht zu einem Neustart verhelfen.

Er hebt die Bettdecke an und legt sich hin. »Es scheint eine gute Idee zu sein. Im Alltag zu Hause komme ich nie dazu. Also, machen wir ein Nickerchen.«

»Okayyy«, erwidere ich skeptisch und lasse mich langsam auf das Kissen zurücksinken. Wieder schweigen wir, zu hören ist nur noch unser Atem und das gelegentliche Rascheln der Bettwäsche. Die Gardinen sind zurückgezogen, im Zimmer ist es warm und sonnig. Richtig angenehm.

»Das mit deiner Nase tut mir leid«, sage ich leise. »Und die Szene auch, die ich gemacht habe.«

»Wen interessiert schon eine Szene? Ich bin froh, dass du dir nicht den Kopf angeschlagen hast.«

Mir schnürt sich die Kehle zu von all den Gefühlen, die es in mir auslöst, nicht wie ein Ärgernis wahrgenommen zu werden wegen etwas, über das ich keine Kontrolle habe. Es ist befreiend.

»Weil du mich aufgefangen hast. Obwohl deine Nase geblutet hat und du Schmerzen hattest.«

Er legt den Arm hinter den Kopf. »Hör auf, mich wie einen Helden klingen zu lassen. Meine Nase ist völlig in Ordnung.« Er schnaubt leise. »Glaub mir, ich hatte schlimmere Verletzungen.«

Ich drehe mich auf die Seite, um Derek anzuschauen, und schiebe die Hand unter das Kissen. Er liegt mit geschlossenen Augen auf dem Rücken, den Arm mit dem Tattoo, das ich auch jetzt nicht erkennen kann, oberhalb von seinem Kopf. »Hattest du Angst? An dem Tag auf dem Spielfeld, als du dir den Knöchel gebrochen hast?«

Er zuckt ein wenig zusammen, und ich bereue, so direkt gefragt zu haben. Er dreht das Gesicht in meine Richtung und sieht mich an. »Ich hatte brutale Angst.« Er schweigt einen Moment und richtet den Blick wieder Richtung Decke. »Ich höre noch immer das Geräusch. Wie der Knochen richtig laut kracht. Ich war überzeugt, das war es für mich. Dass … ich nie wieder Football spielen und alles für mich vorbei sein würde, bevor ich dazu bereit war.«

Was ich ihm verschweige, ist, dass ich bei jenem Spiel auf der Zuschauertribüne saß. Dass ich ihn zu Boden gehen sah und dachte, ich müsste mich übergeben. Und dann diese quälenden Sekunden, als er auf einer Trage weggebracht wurde. Danach habe ich die Nachrichten auf meinem Handy immer wieder auf den neuesten Stand gebracht, um herauszufinden, was für eine Verletzung er hatte – es war die Hölle. Ich wollte für ihn da sein. Ich wollte seine Hand halten.

Und ich vermute, genau diese Erinnerung bringt mich dazu, unter der Bettdecke nach seiner Hand zu tasten. Als meine Fingerknöchel an seine stoßen, richtet er den Blick kurz auf mich, und einen Moment lang ist er wie erstarrt. Ich atme selbst kaum. Und dann legt er ganz sanft und liebevoll die Hand auf meine und verschränkt unsere Finger miteinander.

Ich schließe die Augen wieder und lasse mich von der gleißenden Hitze zwischen uns einlullen in eine tiefe Entspannung, wie ich sie nur selten erlebe.

»Nora … wir müssen über das reden, was vor der blöden Nase auf dem Boot passiert ist.«

Ich gebe, ohne die Augen zu öffnen, einen Knurrlaut von mir. »Müssen wir?« Das Adrenalin ist komplett abgebaut, und jetzt bereue ich, mich so verletzlich gemacht zu haben.

»Ja, müssen wir.« Und dann dreht er meine Hand um, sodass sie mit der Handfläche nach oben liegt, und beginnt, mit dem Daumen Linien auf die einzelnen Finger zu malen. Ich vibriere bei jeder neuen Berührung. »Bitte, sag es mir.«

Es ist … heiß. Und irgendwie auch allerliebst. Und zudem eine ganz, ganz schlechte Idee. Aber es lenkt mich von meiner Angst ab, ihm die Wahrheit zu sagen.

»Eine Woche nach unserer Trennung bin ich zu deiner Wohnung gegangen. Du kamst gerade von einem Date zurück, und es klang, als hättet ihr beide eine Menge Spaß, deshalb habe ich mich in eine Nische gedrückt.« Sein Finger bewegt sich nicht mehr, vermutlich ahnt er nach meinem Geständnis auf dem Boot, was jetzt kommt. »Und dann sah ich, wie dich diese umwerfende Frau in ihrem beeindruckend kurzen Kleid küsste. Direkt auf den Mund. Und du hast den Kuss erwidert … deshalb bin ich gegangen.«

Ich lasse die Augen weiter geschlossen. Egal, wie er mich jetzt anschaut, ich kann es nicht ertragen. Mitleidig vielleicht? Peinlich berührt? Egal, ich will es nicht sehen. Ich will einfach hier liegen und seine Finger auf meiner Haut genießen, als wäre nie etwas Schlimmes passiert.

»Wieso warst du bei meiner Wohnung?«, fragt er mit einer Stimme weicher als Samt.

Ich hole tief Luft und beschließe, dass es für die Wahrheit keinen besseren Zeitpunkt gibt als den jetzigen. »Weil ich …

dich zu sehr vermisst habe und dich sehen wollte. Ich hatte das Gefühl, einen großen Fehler gemacht zu haben, und wollte das wieder in Ordnung bringen.« Ich schweige, weil ich erneut den Schmerz spüre. »Auch wenn ich kein Recht hatte, verletzt zu sein, schließlich war ich diejenige, die mit dir Schluss gemacht hatte, hat es unglaublich wehgetan zu sehen, dass du dermaßen schnell über mich hinweg warst. Wie leicht ich zu ersetzen war.«

Er seufzt tief auf, und dann legt er den Finger auf meine Handfläche, auf die er jetzt ein Muster zu zeichnen beginnt.

»Aber dann«, fahre ich fort, »kam ich zu dem Schluss, dass es dir gut ging und du über mich hinweg warst und dass ich das ebenfalls hinbekommen sollte.«

Er schweigt so lange, dass ich schließlich neugierig die Augen öffne. Er sieht weder mitleidig noch peinlich berührt aus – es ist etwas völlig anderes. Etwas wie Erleichterung.

Erst jetzt fällt mir auf, dass das Muster, das er auf meine Handfläche zeichnet, ein Herz ist. *Wieder und wieder.* Genau wie früher.

»Du bist eine Sekunde zu früh gegangen, Nora.«

»Wieso?« Mein Herz trommelt gegen meine Rippen.

»Weil du, wenn du geblieben wärest, gesehen hättest, dass ich noch überhaupt nicht über dich hinweg war. So überhaupt nicht, dass …« Er spricht nicht weiter.

»Was, Derek?« Sag es. *Was immer es ist, sag es!*

Er stößt einen tiefen Seufzer aus. Noch immer streicht er über meine Handfläche und brandmarkt mich mit einer Form, die ihm vermutlich nicht einmal bewusst ist. »Du bist an jenem Abend nicht lange genug geblieben, um zu sehen, wie ich mich von ihr gelöst und ihr gesagt habe, dass ich sie nicht in meine Wohnung einladen kann, weil ich über unsere Trennung noch nicht hinweg bin.« Er schweigt, und mein Gehirn klammert sich verzweifelt an diese neue Information, als wäre sie ein Stück Treibholz im Ozean.

»Ich konnte das nicht«, fährt er fort. »Ich konnte dich nicht so schnell vergessen … ich habe nicht mit ihr geschlafen, Nora. Oder mit einer anderen, ganz lange Zeit nicht. Zwei Jahre, um genau zu sein. Obwohl ich versucht habe, es in den Medien so aussehen zu lassen, als ginge es mir bestens, damit sich meine Freunde und meine Familie keine Sorgen um mich machten, ging es mir gar nicht gut. Denn ohne dich war ich verloren.« Er lächelt traurig. »Du warst für mich nicht mal ansatzweise leicht zu ersetzen.«

Derek lässt die Hand zu meinem Handgelenk wandern und zieht leicht daran. Mein Körper reagiert, ohne zu zögern, und rutscht näher und näher an ihn heran. Ich weiß, ich sollte Alarmglocken klingeln hören, aber da klingelt nichts in meinem Kopf. Irgendjemand hat sie herausgerissen und tief im Sand vergraben.

Er dreht sich auf die Seite und legt die Hand an meinen unteren Rücken. Ich kuschle mich an ihn und spüre, wie in meinem Inneren Hitze aufsteigt und sich nach außen ausbreitet. Ich schließe die Augen, als ich seinen Atem an meinem Hals spüre und das Duschgel auf seiner Haut rieche, und bevor ich mich bremsen kann, habe ich das Bein über seinen Oberschenkel gelegt. Er drängt die Hüften an mich heran, und ich unterdrücke ein Stöhnen. Dann senkt er den Kopf und küsst unglaublich sanft und geduldig meinen Hals, aber seine Hand gleitet weiter nach unten und drückt zärtlich meinen Hintern. Ich weiß nicht, wie mir geschieht, und es ist mir auch egal, denn Dereks Hand ist …

Es wird kräftig an die Tür geklopft, und als würde man uns gleich bei so etwas wie einem verbotenen Tango erwischen, löse ich mich so vehement von Derek, dass ich glatt aus dem Bett falle.

»Zimmerservice«, brüllt jemand durch die Tür.

Derek schaut mich schockiert an, als ich wie ein aufgeschrecktes Tier hochfahre, muss dann aber lachen. Ich nutze dieses Zwischenspiel, um freundlich zurückzurufen, dass wir heute keinen Zimmerservice brauchen, und dann gehe ich wieder zum Bett und werfe Derek, der noch immer lacht, ein Kissen an den Kopf.

Er wischt sich über die Augen. »Dein Gesichtsausdruck!«

»Hör auf!«, erwidere ich, lache aber selbst ein bisschen.

»Das war ein traumatischer Tag für mich, okay? Und das«, fahre ich fort, deute auf das Bett und meine das, was wir dort gerade getan haben, »war ein Fehler!« Denn das war es. Musste es sein. Egal, wie viel Spaß ich mit ihm habe, wie sehr ich sein Lächeln liebe und seine Fähigkeit, mich wie ein Feuerwerk zum Leuchten zu bringen, sosehr ich ihn dafür respektiere, dass er sich Zeit nimmt, mit jemandem, der ihn erkennt, ein Selfie zu machen, wie er sich um mich gekümmert hat, obwohl er mich doch eigentlich hasst, wie sehr er … Moment mal, ich verliere den Faden. Was hatte ich jetzt sagen wollen? *Ach ja, Fehler.*

Denn wenn man die ganzen Lügen und die vorgetäuschten Flitterwochen abzieht, sind wir füreinander nicht mehr als zwei Menschen, die miteinander werden arbeiten müssen, sobald sie wieder zu Hause sind. Zwei Menschen, die es sich nicht leisten können, sich aus Spaß zu küssen.

Derek ist mittlerweile ernüchtert. Sein Lachen erstirbt, und er setzt sich stirnrunzelnd auf. »Du meinst, es war ein Fehler?«

»Ja. Wir können uns in dieser Situation nicht … so küssen. Die Grenzen verschwimmen immer mehr, und das … das darf einfach nicht mehr passieren. Wenn wir allein sind.«

Er legt den Kopf schief. »Wenn wir allein sind?«, hakt er neugierig nach.

Ja, das mit dem Schlupfloch hast du richtig herausgehört, Derek.

»Ich meine … ich gehe mal davon aus, wir müssen … uns in der Öffentlichkeit im Laufe dieser Woche mal umarmen. Und ich denke, das ist in Ordnung. Aber hier« – ich lasse die Hand in einer typischen Alexa-Rose-Geste über dem Bett schweben – »keine Umarmungen. Nur reden.«

»Damit sich die Grenzen nicht verwischen.«

»Den Blick immer nur nach vorne gerichtet.«

Er starrt mich lange an, dann grinst er und nimmt die unausgesprochene Herausforderung an. *Das Spiel beginnt.*

28

NORA

»Okay, Turteltauben, wir wollen, dass Ihnen das Spaß macht, Ihnen heute nicht zu viel Zeit raubt und nicht damit endet, dass Derek Blut aus der Nase strömt und Nora ohnmächtig wird«, sagt Kamaya und lacht ein wenig. Ich muss ebenfalls lachen, denn das Peinlichkeitsgefühl hat sich längst verflüchtigt, und das ist nur noch eine gute Anekdote für Partys. »Also, wir dachten, es wäre nett, wenn wir ein paar ungestellte Fotos von Ihnen beiden machen, wie Sie sich am Strand vergnügen. Das klingt doch unkompliziert?« Kamaya, die barfuß im Sand neben dem wie immer stillen Alec steht, strahlt uns fröhlich an.

Aber nein. Das klingt nicht einfach. Und bis zu diesem Moment habe ich mir nicht erlaubt, an das Fotografiertwerden zu denken. Ich bin nicht einfach bescheiden, wenn ich sage, dass ich auf Fotos nicht gut aussehe. Sobald ich eine Kamera auf mich gerichtet spüre, vergesse ich, wie sich ein Mensch verhält. Meine Schultern werden steif, ich schwitze, und mein Lächeln wirkt eher wie das eines Raubtiers mit Tollwut. Das war schon mein ganzes Leben lang so, und ich frage mich, ob Derek das noch weiß. Meine Social-Media-Profile zeigen nur kunstvolle Fotos von meiner Hand, wie sie einen Kaffeebecher hält, oder meine Füße in kuscheligen Socken. Alle nehmen an, dass ich mysteriös und kreativ wirken möchte. Nein. Der Grund ist, dass ich, sobald eine Kamera auf mich gerichtet ist, wie ein Clown aussehe, der aus einem Spukhaus herausgesprungen kommt.

»Stellen Sie beide sich doch mal dort drüben hin, ganz unten bei den Wellen, und sehen Sie sich wieder so liebestrunken an wie gestern auf dem Boot.«

Derek und ich schauen uns verblüfft an. Wir haben uns liebestrunken angesehen? Aber wichtiger noch, mein Gehirn konzentriert sich auf: *Er* hat *mich* liebestrunken angesehen? Mehr und mehr deutet darauf hin, dass Derek Gefühle für mich hat. Und hier ist das Problem: Ich habe zweifelsohne Gefühle für ihn. Das sollte mich eigentlich nicht schockieren, denn ein Teil von mir hat nie aufgehört, Derek zu lieben. Aber es macht einen Unterschied, ob man einen Mann, den man als jüngeres Ich kannte, immer geliebt hat, oder ob man diesen Mann dann auch noch wirklich *mag*. Das ist gefährlich. Das verkompliziert möglicherweise alles.

Derek und ich gehen zum Wasser hinunter, bleiben aber stehen, als wir Kamayas Stimme hören. »Oh, äh – tut mir leid, wenn das seltsam klingt, aber …« Sie lächelt mich entschuldigend an. »Würde es Ihnen etwas ausmachen, das Strandkleid und das T-Shirt auszuziehen?«

Ach herrje.

Nicht nur habe ich mir gar keine Gedanken darüber gemacht, dass ich diese Woche fotografiert werde, ich habe mir auch keine Gedanken darüber gemacht, dass ich in meinem Bikini fotografiert werde und das Foto dann in einer Zeitschrift erscheint! Cool. Großartig. Was für ein Spaß.

»Alles klar, Captain«, erwidere ich. »Aber nur unter einer Bedingung. Ich habe hinten an den Beinen Cellulitis und innen an den Schenkeln Dehnungsstreifen …«

»Oh, machen Sie sich keine Sorgen. Das retuschieren wir alles.«

»Nein. Das meine ich nicht. Ich habe Cellulitis, und ich will *nicht,* dass das wegretuschiert wird. Wenn mein Körper in einer Zeitschrift gezeigt wird, soll es meiner sein. Ich will, dass Frauen es sehen und sich in dem Foto wiedererkennen.« Das ist noch etwas, was mich meine Mutter gelehrt hat: Liebe deinen Körper – er arbeitet hart für dich, jeden Tag deines Lebens.

»Aha«, sagt sie, und ich bin mir nicht sicher, ob sie von mir beeindruckt ist oder bereits ihr Männerteam fürchtet, vor dem sie für mich standhaft bleiben muss, wenn sie mich bis zur Unkenntlichkeit retuschieren wollen. »Das gefällt mir, Nora. So machen wir das.«

»Danke.« Ich nicke, ziehe mein Strandkleid aus und lege es in den Strandkorb. Den Hut lege ich obendrauf, und dann mache ich mein Haarband ab und lasse die Haare offen herabhängen. Ich fahre ein paarmal mit den Fingern hindurch, in der Hoffnung, dass es wie eine mühelose Strandfrisur aussieht und nicht wie ein Waschbär, der gerade aus einem Müllcontainer geklettert ist. Und dann drehe ich mich um.

Derek starrt mich an.

Das ist schon mehr als Starren. Schamlos lässt er den Blick über meinen mit einem rosa Bikini bekleideten Körper wandern. Und, ich sage es noch mal: Ich mag meinen Körper. Ich habe einen guten Körper, und ich habe Jahre gebraucht, mich damit abzufinden, dass ich mich lieben kann, auch wenn mir die Medien weismachen wollen, dass er nicht den geforderten Normen entspricht. Mir ist das inzwischen einfach egal, denn ich fühle mich wohl in meiner Haut und weigere mich, meine Tage damit zu verbringen, meinen Körper zu hassen, nur weil irgendwann mal jemand beschlossen hat, ich müsste eine ganz schmale Taille, einen ausladenden Hintern und große Brüste haben. Mein Körper ist an manchen Stellen weich und nachgiebig, an anderen flach, und für mich ist das perfekt so.

Aber so wie Derek mich gerade anschaut, fühlt es sich an, als wäre mein Körper der Standard, an dem alle anderen Körper gemessen werden sollten. Als wäre meiner sein Fahrschein zu ewiger Glückseligkeit. Als wäre ich eine Göttin – und mir wird bewusst, dass niemand meinen Körper je so zu schätzen gewusst hat wie Derek.

Garantiert wird unter seinem Blick jeder Zentimeter meines Körpers so rosa wie mein Bikini. Er hat mich nicht so anzusehen. Angeblich sind wir verheiratet, Himmel noch eins! Inzwischen sollte er wenigstens ein bisschen immun gegen mich wirken. Stattdessen sieht er aus, als würde er, wenn ich ihm noch ein bisschen näher käme, ein Stück aus mir herausbeißen.

Er zwingt sich, mir wieder ins Gesicht zu schauen, und braucht dann einen Moment, um wieder ganz in der Realität anzukommen, bevor er sein T-Shirt hinten im Nacken packt und seinen so, *so* großartigen Körper entblößt. Und jetzt bin ich diejenige, die vor Verlangen zerfließt. Ich lasse den Blick über seine kräftigen Muskeln wandern und bewundere nicht nur seine Form, sondern auch die harte Arbeit und Zielstrebigkeit, die nötig waren, um das zu erreichen. Auf seiner gebräunten Haut hat sich bereits ein glänzender Schweißfilm gebildet, der seine breiten Schultern und ausgeprägten Brustmuskeln betont. Er besteht nur aus strammen, seilartigen Muskeln, auch die schräge Muskulatur seitlich an seinem Oberkörper ist deutlich sichtbar, und …

Moment mal.

Er fährt sich mit der Hand durch das Haar, wobei die Innenseite seines Bizeps sichtbar wird. Mein Blick fällt auf das kleine schwarze Tattoo, das ich noch nie so richtig sehen konnte. Und endlich kann ich diesen kleinen Tintenklecks identifizieren, den er unter seinem Arm verbirgt. Es ist ein einzelner Buchstabe.

N.

Bei so viel Aufmerksamkeit, wie er bei mir erregt, könnte er auch ein glitzernder Neonbuchstabe sein.

Derek sieht, dass ich ihn inspiziere, aber diesmal versucht er nicht, ihn zu verbergen. »Bist du so weit?«, fragt er schließlich, lässt den Arm sinken und lenkt meine Aufmerksamkeit wieder auf sein Gesicht. Er deutet mit dem Kopf auf den Ozean.

Hinter uns höre ich Kamaya Alec zuflüstern, dass wir aussehen, als würden wir uns gleich direkt hier am Strand gegenseitig Bikini und Badehose vom Leib reißen. Derek hört es ebenfalls und lächelt mich fast schon entschuldigend an.

Unten am Wasser drehen Derek und ich uns einander zu, und in dem Moment mache ich den Fehler, einen Blick auf Alec zu werfen. Ich sehe die gefürchtete Linse auf unsere Gesichter gerichtet, und schon ist die Panik da. Ich versuche, Derek anzulächeln. Es fühlt sich gekünstelt an.

»Ähm …« Alec lässt die Kamera sinken. »Nora, könnten Sie kurz mal Ihre Arme ausschütteln?«

Ich tue es, nur hilft es nicht. Jetzt bin ich mir meiner Arme superbewusst. Ich bin eine Betty-Spaghetty-Puppe aus den Neunzigern, und meine Arme sind lange, schlaffe Nudeln.

Kamaya kommt mir zu Hilfe. »Atmen Sie einfach, und lächeln Sie, Nora, und vielleicht legen Sie die Hand an Dereks Brust, als würden Sie sich vorbeugen, um ihn zu küssen.«

Es kann durchaus sein, dass ich mich in Zeitlupe bewege, als ich die Hand hebe und sie auf Dereks nackte, muskulöse Brust lege. Ich spüre seine Wärme, und schon brenne ich lichterloh. »Das funktioniert nicht, Derek.« Ich reiße meinen Arm zurück. »Ich kann das nicht. Ich komme mir merkwürdiger vor als dieses eine Mal im *Starbucks*, als ich bestellt habe und dann erst merkte, dass während des gesamten Wortwechsels eine Tamponhülle vorne an meinem T-Shirt klebte.« Am verlegensten sah der Barista aus, der meine Bestellung aufnahm. Der arme Kerl. »Wir wissen beide, dass man von mir kein gutes Foto machen kann, selbst wenn mein Leben davon …«

Auf einmal schlingt Derek die Arme um meine Taille und

zieht mich so eng an sich, dass ich den Oberkörper nach hinten biegen muss, um ihm ins Gesicht sehen zu können. Jeder Zentimeter meines Körpers drückt gegen jeden Zentimeter von seinem, und ich bekomme keine Luft mehr. Seine Augen sind dunkel wie die Tiefen des Ozeans. »Hör auf, so viel zu denken, und amüsier dich ein bisschen mit mir, Nora.«

Ich denke, gleich küsst er mich, aber plötzlich beugt er sich noch tiefer hinunter, fasst mich unter den Knien und trägt mich ins Wasser.

»Derek!«, kreische ich und trete um mich. »Ich kann noch nicht schwimmen! Ich habe mich noch nicht mit Sonnenschutzmittel eingecremt!« Das ist nicht einmal ein Vorwand. Ich kann nicht lange ohne Schutz in der Sonne sein, sonst brauchen wir den Feuerlöscher, um die Verbrennungen aufzuhalten.

Es gelingt mir, mich ihm zu entwinden, und ich lande auf den Füßen im knöcheltiefen Wasser. Sofort renne ich los und kämpfe mich durch Wasser und Sand, um zu meiner Tasche mit der Sonnencreme zu kommen, die im Strandkorb liegt. Eigentlich laufe ich aber vor dem verrückten Glücksgefühl davon, das mich erfasst hat. Ich habe wieder … Angst. Angst, jemanden so gern zu mögen. Angst, dass sich dann tatsächlich alles zwischen uns verändert. Angst, dass ich es kaputt mache – oder dass er es kaputt macht, und egal wie, jedenfalls dass wir beide mit gebrochenem Herzen enden, wo sich meine Karriere doch gerade in die von mir gewünschte Richtung entwickelt.

Aber andererseits … *Wenn nun gar nichts Schlimmes passiert? Wenn … es einfach nur großartig wird?*

Ich werfe einen Blick über die Schulter und sehe Derek hinter mir herlaufen. Bei jedem Schritt spannen sich sämtliche seiner kräftigen Muskeln an. »Komm zurück!«, brüllt er, während ich über den Sandstrand stolpere und viel zu heftig lache, um wirklich laufen zu können.

Derek braucht gerade mal zwei Sekunden, um mich einzuholen. Er schlingt die Arme um meine Taille und bringt mich behutsam zu Fall, den er weitgehend abfängt. Lachend winde ich mich, bis wir mit dem Gesicht zueinanderliegen, er oben auf mir, wobei das meiste von seinem Gewicht auf seinen Unterarmen und Beinen ruht.

Er streicht mir das Haar aus dem Gesicht und legt die Hand dann an meinen Nacken. »Du bist schnell. Hast du mal über eine Karriere im Football nachgedacht?« Er lächelt, dass seine Grübchen sichtbar werden, und mir wird ganz schwindelig.

Nichts hieran fühlt sich gespielt an.

»Ich würde doch niemanden blamieren wollen.«

»Wie rücksichtsvoll von dir.«

Mir ist ansatzweise bewusst, dass Alec Fotos von uns macht und hinten an meinen Armen und Beinen heißer Sand klebt. Er wird noch Wochen aus meinem Haar rieseln, aber ausnahmsweise ist mir mal alles außer diesem Moment egal. Alles außer dass Derek mir in die Augen schaut – mit seinem Körper auf meinem.

Die Sandkörner verwandeln sich in Glitzer. Alles ist *magisch.*

»Wir sind in der Öffentlichkeit«, sagt er leise genug, dass nur ich es hören kann. »Darf ich dich küssen?«

Mein Magen ist in Aufruhr. »Unbedingt.«

Aber offensichtlich meinte er nicht auf den Mund, denn er senkt den Kopf und berührt mit den Lippen mein Schlüsselbein. Ich schnappe nach Luft, schockiert über die Erregung, die meinen ganzen Körper erfasst.

»Ich bin froh, dass du ihnen verboten hast, die Fotos von dir zu retuschieren.« Mit den Zähnen packt er den Träger meines Bikinis, als könne er sich kaum mehr beherrschen. »Es wäre eine Farce, irgendeinen Teil deines faszinierenden Körper weichzuzeichnen.«

Oje.

Mein Körper ist Wachs unter seinen Lippen – meine Haut

ist so sensibel. Vielleicht spielt er das alles nur für Alec, aber ich glaube es eigentlich nicht. Wie auch immer, ich zerschmelze und bin nicht mehr in der Lage, mich für irgendetwas zu interessieren, außer die Finger in seinem goldglänzenden braunen Haar zu vergraben. Ich ziehe das Knie an und stemme den Fuß in den Sand, und fast schon automatisch legt Derek die Hand außen an meinen Oberschenkel.

Alecs Kamera klickt wie wahnsinnig, und die Sonne scheint hinter Dereks Kopf so hell, dass ich die Augen schließen muss. Es ist Glückseligkeit. Pure Glückseligkeit.

»Derek. Darf ich dir eine persönliche Frage stellen?«

»Was immer du willst.« Er küsst mein anderes Schlüsselbein, was es mir schwer macht, mich auf das zu konzentrieren, was ich fragen will.

»Ist das Tattoo da auf deinem Arm der Buchstabe *N*?«

Er drückt sich weit genug hoch, dass er mich ansehen kann. Hinter uns krachen die Wellen an den Strand, und als ich in seine Augen schaue, lässt mich die Sonne fast blind werden. Seine blauen Augen machen dem Himmel Konkurrenz.

»Ja«, erwidert er nur.

Riesige Monarchfalter flattern in meinem Bauch herum.

»Und … steht das *N* für Nora?«

An seinem Kinn zuckt ein Muskel, und dann fängt er ironisch an zu grinsen. Seine Hand gleitet zu meinem Knie hoch und dann meinen Oberschenkel hinunter – ein professioneller Skiläufer auf einem heimtückischen Abhang. Er mustert meine Lippen, und ich glaube, diesen Moment und wie sich die Sonne anfühlt und sich die Wellen brechen und Derek mich so unglaublich liebevoll ansieht – diesen Moment werde ich niemals vergessen.

»Ja«, erwidert er. »Das habe ich mir für dich stechen lassen.«

Verblüfft beschreibt mich nicht einmal ansatzweise. »Aber … wann?«

Er lässt den Kopf sinken, und ich spüre seinen Atem an Hals und Ohr. »In der Woche nach unserer Trennung. Oder genauer gesagt – an dem Tag, an dem du mich vor meiner Wohnung diese Frau hast küssen sehen.«

»Warum? Vor allem, nachdem ich dich so verletzt hatte? Wieso solltest du dir meinen Anfangsbuchstaben eintätowieren lassen?«

»Weil ich, egal, wie das mit uns endete, etwas als Beweis brauchte, dass es existiert hatte.« Er sagt das ganz in der Nähe meines Munds. »Ich hatte Angst, ich könnte vergessen, was wir hatten. Mit dem Tattoo habe ich mir eingestanden, dass du mir wichtig warst und immer ein Teil von mir bleiben würdest, egal, wie viel Zeit verging.«

Ich weiß nicht, was ich sagen soll. Wie ich in Worte fassen soll, dass sich mein Herz gleichzeitig schwer und leicht anfühlt. Und er hilft mir auch nicht dabei, die Worte zu finden.

Derek lässt den Daumen von meinem Kinn zu meinem Mundwinkel hochgleiten, dann senkt er die Lippen endlich auf meine hinunter. Mein Körper seufzt auf.

Ich höre noch ein paarmal das Klicken von Alecs Kamera, dann hört es ganz auf. Alec flüstert Kamaya laut zu, dass sie uns jetzt ein bisschen Privatsphäre gönnen sollten.

Vermutlich weil es kein zärtlicher Kuss ist. Nicht wie die zufällige Berührung unserer Lippen in Dereks Küche. Kaum liegt sein Mund auf meinem, fegt es mich hinweg. In diesem Kuss liegen Jahr um Jahr voller Sehnsucht, Vermissen und Verlangen.

Ich schlinge ihm die Arme um den Hals und ziehe ihn fester auf mich, denn dort will ich ihn haben. Dort brauche ich ihn. Er legt die Hand an meinen Nacken, damit er mein Gesicht neigen und einen besseren Winkel finden kann. Als er sanft meine Unterlippe leckt und so um Erlaubnis bittet, ist es um mich geschehen. Ich öffne den Mund, seine Zunge streicht über meine, und ich werde von heißkaltem Verlangen durchströmt. Ich lasse die

Hände über seinen harten Rücken gleiten und genieße die kratzige Mischung aus Sand und Schweiß. Ich nehme seine Unterlippe zwischen die Zähne und sauge sie in den Mund. Derek stöhnt, und ich will unbedingt mehr von diesem Stöhnen hören. Ich will alles. Ich will, dass sich dieser Mann völlig auflöst und ich diejenige bin, die es auslöst.

Nur, dass ich nicht mehr bekomme, weil sich im nächsten Moment Kamaya irgendwo ganz in der Nähe räuspert. »Ähm, tut mir wirklich leid, aber ich fühle mich verpflichtet, Ihnen zu sagen, dass Sie ein bisschen mehr Aufmerksamkeit erregen, als Ihnen vermutlich lieb ist.«

Derek löst rasch den Mund von meinem und schaut zum Strand hinauf, wo tatsächlich einige Leute die Augen mit der Hand beschatten, um einen sonnengeschützten Blick auf uns zu erhaschen. »Mist. Tut mir leid, Nora. Das war …«

»Unglaublich.« Ich berühre sein Gesicht, damit er weiß, dass ich es nicht bereue.

Ich bereue nicht eine Sekunde.

29

DEREK

Ich lebe jeden Abend für diesen Moment, wenn Nora nach dem Zähneputzen aus dem Badezimmer kommt, denn dann ist sie schläfrig und entspannt, und das Lächeln, das sie mir schenkt, wenn sie mich auf der Couch sieht, ist einfach so … intim. Es ist dieser kurze Moment, wenn es sich anfühlt, als sei überhaupt keine Zeit vergangen, als wären wir noch immer zwei junge, wahnsinnig ineinander verliebte Menschen, deren ganzes Leben noch vor ihnen liegt.

Und ich weiß nicht … vielleicht sind wir noch diese Menschen.

Die Tür geht auf, und da ist sie in ihren kurzen schwarzen Schlafshorts und einem übergroßen Sweatshirt und mit diesem schläfrigen Lächeln auf den Lippen. Himmel – sie ist so umwerfend. Sexy und kurvig und sommersprossig.

Heute Morgen habe ich diese Frau geküsst – ich habe sie geküsst, und sie hat meinen Kuss erwidert. Nichts davon war gespielt. Nichts nur zum Schein. Eins weiß ich ganz sicher, Nora ist keine gute Schauspielerin und eine noch schlechtere Lügnerin … also ist das, was ich in ihren Augen gesehen und in ihrem Kuss gespürt habe, echt. Es war eins der Zeichen, nach denen ich, wie die Jungs meinten, Ausschau halten sollte, und ich habe es entdeckt.

War es vielleicht nicht der beste Ort für einen derart leidenschaftlichen Kuss? Vermutlich. Aber ich bereue es nicht im Geringsten. Wir lagen dort am Strand, in ihren Haaren war Sand, die Sonne ließ ihre Haut golden glänzen, und ich konnte nicht anders. Ich wollte sie. Will sie noch immer. Werde sie vermutlich in alle Ewigkeit wollen.

Aber nicht nur auf körperlicher Ebene. Ich möchte sie als beste Freundin, als Mensch, mit dem ich von allen am liebsten rede, als diejenige, mit der ich durch alle Höhen und Tiefen gehe. Ich will so viel mehr als nur diesen Kuss am Strand.

Die Frage ist nur, ob Nora das ebenfalls will. Denn egal, wie klar unsere Regeln formuliert sind und wie deutlich wir Grenzen setzen – nach allem Bisherigen wird es nicht einfach sein, zu einer normalen Geschäftsbeziehung zurückzukehren. Aber keine Frage, wenn es das ist, was sie will, werde ich mich darauf einlassen. Denn ich bin zu dem Ergebnis gekommen, dass ein Leben, in dem Nora nur eine platonische Freundin ist, immer noch um Welten besser ist als eins, in dem sie gar nicht mehr vorkommt.

Ich glaube, sie überdenkt zurzeit diese ganzen möglichen Konsequenzen und auch die Pros und Kontras. Denn nach dem Vorfall am Strand und der Bombe, die ich mit der Wahrheit über das *N*-Tattoo gezündet habe, kam Nora nicht zurück mit mir ins Zimmer. Sie kam zwar mit, aber nur, um sich umzuziehen und ein paar Bücher in ihre Strandtasche zu packen, und dann stammelte sie eine merkwürdige Entschuldigung, sie wolle am Strand lesen und ihr bestes abgeschaltetes Leben leben. Mit anderen Worten, sie war aus dem Gleichgewicht und ging mir aus dem Weg, um sich wieder zu fangen.

Es war gut, sich für den Tag zu trennen. Das ließ mir Zeit, mir während meines Trainings im Fitnessraum des Resorts über meine Gefühle klar zu werden. So konnte ich mir jedes einzelne Wort, das ich dort draußen gesagt hatte, noch einmal vergegenwärtigen und dann entscheiden, ob es richtig gewesen war, die Wahrheit zu sagen. Ich bereue es nicht. Eher bin ich erleichtert. Ein Teil von mir fürchtet noch immer, dass Nora die Flucht ergreift. Dass sie vielleicht sagt, sie geht Kaffee holen, und mir dann eine Nachricht schickt, dass sie stattdessen zum Flughafen gefahren ist und unser Schauspiel nicht mehr weitermachen kann. Aber selbst wenn das passiert, werde ich nicht bereuen, dass ich ihr die Wahrheit gesagt und sie so leidenschaftlich geküsst habe.

Aber es hilft, dass Nora heute Abend zurückgekommen ist. Sie kam durch die Tür, lächelte freundlich und ging dann unter die Dusche.

Und hier sind wir nun, ich mit meinem Kamillentee und beim Anblick von Nora, wie sie aus dem Badezimmer kommt, in geistig schwer verwirrtem Zustand. Doch dann zuckt sie zusammen, als sie sich umdreht, um das Licht auszumachen.

»Was ist los?« Ich setze mich auf und stelle meinen Becher ab.

»Nichts.« Sie kommt zur Couch und setzt sich an das andere Ende. *Weit weg.* Ist das ein schlechtes Zeichen? Ist sie, während sie am Strand nachgedacht hat, zu einem anderen Ergebnis gekommen als ich? »Was schauen wir uns an? *SportsCenter?* Oh, mach mal lauter.«

»Nora.«

»Derek, sei ruhig. Mir geht es gut. Alles ist bestens. Bitte, mach lauter«, wiederholt sie etwas energischer. Sie ist nicht sauer auf mich. Sie mag es einfach nicht, wenn man viel Aufhebens um sie macht. Ich weiß noch, wie ich mich mal um sie kümmern musste, als sie die Grippe hatte und ich jedes Mal, wenn ich sie zwang, ihre Medikamente zu nehmen, fürchtete, sie würde mir den Kopf abreißen. Und dass sie jetzt so heftig reagiert, verrät mir, dass ihr wirklich irgendetwas zu schaffen macht.

Mir bleibt keine andere Wahl, als das Thema fallen zu lassen, deshalb mache ich den Fernseher etwas lauter. Und natürlich, kaum habe ich das gemacht, erscheint auf einmal mein Gesicht auf dem Bildschirm. Nora und ich spannen uns beide an, weil wir instinktiv glauben, dass man über unsere geheime Heirat reden wird, aber das Thema kommt gar nicht auf. Stattdessen diskutieren die beiden Sprecher all die möglichen Fallstricke meiner Rückkehr zu den Sharks nach meiner Verletzung.

»Ich weiß nicht, Blake, glaubst du wirklich, dass sie ihn einsetzen werden? Klar, vor seiner Verletzung war Derek ein wahnsinnig guter Tight End, aber er ist jetzt dreißig, und da ist es schwieriger, nach so etwas ein Comeback zu starten. Ich meine, wie viele Spieler haben wir nach solch einer Verletzung zurückkommen und auch nur halb so gut wie vorher spielen sehen?«, fragt einer der Sprecher.

»Sehr wenige«, bestätigt der andere Moderator. »Vor allem jetzt, da wir wissen, was für einen unglaublichen Ersatz die Sharks auf ihrer Bank sitzen hatten. Collin Abbot hatte einen Wahnsinnsstart am Ende der letzten Saison, mit eindrucksvollen fünf Catches, einem Raumgewinn von hunderteinundzwanzig Yards und zwei Touchdowns.«

»Sosehr ich Pender ein vollständiges Comeback wünschen würde, für sehr wahrscheinlich halte ich es nicht.«

Der Bildschirm wird dunkel. Ich drehe den Kopf und sehe Nora die Fernbedienung hinlegen. »Du brauchst dich von diesen Witzbolden nicht verunsichern zu lassen. Collin ist ein guter Spieler« – sie grinst –, »aber du bist besser.«

Ich höre meinen Puls in meinen Ohren. »Aber sie haben recht. Für die Sportwelt bin ich allmählich alt. Abbot hat die besseren Chancen.«

»Du bist dreißig, Derek, ein munterer junger Hupfer.« Sie stupst mich mit dem Fuß an, aber ich lache nicht. Ich kann nicht, weil meine Kehle so zugeschnürt ist, dass ich kaum Luft bekomme. Wohin ich auch schaue, prophezeit mir jemand, dass ich versagen werde. Dass meine Karriere, die ich nicht nur liebe, sondern die meine Jugend und mein Erwachsenenleben bestimmt hat, vorbei ist.

Ich wende den Blick ab, doch sofort ist Nora bei mir. Sie kuschelt sich an mich und legt die Hand an mein Kinn, um meinen Kopf wieder in ihre Richtung zu drehen. »Hey. Was ist los? Was verschweigst du mir?«

Es ist nicht fair von ihr, ihre Sanftheit auf diese Weise gegen mich einzusetzen. Ein Blick in ihre Augen, eine zärtliche Berührung meiner Wange, und ich schmelze dahin. Meine ganzen wohl gehüteten Geheimnisse sprudeln aus mir heraus, als hätte ich sie nicht tief in mir vergraben. »Ich darf das nicht verlieren, Nora. Ich darf Football nicht verlieren.«

»Das wirst du auch nicht.«

»Vielleicht doch. Wir wissen beide, dass den Sharks Budgetkürzungen drohen. Ich bin das schwächste Glied mit dem zweithöchsten Gehalt. Ich könnte genauso gut eine Zielscheibe auf der Stirn haben. Und wenn ich das verliere …« Meine Stimme klingt knurrig und schroff – weil Wut einfacher für mich ist als Enttäuschung.

Verdammt, meine Augen jucken. Ich werde vor ihr nicht weinen. Vor niemandem. Deshalb versuche ich, aufzustehen und die Suite zu verlassen, um meine Gefühle wieder in den Griff zu bekommen. Aber Nora legt die Hand an meine Brust und hält mich zurück. »O nein, tu das nicht.«

»Nora, bitte lass mich g…« Sie schlingt ein Bein über meinen Schoß und setzt sich darauf. Die Hände legt sie an mein Kinn, der Blick ihrer haselnussbraunen Augen bohrt sich in meine.

»Bevor du mir nicht die Wahrheit gesagt hast, gehst du nirgendwohin. Erzähl mir von den ganzen hässlichen Gefühlen, die da in deinem Kopf herumwirbeln. Sie sehen aus, als säßen sie gerade in einem Tassen-Karussell und hätten jede Menge Spaß.«

Behutsam, als wäre es etwas Zerbrechliches, lege ich die Hand um ihr Handgelenk. Sie sitzt auf meinem Schoß und lässt mich vorsätzlich nicht aufstehen, um ihren Willen durchzusetzen. »Das ist nicht fair.«

»Wir können uns nicht immer an die Regeln halten.« Sie runzelt die Stirn. »Sag mir, was dir zu schaffen macht. *Bitte.*«

Ich wünschte, ich könnte es für mich behalten. Aber unter ihrem hypnotisierenden Blick bin ich schwach. Betrunken von ihrer Berührung. Betört von ihrem Geruch. »Ich bin Legastheniker.« Es passt, dass Nora die Erste ist, der ich es erzähle, da sie auch die Erste war, bei der ich mich jemals wirklich verstanden gefühlt habe.

Einen Moment lang wirkt sie schockiert, was aber vor allem an meinem unerwarteten Geständnis liegt. Sie fährt mit dem Daumen über meine Lippen und rutscht zur Seite. »Wie lange weißt du das schon?«

»Nicht lange. Ein paar Monate. Ich hatte einen Verdacht, deshalb habe ich mich testen lassen.«

»Und wie fühlst du dich damit?« Sie kreist mich behutsam mit Worten ein. Versucht herauszufinden, ob dies das eigentliche Problem ist oder ob noch mehr dahintersteckt.

Ich seufze und lasse ihr Handgelenk los, um mir mit der Hand über Gesicht und Haar zu streichen. »Ehrlich gesagt, hat die Diagnose meinen Alltag nicht sonderlich verändert. Ich meine, ich habe ja keinen Beruf, bei dem man viel lesen oder studieren muss, deshalb war es mehr eine emotionale Sache. Und das war … interessant.«

Sie legt die Hand an meine Brust. »Wie das?«

Ich schaue hinunter, lege die Hand auf ihre und halte sie, als wäre sie ein Geschenk. »Vermutlich habe ich mit mehr Mitgefühl auf mein jüngeres Ich zurückgeschaut und vielleicht mit ein bisschen Trauer.« Ich muss ein paarmal blinzeln. Und die Zähne zusammenbeißen. »Es ist gut zu wissen, dass es für die ganzen Schwierigkeiten einen Grund gab. Zu wissen, dass ich nicht einfach nur ein Junge war, der sich nicht genug Mühe gab, wie alle behaupteten. Zurückzuschauen und anerkennen zu können, wie hart ich gearbeitet und wie gut ich mich im Grunde geschlagen habe, wenn man bedenkt, dass ich keinerlei Unterstützung und keine Hilfsmittel hatte.« Ich schweige einen Moment und schlucke heftig. »Und an der Stelle kommt vermutlich die Traurigkeit dazu – mein Gehirn arbeitet einfach anders, und niemand hat das gemerkt. Nicht einmal meine Eltern. Auch nicht meine Lehrer. Und schon gar nicht meine Klassenkameraden, die mich jedes Mal nur ausgelacht haben, sobald ich mit Vorlesen dran war.« *Diese spezielle Erinnerung habe ich definitiv noch niemandem erzählt.* »Alle gingen einfach davon aus, dass ich mir nicht genug Mühe gab … und deshalb … wurde Football eben mein Fahrschein in eine gute Zukunft. Eine, bei der Lesen keine große Rolle spielt. Eine, bei der ich etwas aus mir machen und meine Eltern endlich stolz auf mich sein konnten.«

Ich schweige einen Moment und muss mich zweimal räuspern. Diesmal lässt Nora zu, dass ich den Blick abwende. »Aber jetzt habe ich nur Football, Nora. Alles, was ich bin und jemals war, ist ein guter Footballspieler. Und ich habe Angst, dass wenn ich das verliere – das Einzige, worin ich jemals besondere Leistungen gezeigt habe –, ich dann alles verliere. Wer bin ich ohne Football?« *Denn in meinem früheren Leben, vor Football, war ich eine einzige Enttäuschung.*

Sie widerspricht mir nicht sofort und versucht auch nicht, mich zu überzeugen, dass ich überreagiere. Ein paar Sekunden lang starrt sie mich nur an, dann legt sie den Kopf schief und sagt: »Okay. Nehmen wir mal an, du verlierst alles. Was dann?«

»Das fühlt sich nicht wie ein guter Anfang an.«

Sie stupst mich gegen die Schulter. »Beantworte einfach die Frage. Was passiert mit dir, wenn die Sharks uns morgen anrufen und uns sagen, du bist entlassen?«

Ich schüttle den Kopf. »Ich weiß es nicht. Vermutlich würde ich mich sinnlos betrinken, wenn ich ehrlich sein soll.«

»Okay, nachdem du dich betrunken und in deinem Elend gesuhlt hast und wieder nüchtern bist, was passiert dann?«

Dieses Spiel gefällt mir nicht. Ich mag nicht darüber nachdenken, was mit mir sein wird, wenn ich all das verliere. Deshalb habe ich mir auch noch nicht gestattet, mir irgendetwas zu überlegen. Die Vorstellung ist zu deprimierend. Aber Nora wird das Thema nicht fallen lassen, deshalb zwinge ich mich mitzuspielen. »Ich … ich weiß es nicht, vermutlich werden die Jungs alle bei mir zu Hause hocken und versuchen, meine Lebensgeister wieder zu wecken.«

»Du glaubst, deine Freunde reden noch mit dir, wenn du nicht mehr Teil des Teams bist?«

Sofort habe ich das Bedürfnis, meine Freunde in Schutz zu nehmen. »Ja … natürlich. Sie würden mich niemals …«

Noras Mund verzieht sich zu einem durchtriebenen Lächeln. Verdammt. Ich bin direkt in die Falle getappt. *Du wirst nicht alles verlieren.* Ihr wunderschönes hinterhältiges Lächeln jagt mir einen Schauder über den Rücken und verstärkt noch mein Verlangen nach ihr. Aber sie sitzt auf meinem Schoß, deshalb darf ich nicht daran denken, wie schön sie ist oder wie sehr ich sie in diesem Moment begehre.

»Es ist egal, wie du zu deinen Freunden gekommen bist; diese Jungs bleiben dir für den Rest deines Lebens, Derek. Und sie werden auch da sein, um dich bei deinen nächsten Schritten zu unterstützen. Vielleicht wird es nicht einfach, herauszufinden, wer du ohne die NFL bist, aber das ist okay, weil du dein Leben lang mit schwierigen Situationen fertiggeworden bist. Du bist dieser Herausforderung gewachsen. Ja – der Sport, die Menschen, der Ruhm, das alles hat dich zu dem gemacht, der du heute bist, aber das ist nicht alles, was du bist. Football war nur der Anfang. Du hast …«

Ich küsse sie.

Ich würge sie mit meinem Kuss mitten im Satz ab. Doch dann

erinnere ich mich wieder an ihre Regel, dass wir uns in Privaträumen nicht küssen, und löse die Lippen ganz schnell wieder von ihren. »Tut mir leid. Du hast gesagt, privat wird nicht geküsst, und ich …«

Sie küsst mich.

Beide schnappen wir heftig nach Luft. Sie zögert nur eine Sekunde, dann stemmt sie sich hoch, um mir die Arme um den Hals zu schlingen und besser an meinen Mund heranzukommen. Der Kuss ist zärtlich und fordernd zugleich. Ich lege die Hand an ihren Rücken, um sie näher an mich zu ziehen, aber als ich sie berühre, schreit sie auf.

Rasch nehme ich die Hand weg. »Okay, was ist los?«

Sie schüttelt den Kopf und beugt sich vor, um da weiterzumachen, wo wir aufgehört haben. »Alles in Ordnung. Küss mich.«

Aber ich lege den Kopf in den Nacken, damit sie nicht mehr an meinen Mund kommt. Und um ihr zu zeigen, wie ernst es mir ist, verschränke ich die Arme vor der Brust. »Ich küsse dich erst wieder, wenn du mir erzählt hast, warum, zum Teufel, du immer wieder vor Schmerz zusammenzuckst.«

»Gib einfach Ruhe«, fleht sie mich an.

»Nein. Du hast bei mir auch keine Ruhe gegeben. Es ist nur fair.«

Sie gibt sich geschlagen und sieht mich an, dann rutscht sie herum und dreht mir den Rücken zu. Sie greift über den Kopf hinweg nach dem Kragen ihres Sweatshirts, zieht es langsam hoch und lässt mich den unglaublich schlimmen Sonnenbrand auf ihrem Rücken sehen. Grauenhaft rot von unserem Tag am Strand.

Ich schnappe entsetzt nach Luft. »Verdammt. Nora. Es tut mir so leid.« Ich komme mir wie das letzte Arschloch vor, dass ich sie ohne Sonnenschutz ins Wasser gezerrt habe. »Ich habe nicht damit gerechnet, dass du derart schnell verbrennst.«

»Das ist nicht alles deine Schuld. Ich habe vergessen, mich noch mal einzucremen, bevor ich wieder rausgegangen bin, um nachzudenken – ich meine, um zu lesen«, korrigiert sie sich rasch und lächelt schuldbewusst. »Aber das ist okay, ich wollte schon immer wissen, wie es sich anfühlt, ein Stoppschild zu sein, und jetzt weiß ich es aus eigener Erfahrung.«

»Alles klar. Leg dich auf den Boden.«

Sie reißt die Augen auf. »Darf ich Sie daran erinnern, Mr Dermott, dass unsere Beziehung eine geschäftliche ist?«

»Häh?«

»Das ist aus *Wie klaut man eine Million* … egal.«

Manchmal ist es nicht einfach, mit Nora mitzukommen, deshalb versuche ich es gar nicht erst.

»Leg dich auf den Bauch.« Ich stelle sie auf die Beine und gehe dann ins Badezimmer und krame in meiner Kulturtasche herum.

Wenig überraschend steht Nora, als ich zurückkomme, stocksteif neben der Couch – natürlich ist sie meinem Befehl nicht gefolgt. Ich lächle, weil ich weiß, was in ihrem Kopf vorgeht. Ich halte ein Fläschchen mit Aloe vera hoch und sehe, dass sie begreift. »Oh. Aloe vera! Das ergibt schon eher Sinn. Du hast das einfach so zur Hand?«

»Ich kann nicht versprechen, dass es nicht abgelaufen ist – aber, yeah. Im Sommer verbrenne ich mir beim Training immer mindestens einmal die Unterarme. Ich habe es gern für Notfälle dabei. Damit reibe ich dir jetzt den Rücken ein.«

»Du mir?«

Ich lasse den Blick durch das Zimmer schweifen. »Außer eins deiner unbelebten Möbelstücke beschließt, zum Leben zu erwachen und zu helfen, ja.«

Sie sieht mich verunsichert an und betrachtet dann mit gerunzelter Stirn den Boden. »Hältst du das wirklich für eine gute Idee? Besonders nach allem, was …« Sie deutet mit dem Kopf auf die Couch, auf der wir gerade herumgeschmust haben. Die verwischten Grenzen machen ihr mal wieder zu schaffen.

»Ich bin mir jedenfalls ganz sicher, dass du ohne Aloe vera

weiter Schmerzen haben wirst und schlafen so gut wie unmöglich sein wird – und dann schlafe ich auch nicht, wenn ich weiß, dass du so starke Schmerzen hast. Also tu uns beiden und allen, denen wir morgen begegnen, einen Gefallen und lass mich dich mit dieser ekligen, klebrigen grünen Pampe einreiben.« Sie zögert noch immer. »Ich weiß, du magst es nicht, wenn ich das erwähne – aber … ich habe deine nackte Haut auch früher schon berührt. Und angesichts dessen, was wir sonst so getan haben, glaube ich kaum, dass es eine besondere Wirkung auf mich hat, wenn ich dich damit eincreme.«

Ihr Gesicht läuft knallrot an, und das hat nichts mit Sonnenbrand zu tun. »Okay, ja, mach es einfach. Aber mach schnell.« Sie legt sich mit dem Gesicht nach unten auf den Boden.

»Witzig, normalerweise verlangt man von mir genau das Gegenteil.«

»Ha-ha, wie witzig, Mr Sexy Spaßbold. Ich lach mich tot.« Sie wirft mir einen leicht genervten Blick über die Schulter zu. »Aloe vera bitte, wenn's recht ist.«

Ich knie mich neben sie und streiche ihr Haar zur Seite – heute Abend hat es die Farbe von Zimt. Und obwohl ich große Sprüche gemacht habe, dass ich sie auch früher schon berührt habe, zittern meine Hände, als ich ihr Sweatshirt am Saum nach oben ziehe und ihren Rücken bis zu den Schultern hinauf entblöße. Kein BH zu sehen.

Als ob Nora meine Gedanken lesen könnte, sagt sie: »Die Träger haben zu sehr auf der verbrannten Haut gerieben.«

Die Haut ist beängstigend rot. Die Ärmste wird heute Nacht garantiert auf dem Bauch schlafen müssen. Ich fühle mich schrecklich, weil ich sie dazu gebracht habe, ohne Sonnencreme ins Wasser zu gehen. Morgen früh kaufe ich ihr als Erstes im Geschenkeshop UV-Kleidung. Ich werde sie von Kopf bis Fuß mit Unmengen Sonnenschutz einreiben. Ihr beim Gehen einen Sonnenschirm über den Kopf halten.

Ich gebe ein bisschen Aloe vera in die Mitte ihres Rückens und verteile sie dann vorsichtig. Ihre Haut glüht unter dem kühlen Gel, und ich fürchte, meine schwieligen Hände sind viel zu rau für ihre seidenweiche Haut, auch wenn ich so behutsam wie möglich darüberstreiche.

Dies scheint der ungünstigste Moment zu sein, um mich von ihr angezogen zu fühlen, aber ich kann einfach nicht anders. Ich beiße die Zähne zusammen, während ich den Blick über ihre Sanduhrfigur gleiten lasse, von ihren Schulterblättern über ihre schmale Taille zu den kurvigen Hüften. Ich sehe oberhalb ihres Hosenbunds die oberste Sommersprosse, mit der meine Lieblingskonstellation auf ihrem Hintern beginnt. Wir haben früher immer gewitzelt, dass Sternebetrachten mein Lieblingshobby ist.

Als ich das Gel auch auf dem unteren Teil ihre Rückens verteile, wo die Sonne ihre Haut besonders stark verbrannt hat, streiche ich nicht nur zärtlich, sondern auch voller Verehrung darüber – über die weichen Dellen zu beiden Seiten ihrer Wirbelsäule, von denen aus ich mich wieder zu ihren Schultern hinaufmassiere. Ich sehe, wie sich auf ihren Armen Gänsehaut bildet, und dann gibt Nora plötzlich … einen Ton von sich. Einen vertrauten Laut hinten in ihrer Kehle (ein Stöhnen, wenn man so will), den sie garantiert nicht machen wollte, so wie sie sich versteift. Abrupt hebt sie den Kopf.

Ich nehme die Hände von ihrem Rücken und verharre im Fegefeuer, bis ich weiß, was ich als Nächstes tun soll.

»Ähm …« Sie schluckt. »Das Geräusch, das du gerade gehört hast, war … nur, weil ich mich gerade an etwas Wichtiges erinnert habe. Das ist alles.«

»Aha«, erwidere ich mit gerunzelter Stirn und betont ernstem Gesichtsausdruck. »Verstehe.«

»Yeah. So wie Handys Klingellaute haben, um einen an etwas zu erinnern. Na ja, und ich habe … dieses Geräusch. Mein Erinnerungsgeräusch. *Denk dran, morgen acht Gläser Wasser zu trinken, Nora.*«

Behutsam ziehe ich ihr das Sweatshirt wieder über den jetzt klebrigen Rücken. Ich kann mir das Grinsen nicht verkneifen. Freunde geben nicht solche Geräusche von sich. Und Kollegen küssen sich nicht, wie wir uns auf der Couch geküsst haben. Endlich habe ich die Antwort, nach der ich gesucht habe.

Ich lege die Hände an ihre Schultern und beuge das Gesicht zu ihrem Ohr hinunter. Mit der Nase streiche ich über ihre Wange, und sie schließt die Augen. »Ich hatte gehofft, das Geräusch würde etwas anderes bedeuten. Aber wie es aussieht, habe ich mich geirrt. Bei mir löst es eine Menge aus, wenn ich dich berühre, selbst wenn es nur mit Aloe vera ist.«

Sie schnappt heftig nach Luft, und ich würde sie am liebsten küssen, jetzt, wo meine Brust an ihrem Rücken liegt und ich den tropischen Geruch ihres Shampoos und ihre von Aloe vera triefende Haut rieche. Aber ich tue es nicht.

Ich stemme mich hoch, stehe auf, gehe ins Badezimmer, um mir die Hände zu waschen, und lasse eine völlig verblüffte Nora zurück.

Zwei Sekunden später taucht sie hinter meiner Schulter auf und sieht mich im Spiegel an. Ihre Augen funkeln, ihre Pupillen sind riesig, ihre Haut ist gerötet. »Okay, hör zu. Ich habe nachgedacht. Es wäre vielleicht an der Zeit – und das kommt jetzt ganz spontan und hat nichts mit unangebrachten Geräuschen zu tun, die irgendeine Person, deren Pronomen sie/ihre sind, kürzlich von sich gegeben hat –, aber ich glaube, wir sollten uns wieder verstärkt an unsere guten alten verlässlichen Regeln halten.«

Ich drehe mich zu ihr um, und sie rückt ein bisschen weiter weg in die Ecke des Waschtischs, und als ich um sie herum greife, um mir die Hände an dem Handtuch hinter ihr abzutrocknen, reißt sie die Augen weit auf.

»Witzig, dass du das erwähnst.« Der Adrenalinstoß, den ich

spüre, ist der gleiche wie der, bevor ich auf das Spielfeld hinauslaufe. »Das Thema wollte ich auch gerade ansprechen.«

»Dann bist du also einverstanden? Wir müssen uns wieder an die Regeln halten?«

Ich schaue ihr in die Augen. »Ich bin nicht einverstanden. Eigentlich ganz und gar nicht.«

Sie sieht mich verblüfft an. »Moment mal. Was?«

Ich lasse das Handtuch los, lehne mich an den Waschtisch und verschränke die Arme vor der Brust. »Nora, um ganz offen zu sein: Ich habe vor, im Laufe dieser Woche gegen jede einzelne unserer Regeln zu verstoßen. Wenn du das nicht willst, musst du es mir jetzt verbieten.«

Schockiert öffnet sie den Mund. Es dauert ein paar Sekunden, bis sie antwortet. »Wi… wieso?«

»Weil …« Nervös hole ich tief Luft. »Als Erstes schon mal, weil ich bereue, dass ich dich überhaupt jemals habe gehen lassen.« Wenn sie vorher schockiert aussah, dann jetzt erst recht. »Weil ich nicht davon überzeugt bin, dass das, was wir hatten, wirklich vorbei ist. Weil es sich richtig anfühlt, wenn wir uns küssen. Weil meine Welt in Ordnung ist, wenn du mich anlächelst. Und ich möchte diese Woche, in der du nicht meine Agentin bist und auch keine anderen Hindernisse im Weg stehen, dazu nutzen, um … um dich zu werben.«

Sie schüttelt leicht den Kopf und versucht mühsam, etwas herauszubringen. »Du willst … um mich werben?«

»Ja – ich werde um dich werben.«

Sie verlagert das Gewicht auf den anderen Fuß. »Nein, wirst du nicht.«

»Doch, werde ich.«

»Nein, wirst du nicht!«, erwidert sie eine Oktave höher.

»Okay, dann eben nicht.«

Ihre Schultern sacken herab, und jetzt sieht sie enttäuscht aus. »Moment mal – doch nicht?«

Ich lächle, trete zu ihr und lege die Hände an ihre Arme. »Nora. Was willst du? Willst du, dass wir es noch einmal miteinander versuchen, während wir den perfekten Vorwand haben, es auszuprobieren? Oder willst du, dass ich vergesse, jemals etwas darüber gesagt zu haben, und wir machen es, wie von dir vorgeschlagen, und halten uns noch strikter an die Regeln. Egal, was passiert, du wirst immer noch meine Agentin sein, wenn wir wieder in L.A. sind. Deine Antwort hat darauf keinen Einfluss.«

Sie sieht mir in die Augen, und zwischen uns knistert es gewaltig. Eigentlich möchte ich sie an die Wand drücken und mit dem Küssen da weitermachen, wo wir auf der Couch aufgehört haben, aber ich halte mich zurück. Mühsam. Weil ich möchte, dass sie sich das durch den Kopf gehen lassen kann. Ich will nicht, dass sie ihre Entscheidung aufgrund von gegenwärtigem Verlangen trifft – oder glaubt, *ich* würde das nur aus Begierde sagen. Mir bedeutet sie so viel mehr als das. Hat es immer schon getan.

Und nach einigen quälenden Sekunden sagt Nora auf einmal: »Ich muss einen Anruf machen.«

Sie duckt sich unter meinem Arm hindurch und rast aus dem Badezimmer und dann aus der Suite. Hinter ihr fällt die Tür mit einem Unheil verkündenden und nicht gerade ermutigenden Knall ins Schloss.

30

NORA

Fünfzehn schnelle Schritte, und ich bin draußen im Flur. Was geht hier gerade vor sich? Ich wiederhole: *Was geht hier gerade vor sich?*

Bei den Eismaschinen klappe ich zusammen. Ich halte mir den Bauch, schnappe nach Luft und fühle mich wie eine Metallklaue in einem Spielzeugautomaten – ich bekomme es nicht richtig zu fassen.

Derek will um mich werben?

Will ich das überhaupt?

In meinem Kopf dreht sich alles. Mich packt die Angst, gleichzeitig ist mir das Lächeln wie mit Permanent Marker ins Gesicht gemalt. Ich sollte mir überlegen, wie ich das ändern kann, denn das kann alles zu nichts Gutem führen. Erstens sind wir verheiratet und brauchen eine Scheidung. Wie sollten Dates dazu passen? Bleiben wir einfach verheiratet? Lassen wir uns scheiden, damit wir uns zu Dates verabreden können? Zweitens bin ich seine Agentin und will das auch bleiben. Drittens möchte ich, dass er mich nackt auszieht und …

Mist! Das gehört eigentlich nicht in die Aufzählung. Und ich bin auch gar nicht so der Typ, der sich eben mal schnell nackt ausziehen lässt. Sosehr ich mir das auch wünsche. Sobald ich meine Kleidung los bin, fordert mein kleiner monogamer Gefühlsrucksack sein Recht. Dagegen bin ich machtlos. Denn so will es das Gesetz, das meinen Körper regiert und von der süßen, kleinen, prüden Polizistin in mir überwacht wird, die ich hin und wieder gern loswerden würde.

Und deshalb muss ich meine Mom anrufen. Meine beste Freundin. Sie weiß immer Rat.

Ich wische über mein Handy, um so schnell wie möglich zum Namen meiner Mom zu kommen. Nach zweimaligem Klingeln geht sie dran. »Hallo, Süße! Wie laufen denn deine Pseudo-Flitterwochen? Ach übrigens, ich war heute früh auf Instant Gram, um nachzuschauen, ob du mir wieder so nette Tieraufnahmen geschickt hast, und was soll ich sagen – überall war dein Gesicht. Also, deins und Dereks, und fast immer am Strand beim Schmusen. Aber trotzdem. Hast du gewusst, dass ihr vital geht?«

Pam anzurufen, ist immer die richtige Entscheidung. »Mom, erstens, das heißt Instagram. Und zweitens heißt das nicht vital, sondern viral.«

Im Hintergrund ist Musik zu hören und jemand, der laut spricht.

»Kommt das von Virus? Wer hat sich denn die Bezeichnung ausgedacht?«

»Wahrscheinlich, weil es sich schnell weiterverbreitet.«

»Mir gefällt *vital* besser.« Jemand sagt zu Mom, sie soll still sein.

»Einverstanden – dann ändern wir das. Aber nein, auf Social Media war ich gar nicht unterwegs, und jetzt bin ich froh darüber.« Die Musik bei ihr wummert richtig laut. »Mom, wo bist du?«

»Im Kino, aber im Moment laufen erst die Trailer.« Sie nimmt das Handy vom Ohr, um mit jemandem zu sprechen. »Mann Gottes, es sind doch nur die Trailer. Diese Filme interessieren doch sowieso keinen, und außerdem ist meine Tochter am Apparat. Haben Sie eine Tochter? Dann wüssten Sie nämlich, wie wichtig es ist, keinen einzigen Anruf zu verpassen. Okay, okay, ich gehe ja schon.«

Ich höre ein gedämpftes Geräusch, als würde Stoff über das Handy kratzen. Dann: »Nora, bist du noch dran? Ich bin jetzt im Vorraum.«

»Ich bin noch da.« Ich lehne mich an die Wand, die mir den Rücken stärkt. Langsam lasse ich mich hinunterrutschen, bis ich auf dem Boden sitze und die Knie an- und unter mein Sweatshirt ziehe. »Was für einen Film schaust du dir an?«

»Diesen Action-Streifen, wo der Kerl sein Hemd auszieht.«

»Ach ja, der Kerl mit den Bauchmuskeln?« Ich lege das Kinn auf die Knie.

»Genau, und schöne Haare hat er auch.«

»Ach der! Ich weiß, wen du meinst.« Wir kichern beide. »Ich wünschte, ich wäre bei dir und wir könnten den Film gemeinsam anschauen.«

»Wieso, Pretzel?«, fragt sie und verwendet scherzhaft diesen lächerlichen Spitznamen. »Machen dir die Pseudo-Flitterwochen mit deinem Ex-Freund keinen Spaß?«

»Das ist genau mein Problem.« Ich jammere, wie ich es bei keinem anderen Menschen sonst tun würde. Bei ihr darf ich so unausstehlich sein, wie ich will. »Es wird allmählich kompliziert, weil sie mir zu viel Spaß machen. Und gerade jetzt ...«

Ich lasse eine längere, extrem detaillierte Schilderung der vergangenen vierundzwanzig Stunden folgen. Selbst das, was eine Tochter ihrer Mutter normalerweise nicht erzählen würde, verschweige ich nicht, denn als ich meine Mom als beste Freundin bezeichnet habe, war das kein Scherz. Zum Teil hat sich das aus einer gewissen Notwendigkeit heraus ergeben, weil ich mich entweder so sehr auf meine Arbeit konzentriere, dass für anderes kein Platz mehr ist, oder weil andere Leute mich einfach nicht ertragen. Jedenfalls bin ich letztlich auf mich allein gestellt.

Abgesehen davon hat meine Mom mir immer zugestanden, dass ich auch Fehler machen darf, und ich konnte ihr immer die Wahrheit sagen, ohne Angst haben zu müssen, dass sie das gegen mich verwendet. Wir sind im wahrsten Sinne des Wortes Freundinnen, und ihre Meinung ist für mich außerordentlich wertvoll. Deshalb bringt es mich auch ein wenig aus der Fassung, dass sie nun zu meinem Vortrag schweigt.

So still zu sein, ist gar nicht Pams Art. Inzwischen hätte sie eigentlich an die hundert Male vernehmbar nach Luft schnappen oder *Ist nicht wahr!* dazwischenrufen müssen.

Als ich mit meiner Geschichte zu Ende bin, stellt sie mir exakt eine Frage. »Nora ... Hast du genügend Besteck im Haus?«

Mir fällt die Kinnlade hinunter, und ich brauche einen Moment, um eine Antwort zu finden.

»Ob ich ...? Mom, ich habe dir gerade erzählt, dass mein Ex-Freund-Schrägstrich-Pseudo-Ehemann-Schrägstrich-Klient mir den Hof macht, und alles, was dir dazu einfällt, ist die Frage, ob ich genügend Besteck habe? Du klingst, als würdest du an ein fröhliches Familienessen denken.«

»Also Süße, ich habe ja gesehen, in welchem Zustand deine Löffel sind«, sagt sie mitfühlend, als würde diese Bemerkung alles erklären. »Diese Dinger landen schneller im Müll, als gut für sie ist, und ein paar habe ich höchstpersönlich entsorgt – deshalb mache ich mir Sorgen, dass nicht mehr genug Teile für zwei Personen vorhanden sind.«

Aus den Augenwinkeln sehe ich, dass sich eine Frau der Eismaschine und dem Wasserspender nähert. Sie hat fünf Mehrwegflaschen dabei, die sie offenbar nachfüllen will, aber sie schafft es nicht, den Wasserhahn zu öffnen.

»Ich habe zwei Löffel, drei Gabeln und ein Messer«, erkläre ich meiner Mom, während ich gleichzeitig die Frau beobachte, die vor dem Wasserspender mit der Hand herumwedelt, als ließe er sich über Bewegungsmelder per interpretativem Tanz aktivieren. Eigentlich vollkommen logisch. Heutzutage scheint sich ja alles über Bewegungssensoren in Gang setzen zu lassen. Ich frage mich oft, wie viele Stunden meines Lebens ich durch Herumfuchteln vor Handtrocknern verloren habe, bis diese endlich funktionierten.

Meine Mom summt vielsagend. »Habe ich mir gedacht. Morgen fahre ich zum Laden und besorge dir Nachschub.«

Ich lache auf, als wäre sie jetzt endgültig übergeschnappt. »Mom, wieso in aller Welt willst du meinen Besteckvorrat aufstocken?«

Ich erhebe mich vom Boden, gehe zu der Frau hinüber und bitte sie mit einer Geste, mir eine ihrer Wasserflaschen zu überlassen. Sie beäugt mich misstrauisch, denn in meinem schäbigen alten Sweatshirt und den kaum existenten Winz-Shorts muss ich aussehen wie eine gescheiterte Influencerin, die gerade ihr ganzes Geld bei einem Shampoo-Schneeballsystem verloren hat und nun versucht, heimlich im Resort zu leben.

Widerwillig übergibt mir die Dame eine leere Wasserflasche. Ich halte sie unter den Spender und drücke auf das kleine Pedal am Boden, um den Wasserstrahl auszulösen. Die Dame lächelt erstaunt. Ich fühle mich wie eine erstklassige Zauberin. Grandios. Vielleicht ist ein Berufswechsel angesagt.

Meine Mutter redet weiter, während ich der Dame eine Wasserflasche nach der anderen fülle. »Weil Nora, meine einzige Tochter, gerade geheiratet hat. Und ich möchte, dass ihr neuer Mann morgens mit ihr Müsli essen kann, ohne sich in den Mund zu schneiden.«

»Aber Mom – im Moment ist unsere Ehe ein Fake. F. A. K. E. Das verstehst du doch, oder?« sage ich. Dann fällt mir die Frau neben mir wieder ein, und ich hoffe, dass sie keine Ahnung hat, wer ich bin. Ich lächle sie unbeholfen an, als sie mir eine weitere Flasche reicht. Für sie bin ich keine Zauberin mehr – sie denkt, ich arbeite hier. »Wir haben noch nicht einmal darüber gesprochen, was passieren wird, wenn wir nach Hause zurückkehren. Er hat nur gesagt, dass er in diesem Urlaub um mich werben will.«

Die Dame neben mir wackelt mit den Augenbrauen und stupst mich an der Schulter an. »Das klingt lustig«, flüstert sie. Ich nicke mehrmals, denn es hat wirklich das Potenzial, eine schöne Zeit zu werden.

»Mein Schatz, ich liebe dich mit jeder Faser meines Körpers, aber ich bin sauer, weil du glaubst, dass deine Ehe nur Fake ist. Oder sogar von Anfang an alles Fake war. Und da ich zufällig mit all meiner mütterlichen Weisheit weiß, dass dem nicht so ist und dass dieser Junge bei dir übernachten wird, bevor du es merkst, möchte ich dir mehr Besteck besorgen. Keine Sorge, ich habe einen Schlüssel zu deiner Wohnung.«

»Ich mache mir aber Sorgen, Mom! Ich mache mir Sorgen darüber, wie es um deine Auffassungsgabe bestellt ist. Du hörst mir nicht zu. Das kann auf tausend verschiedene Arten schiefgehen. Und außerdem: Wo ist meine kämpferisch-feministische Mutter, die mir immer sagt, dass ich zuerst an meine Karriere denken soll?«

»Nun mache ich mir aber Sorgen um *deine* Auffassungsgabe. Hast du mir die letzten Jahre eigentlich nie zugehört? Feminismus bedeutet, Frauen aufzubauen und für unsere Rechte auf Chancengleichheit und Wahlfreiheit zu kämpfen. Wenn du dich zugunsten deiner Karriere entscheidest, werde ich dich bis zu meinem letzten Atemzug darin unterstützen. Wenn du dich für Ehe und Kinder oder eine Kombination aus beidem entscheidest, werde ich dich auch darin bis zu meinem letzten Atemzug unterstützen. Es geht nicht darum, wofür du dich entscheidest, sondern um die Wahlfreiheit. Alles, was ich mir immer gewünscht habe – und mir weiterhin auch für dich wünsche –, ist ein Partner, der dich aufbaut, so wie du, wie ich weiß, ihn aufbauen wirst, und dass du jedem den Laufpass gibst, der es wagt, es anders zu halten.«

Die Frau neben mir muss die Stimme meiner Mutter durch das Telefon hören können, denn sie schaut mich verträumt an und legt die Hand auf ihr Herz. Sie scheucht mich vom Spender weg, um ihre letzte Wasserflasche selbst aufzufüllen, und bedeutet mir, mich auf meine Mutter zu konzentrieren. *Nimm dir einen Tag frei von deinem Wasserflaschenjob,* sagen mir ihre Augen. Und das gefällt mir an der Frau. In Filmen werden wir Frauen gern als kratzbürstig dargestellt – aber wegen Momenten wie diesem weiß ich, dass das Unfug ist. Und wegen Momenten, in denen vollkommen Fremde sich auf einer Toilette zusammengetan haben, um für mich einen Tampon aufzutreiben, als mich meine erste Monatsblutung unvorbereitet traf.

»Und Nora, mein kleiner Winterkürbis, du triffst keine übereilten Entscheidungen. Hinter allem, was du tust, stehen reifliche Überlegung und vernünftige Gründe. Sogar wenn du betrunken bist. Mein Schatz, erinnere dich an letztes Jahr, als wir bei einer Weinprobe aus Versehen zu viel getrunken haben und du die pinkfarbene Couch online bestellt hast. Du hast das als harmlosen, dem Alkohol geschuldeten Missgriff abgetan, hast aber nicht bedacht, dass ich deinen Pinterest-Einträgen aufmerksam folge, und deshalb weiß ich zufällig, dass du den ganzen Monat davor schon jede Menge Fotos von solchen Couchen gepinnt hast. Du *wolltest* diese Couch haben.«

Da hat sie recht. Ich habe sie mir mehr als alles andere gewünscht.

Auf bloßen Füßen tappe ich den Flur entlang zurück zu unserer Suite, bevor mir richtig klar wird, was ich da tue. »Was willst du mir damit sagen, Pam? Dass Derek meine neue pinkfarbene Couch ist? Glaubst du, dass ich all die Jahre mein gebrochenes Herz gehätschelt und nach ihm geschmachtet habe? Ich habe mit *ihm* Schluss gemacht, weil mir meine Karriere wichtiger war, falls du das vergessen haben solltest.«

»Ich glaube, die Antworten auf diese Fragen kennst du bereits. Da brauche ich dich nicht mehr mit der Nase drauf zu stoßen.«

Wieder hat sie recht. Ich habe mein gebrochenes Herz gehätschelt. Mir war es nur zu peinlich, das meiner starken Mom gegenüber zuzugeben. Und es spielt auch keine Rolle, dass ich *ihn* abserviert habe – das Herz hat es mir trotzdem gebrochen. Der einzige Unterschied: Ich habe es mir selbst zertrümmert.

»Nora, du hast deinen Kopf immer so großartig einzusetzen gewusst. Ich habe deine Fähigkeit bewundert, stets zehn Schritte vorauszuplanen und für dich den schnellsten und sichersten Weg zum Ziel zu finden.«

»Danke. Du solltest mich mal beim Damespielen erleben.«

Meine Mom lässt sich von meinem kleinen Scherz nicht aufhalten. »Das hat für dich funktioniert, weil du die Stabilität und den Selbstschutz wirklich gebraucht hast mit einem Vater, der immer wieder aus deinem Leben verschwunden ist. Aber jetzt, mein vergötterter Liebling, stehst du auf deinen eigenen Füßen. Du weißt, wer du bist und was du von diesem Leben erwartest, und ich denke, es ist an der Zeit, zur Abwechslung mal mit deinem Herzen zu denken und deinem Verstand eine Pause zu gönnen. Und wenn dein Herz Derek will … nun, meine Zuckerschnute, dann hast du ab morgen genug Besteck, um ihn zu versorgen.«

Eine Minute lang schweige ich und lasse mir alles häppchenweise durch den Kopf gehen. Und da mir nichts einfällt, ihr auf adäquate Weise mitzuteilen, dass ich sie mehr liebe als das Meer, einen Regenbogen oder Sprite bei McDonald's, wenn ich mir den Magen verdorben habe, halte ich mich an die Fakten. »Du weißt, dass Derek in einer großen Villa wohnt, oder? Voller Löffel.«

»Aber hat diese Villa auch eine hübsche Frau und eine pinkfarbene Couch?«

Mittlerweile stehe ich vor der Tür zu unserer Suite, die ich beäuge, als wäre sie ein feuerspeiender Drache. »Ich bin von mir selbst frustriert, Mom.«

»Warum?«

»Weil du natürlich in allen Punkten recht hast. Ich habe noch Gefühle für Derek – ich liebe ihn sogar. Das war schon so, als ich mich von ihm getrennt habe. Aber damals habe ich wirklich geglaubt, mit uns würde es nicht klappen und wir könnten, wenn wir zusammenbleiben, unsere jeweiligen Träume nicht verwirklichen.« *Vielleicht habe ich geglaubt, ich müsste ihm zuvorkommen, bevor er mir das Herz bricht.* »Aber jetzt, da wir beide unsere Ziele erreicht haben, weiß ich nicht, ob ich es bedauern soll, dass ich mich damals von ihm getrennt habe, oder ob ich mich freuen soll, dass ich meine Karriere weiterverfolgt habe.«

»Ich denke, das kann beides zutreffen. Du musst dich nicht für eins entscheiden. Vielleicht war Derek immer der Richtige, nur der Zeitpunkt war falsch.« Ich kann ein Lächeln in ihrer Stimme hören, denn was sie sagt, hat etwas Tiefgründiges, und sie wird es wahrscheinlich nach unserem Gespräch als inspirierendes Zitat für Pinterest verwenden. Sie wird glatt noch zu sticken anfangen, nur damit sie es auf ein Kissen nähen kann.

»Also, ich bin ja nur deine alte Mom, aber ich würde sagen, Derek hat recht, und du solltest diese Woche mal ein bisschen locker angehen. Nutz die Zeit, ihn wieder besser kennenzulernen, und finde heraus, was du wirklich willst. Genieß es einfach.«

Bei ihren Worten fühlt sich mein Magen an, als wären ihm Flügel gewachsen und er würde sich gleich von einer Klippe stürzen. *Genieß es einfach.* Dieses Konzept ist wirklich lange überfällig.

»Möchtest du hochglanzpoliertes oder mattes Besteck?«, fragt sie schließlich.

»Matt. Danke, Mom.«

»Du kannst mich jederzeit anrufen, wenn du mich brauchst, Herzblatt. Aber warte lieber, bis der Film aus ist, die Leute dadrinnen würden perfekte Hilfssheriffs abgeben, und ich habe Angst davor, was sie mir antun würden, wenn ich erneut nicht brav bin.«

Nachdem wir noch *Ich liebe dich* ausgetauscht haben und Mom mich ermahnt hat, nur ja die Sonnencreme nicht zu vergessen (dafür ist es jetzt leider ein bisschen zu spät), beenden wir das Gespräch. Ich stecke das Handy weg und beäuge von Neuem die Tür. Ich würde sie ja sehnsüchtig berühren, müsste ich nicht fürchten, dass die Überwachungskameras meinen ängstlichen Blick aufzeichnen würden.

Bevor ich mir aber zu viele Gedanken mache, atme ich so tief ein, dass meine Lungen kurz vor dem Platzen sind, und betrete unsere Suite.

Als ich ins Zimmer stürme, sehe ich Derek am Boden sitzen und seine rechte Oberschenkelmuskulatur mit einer Faszienrolle bearbeiten. Er sieht mich fragend an.

»Also erstens, Sie befinden sich in einer äußerst skandalösen Position, Sir.«

»Es hat schon seinen Grund, warum ich diese Dehnübungen nur mache, wenn keine Kameras in der Nähe sind«, entgegnet er. »Kommt nach deinem *erstens* noch ein *zweitens?*«

»Ja«, antworte ich und nicke, wie es Nicole so perfekt beherrscht. »Lass uns gegen alle Regeln verstoßen, Derek Pender.«

31

DEREK

Ich kann nicht aufhören, Nora anzustarren. Im Moment sieht sie aus wie ein sexy Streifen Kaugummi. Ob sie diesen Vergleich attraktiv finden würde, weiß ich nicht, aber er ist es, das könnt ihr mir glauben. Oben herum trägt sie ein hellrosa Oberteil, das man angeblich Bandeau nennt, und dazu eine passende Hose. Jedenfalls sind ihre Schultern nackt, noch ein bisschen vom Sonnenbrand gerötet und übersät von süßen Sommersprossen, die von unserem Aufenthalt am Pool heute Morgen etwas dunkler geworden sind (als wir Fotos für den Artikel gemacht haben), und aus dem hohen Bund ihrer Schlupfhose lugt ein Streifen ihres Bauchs hervor.

Gut sieht sie aus.

So gut, dass ich den Drang verspürte, mich schützend vor sie zu stellen, als Alec uns vor dem Restaurant fotografierte und Leute, die mich erkannten, stehen blieben und mit dem Handy Schnappschüsse von uns machten. Ihr Körper ist zu unglaublich. Ihr Lächeln zu breit und strahlend. Am liebsten würde ich das alles verbergen, damit niemand außer mir sie sieht. *Sie gehört mir.*

Aber nein, Nora gehört ausschließlich sich selbst. Und irgendeinen Teil von ihr verbergen zu wollen, wäre ein Fehler – deshalb habe ich mich auch hinter sie gestellt und sie ins Zentrum gerückt, wo sie hingehört.

Sie hat ihren Drink an die Lippen gehoben und bekommt von der Begierde und der Besitzgier, die in mir brodeln, nichts mit.

»Wie geht es weiter, wenn du wieder nach Hause kommst, Nora?«

Sie sieht mich fragend an. »Wie weiter? Du meinst ... mit uns?«

»Ich meine bei *dir.*« Ich lege den Kopf schief. »Du hast so gut wie nichts über deine beruflichen Pläne für die Zeit nach unserer Rückkehr verlauten lassen – woraus ich schließe, dass dir die Gedanken seit Tagen durch den Kopf wirbeln und du genau darauf achtest, dass dir nicht der winzigste Hinweis herausrutscht.«

Sie lehnt sich zurück und schaut mich anerkennend an – zögerlich. »Ich wollte das Thema nicht zur Sprache bringen und das Risiko eingehen, dadurch unsere Beziehung hier zu beeinträchtigen. Wie auch immer diese Beziehung beschaffen sein mag.«

»Du glaubst, sie ist nicht stabil genug?«

Sie zuckt mit den Schultern. »Ich weiß es nicht. Es schien mir falsch zu sein, vor dir meine Träume auszubreiten, wenn deine ...« *In der Schwebe sind.* Aber das verkneift sie sich. Und jetzt sieht sie aus, als würde sie bereits bereuen, überhaupt etwas gesagt zu haben.

Ich kann sie verstehen. Es gab einmal eine Zeit, da habe ich meine Karriere unabsichtlich wichtiger genommen als ihre. Damals hätte ich es nicht ertragen, ihren Erfolg mit anzusehen, während meine Karriere ihren Höhepunkt bereits überschritten hat. Und jetzt denkt sie, diese Wahrheit würde mir den Rest geben.

Ich beuge mich vor und lächle sie an. »Es ist wegen Demetris, oder?«

Nun lächelt auch sie, überrascht. Sie beugt sich ebenfalls vor. »Was weißt du von Demetris?«

»Kommt in die Abschlussklasse der Highschool. Hat bereits mehrere Rekorde überboten. Ist der beste Sportler in der Geschichte des Schulsports.« Ich schiebe mir einen Bissen Steak in den Mund. »Er kann es weit bringen und braucht bestimmt eine tolle Agentin, um seine Ziele auch zu erreichen.«

In Noras Augen blitzt es interessiert auf. Ich könnte sie den ganzen Tag einfach nur anschauen. »Klingt tatsächlich danach.«

»Apropos tolle Agentin: Wir haben noch gar nicht über diesen Werbevertrag gesprochen, den du für mich mit Dapper an Land gezogen hast.« Ich halte kurz inne. »Das ist ja kaum zu glauben. Wie hast du geschafft, dass sie so viel Geld hinblättern?«

Ihr Grinsen – das so viele unterschätzen, weil ihre Lippen die Farbe einer Wassermelone haben – nimmt einen durchtriebenen Zug an. »Ganz einfach. Sie wollten, dass mein Top-Klient in ihrem Werbespot auftritt und dass er ihre Anzüge bei allen offiziellen Auftritten im kommenden Jahr trägt. Und dafür mussten sie blechen.«

»Schon, aber Billy konnte für ähnliche Deals nie solche Summen herausschlagen.«

»Billy ist ein Einfaltspinsel«, entgegnet sie so schnörkellos, dass ich lachen muss. »Ehrlich, Derek, ich habe mir die Hälfte deiner Verträge angeschaut, und bei allen hätten höhere Summen herausspringen müssen. Billy hätte sich mehr ins Zeug legen und härter für dich kämpfen müssen.«

Lasst euch das gesagt sein: Eines Tages wird Nora die Welt der Sportagenturen komplett beherrschen, und ich kann von Glück reden, dass ich von Anfang an ihr Klient bin.

»Zurück zu Demetris.« Ich lehne mich zurück und verschränke die Arme. »Alle sind hinter ihm her. Einschließlich Nicole. Wie willst du vorgehen?«

Sie kneift die Augen zusammen und deutet mit der Gabel auf

mich. »Das würdest du wohl gern wissen? Zu deinem Pech spreche ich mit meinem aktuellen Portfolio nicht über andere oder künftige Klienten. Also legen Sie Ihre Lupe beiseite, Sherlock.«

»Auch recht. Aber ich werde mir den Spaß erlauben, dir später das eine oder andere zu entlocken, Ginger Snap.«

Ihre Wangen nehmen die gleiche Farbe an wie ihr rosa Top, aber den Blick wendet sie nicht ab. »Die anzügliche Bemerkung lasse ich mal unkommentiert stehen. Woher weißt du überhaupt von Demetris?«

Ich zucke mit den Schultern. »Ich halte mich gern über bemerkenswerte Highschool- und Collegespieler auf dem Laufenden für den Fall, dass sie irgendwann in meinem Team landen.« Zweimal ist das schon passiert. Einer davon ist Collin Abbot, der Kerl, der mir dieses Jahr gut und gern meinen Job wegschnappen könnte. »Ich weiß, dass ältere Spieler nicht groß auf Nachwuchstalente achten, oder wenn, dann nur, um sie zu schikanieren. Mir hingegen war eine andere Herangehensweise wichtiger.«

»Und zwar?«, fragt sie.

Plötzlich fühle ich mich bloßgestellt, weil ich über mich reden soll. Das habe ich nie gern getan. Schon gar nicht, wenn es um etwas so Persönliches geht. Aber für Nora mache ich eine Ausnahme. »Ich helfe ihnen gern, sich zu integrieren, und zeige ihnen von Beginn an, wie der Hase läuft, weil man nie weiß, ob sich nicht einer unserer Stammspieler verletzt und ein Neuer plötzlich wichtiger Bestandteil des Teams wird. Außerdem … ich weiß auch nicht … Ich mache das einfach gern.«

Ich belasse es vorerst dabei und zupfe an meinen Hosenbeinen herum, nur damit meine Hände etwas zu tun haben. Aber Nora, dieser Plagegeist, sagt nichts. Sie lächelt mich nur wortlos an.

»Erzähl mir bloß nicht, dir fällt darauf nichts ein«, sage ich sarkastisch.

»Mir fällt sogar sehr viel dazu ein, aber ich habe das Gefühl, das war noch nicht alles, was du zu sagen hattest, und ich schweige still, bis ich alles gehört habe.«

Ich verdrehe die Augen und stöhne auf. Unter dem Tisch klopft ihr Fuß gegen mein Bein und löst damit Wellen aus, die sich über meine Schienbeine und Schenkel bis in meinen Bauch vorarbeiten. »Also gut. Ich habe über unsere gestrige Unterhaltung nachgedacht und mir überlegt, was passiert, sollte ich tatsächlich abserviert werden. Dann wurde mir klar, dass ich nie ganz vom Football werde lassen können, auch wenn ich kein Shark mehr sein sollte. Football ist ein wichtiger Teil von mir – aber vielleicht gibt es auch andere Mittel und Wege. Ich glaube, ich könnte ein ganz guter … Coach werden.« Ich winde mich. »Kommt dir das lächerlich vor? Ich habe keine Ahnung, ob ich so einen Job als Coach überhaupt finden würde. Es ist nur …« Ich lasse den Satz unvollendet.

»Warum sollte das nicht unglaublich supertoll sein? Ich denke, du würdest einen großartigen Coach abgeben. Und ich glaube auch, der Job könnte eine hervorragende Alternative sein, wenn du die vierzig überschreitest und beschließt, dich von den Sharks zurückzuziehen.« Ihr Lächeln ist wie ein scharfer, niedlicher Dolch. »Denn ich wette mit dir, meinem Top-Klienten …«

»Deinem einzigen Klienten!«

»… um was du willst, dass du bei deiner Rückkehr stärker bist als je zuvor. Also hör mit deinem Gequengel auf, denn ich bin eine Staragentin und weiß, wovon ich rede.« Würden nur alle so viel Zutrauen in meine Fähigkeiten haben wie sie!

Ehrlich gesagt, habe ich Angst, dass ich auf das Spielfeld laufe, dort das quälende Echo höre, wie mein Knochen in zwei Hälften bricht, und dann erstarre. Ich habe Angst, dass das vielleicht wirklich das Ende für mich bedeutet. Aber wenigstens ist diese Angst nicht mehr so sehr wie früher mit Panik verbunden. Mir bleiben auch andere Möglichkeiten …

»Okay, genug von mir geredet, kontaktierst du nun Demetris, wenn wir zurück sind?«

»Warum beschäftigt dich das so sehr?«, fragt sie und lächelt neugierig.

Ich zucke mit den Schultern. »Vermutlich, weil ich … deiner Karriere schon lange genug im Weg gestanden bin und deinen Aufstieg unterstützen möchte.«

Jetzt schaut sie mich an wie die Besucherin eines Museums, welche ein abstraktes Gemälde betrachtet und versucht, den verborgenen Sinn dahinter zu entdecken. Mit einem sanften Lächeln spießt sie mit der Gabel ein Stückchen Kartoffel auf. »Keine Sorge, ich habe alles im Griff. Und ich habe vor, Demetris einen Besuch abzustatten.«

»Gut.«

»Aber ich lasse Nicole den Vortritt.«

Ich runzle die Stirn und beuge mich wieder vor. »Und warum?«

Dieses fordernde Funkeln, das mein Inneres in Aufruhr versetzt, ist wieder in ihren Augen zu erkennen. Dieses Funkeln entgeht den meisten Leuten, weil sie sich von Noras heller Kleidung und ihrem unschuldigen Auftreten ablenken lassen. Diese Leute sind töricht. Ich war so töricht zu glauben, ich könnte um Nora kreisen wie um einen Planeten, ohne in ihr Gravitationsfeld zu geraten. *Ich gehöre ihr.*

»Weil er sich erst ihre Vorschläge anhören soll, um zu kapieren, was gefehlt hat, wenn er meine zu hören bekommt.« Dieses herrliche Selbstvertrauen. »Nicole hat mir alles beigebracht – was gleichzeitig bedeutet, dass ich ihre Schwächen in- und auswendig kenne. Und bevor du mich für einen furchtbar habgierigen Menschen hältst: Sie hat mir geraten, das gegen sie zu verwenden. Nicole liebt die Herausforderung und scheint sich über die neue Konkurrenz im Haus zu freuen.« Als sie meine Wangenmuskeln zucken sieht, vergeht ihr das Lächeln. »Was denn? Hältst du mich etwa für ein Kolleginnenschwein? Du musst verstehen, dass Nicole und ich …«

»Das habe ich gar nicht gedacht.«

»Warum hast du dann so geschaut?« Sie greift nach ihrem Glas. »Sag mir die Wahrheit. Das kann ich verkraften.«

»Okay.« Ich lege die Arme auf die Stuhllehnen, schaue ihr in die Augen und offenbare ihr all meine Gefühle. »Der Blick war Ausdruck meiner Lust, dir mit den Zähnen sämtliche Kleider vom Leib zu reißen und hier auf dem Tisch außerordentlich unanständige Dinge zu tun, wenn du so redest.«

Sie verschluckt sich am Wasser – denn, was auch immer sie als Antwort erwartet hatte, das jedenfalls nicht. Als sich ihr Husten wieder gelegt hat, schnappt sie sich die zusammengefaltete Stoffserviette, um sich den Mund abzuwischen, übersieht dabei aber, dass in der Falte eine Ecke der Speisekarte hängt, die sie nun mitreißt. Im nächsten Moment schießt die Speisekarte wie ein Frisbee quer durch die Luft, segelt auf den Tisch, der unserem am nächsten steht, und schmeißt allerlei Weingläser um.

Bevor die Bedienungen auch nur blinzeln können, ist Nora schon aufgesprungen und zu dem Tisch gestürzt. Sie schiebt die Teller zur Seite, tupft die Feuchtigkeit mit ihrer wild gewordenen Serviette auf und murmelt dazu die ganze Zeit aufrichtige Entschuldigungen. Sie ist im Restaurant so unauffällig wie ein rosa Flamingo in der Wall Street.

Eine Kellnerin kommt mit einem frischen Tischtuch herbeigeeilt und ist so verblüfft, dass Nora mithilft, dass sie ihr schweigend das Tischtuch aushändigt, als Nora darum bittet. Ich helfe nun ebenfalls mit, räume die Teller mit dem Essen beiseite, damit Nora die Weinflasche auffangen kann, die über die Tischkante zu rutschen versucht und das Chaos noch vergrößert. Keiner um uns herum scheint so recht zu wissen, was zu tun ist – außer Nora. Ihr ganzer Lebenszweck scheint im Moment zu sein, diesen Tisch im Alleingang zu retten.

»Ach du liebe Güte«, sagt der Mann am Tisch, als er den Kopf neigt und mich über ihm emporragen sieht. »Sie sind … Sie sind Derek Pender, oder?«

»Stimmt!«, ruft Nora fröhlich. »Wollen Sie seinen Ausweis sehen? Das Foto ist wirklich ausnehmend gut gelungen, um ehrlich zu sein.«

Ich werfe ihr einen missbilligenden Blick zu.

»Nein. Ich – ich glaube Ihnen ja. Ich meine nur … Wahnsinn! … Sie sind ja echt groß, Kumpel.« Dann zieht er eine Grimasse. »Tut mir leid, das kam irgendwie seltsam heraus. Ich bin ein bisschen beschwipst, weil ich nervös bin. Deswegen.« Er schaut auf den Tisch, und wir alle erblicken ein kleines rotes Samtetui am Rande des Tisches.

Nora japst erfreut. »Haben Sie sich gerade verlobt?«

»Genau«, sagt die Frau mit einem liebevollen Lächeln für ihren betrunkenen Verlobten.

Nora lässt allerlei Glückwünsche vom Stapel und macht der Frau Komplimente, wie toll sie in ihrem Kleid aussehe. Sie hat auch auf den ersten Blick erkannt, dass der Verlobungsring eine echte Antiquität darstellt, und möchte die dazugehörige Geschichte kennenlernen. Fünf Minuten später hat der Mann erzählt, dass der Ring seiner Großmutter gehörte und dass sein Großvater ihn während des Kriegs gekauft und ihn ihr mit der Post und der Bitte geschickt hatte, ihn aufzubewahren, falls er nicht zurückkommen sollte. Er kehrte aber zurück, und sie bekamen drei Kinder. Nora weint. Die Frau weint. Der Typ weint. Ich bin … ergriffen … Aber das ist alles, was ich zugebe.

»Aber Sie beide haben geheiratet, oder? Ich habe auf Social Media mitverfolgt, wie Sie heimlich durchgebrannt sind!«, sagt die Frau. »Darf ich Ihren Ring sehen? Der ist bestimmt …« In dem Moment fällt ihr Blick auf Noras Finger, und sie sieht … nichts – außer einer diskreten schwarzen Linie.

Noras Lächeln bleibt unverändert fröhlich, aber mir fällt auf, dass sie mit dem Daumen über das Tattoo streift – als würde sie die Linie nachfahren, um etwas zu fühlen. Um den Beweis zu erhalten, dass es wirklich da ist. »Wir dachten uns, ein Tattoo wäre doch eine lustige Art, dieses spontane Ereignis zu würdigen.«

Sie blickt zu mir hoch, und in diesem Licht leuchtet das Gold in ihren Augen heller als das Grün. Und obwohl sie lächelt, sehe ich, was sie von mir nicht will. Eine schauerliche Erinnerung, dass das alles nicht wirklich wahr ist. Dass unser Verhältnis, wie auch immer wir nun zueinander stehen, mit einer Lüge begann. Dass ich ihr nie einen Ring gegeben habe, weil ich sie liebe. Sondern nur, damit sie ihren Job behält. Und ja, daraus ist eine Beziehung erwachsen, aber wird sie auch Bestand haben, wenn wir in die reale Welt zurückkehren? Haben wir überhaupt eine Chance, wenn am Anfang eine Lüge steht?

Ich hebe ihre linke Hand hoch, küsse ihren eintätowierten Ring und hoffe, Nora spürt, was ich nicht aussprechen kann: *Es ist mir egal, wie es begonnen hat, für mich ist es echt.*

Inzwischen beobachtet uns fast das ganze Restaurant. Nicht nur mit den Augen – auch mit den Handys. Unsere Zeit hier ist abgelaufen.

Nachdem ich dem Paar ein Autogramm gegeben und mit ihnen ein Selfie geschossen habe, bittet Nora die Bedienung, den beiden Nachtisch und eine Flasche Wein eigener Wahl zu servieren – als Glückwunsch (und als Entschuldigung). Auch wenn sie es gar nicht darauf anlegt, befindet sich Nora im Agentinnen-Modus, und das steht ihr verdammt gut.

Als wir wieder an unserem Tisch sitzen, lächelt sie, als wäre nichts Ungewöhnliches passiert. »Ich habe mir etwas überlegt, Dere-Bear. Würdest du nach dem Erlebnis hier mit mir in einen Club gehen?«

»In einen Club?« Ich bin unschlüssig. Seit ich mich verletzt habe, habe ich nichts mehr unternommen, das auch nur entfernt an eine Party erinnert. (1) Weil mir nicht danach war. Seit ich nach der Operation aufgewacht bin, haben mich Sorgen und Stress, ob ich meine alte Stärke wohl wiedererlange, voll in Beschlag genommen. (2) Ich will in den Medien nicht als leichtfertig erscheinen. Kein Mensch möchte einem Sportler, dessen Karriere auf der Kippe steht, zusehen, wie er sich in einem Club betrinkt. (3) Weil ich so etwas nicht vermisst habe.

Diesmal liest Nora meine Gedanken. »Du kannst dich durchaus deiner Karriere widmen, Kamillentee trinken und trotzdem ein wenig Spaß haben.«

Ich halte ihr die Hand hin. »Da redet die Richtige!«

»Genau. *Du musst es ja wissen.*« Ihre rosa Lippen verziehen sich zu einem Lächeln, als sie meine Hand wegschlägt. »Komm mit. Lass uns heute Abend ein bisschen Spaß haben.« Ihre Worte sickern in meine Brust ein und fließen wie Blut durch mein Herz.

»Und welche Version von uns macht sich auf den Weg? Agentin und Klient? Mann und Frau? Freunde?«

Sie strahlt mich an. »Alle.«

32

DEREK

Nachdem wir das Restaurant verlassen hatten, ließen wir uns von einem Uber zu einem Nachtclub im Touristenviertel von Cancún fahren.

In dem Club ist es laut. Blaue und violette Laserlichter durchströmen die dunkle, verschwommene, schweißgetränkte Atmosphäre und werden von den verspiegelten Wänden reflektiert. Es ist voll, aber nicht überfüllt. Allerdings sind genügend Menschen unterwegs, dass ich Nora instinktiv um die Hüfte fasse, als wir uns einen Weg durch die Menge bahnen.

»Holen wir uns was zu trinken«, überschreit sie die Musik. Ihre Augen funkeln in der Beleuchtung, und es geht eine süchtig machende Energie von ihr aus. Seit dem College habe ich sie so nicht mehr erlebt. Alte Erinnerungen und vertraute Gefühle erwachen zu neuem Leben.

»Im Ernst?« Ich beuge mich nah zu ihrem Ohr hinunter, damit sie mich verstehen kann. »Als wir das letzte Mal zusammen etwas getrunken haben, haben wir geheiratet.«

»Ein Grund mehr, es zu wiederholen.« Ihre Augen wandern zu meinen Lippen.

Sie entwindet sich meinem Griff, geht voran und zieht mich an der Hand hinter sich her. Immer wieder schaut sie über die

Schulter zu mir zurück und grinst mich an. Ich bezweifle, dass sie weiß, wie weich meine Knie davon werden. Welche Angst ich habe, das alles könnte nur ein Traum sein, und alles rinnt mir durch die Finger, wenn ich wach werde.

Als wir zur Bar kommen, winkt sie den Barkeeper zu sich und bestellt auf Spanisch zwei Drinks. Sie beherrscht die Sprache nicht perfekt, aber der Barkeeper nickt und verspricht ihr in perfektem Englisch, dass er im Nullkommanichts mit den Drinks zurück sein wird. Ich hinterlege meine Kreditkarte für die Rechnung. Eine Minute später zählt sie drei-zwei-eins, dann kippen wir den Tequila hinunter.

Nora verzieht lächelnd das Gesicht und schlägt mit der Hand auf den Tresen. Sie besteht nur noch aus Sommersprossen und von der Sonne geröteter Haut. Sie sieht großartig aus. Eine leicht gebräunte Linie zieht sich von den Bikiniträgern zu den Schultern mit dem Sonnenbrand. Und plötzlich kann ich mich auf nichts anderes mehr konzentrieren. Wie gern würde ich diese Linie als Pfad nehmen, der mich über ihren ganzen Körper führt.

Es wäre sinnlos, mein Verlangen verbergen zu wollen. Und als sie mir direkt in die Augen schaut, räume ich alle etwaigen Zweifel beiseite. »Du siehst in dem Rosa so gut aus, ich könnte dich verschlingen.«

»Und du … bist wohl schon wieder betrunken.«

»Von wegen.«

Sie mustert mich, und die Feierlichkeit ihrer Miene steht in krassem Gegensatz zu der um uns herum tobenden Party. »Kann ich dich mal was fragen?«

»Alles. Jederzeit.«

Ihre Miene bekommt etwas Boshaftes. »Was hast du in deinem Nachttisch, Pender?«

Alles, nur das nicht. »Etwas, das mir wichtig ist – mehr möchte ich vorläufig nicht dazu sagen.«

Sie wirkt traurig, bedrängt mich aber nicht weiter. »Einverstanden. Dann versuche ich es mit etwas anderem.« Wir sitzen Seite an Seite auf Barhockern, und sie beugt sich ein wenig näher zu mir her, sodass sich unsere Schenkel aneinanderdrücken.

»Warum zwei Jahre?«, fragt sie. Da ich nicht gleich verstehe, worauf sie sich bezieht, fährt sie fort. »Du hast mir erzählt, du hättest nach unserer Trennung zwei Jahre bis zu neuen Dates gewartet. Was hat sich nach zwei Jahren geändert?«

Ich schaue kurz auf das wilde Treiben, dann wieder zu Nora. »Du bist nicht die Einzige, die etwas gesehen hat, was sie nicht hätte sehen sollen.«

Sie runzelt die Stirn.

»Ich habe dich am Flughafen gesehen.«

Sie sieht aus, als habe man ihr den Boden unter den Füßen weggezogen. »Wirklich? Warum hast du dich nicht bemerkbar gemacht?«

»Wollte ich ja, aber dann habe ich gesehen, dass du nicht allein warst.«

»Oh.«

Ich lege die Hand auf ihre und fahre mit dem Daumen über ihre Fingerknöchel. Hauptsächlich, um mich daran zu erinnern, dass sie nicht mehr mit dem Kerl vom Flughafen zusammen ist. Sie ist hier. Mit mir. In einer scheußlich-schönen Beziehung, oder wie man das bezeichnen soll.

»Ich wartete auf meinen Flug zu einem Spiel und schaute mich ein wenig um. Und da warst du.« Bei der Erinnerung, wie es war, sie nach zwei Jahren wieder zu sehen, muss ich lächeln. Mir war ganz flau im Magen, und es kam mir vor, als wären sämtliche Glühbirnen im Raum geplatzt. »Du hattest einen pinkfarbenen Rollkoffer dabei und hast Tennisschuhe, schwarze Leggings und einen weißen Hoodie getragen, auf dem *Sesame Street is my happy place* stand. Deine Haare waren damals dunkler und zu einem Pferdeschwanz gebunden. Ich weiß noch, wie du über die Schulter nach hinten gelächelt hast, und selbst aus knapp zwanzig Metern Entfernung ist mir fast das Herz stehen geblieben.«

Zwischen uns baut sich eine gewisse Spannung auf, und sie bittet mich auch nicht weiterzureden. Sie weiß bereits, was kommt. Damals war es mir nicht klar, aber sie an diesem Tag am Flughafen zu sehen, war die Strafe dafür, dass sie mit ansehen musste, wie ich eine Woche nach unserer Trennung vor meiner Wohnung eine andere Frau küsste.

»Dann kam ein Mann, nahm dich bei der Hand, und ihr beide seid zum Gate gegangen.« Ich hole tief Luft, um die Erinnerung besser zu verkraften. »Ich blieb die ganze Zeit, viel zu lange, stehen, bis ihr aus meinem Blickfeld verschwunden wart.« Was ich ihr nicht erzähle: Nathan fand mich dort und sagte, ich sähe aus, als wäre mir ein Gespenst über den Weg gelaufen. Dass er den Nagel auf den Kopf getroffen hatte, behielt ich für mich. »Aber du hast so glücklich ausgesehen mit diesem Kerl … Ben oder Liam, nehme ich an. Ich wollte da nicht hineinpfuschen, indem ich *Hi* sage. Aber dich mit ihm zu sehen, das hat mir zu der Erkenntnis geholfen, dass es an der Zeit war, dich mir endgültig aus dem Kopf zu schlagen.«

Nur, dass mir das nie so richtig gelungen ist.

Bevor ich weiterreden kann, packt mich Nora am T-Shirt und zieht mich zu sich. Sie küsst mich – verzweifelt. In diesen Kuss packt sie all ihre Gefühle. Der tiefe Bass aus den Lautsprecherboxen wummert durch unsere Körper hindurch, als wir den Kuss intensivieren. Nora rutscht von ihrem Hocker und stellt sich zwischen meine Beine. Meine Hände gleiten ihren Rücken hoch zu ihren warmen Schulterblättern. Sie neigt den Kopf, und bei diesem günstigeren Winkel fahre ich mit der Zunge durch ihren heißen Mund und verschlinge seine süße, Tequila-getränkte Verzweiflung.

Jemand rempelt mich unabsichtlich an, was mich in die Gegenwart zurückreißt. Ich knutsche mit Nora in einem Club, in aller Öffentlichkeit – und ich koste es voll aus. Als wir uns voneinander lösen, lächelt sie mich an, vielleicht ein wenig verlegen. Ich hoffe, es ist ihr nicht peinlich. Sie ist einfach perfekt.

Nora löst sich aus meinen Armen, nimmt mich bei der Hand und zieht mich von der Bar weg. »Na los, lass uns tanzen.«

Die meisten Männer, die so groß sind wie ich, tanzen nicht gern, weil es komisch aussieht und vor allem nicht zu übersehen ist. Mir ist das allerdings vollkommen egal – ich hatte immer Spaß dabei, mich auf der Tanzfläche zum Trottel zu machen. Und es ist schön, mit ihr unterwegs zu sein und mich daran zu erinnern, was für ein Glück ich hatte, sie an jenem Abend bei einer Party zu treffen.

Ich könnte nicht sagen, dass mir die vielen Partys, bei denen ich früher war, wirklich abgehen, aber jetzt, da ich in dem flackernden Licht und der durch Mark und Bein dröhnenden Musik mit Nora lache und sie zwischendurch immer wieder küsse, jetzt wird mir klar, dass ich in meinem Leben mehr solcher Abwechslungen brauche. Ich habe mich zu sehr vor Dingen verschlossen, die Spaß machen, und mich so fest wie möglich an meine Karriere geklammert. Aber nicht heute Abend – heute Abend zieht mich Nora auf die Tanzfläche und ermahnt mich zu *leben.*

Abgesehen davon: Wie blöd kann ich schon aussehen, wenn die schönste Frau der Welt eng an mich gedrängt mit mir tanzt, als würden wir für den nächsten *Dirty-Dancing*-Film trainieren?

Um uns herum sind eine Menge Leute, ich aber habe nur Augen für Nora. Noras Augen, die in der Dunkelheit funkeln. Noras Lächeln, das wie ein Lichtstrahl den Raum erleuchtet. Noras Körper, der sich an mich schmiegt.

Nachdem wir Gott weiß wie lange getanzt haben, kehren wir zur Bar zurück und bestellen uns Wasser und einen weiteren Drink. Sie nippt an ihrem Wasser. Ich gehe zur Toilette und lasse sie keine fünf Minuten allein. Aber offenbar war das schon zu lang. Als ich zurückkomme, sehe ich, wie ein lebensmüder Amerikaner Nora brutal am Oberarm packt, als sie sich von ihm abwendet.

»Jetzt spiel hier nicht die prüde Zicke! Ich rede mit dir«, schreit er über die Musik hinweg. Zu mehr kommt er nicht, denn schon packe ich ihn bei den Schultern, drehe ihn herum und stoße ihn gegen den Tresen. Er ist eindeutig ein Tourist, denn er spricht Englisch und hat diesen glasigen Blick, den man bekommt, wenn man es mit den Partys übertreibt. Um uns herum sind Schreie zu hören. Ich stehe kurz davor, ihm die Faust so oft ins Gesicht zu rammen, bis auch sein letzter Zahn auf dem Boden liegt, da hält mich Nora am erhobenen Arm fest.

»Derek! Hör auf!«, ruft sie mir im Befehlston zu, und nur ihretwegen wende ich den Blick von dem Kerl ab. Ich zittere vor Wut, und sie atmet schwer, beunruhigt von dem, was sie in meinen Augen sieht. »Schlag ihn nicht. Er ist eine Anklage wegen Körperverletzung nicht wert. Bitte, mir fehlt nichts – versprochen.«

Ich beiße die Zähne zusammen, um die Wut und das Adrenalin in mir zu bändigen. »Da bin ich anderer Meinung. Wenn er die Quittung dafür bekommt, dass er dich angefasst hat, wäre es das allemal wert.« Und das ist mein voller Ernst. Ich würde für sie ins Gefängnis gehen, wenn sie dann vor Spinnern wie dem da sicher wäre.

Sie drückt meinen Arm. »Das glaube ich dir ja. Aber ich habe dich gerade erst zurückbekommen und möchte dich nicht schon wieder verlieren, weil du ins Gefängnis musst.«

Nora lässt meinen Arm los, aber nun legen sich ihre Wort wie eine Decke um mich und hüllen mich ein.

Ich atme tief durch die Nase ein und wende mich dann wieder dem Blödmann zu, der die Augen weit aufgerissen hat und den ich noch immer mit der Faust gepackt halte. Ich rücke ihm so nah auf die Pelle, dass er sich rückwärts über den Tresen beugt. Er soll meine Zahnplomben sehen.

»Siehst du die Frau hinter mir, die du gerade ohne ihr Einverständnis angefasst und dann auch noch beschimpft hast?«, frage ich ihn mit so leiser Stimme, dass sie ihn hoffentlich bis in seine Albträume verfolgt.

Er schluckt und bringt nur mühsam seine Antwort hervor. »Ja.«

»Sie ist meine Frau. Und wenn es nach mir ginge, würdest du inzwischen schon die ganze Bar vollbluten, weil du sie gegen ihren Willen betatscht hast. Wenn ich dich jetzt loslasse, entschuldigst du dich bei ihr. Danach verschwindest du von hier. Und falls du noch einmal eine Frau so behandelst, werde ich es erfahren, und dann bist du fällig. Was genau ich dann mit dir anstelle, das sage ich aus juristischen Gründen lieber nicht. Aber ich bin sicher, deine Fantasie kann diese Leerstellen füllen.«

Ich lasse ihn los, schubse ihn noch einmal und trete dann zurück.

Es dauert ein wenig, bis er sich vom Tresen hochrappelt und wieder aufrecht steht. Er schaut die Menge an, die sich um uns herum gebildet hat, und rückt sein Hemd zurecht, indem er mit den Schultern rollt.

Ich verschränke die Arme und warte, bis er sich an Nora wendet.

»Äh … Entschuldigung für …«

»Nein!«, unterbreche ich ihn. »Schau ihr nicht ins Gesicht. Du hast es nicht verdient, sie anzusehen. Schau auf deine potthässlichen Schuhe, während du dich bei ihr entschuldigst.«

Sofort senkt er am ganzen Leib zitternd den Blick, während er seine halbherzige Entschuldigung zusammenstottert. Anschließend rennt der Feigling aus der Bar.

Ich hole tief Luft, ignoriere die gaffenden Leute – ignoriere die Handys, die in meine Richtung zeigen, und schaue zu Nora.

Ich schließe sie fest in die Arme. Am liebsten wäre ich eine menschliche Luftpolsterfolie.

»Alles okay?«, frage ich sie.

»Ja. Ich hatte mich vom Tresen entfernt, um den Leuten beim Tanzen zuzusehen. Da tauchte er wie aus dem Nichts auf und ließ mich nicht mehr in Ruhe. Ich habe ihm gesagt, dass ich nicht mit ihm tanzen will, aber er hörte nicht auf, mich zu nerven, und ließ nicht locker. Also habe ich mich weggedreht, und in dem Moment bist du gekommen.« Sie macht eine Pause, aber ich bringe vor lauter Wut noch immer kein Wort heraus. »Das hat mir Angst gemacht. Und ich habe beschlossen, mich sofort nach unserer Heimreise bei einem Selbstverteidigungskurs anzumelden. Mein Verstand ist scharf wie ein Messer, und mit einem gut getimten Klopf-Klopf-Witz hätte ich ihn töten können. Aber ich denke, vielleicht sollte ich auch lernen, jemanden gegen den Tresen zu werfen, wie du es gemacht hast. Würde nicht schaden, wenn man Alternativen hätte.«

»Ich kann jetzt nicht mit dir herumblödeln.« Ich nehme ihre Hand und lege sie mir an mein Herz, damit sie spürt, wie heftig es schlägt.

Sie drückt mir direkt oberhalb meines pochenden Herzens einen Kuss auf die Brust. Es ist mir egal, ob uns alle hier im Nachtclub beobachten. Ich lege ihr die Hände so zärtlich wie möglich an die Wangen und schaue ihr in die Augen. »Als er dich eine prüde …«

»Ist schon okay, Derek. Er ist bloß ein armseliges Würstchen und …«

»Nein, es ist nicht okay. Ganz und gar nicht, denn du bist wunderschön, einmalig, zauberhaft.« Eine Träne läuft ihr über das Gesicht, ich küsse sie ihr weg. »Komm, lass uns gehen.«

33

NORA

Der Aufzug ist so leise, dass ich fürchte, Derek könnte meinen Herzschlag hören – was allerdings nichts mit den Geschehnissen in der Bar zu tun hat.

»Hast du wirklich nichts?«, fragt er zum hundertsten Mal, seit wir den Club vor ein paar Stunden verlassen haben. Erst war ich ziemlich mitgenommen, doch dann kamen wir in unser Resort zurück, und Derek bestellte mir zur Beruhigung fünf verschiedene Appetizer und drei Nachspeisen, und wir verbrachten geschlagene zwei Stunden in der netten Bar mit Reden und Lachen. Inzwischen war meine Angst verblasst und hatte einer angenehm warmen Behaglichkeit Platz gemacht.

»Alles in Ordnung. Ich schwöre es.«

»Es ist nur …« Er schüttelt den Kopf. »Du weißt hoffentlich, dass ich für dich alles tun würde, Nora.«

»Ich weiß«, erwidere ich leise. »Und du weißt hoffentlich, dass auch ich dir einen Kerl in einer Bar vom Hals schaffen würde.«

Seine Mundwinkel verziehen sich zu einem Grinsen. »Und ob ich das weiß.«

Er lehnt an der einen Seite des Aufzugs, ich an der anderen. Selbst wenn man uns an die Stromversorgung angeschlossen hätte, hätte es zwischen uns nicht stärker knistern können. Er steht da mit verschränkten Armen, ein Fuß lässig über den anderen gekreuzt, den Kopf leicht geneigt und den Blick fest auf mich gerichtet.

Ich ahme ihn in allem nach. Und so versuchen wir, einander abzuschätzen. Wir lassen uns alle Möglichkeiten durch den Kopf gehen, uns gegenseitig das Leben zu vermiesen, wenn wir unseren Impulsen nachgeben und sich das nachträglich als Fehler herausstellen sollte. Nur war ich mir nie sicherer, dass das eben kein Fehler ist. Diesmal nicht.

Und als der Blick seiner eisblauen Augen auf mir ruht, habe ich das Gefühl, mich im freien Fall in einem Becken der Glückseligkeit zu befinden. Er lässt ihn von meinem Gesicht zu meinem Hals wandern, zu meinen Schlüsselbeinen, meinen Schultern und weiter über Brust und Bauch. Er sieht mich an, als würde er mich am liebsten verschlingen.

Und mir geht es nicht anders. So wahr mir Gott helfe.

Nun schaut er mir wieder in die Augen und wirkt keineswegs mehr, als könnte er sich noch beherrschen. Er wirkt verzweifelt.

Der Aufzug klingelt, und ein Mann kommt herein und stellt sich zwischen uns. Derek und ich rühren uns nicht von der Stelle. Der arme Kerl ist in ein gefährliches Kreuzfeuer geraten, und das spürt er auch. Ängstlich tippt er mit dem Fuß auf den Boden, während uns der Aufzug weiterbefördert. Beim nächsten Halt schießt er, kaum dass sich die Türen öffnen, auch schon hinaus und wirft einen nervösen Blick über die Schulter auf uns zurück.

Die Türen gleiten wieder zu, und ich muss grinsen.

Dereks Kieferpartie verspannt sich. »Zwei Regeln sind übrig geblieben …« Er hält inne, und ich ziehe eine Braue nach oben, um ihn zum Weiterreden zu ermutigen. Und mit einer Stimme wie schwarzer Samt fährt er fort. »Zwei Regeln, gegen die wir noch nicht verstoßen haben.«

»Nur zwei?« Ich komme mir merkwürdig erfolgreich vor, dass wir es, seit wir zusammenarbeiten, geschafft haben, gegen achtzehn von zwanzig Regeln zu verstoßen.

»Nur zwei«, bestätigt er und hält dazu noch zwei Finger hoch.

Ich weiß sofort, welche zwei noch übrig sind:

Regel Nummer drei: Keine Freundschaft.

Regel Nummer zwanzig: Kein Sex.

Er winkt mich zu sich her. »Komm.«

»Keine Chance«, sage ich und klammere mich fest an die Stange in meinem Rücken. »Komm du doch.«

»Du musst wohl immer gewinnen, was?« Dabei grinst er erfreut.

»Und du machst aus allem einen Wettbewerb.«

Mittlerweile hat der Aufzug fast unser Stockwerk erreicht. Beim Blick in Dereks Gesicht schlägt mein Herz gegen das Brustbein, als wolle es mir einige Rippen brechen.

»Na dann mal los, was sind deine Vorgaben für den Wettbewerb?«

Ich beiße mir auf die Unterlippe, und in dem Moment hält der Aufzug. Ich kann gar nicht glauben, dass wir das tun, ich kann es aber auch nicht stoppen. Nein, das stimmt nicht. Ich *will* es nicht stoppen. Seit dem Tag im College, als wir uns kennengelernt haben, übt er eine geradezu magnetische Anziehungskraft auf mich aus – darüber möchte ich gar nicht zu viel nachdenken. Heute Nacht möchte ich nur mit Derek zusammen sein. Und hoffentlich alle darauffolgenden Nächte ebenso.

Ich trete aus dem Fahrstuhl, Derek folgt mir auf dem Fuß. So marschieren wir den Flur entlang zu unserer Suite. Ich nehme alles überdeutlich wahr. Meine Haut. Wie meine Kleidung anliegt. Den Klang unserer Schritte auf dem luxuriösen Teppichboden. Meine ausgehungerte Miene in jedem Spiegel, an dem wir vorbeikommen.

»Es wird so ähnlich wie ein Frage-Antwort-Spiel«, sage ich

über die Schulter nach hinten, dann schaue ich sofort wieder nach vorne. »Kombiniert mit Strip-Poker.«

Ich spüre, wie Dereks Schritte hinter mir zögerlicher werden. Aber als wir bei der Tür sind und er die Schlüsselkarte hinhält, hat er sich bereits wieder voll im Griff. Mehr noch – sein mächtiger Körper strahlt ein Selbstvertrauen aus, als wäre er der Ursprung aller Verführungskunst. Wenn Derek in einem Punkt herausragt, dann in diesem.

Ein Wonneschauer flutet durch mich hindurch. Dieser spezielle Tanz hat nie mehr Spaß gemacht als mit dem Mann, der mir jetzt die Tür aufhält.

»Okay«, sagt er mit leiser Reibeisenstimme, nachdem er hinter uns die Tür zugedrückt hat. »Also, wenn ich eine Frage richtig beantworte, ziehst du ein Kleidungsstück aus, wenn nicht, dann ich, stimmt's?«

Ich nicke. »Wer als Erster nackt ist, hat verloren … und muss den ersten Schritt tun.«

Eine kurze Weile starrt er mich mit einem Wolfslächeln im Gesicht an. »Ich bin dabei.«

Oh! Er weiß genau, wie gut er mit dieser Andeutung eines schiefen Lächelns aussieht – da kennt er keine Gnade. Er senkt den Blick auf sein Handgelenk, löst die Armbanduhr und wirft sie auf die Couch. »Die kriegst du gratis«, sagt er in einem Tonfall, dass sich meine Schenkel verkrampfen.

Unwillkürlich beschleicht mich das Gefühl, er ist viel zu weit weg und gleichzeitig viel zu nah.

Die Oberhand habe ich schnell verloren. Bei diesen Verführungsspielchen ist er wirklich sehr viel besser als ich.

Deshalb folge ich seinem Beispiel und schleudere meine High Heels beiseite. »Da will ich mich doch gleich revanchieren.«

Er kneift die Augen leicht zusammen und grinst mich an. »Du fängst an, Ginger Snap.«

Okay, vielleicht falle ich demnächst in Ohnmacht. Mein Herz

schlägt eindeutig zu schnell. Meine Haut ist feuchtkalt. Wie bin ich bloß auf die Idee gekommen, dies könnte ganz lustig sein? Im Fahrstuhl kam es mir aufregend vor, als ich noch high vom Adrenalin aus dem Club war. Doch das ist jetzt verschwunden, und ich befinde mich in einem Zimmer mit dem Mann, der meine Sinne überwältigt. Der sexyer ist, als es ihm zusteht.

Es gibt nur noch zwei Regeln, gegen die wir nicht verstoßen haben.

Die Absicht hinter seinen Worten war unmissverständlich. Und das Ausmaß meines Einverständnisses ist ebenfalls unmissverständlich. *Heute Abend wird Nummer zwanzig pulverisiert.*

Allerdings will ich auch bei jedem Spiel gewinnen. Ich werde also nicht als Erste klein beigeben, und das heißt, ich muss so viele Kleidungsstücke anbehalten wie möglich. Ich werde bei den Antworten auf seine Fragen aus meinem Herzen keine Mördergrube machen und mir für ihn unbeantwortbare Fragen ausdenken.

»Derek«, sage ich mit höhnischem Unterton.

»Ja, Nora?« Er kommt einen Schritt näher. Zwei Meter trennen uns jetzt noch. Wir stehen in der Mitte unserer Suite, rechts von mir das riesige Fenster. Ein schöneres Bild hat es nie gegeben als den Mond, der sich über den dunklen Ozean mit den heranrauschenden Wellen senkt.

Ich denke mir eine Frage aus, die er nicht beantworten möchte, wie ich weiß. *Überlege schon mal, welches deiner wertvollen Kleidungsstücke du loswerden willst.* »Was befindet sich in deinem Nachtkästchen?«

Derek verzieht keine Miene. »Du bist wild entschlossen, das herauszufinden, was? Ich passe.«

Ein Triumphgefühl erfasst mich, bis ich Dereks Augen funkeln sehe. Er beugt sich vor und streift seine Schuhe ab.

»Nora«, sagt er, als er sich wieder aufrichtet und die Arme vor der Brust verschränkt. »Was ist deine liebste Nachspeise?«

Ich runzle die Stirn. »Die Antwort kennst du doch schon. Wieso fragst du mich nicht etwas Schwierigeres?« Ich zermartere mir das Gehirn, um dahinterzukommen, was er vorhat.

Seine Miene verrät nichts. »Du hast nichts davon gesagt, dass wir keine Fragen stellen dürfen, deren Antwort wir bereits kennen.« *Verdächtig.*

Ich kneife die Augen zusammen. »Eis mit Müsli.«

Er grinst. Allerdings kein x-beliebiges Grinsen – ein heißes, schmelzendes Grinsen voller Absichten, als er die Hemdknöpfe, einen nach dem anderen, aufreizend langsam bis hinunter zu seinem herrlichen, muskulösen Bauch aufknöpft. Dann schüttelt er das Hemd ab, und mein Herz schlägt einen Salto. Seine Schultern sind oben noch stark gebräunt von unseren Tagen am Strand. Nichts ist so sexy wie seine Stoffhose, die jetzt lose an seinen Hüften hängt und mich den Bund seiner schwarzen Boxershorts sehen lässt, der mich lockt und irgendwie die dunklen Details der Habichte mit den ausgebreiteten Flügeln auf seiner Brust verstärkt. Selbst seine Hüften sind kräftig. Ein Muskelstrang zieht sich um die Stellen, an denen die meisten Männer Rettungsringe haben, und verlängert sich weiter zum V an seinem Unterleib. Es wäre leicht, ihn wegen seines sagenhaften Körperbaus zu hassen, wenn ich nicht wüsste, wie hart er dafür arbeitet.

»Du hättest stattdessen auch die Socken ausziehen können«, sage ich. Im Geist gehe ich seine einzelnen Schritte noch einmal durch, um herauszufinden, was er vorhat.

»Hätte ich können.« Er findet das lustig. Ein durchtriebener Schwindler. »Jetzt bist du dran.«

Ich weiß noch nicht, welches Spielchen er spielt. Aber mein Gehirn möchte jetzt unbedingt die Antwort wissen, deshalb verfolge ich nun die gleiche Taktik wie er. »Na gut, Mr Smirky Pants. Was ist deine Lieblingsfarbe?«

Sollte er antworten, müsste ich ein Kleidungsstück ablegen,

was insofern riskant ist, als ich von Haus aus weniger anhabe. Aber den Preis bezahle ich gern, wenn ich dann endlich erfahre, worauf er hinauswill. Ich habe das Gefühl, er hat heimlich einen zweiten Wettbewerb gestartet, und auch den will ich gewinnen.

Dereks Augenbrauen ziehen sich zusammen, und er neigt den Kopf zur Seite. Seine Kiefer treten hervor, als wolle er ein Steak zerbeißen. »Ich passe. Das ist eine zutiefst persönliche Frage.«

»*Wie bitte?*« Ich bin nicht nur völlig verblüfft, dass er mir nicht antworten will und lieber auf ein Kleidungsstück verzichtet. Ich kann mir auch beim besten Willen nicht erklären, welches Ziel er damit verfolgt. Es kommt mir weniger wie ein Frage-Antwort-Spiel als wie ein Hütchenspiel vor, bei dem er eine kleine Kugel unter eine Tasse steckt, sie mit zwei anderen herumwirbelt und mich auffordert, die richtige aufzudecken. *Aufregend.* »Nicht, dass ich nicht zu schätzen wüsste, welchen Wert du auf künstlerischen Ausdruck legst, aber warum um alles in der Welt ist das zu persönlich?«

Er gibt ein missbilligendes Geräusch von sich. »Das klingt ja ganz nach einer weiteren Frage. Warte, bis du wieder dran bist, du gieriges Weib.«

Seufzend verschränke ich die Arme vor meinem vollständig bedeckten Körper, während ich ihm dabei zusehe, wie er sich vorbeugt und seine Socken abstreift. Als Belohnung komme ich in den Genuss, einen Blick auf seine Schulter- und Rückenmuskeln werfen zu können, die sich unter den Tattoos anspannen. Es ist, als würde man einem Superhelden zusehen, wie er es sich für die Nacht bequem macht. Er richtet sich wieder auf, hebt den Fuß und wackelt mit den Zehen auf außerordentlich verführerische Weise. Aber auf seine Zehen achte ich nicht, ich bewundere sein Sixpack, das sich vorwölbt, während er auf einem Fuß balanciert. *Mein lieber Herr Gesangsverein!*

Egal, was er mich als Nächstes fragt, ich muss die Antwort verweigern und etwas ausziehen. Ich kann nicht erklären, wieso und warum, aber in seinen Augen spiegelt sich das geheime Parallelspiel, und ich will daran teilhaben.

»Nora … fühlst du dich bei mir sicher?«

Ich schlucke und deute mit dem Finger auf ihn. »Foul! Das ist eine Suggestivfrage. Du kannst mich nichts fragen, wovon du genau weißt, dass ich es nicht im leeren Raum hängen lassen kann.«

Er zuckt leicht mit den Schultern – erneut verrät seine Miene nichts von seinen Gedanken. Von seinen Motiven … denn wie es aussieht, legt er es darauf an, zu verlieren. »Wir können uns nicht immer an die Regeln halten«, sagt er grinsend. Ich frage mich, wie lange er schon darauf gewartet hat, meine exakten Worte gegen mich verwenden zu können.

Ich bin jetzt völlig durch den Wind. Soll ich ihm antworten oder nicht? Letztlich entscheide ich mich für die Wahrheit. »Ich habe mich mit niemandem je sicherer gefühlt als mit dir.«

Seine Brust dehnt sich, als er tief Luft holt, und um seinen Mund zeigt sich der Hauch eines Lächelns. Und dann löst er den Gürtel seiner Hose und lässt diese zu Boden fallen. *Schritt, Schritt* – er steht ohne Hose da.

Nun steht Derek Freaking Pender (das sollte eigentlich sein Mittelname sein, in Wirklichkeit ist es Felix, und den hasst er) unmittelbar vor mir in seinen hautengen schwarzen Boxershorts, und ich falle gleich in Ohnmacht. Zwar habe ich ihn schon oft nackt gesehen, aber das war etwas anderes. Wir waren jung, und die Zeit (diese blöde Kuh, die nichts verzeiht) hat mein diesbezügliches Gedächtnis im Wesentlichen gelöscht.

Das hier … fühlt sich wie eine völlig neue Erfahrung an. Es fühlt sich an nach schweißnassen Händen. Kribbelnden Schenkeln. Sich aufstellenden Zehennägeln.

Noch eine Frage, und ich habe gewonnen.

Er sieht den hungrigen Blick in meinen Augen, und sein Grinsen nimmt etwas Boshaftes an. »Stell deine Frage.«

Ich zögere keine Sekunde. »Warum unterstützt du anonym eine Non-Profit-Organisation, die alleinerziehenden Müttern finanziell unter die Arme greift?«

Er wird unruhig. Damit habe ich einen Volltreffer gelandet. »Du hast meine Finanzen ja gründlich unter die Lupe genommen, was? Ich passe.«

Und dann, ohne jeden Anflug von Befangenheit und ohne zu zögern, streift er seine Unterwäsche ab und bietet sich in aller Pracht und Herrlichkeit meinen Blicken dar, die ihn in voller Größe (und ich meine, in *voller* Größe) verschlingen. Er hat verloren, und ich habe gewonnen – aber als ich ihm in die Augen schaue und dort dieses arrogante Schimmern sehe, das ich so liebe, als er auf mich zutritt und so den ersten Schritt macht, wie wir es als Spielregel vereinbart hatten … da fühlt es sich eher an, als hätte er irgendwie gewonnen.

»Welches geheime Spielchen hast du gespielt?«, frage ich und lege den Kopf immer weiter in den Nacken, als er immer näher auf mich zutritt. Bekleidet ist er wundervoll. Nackt ist er überirdisch. Meine Haut wird warm und fängt zu kribbeln an, weil jede einzelne meiner Körperzellen sich danach sehnt, ihn zu berühren.

»Es gibt kein geheimes Spiel.«

»Lüg mich nicht an, Pender.«

»Wirklich nicht.« Er streicht mein Haar nach hinten, berührt sanft meine Schulter. »Ich habe nur verloren, weil ich dir auf körperliche Weise zeigen wollte, wie vollständig und absichtlich ich mich in deine Hände begebe, Nora. Ich bin froh, wenn ich jeden Tag meines Lebens gegen dich verlieren kann, denn das heißt, ich kann bei dir sein.« Er legt mir die Hand an die Wange, und ein Schauder durchläuft meinen gesamten Körper.

»Und jetzt ein paar Wahrheiten.« Er beugt sich herunter und küsst mich auf die Wange. »Ich erzähle dir nicht, was in meinem Nachtkästchen ist, weil das, würde ich es tun, alles zwischen uns verändern würde. Denn ich glaube, dafür bist du noch nicht bereit. Und ich habe keinerlei Verlangen, dich wie einen geölten Blitz aus der Tür rennen zu sehen. Du wirst dich also noch etwas gedulden müssen.« Ein weiterer Kuss auf meine andere Wange. Sein Körper strömt eine Hitze aus, die nach mir ruft. »Meine Lieblingsfarbe ist Haselnussbraun.« Er hebt mein Kinn hoch, seine Lippen finden meinen Hals. »Und ich unterstütze diese Organisation, weil du bei einem unserer Dates gesagt hast, du würdest dir wünschen, so etwas hätte es schon für deine Mom und andere Mütter in der gleichen Situation gegeben. Als ich dann meinen ersten großen Gehaltsscheck bekommen habe und mein Steuerberater mich gefragt hat, welchen Wohltätigkeitsorganisationen ich etwas spenden möchte, sind mir deine Worte als Erstes eingefallen. Anonym spende ich deshalb, weil ich nicht wollte, dass du, wenn du dahinterkommst, denkst, das wäre seltsam von mir.«

»Das hätte ich nie …« Er bringt mich zum Schweigen, indem er mir einen Finger auf die Lippen legt.

»Und als ich dich dann in dem Konferenzraum zum ersten Mal wieder sah, war ich so *außer mir* …« Letzteres knurrt er regelrecht. »… weil du noch immer die schönste Frau warst, die ich in meinem ganzen Leben gesehen habe.«

Jetzt treten mir Tränen in die Augen und rollen mir über die Wangen. Derek wischt sie mit den Daumen weg. »Ich liege dir zu Füßen, Nora«, sagt er leise. »Wenn du mich willst, gehöre ich dir.«

Da gibt es nicht einen Teil in mir, der lange überlegen muss. »Ja, Derek, ich will …«

34

NORA

Dereks Küsse würgen meine Worte ab. Sein Mund nimmt meinen mit einer Kraft in Besitz, dass nichts in mir unberührt bleibt. Siedend heiß liegt er auf meinen Lippen. Er erhitzt meine Haut und dringt bis in mein Innerstes vor.

Sanft lässt Derek die Hand über meine Seite wandern, legt sie an meinen unteren Rücken und zieht mich an sich. Ich bekomme Gänsehaut an Armen und Oberschenkeln. Unsere Lippen trennen sich kurz, finden sich wieder, können gar nicht genug voneinander bekommen, begegnen sich in allen nur erdenklichen Winkeln. Der beste Geometrie-Unterricht meines Lebens.

Mein Herz schlägt wie wild, als ich seinen Atem an meiner Kehle spüre und seine Zähne langsam abwärts nach unten zu meinem Nacken gleiten. Um uns tiefschwarze Nacht, Sterne funkeln draußen vor den Fenstern und bestärken mich in dem Glauben, dass *dies* eine sehr gute Idee ist, während Derek zärtlich an meinem Hals knabbert.

Mehr, mehr, mehr.

»Mit Vergnügen«, meldet sich Derek, da ich meine Gefühle offenbar nicht nur gedacht, sondern auch geflüstert habe. Instinktiv zieht sich mein Bauch zusammen, als seine Knöchel über meine Taille streifen und er kurz mit dem Zugband meiner hübschen pinkfarbenen Hose spielt. Mit preiswürdigem Sachverstand öffnet er den obersten Knopf, zieht den Reißverschluss auf und schiebt mir in Sekundenschnelle die Hose auf die Knöchel hinunter. Kühle Luft streicht über meine Schenkel, was daran liegt, dass Dereks große warme Hand nun auf meinem Hintern liegt und ihn kräftig drückt.

Sein Stöhnen weckt das Verlangen in jedem Teil meines Körpers. »Das ist nicht dein Wochentagsslip«, knurrt er mir ins Ohr.

»Nein, da hast du recht.« Mein Lächeln strotzt nur so vor Selbstbewusstsein. *Dieser* besteht aus Spitze. *Dieser* ist durchsichtig. *Dieser* ist sexy und wagemutig. Mit ihm fühle ich mich als Frau. Derek verschlingt mich mit den Augen von Kopf bis Fuß.

»Er gefällt mir.« Ein finsteres Grinsen macht sich in seinem Gesicht breit. Seine Augen funkeln gefährlich. »Und jetzt zieh ihn aus.«

Er hakt die Daumen unter das Gummiband, dann zieht er mir den Slip Zentimeter für Zentimeter hinunter. Nun kann ich meine Hände nicht mehr bei mir behalten. Ich möchte mich an ihn schmiegen und nie wieder loslassen. Ich fange an, die Umrisse seiner Tattoos an Schultern und Brust nachzufahren, dann lasse ich die Fingerspitzen über seinen harten Bauch tanzen in Richtung anderer harter Stellen. Doch bevor ich dazu komme, packt mich Derek am Handgelenk und hält mich davon ab.

»Noch nicht«, warnt er mich. Nein – *fleht* er mich an. So dehnt sich dieser Moment schier endlos, was uns daran erinnert, wie viel es uns beiden bedeutet. »Ich will nichts überstürzen. Heute Abend will ich dich genießen.«

Dagegen kann ich nun wirklich nichts einwenden. Deshalb hebe ich die Arme hoch, um Derek die Möglichkeit zu geben, mir das Bandeau-Top über den Kopf zu ziehen. Er zupft und zupft, aber das Ding rührt sich keinen Millimeter. Und gerade, als ich ihm zeigen will, wo er den Reißverschluss findet, höre ich ein lautes Reißen. Mein armes, kleines Top, nur mehr ein Fetzen Stoff, sinkt schlaff zu Boden neben meine Hose. Das Top nehme ich mit nach Hause, rahme es ein und versehe es mit einer kleinen Plakette mit der Inschrift: *Eine Ode an Cancún.*

»Hast du nicht gesagt, du wolltest nichts überstürzen?«, schimpfe ich und lege die Hände auf diese Bergmassive, die er Schultern nennt.

»Ab und zu müssen wir Ausnahmen machen. Ich kaufe dir ein neues Teil, Ginger Snap«, haucht er mir ins Ohr, dann knabbert er kurz an meinem Ohrläppchen. Als er mit den Lippen über meine Halsschlagader streift, wächst zwischen meinen Schenkeln die Spannung. Einzigartige Empfindungen rasen im Zickzackkurs durch meinen Bauch.

Ich bohre die Fingernägel in seinen Rücken. Ich umklammere ihn, um ihm noch näher zu kommen und das rhythmische Pochen unserer Becken zu spüren, wenn sie sich berühren. Er hebt mich hoch, sodass wir uns direkt in die Augen schauen, und trotz meiner vor Lust benebelten Sinne bin ich in der Lage, selbst hier im Mondschein das klare Blau seiner Augen zu bewundern.

Mit den Beinen umklammere ich seinen Unterleib und spüre seine fast schon glühende Haut. Sein Mund findet meinen, seine heißen Küsse erregen mich so sehr, dass ich fast glaube, ich zerfalle gleich in zwei Hälften. Ich fahre mit den Händen durch das Haar an seinem Hinterkopf, während er mich nun zum Bett trägt. Doch er legt mich nicht darauf ab, sondern setzt sich hin, mit mir rittlings auf seinem Schoß. Schwer atmend zögert er den Moment hinaus, in dem etwas Anmutiges, Umwerfendes geschieht. In perfektem Gegensatz streicht er mit seinen großen, rauen Händen ganz sanft meine Haare von Brust und Schultern nach hinten. Seine arktischen Augen schmelzen beim Mustern meines Körpers. Er fährt mit den Fingern über meine Rippen, als wären sie Klaviertasten. Dann legt er die Hände unter meine Brüste, was in mir ein nie gekanntes Gefühl auslöst.

Und *wie* er mich nun ansieht! Klar, ich erkenne Begierde und die Vorfreude, wie gut sich unsere Körper aufeinander anfühlen werden, ich sehe aber auch sehr viel mehr. Etwas Rohes, fast Schmerzhaftes.

Er lässt die Finger zwischen meinen Brüsten hindurch nach oben gleiten und dann auf der linken Seite, unmittelbar unter meinem Schulterblatt, innehalten. Dort zeichnet er eine Figur nach. Meine Figur. *Ein Herz.* Und dann beugt er sich vor und küsst es.

»Ich habe mich nie bei dir bedankt«, sagt er und steht mit mir auf. Ich halte mich an ihm fest, obwohl er mich offensichtlich auch ohne meine Hilfe tragen kann. Eine halbe Drehung, dann legt er mich mit dem Rücken auf die weiche Matratze. In eine dicke weiße Luxuswolke.

Jetzt endlich legt er sich auf mich, und ich will jeden Zentimeter von ihm spüren. Ich verschränke die Beine hinter seinem Rücken, damit es nun auch tatsächlich so weit kommt, aber er grinst nur. Die Haare fallen ihm in die Stirn. »*Geduld!* Erst muss ich dir noch was sagen.«

»Könntest du das vielleicht auf später verschieben?« Ich halte es kaum noch aus. In meinem ganzen Leben habe ich mich noch nie so sehr nach etwas gesehnt.

Er schiebt die Hände hinter meinen Rücken und schiebt mich hoch, bis ich am Kissen lehne. »Nein, ich möchte es dir jetzt sagen. Solange du nackt bist. Das ist besser so.«

Ich bringe kaum noch ein Wimmern zustande, vor allem als Derek den Kopf senkt, die Schultermuskeln spielen lässt und den Mund auf die empfindlichste Stelle meiner Brust legt. Seine Zunge ist ein Kunstwerk, und wehrlos wölbe ich ihm meinen Körper entgegen.

Nach einem Moment spricht er weiter. »Auf der Highschool

und auf dem College kam ich mir neben all den anderen vollkommen fehl am Platz vor. In allen Fächern außer in Sport. Auch als Erwachsener waren meine Beziehungen immer nur rein körperlich und oberflächlich. Nie habe ich mich besonders geschätzt oder gemocht gefühlt. Abgesehen … von dir.«

Während er redet, streicht er mit der Hand über meinen Bauch und zeichnet mit der Fingerspitze Herzen auf die Innenseiten meiner Oberschenkel. Dann schiebt er die Hand zwischen meine Beine und berührt mich *endlich* da, wo ich es mir am meisten wünsche und es am dringendsten brauche. Seine Stimme allein jagt mir Schauder über den Rücken, aber in Verbindung mit seiner Berührung habe ich das Gefühl, mich trifft ein Blitzschlag. Dieser Ansturm ist zu viel. Aber er hat recht – dieses Gespräch führt man am besten nackt.

Er presst den Mund gegen meinen Hals, seine Hand behält den Rhythmus bei. Mir wird ganz schwindlig von der Lust, die er meinem Körper bereitet. *Er kennt mich noch immer in- und auswendig.* Ich will nicht, dass es aufhört. Ich wünsche mir, hier in dieser kuscheligen Wolke bis in alle Ewigkeit mit Derek zu verweilen.

»Danke, dass du mich damals geliebt hast, Nora.« Seine Stimme klingt halb erstickt. »Es war richtig, dass wir eine Zeit lang getrennt voneinander unser Leben geführt haben, aber mein Gott, ich bin so glücklich, dass wir irgendwie wieder zusammengekommen sind.«

»Derek«, keuche ich, am Rand des Ertragbaren. »Wörter. Können. Nicht …«

Er lächelt, als wäre es die bestmögliche Erwiderung überhaupt gewesen, dann stürzt er sich auf mich und küsst mich so leidenschaftlich, wie ich es mir wünsche. Wie sich seine Zunge anfühlt, seine Hand, sein ganzer Körper, das alles peitscht sich gegenseitig zu dem Moment auf, in dem ich den köstlichen Druck, der sich in mir aufgebaut hat, loswerde. Hinter meinen

Augäpfeln schießen Funken hin und her, als würde in der Finsternis wintergrüne Minze zerquetscht. Ich halte mich an seinem Rücken fest, als der Orgasmus im Zickzack durch meinen Körper zischt, mir die Zehennägel aufstellt und mir jegliche Energie raubt. Dabei küsst mich Derek die ganze Zeit – und stöhnt, weil er es mag, wie ich mich ihm völlig hingebe.

Noch schöner kann es eigentlich nicht mehr werden.

Nur, dass sich Derek nach wenigen Sekunden ein Kondom überstreift und mir klar wird, dass das eine Fehleinschätzung war. Es gibt etwas noch viel Schöneres – Derek, der meinen Namen flüstert, meinen Hals, mein Gesicht, meine Schultern, alles, was sein Mund erreichen kann, küsst und dabei behutsam in mich eindringt. *So! So soll es sein! So muss sich das anfühlen!*

Mit Derek wieder zusammen zu sein, bringt mich fast zum Weinen, denn das fühlt sich so richtig an, dass es einer Riesenerleichterung gleichkommt. Mein Körper lässt sich gehen mit dem einzigen Menschen, mit dem ich mich jemals wirklich wohlgefühlt habe. Er bewegt sich langsam vor und zurück, und ich könnte heulen, so sehr hat mir das gefehlt. Hat *er* mir gefehlt.

Mit einer Hand packt er das Kopfteil des Betts, um es als Hebel zu benutzen und so zielstrebiger in mich stoßen zu können. Erneut bahnt sich der Höhepunkt an. Ich passe mich seinen Bewegungen an, hebe und senke die Hüften, und zusammen arbeiten wir uns auf den Orgasmus hin. Dieses strahlend-brennende Ding in der Ferne. Ich lege ihm ein Bein um die Taille, stöhnend lässt er den Kopf an meine Schulter sinken.

»*Shit, Nora!*«, krächzt er, packt meine Hand und drückt sie auf die Matratze.

Dann steigert er das Tempo und reißt mich mit. »*Derek …*« Keine Ahnung, was ich sagen wollte. Im jetzigen Zustand ist mein Gehirn wie leer gefegt. Ich bin ganz Körper. Und er hat einen Körper. Und wir vereinigen uns so perfekt, so obsessiv, dass ich glaube, ich muss sterben.

Ich hebe den Kopf, öffne den Mund an seinem Nacken – schmecke den Schweiß auf seiner Haut. Ich lasse meine Zunge wirbeln und höre ein letztes Mal meinen Namen, bevor er meine Hand fester packt. Als er so weit ist, gibt er Töne von sich, die mich sofort folgen lassen. Wie ein Stromschlag durchfährt es meine Adern, dann sinke ich, völlig ermattet, zusammen.

Zusammen versuchen wir wieder zu Atem zu kommen, bleiben liegen und genießen uns.

Dann, nach einer Minute, einer Stunde, einem Jahr … wer kann das schon sagen …, stützt Derek sich auf den Ellbogen, gibt meine Hand frei, reckt das Kinn vor und küsst mich so zärtlich, dass mein Herz in tausend Teilchen zerspringt. »Bist du okay?«, fragt er mit so heiserer Stimme, dass sich mir erneut die Zehennägel aufstellen. Lächelnd beuge ich mich vor und küsse sanft meinen Anfangsbuchstaben auf seinem Bizeps. Dann streiche ich ihm das Haar aus seiner verschwitzten Stirn. »Mir ist es buchstäblich nie besser gegangen, das kannst du mir glauben.«

Er lässt mich eine Minute allein, um sich zu säubern. Ich bin zu müde, um mich schon zu rühren, und so bleibe ich einfach liegen. Dann kommt er wieder, legt sich zu mir ins Bett, zieht mich an sich, bis ich mit dem Rücken an seinem Bauch liege, und hüllt mich in die Bettdecke ein. Ich bin eine warme, kleine Raupe in einem Decken-Kokon. Ich lebe in einer Wolke reinster Freude, wo ich vor allem Ärger geschützt bin.

Sein großer Bizeps ruht auf meiner Schulter. Ich gebe ihm einen Kuss. Knabbere daran. Und küsse ihn wieder. »Auch für mich gilt: Mit niemandem war es je so schön wie mit dir. Nicht nur der Sex. Alles.« Ich halte kurz inne und lausche dem Ozean, dessen Wellenrauschen sich mit Dereks Herzschlag verbindet. »Sogar, wenn ich in einer Beziehung war, habe ich mich irgendwie … einsam gefühlt. Niemand versteht mich so wie du.«

Und eben weil er mich so gut versteht, drängt er mich nicht, fortzufahren. So bewahre ich den Rest, den ich hinzufügen könnte, in meinem Herzen – dass ich nämlich die Erfahrung, ersetzt zu werden, so oft in meinem Leben gemacht habe, dass ich schließlich komplett aufgehört habe, eine Beziehung zu suchen oder auch nur Freundschaft zu schließen.

Er küsst mich auf die Schläfe. »Tut mir leid, dass ich gesagt habe, ich könnte nicht dein Freund sein. Der Grund war nur, dass ich mir nicht über den Weg getraut und gefürchtet habe, dass wenn wir uns wieder näherkommen, ich das hier auch wieder will.«

»Vollkommen logisch. Ich bin einfach unwiderstehlich.« Ich drehe mich in seinen Armen, um ihm ins Gesicht zu schauen.

»Steht das Angebot noch?«

»Mein Freund zu sein?«

»M-hm.« Er schließt die Augen.

»Das ist etwas komplizierter, jetzt, da wir nackt sind. Und verheiratet.«

Er drückt mich fest an seine Brust. »Nein – jetzt ist es besser. Bitte sag *Ja*. Ich wäre so gern dein Freund, Nora.«

Als könnte ich dazu jemals Nein sagen.

Ich zeichne ein Herz auf seine Rippen. »Ja, du kannst mein Freund sein, Derek Pender. Aber damit brechen wir jetzt Regel Nummer drei.«

35

NORA

Die letzten paar Tage haben Derek und ich kein einziges Mal unser Zimmer verlassen. Kleiner Scherz. Wir haben im Resort sogar ein mehr als volles Programm bewältigt. Wir unternahmen endlich die Tauchtour zum Korallenriff, machten einen abenteuerlichen Einkaufsausflug zum hiesigen Wochenmarkt, eine Tagesreise zu den schönsten Cenoten der Welt, in denen wir auch schwammen und die eigentlich viel zu atemberaubend waren, um real sein zu können. Schließlich gönnten wir uns einen Wohlfühltag inklusive Paarmassagen, wobei sich ein unglücklicher Vorfall mit meinem Laken ereignete, den ich am liebsten bis in alle Ewigkeit aus dem Gedächtnis löschen würde.

Alles hier kommt mir vor wie ein Traum, weil ich diese Erfahrungen gemeinsam mit Derek machen darf. Diese Tage waren wir nur für uns da – wir lernten einander von Neuem kennen. Die letzte Woche habe ich mehr gelacht als mein ganzes Leben zuvor. Und nicht nur das: Wir saßen unter einem klaren Sternenhimmel am Strand und erzählten uns alle wichtigen Ereignisse, die wir die Jahre über beim jeweils anderen verpasst hatten. Beispielsweise, dass Dereks Zähne so perfekt sind, weil sie Implantate sind, für die er Tausende Dollar gezahlt, was er aber bis heute nicht bereut hat. Und wie seine Kumpel und er Nathan und Bree mithilfe eines Liebesspickzettels zusammengebracht haben. Oder dass ich wie besessen von *The Great British Bake Off* bin und heimlich davon träume, einmal an dieser Reality-TV-Show teilzunehmen, obwohl ich Amerikanerin bin und keinerlei Backkenntnisse vorzuweisen habe.

In ruhigeren Momenten verriet er mir auch mehr von sich, wie es für ihn war, mit Legasthenie zu leben. Wie schwer es war, behandelt zu werden als einer, der sich nicht genug Mühe gab, obwohl er nichts anderes tat, als sich immer wieder die größte Mühe zu geben. Wie gern würde ich diese schlimmen Erfahrungen auslöschen, seine Wunden heilen, aber das kann ich nicht, deshalb flüstere ich ihm ins Ohr, wie stolz ich auf ihn bin, nehme ihn in die Arme und tröste ihn, so gut ich kann.

Aber unsere Nächte … unsere Nächte haben damit nichts zu tun und gehören ganz uns. Wir verbringen sie eng umschlungen. Das läuft in etwa so ab: Wir taumeln, hundemüde von einem Tag voller Erkundungen und Dauerlächeln für Fotos, auf unser Zimmer, duschen und bekommen wieder Schwung, den wir auf höchst erfreuliche Weise nutzen.

Und das ist der Grund, warum ich jetzt, verschwitzt und erschöpft, in Dereks Arme falle und mich an ihn kuschle, dass kein Blatt Papier mehr zwischen uns passt. Er lässt die Finger über meine nackte Wirbelsäule gleiten, worauf mein Körper mit sanftem Schaudern reagiert.

»Machst du dir Sorgen wegen der Rückkehr? Ins Büro?«, fragt Derek mit einer Stimme, die so schläfrig klingt, wie ich mich fühle. Den Grund für die Frage kenne ich. Marty hat mir heute einen *Link* gemailt zu einem Online-Klatschblatt, in dem ein Foto veröffentlicht wurde, auf dem Derek und ich uns zum ersten Mal am Strand geküsst haben. Die Nachricht dazu hatte Marty vorsichtig formuliert, die Absicht dahinter war jedoch unmissverständlich. *Dachte mir, du solltest vielleicht wissen, welches*

Bild von euren Flitterwochen in der Öffentlichkeit entsteht, damit du deine Professionalität nicht gefährdest. Fände es ausgesprochen schade, wenn andere männliche Sportler einen falschen Eindruck von dir bekämen.

Ich kuschle mich noch enger an Derek. »Ein paar.« Kurze Pause. »Na schön, ziemlich viele.«

Derek hatte spontan angeboten, dem Mann, wenn ich das wollte, den Kragen umzudrehen (das war scherzhaft gemeint … glaube ich), aber ich habe abgelehnt. Allerdings habe ich die E-Mail an unsere Personalabteilung weitergeleitet. Leider war man dort der Auffassung, die Mail sei weder beleidigend noch übergriffig (wegen seiner geschickten Wortwahl und weil es ein *Link* zu einem Foto war und kein Screenshot). Dass Marty außerdem mit diesen Personalern Golf spielt, war vermutlich ebenfalls keine große Hilfe.

»Vielleicht mache ich mir aber auch weniger Sorgen«, gebe ich zu, »als dass ich mich vor der Rückkehr irgendwie eher ein bisschen fürchte.«

Dereks Finger fahren weiterhin über meine Haut, als wollten sie ihr einen Weg für alle Zukunft einbrennen. »Weißt du, falls du kündigen und dir eine Stelle in einer weniger gesundheitsschädlichen Arbeitsatmosphäre suchen willst, folge ich dir überallhin. Ich meine, keine Ahnung, wie viel das wert ist, wenn das ein Sportler sagt, der in ein paar Monaten arbeitslos sein könnte. Aber du hast Auswahlmöglichkeiten.«

»Spiel das nicht so herunter. Das bedeutet mir sogar sehr viel. In den nächsten paar Monaten werden Raketen auf dich neidisch sein, so wie du abheben wirst.« Er lacht leise. Ich schließe die Augen und genieße das leichte Vibrieren seines Körpers. »Jetzt aber im Ernst. Ich bezweifle stark, dass es so etwas wie ein besseres Betriebsklima überhaupt gibt. Ich fürchte, in der Welt des Sports geht es eben so zu, und wenn ich dort mitspielen will, muss ich mir ein dickeres Fell zulegen.«

Er summt und zieht mich eng an sich. »Für mich klingt das nicht sehr nach Nora Mackenzie.«

Ich drehe den Kopf an seiner Brust so, dass ich ihn anschauen kann. »Was meinst du damit?«

»Die Nora, die ich kenne, passt sich nicht so leicht an eine Situation an, die ihr nicht behagt. Sie ändert etwas.« Er streicht über mein Haar.

Ich stoße einen tiefen Seufzer aus. »Diese Nora ist müde. Sie lässt gern einem anderen den Vortritt, der es mit der Welt aufnimmt.«

Derek schwingt sich über mich und stützt sich auf beiden Seiten meines Körpers so ab, dass ich mich nicht mehr rühren kann. Dann küsst er mich auf die Wange und schmiegt den Kopf an meinen Hals. »Dann ruhe dich einfach weiter mit mir aus, und wenn du zurück bist, such einen Weg, wie du diese Schweinehunde in die Knie zwingen kannst.« Erneut küsst er mich, dann hebt er den Kopf, um mir in die Augen zu schauen. »Und wenn du Hilfe brauchst – ein Wort genügt, und ich bin da.«

Ich lächle, und er legt sanft die Stirn auf meine.

Unglücklicherweise klingelt sein Handy auf dem Nachtkästchen just in dem Moment laut los, als seine Lippen meine finden. Wir zucken zusammen, und Dereks Hand schießt hinüber, um danach zu greifen. »Entschuldigung, ich hatte gedacht, es wäre auf stumm gestellt«, ächzt er, dann hält er es sich vor das Gesicht.

In dem Moment kommt es mir. Ein Anruf für Derek, mitten in der Nacht? Das kann nichts Gutes bedeuten. Ich setze mich auf und sehe ihn die Augen zusammenkneifen.

»Es ist Price«, sagt er, lehnt sich mit dem Rücken gegen das Kopfteil und knipst das Licht an. »Was ist los?«

Derek lauscht schweigend und starrt zum Fenster hinaus, während ich ihn anstarre. Ich suche sein Gesicht nach Anzeichen ab, was ihm sein Freund wohl erzählt, aber seine Miene ist wie versteinert. Für den Bruchteil einer Sekunde schaut er zu mir her, dann wendet er rasch den Blick wieder ab und fährt mit der Hand über das unordentliche Kopfteil. »*Scheiße!* Wie geht es ihr? Und was ist mit dem Baby?«

Jetzt knie ich neben ihm, halte mir das Laken hilflos vor die Brust und starre ihn weiterhin an.

Er brummt einige Male, während er zuhört, dann wirft er die Decke von sich und steht auf. »Ja, Mann. Natürlich. Ich bin trotzdem morgen da.«

Derek geht zu seinem Koffer und durchwühlt ihn. Auch wenn ich nicht weiß, was passiert ist, renne ich ins Badezimmer, ziehe mir schleunigst eins von Dereks T-Shirts an und wische die gesamte Ablage in meinen Kulturbeutel. Zwar zucke ich innerlich zusammen, weil nun alles komplett durcheinander ist, aber mir ist klar, es bleibt keine Zeit, um Ordnung zu schaffen. Unser Zeug können wir auch später wieder auseinanderklauben.

»Einen Teufel werde ich tun«, erwidert Derek auf etwas, das Price gesagt hat. »Ich komme auf jeden Fall zurück. Und jetzt geh, und kümmere dich um deine Frau, statt mit mir herumzustreiten.« Price sagt wieder etwas, worauf Derek sagt: »Mache ich.«

Nachdem das Telefonat beendet ist, schlüpft Derek in ein Paar Sportschuhe und kommt ins Bad, wo er mich sieht, wie ich ungestüm die Schnur meines Lockenstabs aufzuwickeln versuche. Im Spiegel schauen wir uns in die Augen, in ein Geflecht verschiedenster Emotionen. Ich wirble herum und starre ihn an. Dabei schlägt mir der Stecker des Kabels gegen das Bein. »Was ist los? Was ist passiert? Geht es ihnen gut?«

Derek nickt, wirkt aber mitgenommen – er hat Angst. So habe ich ihn noch nie erlebt, und das beunruhigt mich. Ich will ihn unterstützen, egal, um was es sich handelt. Denn ich habe das leise Gefühl, Derek nimmt mein ganzes Herz in Beschlag. Ich hatte im College nie Zweifel, dass das, was ich für ihn empfand, Liebe war, aber jetzt … empfinde ich *wahre Liebe.* Es ist irgendwie anders. Unaussprechbar und gleichzeitig elegant. Besänftigend und schmerzhaft. Zuvor lebte meine Liebe zu ihm außerhalb meines Körpers, doch jetzt hat sie sich einen Weg durch meine Haut in meinen Brustkorb gebohrt und durchströmt jedes Kämmerchen meines Herzens. Wenn er leidet, leide auch ich.

»Bei Hope, Prices Frau, haben die Wehen mehrere Wochen zu früh eingesetzt.«

»Geht es ihr gut?«

Er nickt. »Ihr fehlt nichts. Und ihr Arzt denkt, dass sie, auch wenn es ein wenig früh ist, doch weit genug ist, ein gesundes Baby auf die Welt zu bringen. Price dreht vor allem deswegen durch, weil ihm langsam dämmert, dass er in Kürze Vater sein wird.«

»Puh«, sage ich und seufze erleichtert. Dann verpasse ich ihm einen Schlag gegen die Brust. »Und ich habe schon gedacht … so wie du geschaut hast … es ist was Schlimmes passiert.«

»Es ist was passiert.« Er runzelt die Stirn. »Ich muss dich leider bitten, dass wir unsere Flitterwochen abkürzen und früher nach Hause fahren. Ich möchte für ihn da sein … möchte aber auch nicht, dass es zu Ende geht.«

Mir liegt etwas auf der Zunge wie *Wir können immer noch weitere Flitterwochen nachholen, wenn sich alles beruhigt hat,* aber ich halte mich zurück. Wir haben noch gar nicht über unsere Zukunft gesprochen. Und ich traue mich nicht, ihn zu fragen, ob ich einen Platz in seiner haben werde. Alte Wunden erheben ihr hässliches Haupt und weisen mich auf die Möglichkeit hin, dass er mich durch eine andere ersetzt. Dass eine andere des Weges kommt, mit der er es einfacher haben könnte. Die nicht im Geist schon den Kulturbeutel neu organisiert und der nicht mit jeder Sekunde, die vergeht, mehr davor graust, dass unsere Utensilien wahllos durcheinanderwirbeln und ein einziges Chaos anrichten.

Deshalb trete ich auf ihn zu und lege ihm die Arme um die nackte Taille. »Hör auf, die Stirn zu runzeln«, sage ich, »denn für mich stellt sich diese Frage erst gar nicht.« Ich küsse ihn auf die Schulter. »Wir fliegen nach Hause. Dein Freund braucht in dieser wichtigen Phase deine Unterstützung.«

Derek küsst mich auf den Kopf, und ich höre sein erleichtertes Aufatmen. Er packt mich fest an den Hüften. Vielleicht bilde ich es mir ja auch nur ein, aber in seinem Griff spüre ich so viele unausgesprochene Sorgen. Keiner von uns beiden spricht sie aus. Wir haben zu viele Bedenken oder Vorbehalte oder ganz einfach Angst, den jeweils anderen zu früh zu sehr zu bedrängen. Die Kommunikation, die sich in den letzten Tagen so offen und frei angefühlt hat, ist plötzlich luftdicht verschlossen.

36

DEREK

Wir befinden uns in der Luft, die Stimmung ist angespannt. Seit ich mit ihr über den Rückflug gesprochen habe, lächeln wir uns immer nur irgendwie gequält an. Auf die Art, bei der zu viele Zähne zu sehen sind, um aufrichtig zu sein. Begonnen hat die Grinserei mit meiner Ankündigung, dass wir früher nach Hause fahren müssen. Aber das ist vermutlich nicht der Grund, warum Nora jetzt neben mir sitzt wie eine Barbie-Reisepuppe.

Mein Verstand tritt mir beständig vors Schienbein, um mir mitzuteilen, dass sie jetzt, da wir in die wirkliche Welt zurückkehren, alles bedauert und sich demnächst mit meinem Lieblingsrucksack aus dem Staub macht. Der kleine Scheißer macht das absichtlich und in einer Dauerschleife, damit ich nur ja keine Ruhe finde. Die vergangene Woche haben wir so viel Gemeinsames erlebt und uns gegenseitig so viel anvertraut. Unmöglich, dass ihr jetzt Bedenken kommen. Stimmt doch, oder? Ich zumindest bereue gar nichts. Andererseits war ich nicht derjenige, der beim ersten Mal abgehauen ist.

Shit, rede mit ihr darüber, Derek.

Je näher wir L.A. jedoch kommen, desto mehr Angst macht sich in meinem Magen bemerkbar. Sobald das Fahrwerk auf dem Boden aufsetzt, muss ich los. Erstes Ziel ist das Krankenhaus, um nach Price und Hope zu sehen. Und danach habe ich tausenderlei Dinge zu erledigen, bevor kommende Woche das Trainingslager ins Haus steht. Im Kraftraum habe ich ein straffes Programm gebucht, um mich für die harte NFL-Saison möglichst optimal vorzubereiten. Denn wenn die Saison erst einmal begonnen hat, gehört mein Leben wieder voll dem Football, und mein Körper muss wieder voll einsatzfähig sein bis zum Ende der Saison (oder bis ich auf der Bank lande, weil ich schlecht gespielt habe).

Als wir am LAX landen, bekomme ich eine erfreuliche Nachricht von Price.

Darf ich vorstellen: Jayla Price, 2800 g. Gesund und kräftig wie ihre Mom.

Als ich das lese, fällt mir ein Felsbrocken vom Herzen. Ich habe nicht viel Ahnung von Babys oder Geburten, deshalb wusste ich nicht recht, was mich erwarten würde. Schon gar nicht nach Prices zittriger Stimme, als er mir letzte Nacht erzählte, bei Hope hätten die Wehen zu früh eingesetzt. Das ist also gut (Untertreibung des Jahres). Es ist großartig. Ich kann es nicht mehr erwarten, aus dem Flugzeug zu steigen, eine Minute lang unter vier Augen mit Nora zu sprechen und sie zu fragen, wieso wir beide uns verhalten wie zwei Bauchredner, die durch zusammengebissene Zähne miteinander kommunizieren, und anschließend mit *meiner Frau* ins Krankenhaus zu fahren und offiziell mit ihr und meinen Freunden rumzuhängen.

Zweifel beschleichen mich. *Vielleicht sieht sie sich gar nicht als meine Frau.*

Wieso, zum Henker, haben wir das alles nicht in Cancún geklärt? Ich hasse diese Ungewissheit.

Endlich dem Flieger entronnen, warten Nora und ich auf unser Gepäck inmitten von Leuten, die mir alle paar Sekunden nicht unbedingt subtile Blicke zuwerfen. Noras hellgelber Koffer kommt heran. Ich will vortreten und ihn vom Band hieven, doch

Nora ist schneller. Ruckartig stürzt sie vor und zieht den Koffer herunter, als nehme sie an einem professionellen Heuballen-Wettbewerb teil. Doch als sie dann zu mir herschaut – *bing,* und wieder führt sie mir ihr falsches Megawatt-Lächeln vor. Wirklich äußerst merkwürdig.

»Nora«, sage ich, als wir alles beisammen haben und im Begriff sind, den Flughafen zu verlassen, »Können wir über …« Ich verstumme, als wir durch die Schiebetüren treten. Der Smog von L. A. fällt über uns her, und meine Karriere packt mich am Genick.

»*Shit!*«, fluche ich, als ich eine kleinere Medienmeute sehe, die auf uns lauert, kaum dass wir im Freien sind. Höchstwahrscheinlich hat ihnen jemand in Cancún einen Tipp gegeben, in welchen Flieger wir gestiegen sind und für wann unsere Landung geplant war. Ich bin dafür nicht bereit. Wir sind dafür nicht bereit. Ich weiß nicht einmal, ob wir zum jetzigen Zeitpunkt ein *Wir* sind. Und mit dieser Unsicherheit, die zwischen uns herrscht, will ich nicht vor Kameras treten und mit Reportern reden.

Ich schaue kurz zu Nora, die nur ganz kurz überrascht wirkt und dann wie selbstverständlich in ihre Agentinnen-Rolle schlüpft wie in eine zweite Haut. Sie schenkt mir ein Lächeln, und meine Schultern entkrampfen sich ein wenig, weil es nicht wie aufgemalt aussieht. »Ich hoffe, du hast heute Morgen dein Make-up aufgelegt, Pender, denn es sieht so aus, als würdest du gleich fotografiert werden. Bleib hinter mir.«

Ich schwöre. Diese Frau, die mit null Ausbildung im Personenschutz gewillt ist, voranzumarschieren, um jeden möglichen Ärger abzufangen, ist das süßeste Geschöpf, das ich je gesehen habe.

»Ich weiß deine Opferbereitschaft zu schätzen, aber ich habe dich lieber an meiner Seite, statt als Bodyguard.« Ich strecke ihr die Hand hin. »Bereit?«

Zögernd runzelt sie die Stirn, doch dann nickt sie und verschränkt ihre Finger mit meinen. Die Berührung entfaltet ihre Wirkung bis in mein Herz. Eine Sekunde lang lösen sich alle Bedenken in Luft auf, und es gibt nur noch Nora und mich und ein ganzes gemeinsames Leben vor uns.

Ich schaue mir die Medienleute genauer an. Den Großteil der Journalisten kenne ich. Sie sind lästig, aber keine Gefahr für unsere Sicherheit. Nora und ich tragen Kappen (auf ihrer steht *Go, Mac and Cheese!*) weit in die Stirn gezogen, sodass unsere Gesichtsausdrücke von den Kameras nicht erfasst werden können, als wir uns durch die Menge schieben.

Wir gehen doppelt so schnell wie sonst, unsere Koffer poltern über Risse und Schlaglöcher im Straßenbelag wie ein Wasserskiboot, das sich im Ozean einen Weg durch die Wellen bahnt. Es kommt mir nicht richtig vor, andere Menschen einfach zu ignorieren und sich dazu noch einfach mitten durch sie hindurchzupflügen, aber das liegt nun einmal in der Natur meines Berufs. Bleibt man stehen, gehen sie auf einen los. Gehen sie auf einen los, sagt man fast immer etwas, das man später bedauert. Und mit einer Verletzung, über die ich noch nicht öffentlich geredet habe, sowie einer betrunken in Vegas geschlossenen Ehe würde ich praktisch unausweichlich etwas Falsches sagen.

Wir haben die Meute halbwegs passiert, Noras Hand fest in meiner, da registriere ich langsam die Fragen, die die Reporter uns entgegenschleudern.

»Derek! Derek! Hier drüben! Stimmt es, dass Sie Ihre Agentin geheiratet haben?«

»Nora, wie kam es dazu, dass Sie Derek spontan geheiratet haben?«

»Ist es wahr, dass Sie keinen Ehevertrag unterzeichnet haben?« Es wird mir immer Angst einflößen, auf welche Weise diese Leute an so private Informationen kommen.

Die meisten Fragen beziehen sich auf unsere heimliche Heirat. Aber ein paar machen mich wütend, weil sie Noras berufliche Integrität anzweifeln. Ob sie mit all ihren Klienten auf so freundschaftlichem Fuß stehe wie mit mir. Sie muss spüren, dass mir schon entsprechende Antworten auf der Zunge liegen, denn sie wirft mir rasch einen Blick zu und lächelt. »Lass es gut sein, mein Großer. Ich weiß, wer ich bin – und du musst mich jetzt nicht verteidigen.«

Ich nicke und zügle meine Wut ein wenig.

Fast haben wir es geschafft und stehen schon an der Tür des SUV mit den abgedunkelten Scheiben, den Nora herbestellt hat, als ich es höre:

»Derek, was sagen Sie zu dem Gerücht, dass die Sharks Sie zugunsten von Abbot fallen lassen?«

Ich erstarre.

»Manche Leute deuten die Tatsache, dass Sie Urlaub genommen haben und in die Flitterwochen gefahren sind, und das in einer Phase, in der Sie Ihr Trainingspensum eigentlich hätten verdoppeln müssen, als Hinweis auf eine gewisse Gleichgültigkeit Ihrer sportliche Karriere gegenüber. Was können Sie dazu sagen?«

Mehrere weitere Fragen der gleichen Kategorie umschwirren mich wie Hornissen. Jede sticht auf andere Art. Alle behaupten, sie hätten gehört, meine Karriere sei offiziell gefährdet.

Mir ist gar nicht bewusst, dass ich bewegungslos den SUV anstarre, bis Nora mir den Arm um die Taille legt und diskret an mir zieht, um mich daran zu erinnern, dass ich mich wieder rühren muss. Als ich in den Wagen steige, sehe ich aus den Augenwinkeln noch, dass Nora sich umdreht und sich an die Journalisten wendet. Obwohl sie jedes Recht hätte, sich ebenso bedrängt und überfallen zu fühlen wie ich, ist sie mit jeder Faser ihres Körpers die professionelle Agentin. Sie setzt ganz auf Schadensbegrenzung.

»Es war wirklich nett von Ihnen, für uns eine Willkommensparty zu organisieren, wir haben allerdings nicht mit Gesellschaft gerechnet, deswegen müssen wir das Ganze leider auf später verschieben. Bis dahin nur so viel: Registriert sind wir bei Amazon, und meine Lieblingsfarbe ist Pink.« Sie zwinkert ihnen zu, alle lachen. Ein Beweis dafür, dass sie wie geschaffen für ihren Job ist. Sie hat die Menge verzaubert, steigt dann zu mir in den SUV und schlägt die Tür zu.

Ihr Lächeln erlischt erst, als sie sich auf ihrem Sitz zurücklehnt. Und tief Atem holt. Das sollte ich wohl auch tun – Atem holen –, aber meine Lungen sind voller Sand. Ich hätte mich nicht so überrumpeln lassen dürfen, immerhin spekulieren die Medien seit einiger Zeit lang und breit darüber, dass meine Zeit bei den Sharks abgelaufen sei. Allerdings habe ich jetzt zum ersten Mal gehört, dass diese Information angeblich bestätigt worden sei. Auch wenn ich Zeit hatte, mich auf solch eine Entscheidung einzustellen, macht es sie nicht weniger schmerzhaft.

»Aus ihrer Sicht ist es logisch, mich abzusägen«, sage ich wie benommen, während ich aus dem Fenster starre und spüre, wie die alten Unsicherheiten wieder hochkommen wie Schatten. *Du bist nicht gut genug und wirst es auch nie sein. Und jetzt stehst du mit leeren Händen da.*

»Hör auf, so daherzureden«, fährt mich Nora an. Ihr bestimmter Tonfall lässt noch etwas anderes anklingen, ihren Beschützerinstinkt. »Diese Klatschkolumnisten haben doch keine Ahnung, wovon sie reden. Das sind nichts als Gerüchte. Sollte bereits eine Entscheidung gefallen sein, hätte das Management mich als Erstes kontaktiert.«

Ich blicke noch immer aus dem Fenster. Die Sonne und der blaue Himmel sind mir kein Trost. »Aber sie haben auch schon früher solche Sachen an die Presse durchgestochen. Es wäre nicht das erste Mal, dass sie das Team auf die Art inoffiziell in die Schlagzeilen bringen wollen, um den neuen Star dann entsprechend ins Rampenlicht zu rücken.«

»Du und Nathan seid ihre Stars. Die werfen dich nicht raus.«

»Außer ich spiele schlecht.« Jetzt drehe ich den Kopf zu ihr um. Mir ist schon klar, dass ich miese Laune habe und dementsprechend klinge. Wie ein Teenager im Hoody mit Kapuze über dem Kopf.

Nora weiß das auch, denn sie richtet sich auf und grinst mich spöttisch an. »Na gut. Schön. Du hängst Football also offiziell an den Nagel?«

»Scheint mir die vernünftigste Lösung zu sein.«

»Du könntest in den Finanzsektor einsteigen.«

Ich verziehe das Gesicht. »Da sitzt man zu viel.«

»Tja dann … du hast einen tollen Körper.« Sie deutet mit dem Finger auf besagten Körper, der auf meinem Platz zusammengesunken ist.

Ich zucke mit den Schultern, als würde mir der Trostpreis nicht reichen. »Herzlichen Dank.«

»Wie wäre es mit Strippen? Du könntest bestimmt ganz schön Kohle machen, wenn du in Trikot samt Schulterpolstern auftrittst. Ich würde jedenfalls bezahlen, um das zu sehen.«

»Nett von dir«, sage ich mit traurigem Lächeln. »Aber das würde nie klappen. Ich kann nicht mit den Hüften wackeln.«

»Mit der Einstellung bestimmt nicht.« Sie klopft mit dem Schuh gegen mein Knie. »Aber mit einer guten Lehrerin und mehr Optimismus glaube ich, dass du die Hüften schwingen und mit deinem Penis in die Menge winken kannst, als wäre er der König von England.«

Ich liebe Nora.

Das würde ich ihr auch gern sagen, nur scheint mir das nicht der richtige Moment zu sein. Und warum, zum Teufel, habe ich ihr das nicht in Cancún gesagt? Ich hatte gedacht, ich hätte ihr deutlich zu verstehen gegeben, was ich fühle, aber je öfter ich mir alles noch einmal durch den Kopf gehen lasse, desto klarer wird mir, dass alles nur sehr vage geblieben ist. Sie weiß, dass ich ihr schon immer Gefühle entgegengebracht habe, aber Liebe? *Ich habe es ihr nie gesagt.* Eine feste Beziehung? *Hatte Angst, auch nur daran zu denken für den Fall, dass sie meine Gedanken lesen und das Weite suchen könnte.*

Sie rutscht näher zu mir her und packt mich am Kinn, damit ich ihr in die Augen schaue. »Glaube an dich, Derek. Und ich meine jetzt nicht nur auf dem Spielfeld oder auf der *Magic-Mike*-Bühne. Glaube fest daran, dass, was auch passiert, sich alles wieder fügen wird. Du bist kräftig, willensstark und verdammt gut im Bett.« Sie grinst mich an, und der Druck auf meiner Brust lässt ein wenig nach. »Du bist nicht allein. Du bist kein Kind mehr. Und deine Karriere ist nicht alles, was du hast oder was du darstellst. Bei Weitem nicht.«

Ihre Miene wird mitfühlender, und ihre Lippen streifen langsam und sanft über meine. Das ist der erste richtige Körperkontakt seit letzter Nacht. Ich brauche das – und sie spürt es. Sie küsst mich so lange, bis sich mein Mund entkrampft.

»Atme«, sagt sie leise, und ich atme durch die Nase tief ein, zum ersten Mal, seit wir heute Morgen in das Flugzeug gestiegen sind. Sie weiß, wie sie mich beruhigen kann – und gerade, als ich mit der Hand in ihr Haar greifen will, löst sie ihre vollen, dunkelrosa Lippen von meinen.

»Aber als deine Agentin …«, fährt sie jetzt in einem gänzlich anderen Tonfall fort. Mir gefällt, dass ich von ihr bekomme, was Nora Mackenzie auch ihren anderen Klienten zu bieten hat. »… muss ich dir eins klar und deutlich sagen: Ich werde alles in meiner Macht Stehende tun, damit du den Job, den du so liebst, so lange behältst, bis du bereit bist, damit aufzuhören. Du hast mir den Allerwertesten gerettet, und jetzt rette ich deine überaus festen Hinterbacken.«

Ich nicke. »Danke, Nora.«

»Nichts zu danken. Wozu ist eine Freundin/Agentin/versehentliche Ehefrau schließlich da?« Ihr Grinsen verblasst. »Fahr heute ins Krankenhaus zu deinen Freunden. Mach dir nach Möglichkeit keine Sorgen um deine Arbeit. Ich gehe ins Büro und kümmere mich um alles.«

Moment! Sie kommt nicht mit mir ins Krankenhaus? Der Druck in meiner Brust nimmt schlagartig wieder zu.

»Ich dachte, du kommst mit, um dir das Baby anzuschauen.« Das klingt ein bisschen wehleidig und viel zu anhänglich.

»Würde ich ja gern, aber ich muss ins Büro und herausfinden, was Sache ist. Okay?«

Kurz schaue ich ihr in die grün-goldenen Augen, von widersprüchlichen Gefühlen hin- und hergerissen. Seit unserer Hochzeit ist das nun das erste Mal, dass wir uns trennen. Das erste Mal, dass das reale Leben versucht, uns auseinanderzureißen. Als das das letzte Mal geschah, habe ich sie verloren. In meinem Bauch grummelt es, als hätte ich zu viel kohlensäurehaltige Limonade getrunken. Ich will sie nicht verlieren. Ich kann sie aber auch nicht mit Gewalt zurückhalten. Ich muss ihr ihren Freiraum lassen und Vertrauen zu ihr aufbauen, wenn unsere Ehe funktionieren soll. Erst jetzt wird mir so richtig klar, wie kompliziert sich unsere Zukunft gestalten wird.

Nach einer peinlich langen Pause gebe ich ihr eine Antwort, von der ich hoffe, sie ist aufrichtig gemeint. »Natürlich ist das okay.«

Mein Bauchrednerlächeln ist zurück, und während ich so im Auto ihre Hand halte, streiche ich mit dem Daumen unwillkürlich über das kleine Tattoo an ihrem Finger und wünsche mir, wir hätten in den Flitterwochen weniger über unsere Vergangenheit und mehr über unsere Zukunft gesprochen.

Als ich ins Krankenhaus komme, erfahre ich an der Rezeption, dass sich meine Freunde in einem privaten Wartezimmer aufhalten und wie ich dorthin komme. Es ist nichts Neues, dass wir einen Raum abseits der Menge bekommen, weil die Jungs und ich (vor allem wenn Nathan dabei ist) in aller Regel größere Aufmerksamkeit auf uns ziehen. Eine Art Aufmerksamkeit, auf die man im Krankenhaus vermutlich keinen großen Wert legt.

In der Erwartung, eine nüchterne Atmosphäre vorzufinden, weil ja alle die ganze Nacht wach waren, um Neues über Hope und das Baby zu erfahren, öffne ich die Tür des Wartezimmers. Ich habe mich schwer getäuscht.

Ich sehe nur ganz kurz lange Locken, dann werde ich schon an den Handgelenken gepackt und ins Zimmer geschleift, wo ein Konfettiregen auf meinen Kopf niederprasselt. Alle Jungs plus Bree jubeln und rufen freudig durcheinander, und Nathan köpft eine der Umgebung angemessene Flasche Fruchtsaft, während aus den tragbaren Lautsprechern Bruno Mars sein *Marry You* anstimmt.

Ich habe das Gefühl, alles über einen Zerrspiegel wahrzunehmen. Oder high zu sein von irgendwelchen Pilzen.

»Mr und Mrs ...« Mit finsterer Miene unterbricht sich Bree. In der Hand hält sie einen geschmacklosen Schleier, der an einer Haarklammer befestigt ist.

Ich grinse zum Schleier hin. »Ist der für mich?«

Alle Gesichter werden lang, als sie erkennen, dass meine »bessere Hälfte« nicht mit von der Partie ist.

»Wo, zum Teufel, steckt Nora?«, fragt mich Nathan mit einem Blick, als hätte ich sie im Taxi vergessen oder so.

Price verschränkt die Arme. »Verdammt noch mal, Derek, habt ihr euch etwa schon wieder getrennt? Etwa deswegen, weil ihr die Flitterwochen abgebrochen habt? Ich habe dir doch gesagt, das sollt ihr nicht ...«

»Würdest du mal eine Sekunde lang die Klappe halten, damit ich dich in die Arme nehmen kann?«, würge ich ihn ab und gehe zu ihm. Kaum strecke ich ihm die Arme entgegen, packt er mich in einer festen Umarmung. Wir haben uns auch schon früher in den Armen gelegen, hauptsächlich nach wichtigen Siegen. Aber diesmal ist es anders. Price lässt mich nicht mehr los, und ich ihn nicht mehr. Er umarmt mich wie einen Bruder. Wie einen Bruder, dessen Leben sich soeben zum Besseren gewendet hat und der mir etwas von dem Schrecken und dem Wunder, das seine letzten Stunden bestimmt hat, vermitteln will. Ich halte durch, bis er mich loslässt.

»Ich bin Vater!«, höre ich ihn murmeln. Auch für mich ist das ein emotionaler Moment. Ich bin froh, dass ich das hier miterleben darf.

»Das kannst du laut sagen.« Ich drücke ihn fest.

»Und du hast geheiratet.«

»Allerdings.« Ich muss kichern. »Sozusagen.« Wir lassen einander los, und ich betrachte das Durcheinander im Raum. »Apropos: Was ist hier eigentlich los?«, frage ich Nathan, der mich als Nächster umarmt, gefolgt von Lawrence. Man könnte ja glauben, ich hätte das Baby bekommen. Bree ist noch immer sprachlos, weil Nora nicht hier ist.

»Das ist ein Hochzeitsempfang«, antwortet Nathan. »Hätte es zumindest sein sollen, wenn du daran gedacht hättest, deine Frau mitzubringen.«

Bree gibt mir einen Klaps auf den Arm. »Mal im Ernst. Wo ist sie? Habt ihr Schluss gemacht?«

»Ihr habt ja wirklich null Vertrauen in mich.«

»Weil du ein großes Baby bist«, meldet sich Jamal zu Wort, der einen Teddybären, so groß wie er selbst, hält und mich angrinst.

»Hat Tamara von dir endlich die Schnauze voll und dich deiner Freundin überlassen?« Ich deute mit dem Kopf auf den Teddybären.

Er zeigt mir den Vogel. »Das ist mein Wahnsinnsgeschenk für

Jayla. Tamara und Cora sind oben bei Hope und überhäufen sie mit mitgebrachtem Essen.« Jamal sieht mich spöttisch an. »Wie ich sehe, bist du mit leeren Händen gekommen wie der letzte Blödmann.«

»Ich bin doch gerade erst in L.A. gelandet. Und überhaupt: Was soll das Baby mit dieser Monstrosität anfangen? Die erstickt es ja.«

»Das reicht jetzt«, fährt Bree dazwischen und klatscht in die Hände. Als Ballettlehrerin ist sie es eindeutig gewohnt, die Aufmerksamkeit von Kindern zu bekommen, wenn es nötig ist. In Nathans Augen funkelt es auf, er liebt es, wenn Bree in den Unterrichtsmodus wechselt. Er kann sich nicht zurückhalten, tritt hinter sie und legt ihr die Arme um die Hüften. »Ich frage dich jetzt zum letzten Mal«, fährt Bree fort. »Wo ist meine neue beste Freundin? Diese kleine Party haben wir organisiert, damit sie sich bei uns willkommen fühlt, und jetzt ist sie gar nicht da?«

Ich muss unwillkürlich lächeln. Sie haben das für Nora getan – damit sie sich willkommen fühlt. Weil sie meine Familie sind – und Nora jetzt auch meine Familie ist.

»Sie wäre gern hier gewesen, um das zu sehen«, sage ich ehrlich. Sie hätte das wirklich genossen. Nora liebt nichts mehr, als demonstrativ Freude zu zeigen. »Aber sie musste ins Büro, um meinen Allerwertesten zu retten.« Alle runzeln fragend die Stirn. »Am Flughafen sind wir in eine Journalistenmeute gelaufen. Die waren offenbar der Meinung … dass sich der Verein von mir trennen will.«

Bei meinen Worten trübt sich die Stimmung im Zimmer merklich.

Jamal setzt den Bären ab und ergreift überraschenderweise als Erster das Wort. »Dann sind das Blödmänner. Die geben dir doch bestimmt zumindest die Chance, erst einmal zu spielen.«

Ich zucke mit den Schultern. »Genau das will Nora herausfinden.«

Niemand kann glauben, dass ich vielleicht bald kein Shark mehr sein werde. Ich muss mir allerdings eingestehen, dass ich mich mit dieser Vorstellung von Sekunde zu Sekunde besser anfreunde. Dass ich heute hier bin, Price umarmt habe und sehe, was meine Freunde alles unternehmen, damit Nora sich unter ihnen wohlfühlt, hängt nicht davon ab, dass ich ein Shark bin. Sie sind meine Familie. Egal, wohin uns das Leben auch verschlagen mag, wir werden uns immer nahestehen.

Gott sei Dank wechselt Nathan das Thema. »Wir könnten uns über FaceTime bei ihr melden und noch mal von vorne anfangen. Dann kann sie alles mitverfolgen.«

Kurz überlege ich, komme von der Idee dann aber ab. Ob es daran liegt, dass ich ihren Freiraum respektiere, oder weil mir das alles peinlich ist, nach dem, wie unsere Trennung gelaufen ist, das wissen nur die Götter. »Nah – ich will sie nicht bei der Arbeit nerven.«

»Ich bezweifle, dass du sie nerven würdest«, widerspricht Lawrence.

Aber ich kann jetzt nur daran denken, wie ich im College nicht verstanden hatte, dass sie ihren Freiraum brauchte. Ihr Erfolg hatte für mich keine Priorität. Ich habe sie immer gestört, weil ich wollte, dass sie sich etwas Cooles ansah oder mit mir etwas Lustiges unternahm. Damit habe ich sie das erste Mal vertrieben. Ich würde ganz gewiss nicht mein Handy herausholen und mich über FaceTime bei ihr melden, nur eine Stunde nachdem wir uns nach einer einwöchigen Reise getrennt hatten.

Und in dem Moment kann ich sie fühlen – all die kleinen Risse, die unsere fragile Beziehung durchziehen. Mist, ich muss in absehbarer Zeit mit ihr reden. Peinlich oder nicht, wir müssen dringend einige Dinge besprechen.

Zuerst aber mache ich Fotos von allem, was mir vor die Linse kommt, um sie ihr später zu zeigen.

Price blinzelt in Richtung meiner Knöchel. »Wir müssen wirklich herausfinden, was mit deiner Hose passiert ist, Mann.«

37

NORA

Kaum bin ich durch die Tür unserer Agentur getreten, macht sich eine Mischung aus Aufregung und Ängstlichkeit in mir breit.

Während meines Praktikums hier kam es mir vor, als hinge ich bei einem dringenden Anruf in der Warteschleife, während ich mir in Endlosschleife die immer gleiche Fahrstuhlmusik anhören musste und nur hoffen konnte, nicht plötzlich aus der Leitung geworfen zu werden. Jetzt aber arbeite ich hier als Vollzeit-Agentin, das heißt, um im Bild zu bleiben, die Verbindung ist endlich zustande gekommen. Mein Leben hat einen Sinn, ich habe eine Zukunft, ich könnte jubilieren vor Freude.

Die Ängstlichkeit kommt daher, dass ich mit den Trotteln in diesem Büro interagieren muss, was meine Freude einigermaßen trübt. Aber daran will ich jetzt nicht denken.

Als ich die Frage des Journalisten hörte, ob es stimmt, dass sich die Sharks von Derek trennen, passierten zwei Dinge: (1) Er tat mir unendlich leid – der Mann, den ich liebe. Ich hasste es zu sehen, dass er ihnen sofort glaubte, dass sein ganzes Verhalten Verzweiflung ausstrahlte. Ich wollte tun, was ich konnte, um ihm seine Träume zu erhalten. (2) Ich war schlagartig auf hundertachtzig. Wie konnten sie es wagen, meinen Klienten aus der Mannschaft zu schmeißen? Oder die Information an die Presse weiterzuleiten, um uns in eine Position zu bringen, in der wir zu Kreuze kriechen müssen? Nach all den Jahren, die er ihnen geopfert hat – all den Spielen, die er geholfen hat zu gewinnen? Und dann behandeln sie ihn so? Inakzeptabel.

Mr Rogers hatte einen Spruch auf Lager, den ich immer beherzigt habe: »Es gibt drei Wege zum Gipfel des Erfolgs: Erstens: Sei liebenswürdig. Zweitens: Sei liebenswürdig. Drittens: Sei liebenswürdig.«

Und deshalb werde ich ganz liebenswürdig fragen, ob an den Gerüchten etwas Wahres dran ist. Und wenn sie es bestätigen, werde ich ihnen ebenso liebenswürdig sagen, dass sie sich ihre hinterhältigen, Klatsch verbreitenden Manipulationsmethoden in den Hintern schieben können, und anschließend werde ich sie liebenswürdig daran erinnern, dass wir, falls notwendig, gern die Vertragsbedingungen und das Gehalt neu verhandelt hätten, hätten sie sich, wie es der Respekt verlangt, zuerst an uns gewandt – doch wenn einem dieser Respekt nicht erwiesen wird, dann sollen sie meinetwegen an ihren Kaugummis ersticken.

Ich habe im Geist bereits eine komplette E-Mail formuliert, während ich den Flur entlanggehe, doch als ich die Tür zu meinem Besenschrankbüro öffne, sind all meine Gedanken wie weggewischt.

Wo sind meine Sachen?

Dann ein neuer, schockierender Gedanke.

O mein Gott, haben sie mich gefeuert?

Hinter mir höre ich ein Kichern. Ich drehe mich um, und vor mir steht Nicole.

»Ich kann deine Gedanken praktisch mithören, während du sie denkst«, sagt sie mit einem Grinsen auf ihren roten Lippen. Sie sieht fantastisch aus in ihrer teuren Hose mit den weiten Beinen, den glänzenden pinkfarbenen High Heels und der weißen Seidenbluse. Ich bin sicher, über der Rückenlehne ihres Stuhls hängt ein dazu passendes Jackett. »Willkommen daheim«, fährt sie in boshaftem Tonfall fort. »Ich wusste ja, wenn du dein Büro siehst, denkst du, du bist gefeuert. Und so, wie du schaust, hatte ich recht.«

Ich seufze erleichtert auf, weil ich so froh bin, dass ich nicht in Leggings, einem zu großen T-Shirt mit einem Riesen-Smiley vorne drauf und einer Kappe, die meine Vorliebe für Käse-Makkaroni preisgibt, gefeuert werde. »Ehrlich gesagt, finde ich es nicht so toll, wenn du mich zu deinem leicht perversen Vergnügen so über der Löwengrube der Verzweiflung zappeln lässt, aber ich freue mich, wenn du glücklich bist. Also, rede unbedingt weiter.«

Sie ächzt. »Mir nach.«

Wir passieren einige männliche Kollegen in ihren gestärkten grauen Kaufhausanzügen, die sich nicht gerade freuen, mich zu sehen. Ich meine – ich will fair sein, sie haben sich schon unter normalen Umständen nicht übertrieben über meine Anwesenheit gefreut. Und nach meiner Rückkehr aus den Flitterwochen tun sie es erst recht nicht. Doch keiner scheint unglücklicher über meine Rückkehr zu sein als Marty – der mir von seinem Schreibtisch aus nachschaut, als ich an seinem Büro vorbeikomme. Sein Gesicht mit dem teigigen weißen Teint strahlt eine Verachtung aus, die ich nun wirklich nicht verdient habe.

»Marty«, sagt Nicole, als wir an ihm vorbeigehen, »wisch dir diesen Blick aus dem Gesicht, und mach danach mit dem Senffleck auf deinem Hemd gleich weiter.«

Fast wünsche ich mir, ich hätte was getrunken, dann könnte ich jetzt sehr feucht losprusten.

Nicole ist meine Königin. Sie lässt sich von niemandem etwas gefallen. Für sie würde ich bis ans Ende der Welt gehen. Und ich hoffe, eines Tages habe ich ein ebenso dickes Fell wie sie – denn ich habe durchaus ein wenig Angst, dass ich irgendwann das Handtuch werfe, wenn ich tagein tagaus in einem Gebäude mit lauter unfreundlichen Leuten arbeiten muss. Dereks Satz geht mir wieder durch den Kopf: *Du hast Auswahlmöglichkeiten.* Aber habe ich die wirklich? Ich habe so schwer dafür gearbeitet, dahin zu kommen, wo ich jetzt bin. Wenn ich kündige und woanders anfange, muss ich mich da nicht wieder von ganz unten hocharbeiten?

Ach herrje – Derek. Meine Ängstlichkeit wirkt, als würden um mich herum Bauklötze errichtet und Lage für Lage zu einem gewaltigen, schier endlosen Turm des Elends aufgeschichtet. Der heutige Morgen war seltsam. Irgendwie peinlich und unbehaglich, und ich könnte nicht einmal sagen, ob ich für die Spannung zwischen uns verantwortlich war oder er. Wohin war unsere erfrischende Offenheit aus Cancún entschwunden? Meine Aufrichtigkeit schien gefesselt in einem Kerker zu schmoren. Ich konnte mich nicht einmal aufraffen, ihn zu fragen, ob es ihn stört, dass ich nicht mit ins Krankenhaus komme, sondern gleich ins Büro fahre. Es fühlte sich irgendwie an, als könnten diese Worte, hätte ich sie laut ausgesprochen, eine heilende Wunde infizieren. Ich war nicht darauf vorbereitet, dass uns das Leben so schnell und so brutal einholen würde, und ich wünschte …

Jetzt habe ich keine Zeit für solche Gedanken.

Ich folge Nicole den Flur entlang zu einer geschlossenen Bürotür. Mein Blick springt von ihren lächelnden roten Lippen zur Türklinke, auf die sie deutet, damit ich sie öffne.

In meinem Magen tobt ein Tornado, als ich die Klinke nach unten drücke. Die Tür öffnet sich, und ich stehe da wie angewurzelt – sprachlos starre ich das wunderschöne Büro an, in dem sich jetzt mein Schreibtisch und meine Habseligkeiten befinden. Das so viel Platz bietet, dass Derek, Jamal, Nathan, Price und Lawrence bequem zusammen mit mir hier hereinpassen würden. *Und schaut nur!* Es hat ein Fenster! Ein riesiges Panoramafenster, durch das man die Stadt überblicken kann und durch das die Sonne hereinscheint. Auf meinem Schreibtisch steht sogar eine Vase mit frischen Blumen.

Nicole hat mir ein Büro besorgt. Ein echtes, ein richtiges Büro.

»Du weißt, eine meiner Regeln lautet: Es wird nicht geweint«, erstickt Nicole meine Ergriffenheit im Keim.

Ich schniefe. »Das ist schade, denn ich stehe kurz davor, dich vollzuflennen.« Ich wende den Kopf in ihre Richtung, und sie tritt automatisch einen Schritt zurück.

»Wehe! Das lässt du hübsch bleiben.«

Aber mich hält es nicht mehr. Ich springe regelrecht auf sie zu, schlinge die Arme um sie und drücke sie fest. »Danke. Danke. Danke.«

»Gern geschehen. Und jetzt lass mich los, oder du bist gefeuert«, keucht sie.

Ich löse mich von ihr und betrete endlich mein neues, großes Büro. Es hat etwas hoch Offizielles, als ich an meinem Schreibtisch Platz nehme. Etwas Bedeutendes. Alles, was ich mir je gewünscht habe … Und sofort wird mir schlecht vor Schuldgefühlen. Ich habe gelogen und Dinge manipuliert, um nach oben zu kommen – und es hat geklappt. Mich beschleicht leise das Gefühl, dass ich es eigentlich nicht verdient habe.

»Ich muss dir etwas beichten.«

Unter dem Schreibtisch verkrampfen sich meine Hände zu kleinen, festen Ballen. »Die Hochzeit … das war gelogen. Dass wir heimlich geheiratet haben, war keine Absicht, anders als wir es dir und Joseph erzählt haben. Vielmehr haben wir uns betrunken und dann irgendwie geheiratet. Er hat mich dann quasi gerettet und vorgeschlagen, wir sollten das Ganze eine Weile als wahre Liebe verkaufen. So lange, bis sich der Skandal wieder gelegt hat. Das Einzige von unserer ganzen Rede, was gestimmt hat, war, dass wir auf dem College miteinander gegangen sind.«

Ich mache eine Pause und warte, dass sich bei Nicole Ärger oder ein Gefühl, verraten worden zu sein, zeigen. Aber sie grinst nur süffisant. »Das habe ich mir schon gedacht. Und das war clever.«

Als sie nichts weiter sagt, empöre ich mich an ihrer Stelle. »Nein, nicht clever. Durchtrieben. Manipulativ. Falsch.« Ich betone alles voll innerer Überzeugung.

»Ich habe dich doch angerufen und dir gesagt, du sollst mit einem tollen Argument kommen. Und das hast du getan. Gut gemacht.«

Ich schüttle den Kopf. »Ich habe nichts von dem hier wirklich verdient. Ich habe es durch Täuschung bekommen. Und jetzt muss ich jeden Tag auf meinem Thron aus Lügen sitzen in dem Wissen, was ich getan habe, um ihn zu kriegen. Ich sollte kündigen … und besser noch: Du solltest mich feuern. Na los! Ich kann es verkraften.«

Nicole fährt sich mit der Zunge über die Zähne, dann setzt sie sich Gott sei Dank ebenfalls hin. Sie lehnt sich zurück und schlägt ein perfekt gefaltetes Hosenbein über das andere. »Jetzt pass mal gut auf: Ich will nie wieder etwas davon hören, dass du nichts von dem hier verdient hättest.«

Die ruhige Heftigkeit in ihrer Stimme verschließt mir den Mund – aber dass meine Augen groß wie Untertassen sind, weiß ich.

»Du hast dir diesen Job nicht verdient, weil du mit dem oder dem verheiratet bist oder auch nicht. Dein Familienstand ist mir, ehrlich gesagt, ziemlich egal. Es stimmt: Dass du wegen deiner Ehe gelogen hast, hat dir geholfen, den Job zu behalten, weil die Welt nach wie vor grausam zu Frauen ist. Und wenn du zugegeben hättest, dass du dich mit einem Klienten besoffen und ihn im Suff geheiratet hast, dann hätten sie dich bei lebendigem Leib gefressen. Die Zwischentöne in der Beziehung hätten sie nicht sehen können.« Sie stellt beide Beine gerade auf den Boden und beugt sich vor. »Aber ich kenne dich, Mac. Ich kenne dich besser, als dir bewusst ist. Und wenn du Derek, deinen College-Schatz, nicht lieben würdest, hättest du bei dem Plan nie mitgemacht. Wenn du nicht tief in deinem Herzen wüsstest, dass Derek der

Richtige für dich ist – dann hättest du sofort reinen Tisch gemacht. Aber ein Teil von dir weiß, dass er ein sicherer Kandidat ist.«

Ich öffne den Mund, um dagegen zu argumentieren, aber sie spricht bereits weiter. »Abgesehen davon hast du gegen keinen Grundsatz der Agentur verstoßen. Der einzige Grund, warum man dich nach der Hochzeit entlassen hätte, wäre der Skandal gewesen, den eine sofortige Scheidung ausgelöst hätte. Denn das hätte nach Stümperei ausgesehen. Und das hätte auf die Agentur abgefärbt. Aber das habt ihr verhindert, indem ihr das Ganze als Lovestory verkauft habt – ganz, wie ich es gehofft hatte.«

Ein gutes Argument, aber mein Gewissen lässt mir keine Ruhe. »Ich fühle mich nicht gut, wenn ich diesen Job unter Vorspiegelung falscher Tatsachen behalte.«

»Es sind doch keine falschen Tatsachen, oder?«, fragt sie mit spitzbübischem Grinsen, und ich weiß genau, was sie meint, noch ehe sie es näher erläutert. »Habt ihr, du und Derek, immer noch vor, euch scheiden zu lassen?«

Ich zögere kurz. »Nein.« *Zumindest glaube ich das nicht.* Verdammter Mist, wieso haben wir diese Details nicht ein für alle Mal geklärt?

»Und habt ihr beide zufällig während der Flitterwochen Gefühlsbekundungen ausgetauscht?«, fragt sie mit hochgezogener Augenbraue. *Allwissende Hexe!*

Ich unterdrücke ein Lächeln, denn das haben wir nun ja tatsächlich getan, auch wenn ich ihm das wahre Ausmaß meiner Gefühle verschwiegen habe. »Ja, solche Erklärungen wurden abgegeben.«

Sie verdreht die Augen und wischt mit einer Handbewegung all meine Befürchtungen beiseite. »Dann vergiss das Ganze, Mac. Wir alle treffen Entscheidungen in unserem Leben, und manche davon befinden sich zwangsläufig in einer Grauzone.

Dies ist so eine Situation. Du bist ein guter Mensch, und ich glaube keine Sekunde daran, dass du einen anderen als Derek heimlich geheiratet hättest – oder dich mit einem anderen auch nur auf Sauftour begeben hättest. Du hast getan, was du tun musstest, um dich aus einer vertrackten Situation zu retten, und das hast du brillant hingekriegt. Ehrlich.«

Mein moralischer Kompass dreht durch und gerät außer Kontrolle.

»Auch ich musste aus Gründen der Selbsterhaltung zweifelhafte Entscheidungen treffen«, fährt sie fort. »Ich denke, jede Frau, die für Gleichberechtigung kämpft, muss das früher oder später tun, um ehrlich zu sein. Und wir brauchen auf unserem Weg die gegenseitige Unterstützung. Du hast meine, und zwar nicht, weil du mit dem Mann, der er nun mal ist, verheiratet bist, sondern weil du, bevor das alles passiert ist, die beste Praktikantin und dann die beste Mitarbeiterin warst, die wir seit Jahren hatten. Niemand hat härter gearbeitet als du, und ich bin felsenfest davon überzeugt, dass du eine der besten Agentinnen im Sport-Geschäft wirst. Das ist der Grund, warum du dir dieses Büro verdient hast – und das ist auch der Grund, warum ich von dir nie wieder etwas Gegenteiliges hören will. Hast du mich verstanden?«

Ich presse meine zitternden Lippen aufeinander und nicke. »Danke, Nicole.«

Jetzt lächelt sie mich freundlich an. Sie mag mich wirklich. Das Geräusch eines gedämpften Niesens vor meiner Bürotür reißt uns beide aus unserer Unterhaltung. Dann setzt Panik ein. Die Tür war die ganze Zeit offen gestanden. Und auch wenn Nicole sehr verständnisvoll ist, wer sagt, dass das auch für andere zutrifft?

Nicole hat wohl das Gleiche gedacht, denn sie springt hoch, geht zur Tür und schaut in beide Richtungen den Flur entlang.

»Da ist niemand. Da haben wir wohl jemanden in seinem Büro gehört.«

Meine Schultern entspannen sich, und ich atme erleichtert aus. »Bevor du gehst: Würdest du mir wegen Derek einen Rat geben?«

Diesmal schließt Nicole die Tür und setzt sich dann wieder auf den Stuhl vor mir. Ich erzähle ihr, was am Morgen alles am Flughafen passiert ist, und die nächsten zwanzig Minuten entwickeln wir eine Strategie samt Wording, wie ich am besten der Wahrheit auf den Grund gehen kann. Genau das. Das ist es, was ich so liebe. Und das Wissen, dass ich für die Karriere des Manns kämpfe, den ich liebe, macht alles nur umso verlockender.

Nach einer Weile steht Nicole auf und geht zur Tür. Dann zögert sie kurz und dreht sich noch einmal um. »Ich freue mich, dich bei uns zu haben, Mac. Du … du machst das ganze Umfeld hier erträglicher.«

Ich grinse stolz. »Das zu sagen ist dir jetzt aber schwergefallen, was?«

»Herzlichen Dank, dass du so aufmerksam bist.«

»Mir egal, was du sagst, du bist eine tolle Freundin, Nicole.«

Sie kneift die Augen zusammen. »*Arbeits*freundin. Wir sind ausschließlich Arbeitsfreundinnen, kapiert?«

»Ehrlich, ich würde mein Leben für dich geben«, sage ich feierlich, stehe auf und gehe um den Schreibtisch herum, ohne mit dem Rücken gegen eine Wand zu stoßen. »Spätestens nächste Woche sind wir beste Freundinnen.«

»Ich habe schon eine beste Freundin.«

»Nämlich mich«, erwidere ich leise.

»Nein, nicht dich.« Sie verdreht die Augen. »Sondern meinen Mann.«

Ich verfalle tatsächlich in Schnappatmung, so tief sitzt der Schock. »Du bist verheiratet?! Wieso weiß ich davon nichts?«

Nicole grinst – stolz darauf, dass sie ihr Geheimnis wer weiß wie lange schon vor mir bewahrt hat. »Ich halte Arbeit und Privatleben strikt getrennt.«

»Und was verrätst du mir als Nächstes? Dass du an den Wochenenden die singende Gouvernante der Trapp-Familie gibst?«

Sie ist schon auf dem Weg nach draußen. »Tschüs, Mac. Ich gehe.«

»Ich heiße Nora«, verbessere ich sie zum ersten Mal. »Ab sofort würde ich gern bei meinem richtigen Vornamen genannt werden. Mac mochte ich eigentlich nie. Der Spitzname passt irgendwie nicht zu mir.«

Nicole bleibt noch einmal stehen und dreht sich zu mir herum. Sie lächelt (auf die Art, wie nur Nicole es kann, indem sie nämlich die Mundwinkel fast unmerklich nach oben zieht) und nickt. »Nora also.«

»Danke, *Bestie.*«

Sie verschwindet den Flur hinunter in ihrem Büro, und ich schaue mir nun mein eigenes gründlich an. Ich versuche mich zu überzeugen, dass jegliches Zögern, hier zu arbeiten, nur meiner Nervosität zuzuschreiben ist. Ich stemme die Hände in die Hüften und ringe mir ein Lächeln ab. »Ja, das wird schon.«

Mein Handy klingelt, und ich hoffe, es ist Derek. Aber dann sehe ich das Foto meines Dads, und mir rutscht das Herz in die Hose und noch tiefer. Das ist er – der Anruf, den ich so fürchte. Dad wird erwarten, dass ich mich für ihn freue, obwohl ich seit Monaten keinen Pieps von ihm gehört habe. Ich soll mich für ihn freuen, auch wenn das heißt, er tauscht mich gegen eine andere Familie ein, bis er auch von der genug bekommt und wieder zu mir zurücktrudelt. Außerdem wird er erwarten, dass ich für ihn die Hochzeit organisiere, wie ich es früher schon getan habe.

Normalerweise würde ich mich dazu durchringen, seinen Anruf entgegenzunehmen. Ich hätte Angst, er würde es bei dem einen Versuch belassen – und wenn ich den verpasse, würde ich keine zweite Chance bekommen. Doch dieses Mal tue ich es nicht. Je länger es klingelt, desto einfacher wird es für mich, das Handy zu ignorieren. Endlich mit voller Einsicht zu erkennen, dass ich etwas Besseres verdient habe als das. Von jetzt an werde ich mich mit seinen halbherzigen Kontaktversuchen nicht mehr zufriedengeben. Ich rufe ihn zurück, wenn ich so weit bin. Dann werde ich ihm sagen, dass ich mich um seine Hochzeit nicht kümmern werde und dass wir nach der Hochzeit ein ernsthaftes Gespräch führen müssen.

Ich wische den Anruf weg, schaue mich dann um und lächle wieder.

38

DEREK

Als Nora anruft, bin ich gerade auf dem Weg von Nathan, bei dem wir uns nach dem Krankenhaus alle noch getroffen haben, nach Hause.

Der bloße Name auf dem Display reicht, dass Druck von meinen Schultern abfällt. Den ganzen Tag habe ich überlegt, wie ich mit Nora weiter vorgehen sollte, und ich glaube, ich habe mir einen guten Plan ausgedacht.

»Du musst gerochen haben, dass ich an dich denke«, melde ich mich zur Begrüßung.

»Meine Nase hat mich schon eine Weile gejuckt …«

Ich verstärke den Griff um das Lenkrad. »Das ist jetzt nicht unbedingt der Körperteil von dir, den ich in meinen Tagträumen berührt habe.«

Schweigen in der Leitung.

Grinsend frage ich: »Bist du noch dran, Ginger Snap?«

Sie räuspert sich. »Ja, ich bin noch da. Ich musste nur kurz an die Herz-Lungen-Maschine. Jetzt geht es mir wieder besser – alles gut.«

Gott, ich liebe sie. Sie fehlt mir schon jetzt.

Ich setze den Blinker und wechsle die Fahrspur. »Wie war denn dein Tag?«

Sie seufzt zufrieden, und ich sehe ihre lächelnden Lippen vor mir. »Er war … gut. Ich habe ein neues Büro bekommen. Du kennst mein altes nicht, aber wenn du den Daumen hochhältst, kriegst du einen ziemlich genauen Eindruck von der Größe.«

Ich lächle. »Und das neue ist größer?«

»Kein Vergleich. Und es hat große, prächtige Fenster und stinkt kein bisschen nach Putzmittel.« Nach einer kurzen Pause fährt sie fort: »Das musst du dir unbedingt ansehen.«

»Mache ich gern.«

»Aber du musst dich benehmen«, sagt sie, weil sie offenbar durch die Leitung meine Gedanken errät.

»Wann benehme ich mich nicht?«

»Du schnurrst, Derek.«

Ich muss lachen. »Und wieso war dein Tag nur gut und nicht großartig? Hat sich Marty aufgeführt? Ein Wort von dir genügt, und ich stehe morgen Früh auf der Matte und bereite ihm die schlimmste Überraschung seines Lebens.«

Sie kichert, klingt aber nicht sehr überzeugend. »Ich hatte nicht groß mit ihm zu tun, sondern bin so ziemlich den ganzen Tag allein in meinem Büro geblieben.«

Jetzt bin ich alarmiert. »Du klingst traurig.«

»Das war keine Absicht … ich meine, es ist nur – können wir bei diesem Telefonat noch einmal von vorne anfangen? Ich wollte dir Bescheid sagen, was ich herausgefunden habe. Wegen deinem Platz in der Mannschaft. Kannst du dich eine Minute auf das Geschäftliche konzentrieren?«

Ihre Tonlage beunruhigt mich. Wie gern würde ich jetzt von Angesicht zu Angesicht mit ihr reden. Dann könnte ich sehen, ob neben ihren Augen Fältchen auftauchen, weil sie lächelt, oder ob sie die Lippen zu einem Strich zusammenpresst.

»Ich bin gerade auf dem Nachhauseweg, also immer raus mit den guten Nachrichten«, sage ich mit unmissverständlichem Sarkasmus.

»Ich habe mit den Mannschaftsverantwortlichen gesprochen, und alles, was wir am Flughafen gehört haben, ist tatsächlich nur ein Gerücht – und es stammt nicht von ihnen.« *Was für eine Erleichterung.* »Ich soll dir ausrichten, aktuell gebe es keine Bestrebungen, dich zu ersetzen, und dass die Sharks deinen Einsatz für das Team immer geschätzt haben und du die Chance bekommst, die du verdienst.«

»Aber?«, frage ich, denn da kommt garantiert noch ein *Aber.*

»Aber«, beginnt Nora leise, »den Rest kennst du schon. Dein Platz in der Mannschaft ist alles andere als sicher. Alles hängt schwer von deiner Performance in den ersten Spielen ab. Sie wollen sehen, wie sehr dich deine Verletzung behindert – und im schlimmsten Fall stehen dir die Bank, eine Gehaltskürzung, die Neuverhandlung deines Vertrags bevor … oder auch der Verkauf.«

»Ich will für keinen anderen Verein spielen, nur für die Sharks.«

»Selbst wenn das bedeutet, dass du gar nicht mehr spielst?«, trifft sie gleich den wunden Punkt.

Ich lasse mir die Frage eine Weile durch den Kopf gehen, ehe ich antworte. »Ich will nicht verkauft werden. Die Sharks … die Kumpel … die sind für mich wie eine Familie. Ich will meine Karriere bei den Sharks beenden.«

»Das kann ich verstehen. Und ich respektiere das auch«, erwidert sie, und jetzt wünsche ich mir nichts sehnlicher, als bei ihr zu sein. Dass wir diese Unterhaltung führen, wenn sie in meinen Armen liegt. Vorzugsweise nackt. »Okay, dann muss ich dir noch etwas sagen, und du musst mir versprechen, mich bis zum Ende anzuhören, bevor du etwas dazu sagst. Versprochen?«

»Oje, das klingt nicht gut.«

»Versprochen?«

Mein Seufzer dringt durch all die kleinen Risse, die ich in unserer Beziehung heute gespürt habe. »Schön, versprochen.«

Kurz herrscht peinliches Schweigen, dann fährt sie fort. »Ich gebe dir jetzt die Möglichkeit, auf der Stelle unsere Beziehung zu beenden.«

»Warum, zum Teufel, soll ich so etwas …«

»Hey!«, fällt sie mir ins Wort. »Keine Unterbrechung, schon vergessen?«

»Entschuldige«, knurre ich und verfluche mich, dass ich ihr das versprochen habe.

»Wie gesagt, ich möchte dir die Möglichkeit geben, das Ganze zu beenden. Ich habe den ganzen Tag überlegt und bin zu dem Schluss gekommen, dass diese Beziehung einfach nicht fair dir gegenüber ist. Du hast all das meinetwegen und um meiner beruflichen Karriere willen getan, und dafür bin ich dir unendlich dankbar, und das Letzte, was ich will, wäre, dass du dich irgendwie gefangen fühlst.«

Ich muss schwer an mich halten, um sie nicht erneut zu unterbrechen.

»Wir haben unsere Flitterwochen pflichtgemäß absolviert, und das öffentliche Interesse an der Geschichte wird bald nachlassen, weil alle erwarten, dass du dich dann auf das Trainingslager und die Saisonvorbereitungen konzentrieren musst. Wenn du das Bedürfnis hast, alles, was in Cancún passiert ist, als Fiebertraum abzutun, dann hast du meinen Segen. Denn für mich hatte all die Jahre meine Karriere oberste Priorität, und wenn du jetzt, wo es nötig ist, genauso handelst, werde ich dir keine Steine in den Weg legen.«

Ich warte ganz kurz, nachdem sie aufgehört hat zu reden. »Bist du jetzt fertig?«

»Ja. Ich glaube schon.«

»Okay. Meine Antwort lautet: *Auf gar keinen Fall.*«

»Aber, Derek …«

»Nein, jetzt hörst du mir zu. Denn einer deiner Punkte war völlig falsch.« Die Tore zu meiner Wohngegend schwingen auf, als ich die Schlüsselkarte vor das Display halte. »Ich bin nicht mit dir in die Flitterwochen gefahren, nur weil ich dir einen Gefallen tun wollte. Ich bin mit dir verheiratet geblieben, weil ich ein Egoist bin und mir jede Ausrede recht war, um so lange wie möglich in deiner Nähe zu bleiben. Und deshalb: Nein. Ich will keine Trennung. *Und du?*«

Ich fahre zu meiner Auffahrt hoch und sehe Noras Wagen auf dem Gästeparkplatz stehen. Sie selbst sehe ich allerdings nirgends. »*Moment mal.* Du bist hier?«, frage ich.

»Ich habe deinen Türcode benutzt, um hineinzukommen. Wir sehen uns oben.« Damit beendet sie das Gespräch.

Ich verliere keine Zeit, renne ins Haus und stürme immer zwei Stufen auf einmal die Treppe hoch. Ich fliege Richtung Schlafzimmer, bleibe aber abrupt stehen, weil ich Nora auf der Bettkante sitzen sehe. Sie trägt noch dieselbe Kleidung wie heute Morgen, dieses riesige gelbe Smiley-T-Shirt und die Leggings … aber ihr Haar ist zu einem süßen Bun hochgesteckt, und mir bleibt fast das Herz stehen.

»Hi«, begrüßt sie mich lächelnd, dann bemerke ich, dass sie etwas in der Hand hält. Eine große Pappschachtel. Und plötzlich erinnert mich das allzu sehr an den Tag, an dem sie mit mir Schluss gemacht hat.

39

NORA

Derek steckt sein Handy ein und verlangsamt seinen Schritt, als er die Schachtel auf meinem Schoß sieht. Er zögert, näher zu kommen, und ich weiß auch, warum.

»Nein!«, sage ich, um ihn so schnell wie möglich aus seinem Elend zu befreien. »Ich will keine Scheidung. Im Gegenteil. Ich will unsere Ehe erhalten. Aber erst musste ich etwas regeln, was für dich wichtig ist.«

Er runzelt die Stirn und betrachtet erneut die Schachtel. »Ich bin verwirrt.«

Ich stehe auf und lege die Schachtel auf das Bett. »Mir ist heute in der Arbeit etwas klar geworden.«

Mit verkniffenem Mund lehnt sich Derek an den Türrahmen und verschränkt die Arme vor der Brust. Er ist nicht gewillt hereinzukommen, zu mir und zu dieser Pappschachtel.

»Ich habe den ganzen Tag getan, was ich gern tue«, fahre ich fort. »Ich habe geschickt formulierte E-Mails versendet. Verträge überprüft. Habe mir Wortduelle mit deinen Mannschaftsbossen geliefert. Ich bin an meinem Schreibtisch gesessen und nicht an die frische Luft gegangen, bis alle anderen fort und ich allein im Gebäude war. Und da ist mir etwas klar geworden …« Ich halte kurz inne, und Derek runzelt die Stirn. »Es hat mich nicht so ausgefüllt wie früher. Ich habe mein Handy aufgeklappt und mir die Bilder angeschaut von dem, was deine Freunde im Krankenhaus alles für uns auf die Beine gestellt hatten. Und mir ist das Herz schwer geworden.«

Der Leim, der ihn am Türrahmen festgeklebt hatte, löst sich ein wenig. Er stößt sich ab und kommt auf mich zu. »Das tut mir leid, Nora, das war nicht meine Absicht …«

Ich hebe abwehrend die Hand, und er bleibt wie angewurzelt stehen. »Das Herz ist mir schwer geworden, weil ich mir gewünscht habe, ich hätte dich begleitet. Weil ich erkannt habe, dass in meinem Leben offenbar ein neuer Abschnitt begonnen hat, in dem ich mehr brauche als nur meine Karriere, während ich gleichzeitig so tue, als wäre nichts geschehen. Aber ich brauche und will dich, Derek. Ich brauche und will ein Leben mit dir. Mit Freunden. Mit einer besseren Work-Life-Balance.«

Ich nehme mir eine Minute, um mich zu sammeln, und Derek gewährt sie mir. »Damals war ich nicht bereit für ein Leben zu zweit mit dir. Aber jetzt – du tust mir so gut. Du bist für mich eingetreten, hast für mich Opfer gebracht und mich daran erinnert, wie man Spaß haben kann. Und ich wünsche mir, dass auch ich dir guttue.«

»Das tust du doch …« Er kommt näher, und mein Körper spürt diese angenehme, warme Vorfreude, nach der ich süchtig geworden bin. »Das hast du schon immer getan.«

»Dann will ich auch *zusammen* gut sein. Ich will nicht, dass unsere Vergangenheit unsere Zukunft diktiert. Ich will nicht so viel Angst haben, die gleichen Fehler zu machen wie früher und dass wir nicht ehrlich zueinander sind.«

Ich sehe seine Hand zucken, und ich weiß, ich habe eine Saite in ihm angeschlagen. Ich war heute offenbar nicht die einzige Verunsicherte.

»Und wie schaffen wir das?« Er klingt so traurig, dass mein

Herz zerfließt. Er hat mir heute etwas verschwiegen. Aus Sorge um mich.

Ich hole tief Luft. »Na zum Beispiel heute. Ich wünsche mir, dass du keine Angst hast, mich von der Arbeit abzuhalten, wenn du mich bei irgendetwas dabeihaben willst.«

»Nur wenn du mir versprichst, mir ehrlich zu sagen, wenn etwas unaufschiebbar ist. Ich möchte nicht im Hinterkopf dauernd diese Stimme hören, die mir zuflüstert, du verzichtest aus Liebe zu mir auf etwas Wichtiges.«

»Das kann ich dir versprechen.«

Seine Körperanspannung lässt ein wenig nach, er neigt den Kopf und schielt zu der Schachtel hin. »Okay, aber jetzt will ich wissen, wieso du eine Trennungsschachtel dabeihast, denn je länger ich mit ihr das Zimmer teilen muss, desto höher steigt mein Blutdruck.« Die kleine braune Schachtel ist für ihn ein lebendes, atmendes Monster.

Ich packe ihn bei der Hand und ziehe ihn näher zum Bett, dann stehe ich auf, drehe mich mit dem Rücken zu ihm, und er schlingt mir die Arme um den Bauch. Es fühlt sich so gut an, diese wenn auch nur punktuelle Wiedervereinigung, das Ende des gekünstelten Lächelns und der Spannungen, ich könnte stöhnen vor Lust.

Er versucht, über meine Schulter hinweg in die Schachtel zu schauen, aber ich klappe den Deckel schnell zu, damit er den Inhalt nicht zu früh sieht. Okay, vielleicht bin ich ein wenig zu theatralisch, aber dazu stehe ich. Derek mag meine dramatische Seite.

»Das ist keine Trennungsschachtel. *Es* bedeutet, ich habe erkannt, dass du die Flitterwochen absolut ehrlich gemeint hast und dich damit verletzlich gemacht hast. Ich war nicht offen zu dir. Hiermit stelle ich mich in puncto Aufrichtigkeit auf eine Stufe mit dir.«

Er küsst mich auf die Wange. »Okay, jetzt zeig mir deine perversen Sexspielzeuge.«

Ich breche in Gelächter aus, doch rasch schnürt sich mir die Kehle zu. Bei dem Gedanken, meine sämtlichen Geheimnisse zu offenbaren, fühlt sich meine Zunge trocken an wie ein Papierhandtuch. Er drückt mich leicht, um mich zu ermutigen, und die Adern seiner Unterarme treten noch deutlicher hervor. Ich hole tief Luft, dann klappe ich den Deckel auf.

Als ich das erste Teil heraushole, verändert sich die Atmosphäre. Derek erkennt, um was es sich handelt, und versteift sich ein wenig.

Es ist ein altes Trikot, abgetragen und verblasst – die Rückennummer ist brüchig. Ich lege es auf das Bett.

»Ist das … dasselbe Trikot, das du zu meinen Spielen auf dem College getragen hast?«, fragt er hörbar gerührt.

»Dasselbe«, bestätige ich. Der Klebeglitzer, mit dem ich seine Nummer umrandet hatte, funkelt noch immer wunderbar.

Bevor mir die Nerven durchgehen, ziehe ich das nächste Teil hervor, das Trikot mit seiner Rückennummer, das er die erste Saison getragen hat, als er noch für die Colorado Trailblazers angetreten ist, bevor er dann an die Sharks weiterverkauft wurde. Ich spüre, wie sich Dereks Brust bei diesem Anblick hebt. Ich werfe es zu dem anderen, dann greife ich erneut in die Schachtel.

Schweigend und bewegungslos wie eine Statue verfolgt Derek, wie ich das damalige Trikot herausziehe, das von seinem ersten Jahr bei den Sharks stammt – mit seiner Rückennummer natürlich. Danach folgen zwei weitere im jeweiligen Stil späterer Jahre. Jedes Mal hatte ich mir gesagt, ich würde kein neues mehr kaufen – dass ich die Gefühle verblassen lassen und all das Zeug auf einen Haufen werfen und verbrennen müsste. Aber irgendetwas in mir konnte nicht loslassen. Ein Teil von mir, tief in meinem Innersten, wusste, das dürfte ich nicht tun. Dass wir wieder zueinanderfinden würden.

Als ich schließlich am Boden der Schachtel ankomme, drehe ich mich um und schaue Derek in die Augen. In seine so argwöhnisch verschleiert-blauen Augen. »Ich habe mir jedes Spiel angesehen, das du für Colorado gemacht hast. Und jedes Heimspiel, das du für die Sharks bestritten hast. Nicht, weil ich die Sharks so mag, sondern weil ich dich liebte. *Jeden. Einzelnen. Tag.*« Er betrachtet mich, wie ich mit der Zunge über die Lippen fahre. Beim Klang des Worts Liebe ziehen sich vor Rührung seine Augenbrauen zusammen. Diesem *großen,* wichtigen Wort, das wir uns noch nicht gesagt haben, seit wir wieder zueinandergefunden haben.

»Und jetzt – mach dich bereit für eine Rede. Eine gute Rede. Ich habe mir Notizen gemacht.«

Er grinst. »Haben alle Gliederungspunkte verschiedene Farben?«

»Von Herzen kommend ist violett. Beziehungsgeschichte ist rot. Alles, was dich betrifft, ist kornblumenblau.«

Sein Daumen zeichnet auf meinem Rücken einen Kreis nach. »Ich bin bereit.«

Ich stelle mich gerade hin, straffe die Schultern und versuche, mich an meinen Schlüsselsatz zu erinnern. »Mein ganzes Leben lang habe ich mich gefühlt wie ein Sprungbrett für andere Leute. Ob der Grund dafür war, dass ich für sie zu viel oder zu unbedeutend war, kann ich nicht sicher sagen. Alles, was ich weiß, ist: Freunde bleiben mir nur so lange erhalten, bis sie eine bessere, weniger unausstehliche Version von mir finden. Eine, die ohne seltsame Sprüche auskommt und nicht andauernd zwanghaft ihren Wäscheschrank umorganisiert.« Und die *Speisekammer.* Die ist mir besonders wichtig. »Sogar mein Dad sucht Vaterfreuden bei mir nur, bis er ein neues Stiefkind kriegt, dann will er nichts mehr von mir wissen.« Ich hole tief Luft, weil die Emotionen mich zu überwältigen drohen. »Und mein letzter Ex-Freund konnte nicht ertragen, dass ich unfähig war, still in einem Zimmer zu sitzen. Er meckerte andauernd, weil ich so viel Aufmerksamkeit auf uns lenkte, wo immer wir auch hinkamen.

Und als ich dann sein Blut sah und ohnmächtig wurde, sagte er, jetzt reicht es, und machte Schluss.«

Derek sieht aus, als würde er am liebsten einen Berg spalten, aber ich rede schnell weiter. »Damals im College hatte ich solche Angst, ich würde dir alles geben und wäre für dich letztlich auch nur ein Sprungbrett. Deshalb habe ich mich von dir getrennt ... weil ich dir zuvorkommen wollte. Jetzt aber habe ich keine Angst mehr, und du sollst wissen, wie sehr ich dich liebe.« Sein Griff um meine Hüften wird fester, und ich hatte noch nie ein so gefesseltes Publikum wie ihn. »Ich will keine Trennung. Ich wünsche mir von ganzem Herzen dies – dich und mich –, wenn auch du bereit dazu bist.«

Dereks blaue Augen sind ganz dunkel. Eine blaue Kornblume, die in die Tiefen des Ozeans gefallen ist. Sanft legt er mir die Hände an die Wangen. »Du bist kein Sprungbrett für mich, Nora, und wirst nie eines sein.« Seine Lippen sinken auf meine, und selbst bei dieser kleinen Berührung würde ich vor Begeisterung am liebsten aufstöhnen. Zu schnell zieht er sich wieder zurück, doch seine Worte gleichen alles wieder aus. »Du bist ein Edelstein, Nora. Selten und einzigartig und pulsierend. Und jeder, der das nicht sehen kann, hat es nicht verdient, dass du dich mit ihm abgibst.«

In meiner Brust erblüht ein Garten voller Blumen – warm und farbenfroh. Derek drückt mich zurück auf das Bett, sodass meine Knöchel in der Luft baumeln. Er stützt nur sein halbes Gewicht auf mich, als er sich zu mir herunterbeugt und mit den Fingern über meinen Nacken und die Schultern streicht.

»Falls das nicht schon offensichtlich war: Ich liebe dich auch, Nora. Ich liebe dich mehr, als du Müsli mit Eiscreme liebst, und mehr, als die Sonne es liebt, deine hübsche Haut zu grillen.« In seinen Augenwinkeln tauchen Fältchen auf, als er lächelt. »Du verdienst es, dass man dir die ganze Welt zu Füßen legt, und das werde ich auch versuchen, aber ich glaube, du genießt es mehr, wenn du für dich selbst kämpfen kannst.«

Ich würde mich am liebsten komplett um ihn wickeln und ihn wie eine Python umschlingen. »Da hast du nicht ganz unrecht. Aber wenn ich beim *großen Rennen um die ganze Welt* müde werde oder dehydriere, kann ich dann um etwas Unterstützung von der Seitenlinie aus bitten?«

»Natürlich. Ich bringe Elektrolyte mit.« Er ist und bleibt ein Softie.

»Und wenn ich nun will, dass du mich huckepack über die Ziellinie trägst, weil meine Beine von Krämpfen geplagt werden?«

»Kann ich machen.« Seine Lippen finden meine.

»Und wenn du nur meine Hand halten sollst, wenn ich sie überquere?«

Er brummt an meiner Haut, was meine Nerven sofort weckt. »Es wäre mir eine Ehre.«

»Du bist so liebenswert, Dere-Bear.«

»Das ist nun wirklich ein ganz furchtbarer Spitzname.« Seine Hand spielt mit meinen Fingern. »Aber mir kommt da eine Idee, die ich dir unbedingt unterbreiten muss.«

»Ich höre.« Ich befreie meine Finger aus seiner großen Hand und schiebe sie unter sein Hemd. Seine Haut fühlt sich so heiß an wie ein Metallstab, den man gerade aus dem Feuer gezogen hat.

»Was hältst du davon, wenn ich dich eine Zeit lang date?« Er knabbert an meinem Ohrläppchen, dann gleitet sein Mund über meine Kieferpartie zurück zum Mund. »Du behältst deine Wohnung und ich meine. Dann hole ich dich zu den Dates ab. Wir übernachten mal bei dir, mal bei mir. Wir lassen es langsam angehen, einfach nur so aus Spaß und weil wir es tun können. Weil wir bis in alle Ewigkeit Zeit haben. Weil ich es mir nicht richtig verdienen konnte, dich zurückzugewinnen, bevor wir diese Streifen auf unsere Finger tätowieren ließen. Das will ich jetzt nachholen.«

Ich entziehe mich ihm, damit ich ihm in die Augen schauen kann. »Das ist doch eine tolle Idee, vor allem jetzt, da das Trainingslager ansteht.«

Er legt mir die Hände an die Wangen, lächelt und küsst mich erneut – fester diesmal. Mit jedem Kuss noch intensiver. »Und ich habe das Gefühl, du bist die nächsten paar Wochen viel damit beschäftigt, herumzureisen und jeden Athleten unter der Sonne unter Vertrag zu nehmen. Daten ist momentan einfach die praktischste Lösung. Und du weißt ja, dass ich ein überaus praktisch veranlagter Mensch bin.« Er nimmt meine Unterlippe zwischen die Zähne.

»*Praktisch* ist das sexyste Wort im ganzen Lexikon«, sage ich und schlinge ihm die Arme um den Hals.

Er legt den Mund an mein Ohr und flüstert: »Vielleicht könnten wir sogar ... unsere Terminkalender aufeinander abstimmen.«

Ich stöhne theatralisch. »Hast du eine schmutzige Fantasie!«

»Ich habe noch gar nicht richtig angefangen, Ginger Snap.«

Es dauert nicht lange, da stecken meine Hände in seinem Haar, und seine packen mein T-Shirt und schieben es weiter und weiter nach oben. Seine Zunge streicht über meine, und Hitze macht sich explosionsartig in mir breit, in meinem Bauch, meinen Gliedern, meinem Kopf. Ich schiebe die Hände unter sein Hemd, fahre über seinen Sixpack, seine Brustmuskeln, spüre unter den Fingern die leicht erhöhten Ränder seiner Tattoos. Er zieht mich fest an sich, und sein Kuss lässt mich dahinschmelzen. Jede Berührung seiner Zunge, jedes Streicheln seiner Hände, jeder Druck seiner Lippen scheint mir zu sagen: *Ich liebe dich, ich liebe dich, ich liebe dich.*

»Du hast mir gefehlt diese ganzen Jahre, Nora. Meine Freundin. Meine große Liebe.«

Wie gern würde ich in diesen euphorischen Worten wie in einem Pool baden. Wie gern würde ich sie in eine Decke verwandeln und mich jeden Tag darin einwickeln. »Du hast mir auch gefehlt, Derek. Ende gut, Liebe gut.«

Er flüstert mir ins Ohr: »So geht der Spruch nicht.«

»Sollte er aber.« Ich bäume mich auf. Mehr, mehr, mehr.

»Eins noch. Ich weiß, dass du alle meine Hosen an einem Bein um ein paar Zentimeter gekürzt hast.«

Ich presse die Lippen zusammen und versuche verzweifelt, Haltung zu wahren. »Ohne Anwalt beantworte ich keine weiteren Fragen.«

»*Drohung!*« Derek küsst mich auf die Schläfe und steht dann lächelnd auf. In seinen Augen blitzt es kurz vielversprechend auf, dann packt er mich an den Hüften, zieht mich an den Rand des Betts, zwinkert mir auf seine typische Art zu und kniet sich hin.

Am nächsten Morgen begleitet mich Derek zu mir nach Hause, wo wir mit meinem hübschen neuen Besteck frühstücken, ich auf seinem Schoß.

40

DEREK

Endlich ist Spieltag.

Mein Spieltag.

Wir befinden uns alle im Umkleideraum und warten, dass wir durch den Tunnel auf das Spielfeld laufen können. Draußen tobt die Menge. Das erste Spiel jeder Saison ist immer ein wenig irre, vor allem, wenn es ein Heimspiel ist wie diesmal. Zwei Vorbereitungsspiele haben wir gewonnen, eins verloren – ich durfte bei allen drei nur von der Seitenlinie aus zusehen. Ältere Spieler werden nur selten in Vorbereitungsspielen eingesetzt, schon gar nicht, wenn sie sich nach einer Verletzung gerade erst erholt haben.

Heute ist im Umkleideraum eine latente Aggressivität zu spüren, während sich alle ihr Trikot anziehen. Eine neue Saison. Ein Neuanfang. Die Vorfreude ist mit Händen zu greifen. Das gilt für mich sogar in besonderem Maße. Endlich kann ich mich beweisen, zum ersten Mal. Und ich bin bereit.

Die letzten beiden Monate waren … unglaublich. Nicht nur, weil der Zeitpunkt näher rückte, an dem ich wieder auf das Spielfeld durfte und ich deshalb tagsüber vollauf beschäftigt war, sondern auch, weil die Nächte und die Morgen Nora gewidmet waren.

Nora – ich kann nicht an ihren Namen denken, ohne zu lächeln. Ohne dass mir ganz heiß wird.

Wir waren beide gut beschäftigt, Nora mehr noch als ich. Und es war das größte Privileg, sie brillieren zu sehen. Seit der Artikel letzten Monat im Magazin veröffentlicht wurde, stehen die Sportler vor ihrer Tür Schlange, die sich von ihr vertreten lassen wollen. Nicht, weil unsere Lovestory viral gegangen und sie berühmt geworden war, sondern wegen des Rats, den sie jungen Frauen in jenem Interview gegeben hatte. Seit sich das rumgesprochen hat, besteht ihre Klientel zu achtzig Prozent aus Sportlerinnen. Deshalb war sie auch viel unterwegs und ist kreuz und quer durchs ganze Land gereist, um sich Sportlerinnen anzuschauen oder mit ihnen zu verhandeln. Seit letzter Woche habe ich sie nicht gesehen, weil sie in Illinois eine junge College-Fußballerin begutachten wollte, die sie als Letzte in ihr Portfolio aufnehmen wollte. Danach wollte sie keine weiteren Klienten mehr annehmen.

Ja, ich vermisse sie schrecklich, wenn sie unterwegs ist, aber das Opfer bringe ich gern, weil ich dafür ihr strahlendes Lächeln geschenkt bekomme, immer wenn sie nach Hause zurückkehrt. Sie lebt ihren Traum, und das zeigt sich in ihrem Lachen, ihrem Lächeln, sogar, wenn sie mit mir schläft. Nora ist durch und durch glücklich. Und deshalb bin auch ich glücklich.

Zusammengezogen sind wir noch nicht. Wir haben derzeit weniger eine Ehe als eine monogame, ernsthafte Dating-Beziehung, einfach um uns langsam daran zu gewöhnen. Wir haben das Pferd buchstäblich von hinten aufgezäumt, deshalb hat es einfach Spaß gemacht, Nora die beiden letzten Monate nur zu daten – und manchmal die eintätowierten Ringe an unseren Fingern komplett zu vergessen. Aber auch wenn wir rein technisch gesehen nicht unter einem Dach leben, so verbringen wir doch die meisten Nächte, wenn wir hier sind, zusammen. Entweder bei ihr oder bei mir, aber nur selten getrennt. Ihre Mom kommt häufig zum Abendessen vorbei oder zu einem Spieleabend, ebenso wie die Jungs und deren Frauen. Pam ist mir, ehrlich gesagt, einer der liebsten Menschen auf der Welt. Sie macht uns wegen allem Möglichen die Hölle heiß, aber so, wie es eine wahre Freundin tun würde. Sie ist einfach großartig.

Und vielleicht ist das auch der Grund, warum ich heute zwar aufgeregt bin, mir aber keine Sorgen mache. Mein Leben ist so erfüllt wie nie zuvor – und inzwischen mache ich mir mehr und mehr Gedanken über eine Zukunft jenseits der Sharks … und ich finde die Vorstellung aufregend, nicht mehr beängstigend. Dafür habe ich Nora zu danken, denn ihr dabei zuzusehen, wie sie ihre Karriere rund um die neue Saison verfolgt, hat mich dazu inspiriert, mir eine eigene aufzubauen.

Wie auch immer das heutige Spiel verläuft – auch wenn ich den größten Mist zusammenspiele und sofort aus dem Team geworfen werde, weiß ich, dass das Leben weitergeht. Für mich gibt es mehr im Leben als nur Football.

Trotzdem … ich habe vor, heute ein Wahnsinnsspiel hinzulegen.

»Bist du bereit?«, fragt Nathan, der zu mir kommt und mir auf das Schulterpolster schlägt. Er steht bereits in voller Montur vor mir, Helm in der Hand, und grinst mich an, als könne er in die Zukunft sehen.

Ich hole meinen Helm aus dem Spind. »Mehr als bereit.«

»Und wenn du schlecht spielst?«

»Immer noch bereit.«

Er nickt lächelnd und will sich gerade abwenden, als sich Jamal, der sich im Spiegel seines Spinds betrachtet, meldet. »Sagt mal, Jungs … Ist es eigentlich sehr nervig, jeden Morgen aufzuwachen und zu wissen, dass ihr nie so gut aussehen werdet wie ich?« Er grinst sein Spiegelbild an, und sein Diamantohrring funkelt im Licht.

Price, der auf der Bank vor seinem Spind hockt und so erschöpft wirkt, wie ich ihn noch nie erlebt habe, schaut zu Jamal hoch. »Tust du mir einen Gefallen? Wenn du heute getackelt wirst, stell dir bitte die ganze Zeit mein lächelndes Gesicht vor.«

Jamal tut so, als würde er schmollen. »Ist da etwa einer mürrisch, weil er wegen dem Baby nicht schlafen konnte? Keine Bange, ich bügle deine Fehler auf dem Spielfeld heute aus.«

Price steht auf und stellt sich drohend vor Jamal. »Na los, du kleines Chicken Nugget. Stichle noch ein bisschen weiter.«

Jamal, alles andere als von Prices Größe eingeschüchtert, klopft ihm gegen die Brust. »Ach wie schön. Jetzt bist du wach.«

Nathan schüttelt den Kopf. »Jamal, eines schönen Tages bekommst du noch deine Tracht Prügel.«

Jamal grinst nur umso breiter und fährt sich mit der Hand seitlich über den Kopf. »Auch dann werde ich noch gut aussehen.«

»Na schön«, sagt Lawrence, der in den Kreis tritt und die Blicke aller auf sich lenkt. »Es ist fast so weit. Und ich möchte euch eines sagen …« Er schaut alle an, mich zuletzt, und auf mir bleibt sein Blick hängen. »Ich bin stolz, mit euch allen zu spielen. Und stolz, euch meine Freunde nennen zu können.«

Ich runzle die Stirn und verschränke die Arme. »Was soll der Scheiß, Lawrence? Soll das eine Abschiedsrede auf mich werden?«

Er läuft rot an, und alle lachen. »Nein. Ganz und gar nicht. Ich wollte euch nur mitteilen, dass egal, was passiert …«

»Was passiert denn?«, unterbreche ich ihn. Ich recke mein Kinn hoch, angetrieben von meiner Arroganz.

Lawrence fällt das auf, er nickt lächelnd. Alle lächeln. Seit einer Minute spüre ich nun, wie mein Selbstvertrauen ständig zunimmt. Dessen Fehlen war meinen Team-Kollegen offenbar aufgefallen.

Nathan grinst spöttisch. »Ach verdammt, Derek hat seinen Schlafzimmerblick.«

Jamal windet sich. »Und das muss sich Nora ansehen, kurz bevor du …«

»Nur zu. Bitte beende den Satz doch. Die richtige Antwort habe ich nämlich schon parat.«

»So viele Drohungen heute, Gentlemen.« Nachsichtig lächelnd hebt Jamal die Arme. »Kann denn keiner meine Bemühungen schätzen, euch vor dem Spiel aufzurütteln?«

»Ich schon«, sagt Lawrence mit einer so aufrichtig empfundenen Dankbarkeit, dass jeder Verdacht auf Sarkasmus von vorneherein ausgeräumt ist. Kein Mensch würde darauf kommen, dass dieser Mann in ein paar Minuten auf dem Spielfeld zum wilden Tier werden wird.

»Gut, gut«, meldet sich Nathan, der nun in die Mitte von uns allen tritt. »Zeit für die richtige Ansprache …« Es gibt auch eine offizielle Lagebesprechung mit der gesamten Mannschaft, aber das hier ist eine Tradition von uns fünfen. Eine Minute, um uns zu sammeln und uns zu konzentrieren. Nathan hält jedes Jahr als Erster eine Rede, danach rotieren wir wöchentlich. Und für den Fall, dass es tatsächlich die letzte sein wird, die ich von ihm höre, genieße ich sie doppelt.

»Vergangenes Jahr hat sich für uns alle viel verändert. Wir haben Babys.« Er schaut zu Price. »Wir haben geheiratet.« Er schaut zu mir her. »Wir haben ein zweites Ohr-Piercing bekommen.« Er schaut zu Jamal. »Wir haben Gedichte veröffentlicht.« Er schaut zu Lawrence und hört seltsamerweise dann ohne imposanten Kommentar über sich selbst mit der Aufzählung auf. »Es war ein gutes Jahr, und ich bin dankbar, dass ich es mit jedem Einzelnen von euch verbringen durfte … Ich bin auch dankbar, mit euch auf das Spielfeld laufen zu können. Es wird eine gute Saison werden. Vor allem deshalb, weil ich an der Seite meiner Freunde auflaufen kann …«

Kurz herrscht Schweigen, weil sich keiner sicher sein kann, ob er nicht zu sentimental wird. Alle haben verdächtig den Blick nach unten auf den Teppich gerichtet, und es ist Räuspern und lautes Schniefen zu vernehmen.

Schließlich beendet Nathan seine Ansprache, den Blick direkt auf mich gerichtet. »Na los, Jungs, wir wollen denen heute richtig einheizen!«

Wir kommen aus dem Tunnel, und die Menge feuert uns an wie verrückt. Die Sonne brennt herab, und der Himmel ist so blau wie an dem Tag, an dem ich Nora am Strand geküsst habe. Bei dieser Erinnerung kneife ich die Augen zusammen und suche die Tribüne nach ihr ab. Sie kann sich in meine Privatloge setzen, aber eigentlich wollte sie das heute nicht. Sie wollte zu ihrem ursprünglichen Platz auf der Tribüne, den sie, ohne dass ich eine Ahnung davon gehabt hätte, die letzten Jahre immer eingenommen hat.

Mir war das recht, bis ich merkte, dass dieser Platz ganz oben in der hintersten Reihe war, und da habe ich aus eigennützigen Gründen mein Veto eingelegt. Es brauchte auch nicht viel, sie zu überzeugen – ich habe ihr einfach die Wahrheit gesagt. Dass ich sie nämlich während des Spiels vom Rasen aus sehen möchte.

Jetzt suche ich also die Plätze hinter den Seitenlinien ab und versuche verzweifelt, sie zu erspähen. Die Frau, die mein Spannseil zum Glück ist.

Die Menge um mich herum tobt, und mehrere meiner Mitspieler rempeln mich an der Schulter an, als sie an mir vorbei auf den Rasen eilen. Unser Trainer schlägt mir auf den Rücken und wünscht mir viel Glück, ehe er zu seinem Platz an der Seitenlinie geht. Doch ich bin damit beschäftigt, *sie* zu suchen. Nora Mackenzie Pender.

Und da ist sie, meine Frau.

Ihr rötlich-braunes Haar schimmert in der Sonne, und ihr Lächeln ist acht Nummern größer als normal. Da ich mit dem ganzen Team im Hotel übernachten musste, konnte ich heute

Morgen nicht neben ihr aufwachen. Das hat mir gefehlt. Ich sehne mich nach ihrem Anblick, nach ihrer Berührung.

Sie haucht mir einen Kuss zu und deutet dann auf ihr neues Trikot, das ich ihr heute früh heimlich in ihre Wohnung hatte liefern lassen. Es ist die neueste Version, schwarz-weißes Design, die sie noch nicht in ihrer Sammlung hatte. Sie dreht sich um, sodass ich sehen kann, dass sie die Rückennummer mit Klebeglitzer nachgefahren hat. Dabei hält sie die Hände über die Schulter und formt ein Herz.

Als ich sie erblicke, nehme ich den Rest des Stadions gar nicht mehr wahr, nur sie, wie sie in der Loge steht – ein Lächeln umspielt ihren hübschen Mund, als sie sich wieder zu mir herdreht. Jetzt gibt es kein Halten mehr. Ich laufe zu ihr, lasse den Helm auf den Rasen fallen. Ich packe das Geländer und springe hoch, um auf gleicher Höhe mit ihr zu sein. Die Leute neben ihr sind Familienmitglieder der anderen Spieler, und niemand versucht, mich zu berühren. Nur Nora beugt sich vor und versenkt beide Hände in die Haare an meinem Hinterkopf.

»Na hallo, mein Hübscher«, sagt sie in dem falschen Südstaatendialekt, den sie damals in dieser Bar in Vegas benutzt hat. An dem Abend, an dem wir versehentlich unser Leben für immer verändert haben.

»Küss mich«, sage ich halb bittend, halb flehend.

Sie kommt dem nach und drückt mir einen harmlosen, trotzdem feurigen Kuss auf die Lippen. Die Pfiffe und Buhrufe um mich her bekomme ich nur am Rande mit. »Du hast mir letzte Nacht gefehlt«, sagt sie und zwinkert mir zu. »Aber ich habe die Zeit gut genutzt und dieses mega Schild fabriziert.«

Ich schau auf den dicken Pappkarton, den sie mir nun herhält.

PENDER, GIB ALLES!

Ich schüttle den Kopf. »Soll diese Zeichnung etwa mich darstellen?«

»Sie hat eine frappierende Ähnlichkeit.« Ihre Augen funkeln

vor Glück – vielleicht spiegelt sich aber auch nur das Glitzerzeug vom Schild.

»Ich liebe dich.« Ich beuge mich vor, um sie noch einmal zu küssen, aber kurz bevor sich unsere Lippen berühren, werde ich von einer Hand gepackt und nach hinten gerissen.

»Ihr beide küsst euch zu viel. Jetzt wird endlich Football gespielt.«

»Jamal, du bist heute eindeutig lebensmüde«, rufe ich ihm hinterher, weil er schon wieder Richtung Spielfeld unterwegs ist, und das mit einem hämischen Grinsen. Und den Mittelfinger zeigt er mir auch noch.

Ich schaue noch einmal zu Nora und deute auf sie, bevor ich mich zu meinen Mannschaftskollegen geselle. *Das ist für dich.*

41

NORA

Die Menge dreht völlig durch, als die Zeit abläuft, kurz nachdem Derek mit seinem insgesamt zwölften Catch in der Endzone und seinem dritten Touchdown den Sieg sicherstellt.

Meine Mom und ich brüllen und fallen uns in die Arme, springen auf und ab wie kleine Kinder. Derek lächelt, kniet sich hin und macht eine Verbeugung, als wäre ich seine Königin. Als hätte er das nur für mich getan. Die übrigen Jungs folgen seinem Beispiel, und bevor ich michs versehe, verbeugt sich der Großteil der Mannschaft, als hätte ich irgendetwas mit dem fantastischen Spiel zu tun, das Derek soeben abgeliefert hat.

Ich lache mich schlapp und bedeute ihnen, sich wieder zu erheben. Dabei könnte ich vor Erleichterung und Stolz schier platzen. Er hat es geschafft – ich wusste, er würde es schaffen. Die gesamte Mannschaft spielte wie Champions, aber Derek war das ganze Spiel über nicht zu halten. Keiner konnte ihn stoppen, und Nathans Pässe waren heute makellos.

Apropos Nathan: Als die Jungs wieder aufstehen, bemerke ich, wie er etwas dümmlich zu einer der Logen oberhalb meiner hinaufschaut. Ja klar, da steht Bree und streckt ihm die Zunge heraus. Ich liebe sie. Und ich bin froh, sie jetzt meine Freunde nennen zu dürfen.

»Nach diesem Spiel sollen sie mal versuchen, deinen Mann aus dem Team zu werfen«, ruft meine Mom und drückt meine Hand, weil sie weiß, welche Sorgen ich mir deswegen gemacht habe. Ich wollte es mir nicht anmerken lassen, denn selbst wenn Derek heute schlecht gespielt hätte und abserviert worden wäre, wäre das für ihn auch in Ordnung gewesen. Dann hätte er sich eben etwas anderes gesucht. Derek ist viel zu talentiert, um keine neuen, spannenden Betätigungen zu finden. Ich weiß aber auch, wie sehr er die Sharks liebt, dass er sie als seine Familie betrachtet, und ich hatte mir von ganzem Herzen gewünscht, dass er bei seinen Freunden in der Mannschaft bleiben darf. Und dank der großartigen Leistung, die er heute gezeigt hat, steht es außer Frage, dass die Sharks ihn behalten werden. Es war, als hätte es seine Knöchelverletzung nie gegeben. Und ich kann es kaum erwarten, dass diese bescheuerten Sportmoderatoren ihre lächerlichen Behauptungen zurücknehmen müssen.

Derek steht auf, schleudert den Helm zur Seite und rennt mit Volldampf auf mich zu. Ich beuge mich über das Geländer, werfe ihm die Arme um den verschwitzten Hals und küsse ihn auf seinen lächelnden Mund. »Ich bin so stolz auf dich«, sage ich mit Freudentränen an den Wimpern.

»Danke, dass du für mich da bist«, erwidert er keuchend. »Dass du immer für mich da bist.« Mehrere Leute hinter mir rufen seinen Namen, um seine Aufmerksamkeit zu erhaschen. Die ihres neuen Football-Gottes, der von seinem Thron herabsteigt und uns mit seiner Zuwendung überhäuft. Er küsst mich noch einmal auf die Wange, dann widmet er sich der Menge hinter mir, zieht einen seiner Handschuhe aus und wirft ihn zu einem etwa zehnjährigen Jungen auf die Tribüne. Dann angelt er sich meine Hand und küsst mich auf das Ring-Tattoo. »Sehen wir uns im Pressezentrum?«

Die Pressekonferenz nach dem Spiel ist obligatorisch – und ich würde sie um nichts auf der Welt verpassen wollen. Schon gar nicht, wenn er sich damit brüsten kann, wie toll er aufgetrumpft hat.

»Ich komme.«

Unter dem Jubel der Menge springt er hinunter. Meine Mom strahlt mich an. Die letzten paar Wochen hat sie mir immer wieder gesagt, wie gern sie Derek mag. Dass sie mir ihren Segen gibt, bedeutet mir alles.

Wir packen unsere Sachen zusammen und schieben uns durch die Menge auf die zweite Ebene zu, auf der Brees und Nathans Loge ist. Es wird noch ein wenig bis zum Beginn von Dereks Pressekonferenz dauern, denn die Spieler müssen erst duschen, und höchstwahrscheinlich wird Nathan als Erster Rede und Antwort stehen. Ich habe vor, Bree zu umarmen, und dann, um die Wartezeit zu überbrücken, alles kostenlose Essen wegzufuttern, das sie in ihrer Loge hat.

Doch als wir hinkommen, starrt Bree stirnrunzelnd auf ihr Handy. Dann richtet sie den Blick auf mich, und instinktiv weiß ich, dass irgendetwas nicht stimmt. Etwas, das mit mir zu tun hat, da ich in ihren Augen eine Mischung aus Schrecken und Mitleid erkenne.

»Was ist los?« Ich befürchte Schlimmstes.

In der Loge befinden sich noch weitere Leute: Brees Freund Dylan und ihre Schwester Lily. Sie alle schauen mich an, als wäre ich der nächste Tribut von Panem.

Bree breitet die Arme aus. »Lass dich erst umarmen, dann erzähle ich es dir.«

Mir wird ganz flau im Magen. Sie drückt mich, als wolle sie mich nie wieder loslassen, doch schließlich löst sie sich von mir und hält mir ihr Handy hin.

Ich nehme es, kann mich aber noch nicht durchringen, darauf zu schauen. »Glaubst du, wenn ich vermeide, es mir anzuschauen … was auch immer es ist …, dass es dann verschwindet?«

»Unwahrscheinlich«, antwortet Bree mit sorgenvoller Miene, was mich noch nervöser macht. »Und du solltest es schnell lesen.«

Meine Mom tritt näher, um über meine Schulter den Online-Artikel zu lesen, der nur Minuten nach dem Sieg der Sharks veröffentlicht wurde. Darin geht es gar nicht um die L.A. Sharks, sondern um mich. Und um Derek … aber hauptsächlich um mich.

Die Schlagzeile lautet: *Intrigante Agentin heiratet aus Karrieregründen Football-Legende.*

Wow, wie originell. Doch dann, als ich weiterlese, folgt richtiges Entsetzen, denn vieles, was in dem Artikel steht, stimmt. Ich meine, es wird alles so hingedreht, dass ich als manipulative Hexe dastehe, aber im Wesentlichen ist es die Wahrheit. Es wird behauptet, es sei gelogen, wenn Derek und ich nach außen die romantische Fassade aufrechterhalten. Dass unsere spontane Heirat nichts weiter sei als ein Fehler Dereks, der ihm in betrunkenem Zustand unterlaufen sei.

Die zitierte Quelle hat die Dreistigkeit zu suggerieren, ich hätte Derek vorsätzlich betrunken gemacht und ihn dann benutzt, um meine Karriere voranzubringen (dieser Teil ist offensichtlich gelogen). Dann geht es weiter. Unsere Flitterwochen seien lediglich ein PR-Gag. Derek sei gezwungen gewesen, gute Miene zum bösen Spiel zu machen, um seinen Ruf nicht zu ruinieren. Was … auch nicht stimmt. Wenigstens nicht alles. Dereks Ruf hatte schon viel Schlimmeres überstanden (einschließlich eines Vorfalls, wo er sich in einem Club besoffen hatte und splitternackt auf der Tanzfläche herumgeturnt war. Man schaffte ihn hinaus und steckte ihn in einen Wagen. Und alles, was daraus folgte, waren ein paar verschwommene GIF-Dateien. Die Sponsoren standen trotzdem Schlange).

Nein; es war mein Ruf, den Derek schützte.

»Wie können sie es wagen, so etwas zu schreiben?« Ich zittere, als ich den Artikel zu Ende gelesen habe. Zitiert wird eine anonyme Quelle, aber das ist zweifelsfrei das Werk eines eifersüchtigen Kollegen. Und dann fällt mir ein, wie ich vor einigen Wochen Nicole im Büro mein Herz ausgeschüttet habe und wir glaubten, dass uns jemand vom Flur aus belauscht haben könnte. Offenbar hatten wir uns nicht getäuscht.

Mir wird speiübel.

»Alles okay, Liebling?«, fragt Mom, die mir den Arm um die Schultern legt.

»Ja … nein … vielleicht irgendwo zwischendrin.«

»Hast du eine Ahnung, wer das zu verantworten hat?«, fragt Bree besorgt.

»Jemand, der so neidisch auf den Aufschwung meiner Karriere ist, dass er sie beenden möchte.« Ich weiß genau, wer es war. Es ist dieselbe Person, die seit Wochen hinter meinem Rücken über mich herzieht. Derjenige, der sauer war, weil man mich in der Agentur allmählich als eine der ihren akzeptiert hat. Und auch derjenige, der versucht hat, mir die Sportler, mit denen ich in Verhandlungen stand, abzuwerben – mit der Behauptung, mein Berufsethos lasse doch sehr zu wünschen übrig. *Dein Berufsethos lässt sehr zu wünschen übrig, Marty, in Anbetracht der Tatsache, dass du im Pausenraum nicht einmal deinen Dreck wegräumst.*

Ich gebe Bree ihr Handy zurück, und schon vibriert mein eigenes in meiner Gesäßtasche. Ich ziehe es heraus und sehe Nicoles Namen im Display. Sie muss den Artikel gesehen haben.

»Ich habe ihn gerade gelesen«, melde ich mich grußlos.

Was sie allerdings nicht stört. Sie kommt gleich zum Wesentlichen, was dafür sorgt, dass mir der kalte Schweiß ausbricht. »Dereks Pressekonferenz. Du musst ihn vorwarnen, bevor er vor die Kameras tritt.«

Ich murmle einen Fluch vor mich hin und sprinte aus der Loge.

Ich renne, so schnell ich kann, durch das Stadion und remple dabei auch ein paar Leute an. Ein Typ mit Bier passt nicht auf, wo er hingeht, und rechnet auch nicht damit, dass eine Frau in Lichtgeschwindigkeit auf ihn zugeschossen kommt, denn er stiefelt mir direkt in den Weg. Das Bier spritzt über mein hübsches neues Trikot, und wäre ich nicht in so großer Eile, um Derek zu erwischen, würde ich (1) stehen bleiben und ihm ein Ersatzbier spendieren, denn Höflichkeit ist das Zahlungsmittel meines Lebens, und (2) würde ich vor Begeisterung schier vergehen, weil ich einen neuen Fleckenentferner-Trick testen könnte. Aber mir bleibt keine Zeit, ich wühle mich weiter durch die Menge.

Ich schaffe es, Derek im Laufen eine Nachricht zu schicken, aber als ich noch einmal auf das Gesendete schaue, steht da: *Ärgr, rf mih ah.*

Da er nicht sofort zurückruft, drücke ich seine Nummer, während ich im Zickzackkurs zwischen den Leuten hindurchsprinte, präsentiere kurz den Sicherheitsleuten meinen Presseausweis und flitze den Tunnel abwärts, bis ich auf Höhe des Spielfelds bin. Auch beim fünften Versuch geht Derek nicht ran. Bestimmt hat er sein Handy im Spind eingeschlossen.

Vor dem Medienraum steht ein weiterer Security-Typ, und während ich auf ihn zurenne und dabei schnaufe wie ein Walross, sieht der Mann aus, als überlege er, ob er mir schon allein als Vorsichtsmaßnahme Handschellen anlegen und mich abführen sollte. Ich will mich an ihm vorbeidrängen, aber er hält mich mit entschlossener Miene auf. »Sie können da nicht reingehen, Ma'am. Die Pressekonferenz hat schon begonnen.«

»Ich weiß – deshalb muss ich unbedingt hinein.«

»Niemand kommt da rein, wenn sie mal angefangen hat.«

Ich rufe meine innere Nicole herbei und halte ihm meinen Presseausweis direkt vor die Nase. »Ich bin Spieleragentin, und mein Klient nimmt momentan an einer Pressekonferenz ohne mich teil. Bitte treten Sie zur Seite, oder Sie sind nächste Woche

Ihren Job los, wenn ich mit dem Generalmanager über Ihr Verhalten geredet habe.«

Er wirkt noch immer unentschlossen, will dann aber doch kein Risiko eingehen und lässt mich durch. Ich bin in höchster Eile und habe keine Sekunde zu verlieren, aber mein Gewissen meldet sich widerwärtig laut. Deshalb bleibe ich stehen und lächle ihn an. »Aber Sie machen Ihren Job, alle auszubremsen, wirklich gut. Wenn ich das nächste Mal eine Party gebe, werde ich garantiert Sie als Türsteher engagieren.«

Danach gehe ich in den Presseraum, und meine Panik erreicht ganz neue Dimensionen. Das Zimmer ist gerammelt voll von Reportern mit Kameras und Aufnahmegeräten, die sie in die Luft halten. Ich höre permanent das leise Klicken der Kameras, die samt und sonders auf Derek Pender gerichtet sind. Er steht bereits auf der Bühne hinter dem Rednerpult und hält sich ein Mikrofon vor den Mund. Hinter ihm ist ein großes Banner mit dem Logo der Los Angeles Sharks.

Seine Haarspitzen, die unter seiner Kappe hervorlugen, sind noch ein wenig feucht. Seine ernste Miene wirkt sich sofort auf meine Schenkel aus, denn ich liebe diesen Gesichtsausdruck, den er aufsetzt, wenn er ganz Profi ist. Ich liebe auch dieses neue schwarze Mannschafts-Hoodie, das er jetzt trägt. Kann sein, dass ich es heute Abend entführen muss.

Ach ja. Ich bin nicht hier, um Derek anzufallen, sein Hoodie zu klauen und ihn dann zu bespringen. Ich muss seine Aufmerksamkeit erregen, bevor ihn jemand nach dem Artikel fragen kann.

»Entschuldigung«, flüstere ich atemlos und schiebe mich an dem Mann vorbei, der den Gang blockiert. Meine Güte, alles ist gerammelt voll hier. So viel großzügig aufgetragenes Parfüm und Rasierwasser, dass ich fast ersticke. Während ich mich in die erste Reihe vorarbeite, versuche ich, Dereks Blick zu ergattern, aber noch hat er mich nicht gesehen.

Meine Schultern verspannen sich, als die Hand eines Manns ganz vorne hochgeht und Derek ihn bittet, seine Frage zu stellen. »Herzlichen Glückwunsch zu Ihrem sagenhaften Spiel heute, Derek. Wie hat sich Ihr Knöchel angefühlt da draußen?«

Eine leichte Frage.

Ein wenig erleichtert seufze ich auf, während ich mich weiter am Rand des Geschehens entlangdränge, ohne allzu viel Aufsehen zu erregen.

»Danke, so gut habe ich mich noch nie gefühlt. Mein Knöchel hat mir keinerlei Probleme bereitet.«

Ein anderer Reporter meldet sich. »Wir haben schon erlebt, dass andere Sportler mit vergleichbaren Verletzungen bei ihrem Comeback nicht halb so stark gespielt haben wie Sie. Worauf führen Sie den Erfolg Ihrer Genesung zurück?«

»Yeah – das verdanke ich alles meinen Trainern. Sie haben ebenso hart gearbeitet wie ich, damit mein Knöchel wieder in Form kommt.« Die Agentin registriert diese Worte mit stolzgeschwellter Brust. Und der Teil von mir, der ihn liebt, ist noch stolzer auf ihn, weil seine Dankbarkeit den Trainern und den Leuten gegenüber, mit denen er zusammenarbeitet, keine Show ist. Er meint es so.

Derek ruft den nächsten Reporter auf. Und die Art, wie der Mann die Schultern strafft, als er nun aufsteht – was in diesem Rahmen völlig überflüssig ist –, katapultiert mich regelrecht in Richtung Bühne. Aber ich schaffe es nicht rechtzeitig.

Die tiefe Stimme des Manns dröhnt durch den ganzen Raum. »Derek, kennen Sie den Artikel, der kurz nach dem Spiel veröffentlicht wurde und in dem behauptet wird, Ihre Beziehung mit Nora Mackenzie sei ein Schwindel?« Ich erstarre mitten in der Bewegung, das Blut hämmert mir in den Ohren. Die Blitzlichter und Kameraklicks erinnern an einen Gewittersturm. Ich stehe kurz davor, ohnmächtig zu werden. Alles, wofür ich gearbeitet habe – alles, was ich erreicht habe –, geht wegen dieses Artikels in Flammen auf. Ich bezweifle zwar, dass Dereks Karriere davon beeinträchtigt wird – aber falls doch, bin ich mir nicht sicher, ob ich damit werde leben können.

Aber Derek – Gott segne ihn – verzieht keine Miene. Sein Gesicht verrät nicht die geringste Emotion oder Überraschung wegen der Frage, was seine jahrelange Erfahrung im Umgang mit Medienvertretern unter Beweis stellt. Nicht einmal seine Augenbrauen zucken. Nur sein Blick überfliegt den Raum und sucht nach mir. Und als könnte er meine Anwesenheit spüren, gleitet er zügig über alle hinweg, bis er auf mir landet.

Als sich unsere Blicke treffen, ist die Zärtlichkeit in seinen Augen wie eine spürbare Liebkosung. Er nimmt eine kurze Auszeit von dem ganzen Zirkus und bestätigt, dass er den Tumult, der in mir tobt, zur Kenntnis genommen hat. Es ist allerdings eine Sprache, die nur wir verstehen – niemand sonst bekommt die stille Unterhaltung zwischen uns beiden mit.

Als Derek nicht gleich antwortet, fährt der Reporter hämisch grinsend fort, als wüsste er, dass er den Knüller der Woche fabriziert. »Die Quelle berichtet, dass Ihre heimliche Heirat die Folge einer durchzechten Nacht sei und dass Nora Mackenzie Sie und Ihren Status nur benutzt habe, um ihre Karriere anzuschieben. Was sagen Sie dazu?«

Am liebsten hätte ich durch den ganzen Raum geschrien, dass ich ihn nie ausnutzen würde. Dass ich ihn liebe, wie ich noch nie in meinem Leben einen Menschen geliebt habe. Aber wie in meinem immer wiederkehrenden Albtraum stehe ich nur erstarrt da und bringe kein Wort heraus. Was wahrscheinlich auch am besten ist, denn mein plötzliches Auftauchen und mein Kommentar würden alles nur noch schlimmer machen. Denn so, wie er die Frage formuliert hat, kann es Derek nicht schaden, nur mir. Und ich kann damit leben.

Ich gebe es nur ungern zu, aber in diesem Moment habe ich keine Ahnung, wie ich das Problem aus der Welt schaffen könnte.

Gibt er keinen Kommentar ab, sehen wir schuldig aus. Gibt er einen Kommentar ab, besteht die Gefahr von Missverständnissen, was dazu führen könnte, dass das Ganze noch weiter aufgebläht wird als ohnehin schon. Und genau darauf ist die Presse ja aus. Er muss also äußerst umsichtig vorgehen, und ich drücke alle Daumen, dass er weiß, wie.

Derek schaut wieder zu mir her, und während mir der Schrecken ins Gesicht geschrieben steht, wirkt er außerordentlich ruhig und gefasst. Dann grinst er mich kurz an. Natürlich kribbelt jetzt meine Haut vor froher Erwartung, dann wendet er den Blick dem Reporter zu und beugt sich zum Mikrofon vor. »Jetzt hören Sie mir bitte mal gut zu, denn ich werde es nur einmal sagen.«

Bei diesen Worten lege ich mir die Hände auf den Bauch. Abgesehen vom Klicken der Kameras, ist es im Raum nun mucksmäuschenstill. Alle halten ihre Recorder hoch, um auch wirklich jedes einzelne Wort aufzunehmen, das aus seinem hübschen Mund herauskommt. »Erstens: Ihr Name lautet jetzt Nora Mackenzie Pender, aber täuschen Sie sich nicht. Auch wenn sie jetzt meinen Namen angenommen hat, verdankt sie ihren Erfolg ausschließlich sich selbst und niemandem sonst. Die Rolle, die ich in ihrem Leben spiele, hat nichts damit zu tun, wie hart sie jahrelang geschuftet hat, um dahin zu kommen, wo sie jetzt ist. Und ich schwöre bei Gott, jeder, der die Integrität oder das Berufsethos meiner Frau in Zweifel zieht, bekommt es mit mir zu tun, schlimmer noch, der bekommt es mit ihr zu tun. Lassen Sie sich nicht täuschen, wenn nötig, kann sie äußerst rabiat und rücksichtslos werden.«

Ich kann nicht mehr atmen. Kann nicht mehr blinzeln. Kann den Blick nicht von der funkelnden Wut in Dereks Augen abwenden. Erneut richtet er den Blick auf mich und zwinkert mir zu.

O Derek, was hast du nun noch vor?

Er beugt sich vor, weiß, dass er alle Trumpfkarten in Händen hält. »Und jetzt …«, knurrt er auf seine todernste Weise, »können wir entweder weiter über diesen Witz von Artikel reden, der von einer fragwürdigen Quelle stammt … oder wir können darüber sprechen, dass ich mich ganz offiziell aus der NFL zurückziehe.«

Ich schlage auf die Rückenlehne des nächststehenden Stuhls. Stimmen werden laut. Es gibt kein Halten mehr, und alle überschlagen sich, damit Derek ihre erhobenen Hände und herausgebrüllten Fragen registriert. Ein Blitzlichtgewitter setzt ein wie ein Feuerwerk. Und Derek, dieser selbstgefällige Teufel, steht einfach da und betrachtet, zufrieden grinsend, das Durcheinander, das er ausgelöst hat.

42

DEREK

Mist.

Nora hatte die Pressekonferenz verlassen, gleich nachdem ich meinen Rückzug verkündet hatte. Wir hatten uns in die Augen geschaut, und ich hoffe, sie hat verstanden, was ich ihr hatte mitteilen wollen – *alles in Ordnung. Es ist das, was ich will.* Aber so, wie sie davongestürmt ist, ist ihr das wohl nicht so klar geworden.

Ich konnte ihr nicht folgen, weil ich noch auf Fragen eingehen musste, auf die ich eigentlich keine richtigen Antworten hatte. Und jetzt, nachdem die endlosen Interviews vorüber sind, versuche ich, allen Mannschafts-Managern und den Trainern aus dem Weg zu gehen, die mich bestimmt verfluchen, weil ich sie nicht vorgewarnt hatte, welche Neuigkeiten ich verkünden würde. Ich gehe in den Umkleideraum, um mein Handy zu holen. Aber da warten schon die Jungs auf mich. Arme verschränkt. Finstere Mienen. Sie hatten keine Ahnung, was ich vorhatte, weil ich selbst keine Ahnung hatte.

Bevor sie etwas sagen können, hebe ich abwehrend die Hände. »Ich bereue es nicht.«

»Hast du das so geplant?«, fragt Nathan, kühler als jemals zuvor.

»Ja und nein. Nach dem Spiel wurde mir klar, dass ich es wollte, und da dachte ich, es sei die beste Gelegenheit, um das allgemeine Interesse von dem schwachsinnigen Artikel abzulenken.« Ihre Schultern lockern sich ein wenig.

Ich werde Noras Blick nie vergessen, als mich dieser Widerling fragte, ob ich es kommentieren wolle, wie sie mich ausgenutzt hat, um ihre Karriere voranzubringen. Er brachte das wie eine Tatsache heraus, nicht wie eine Frage. Als müsse man alles, was im Internet veröffentlicht wird, für bare Münze nehmen. Ich hätte ihn am liebsten in der Luft zerfetzt, weil er versteckt andeutete, er wüsste, was meine Frau alles getan hatte, um ihre Position zu sichern. Aber dass sie mit mir schlief, hatte damit absolut gar nichts zu tun.

Wenn überhaupt, dann war ich ihr im Weg gewesen, und sie hatte eine Möglichkeit gefunden, mich zu umgehen.

»Und du kannst wirklich damit leben?«, fragt Price.

Ich lächle. »So gut wie noch nie.«

»Na dann.« Nathan umarmt mich als Erster, dann folgen alle anderen.

Jamal flüstert mir ins Ohr: »Ich denke noch immer, du bist ein hässliches Riesenbaby, aber dein Auftritt war echt … beeindruckend.«

Ich lege ihm die Hand auf das Gesicht und schubse ihn zurück. »Danke, du Winzling.«

Er wischt meine Hand beiseite und zeigt mir den Stinkefinger.

»Dann lassen wir dich jetzt nach Hause fahren«, sagt Nathan und erinnert mich damit gleichzeitig daran, dass unsere Freundschaft nichts mit meiner Zugehörigkeit zur Mannschaft zu tun hat.

Kaum sitze ich in meinem Pick-up, versuche ich, Nora anzurufen. Mir ist ziemlich flau im Magen, und ich mache mir Sorgen, mein Vorpreschen heute hätte sie verärgert. Dass sie meine Geste zu übertrieben findet und ich sie verschreckt habe. Doch dann erhalte ich eine Nachricht.

Bin zu Hause und warte auf dich.

Zu Hause.

Ich schreibe zurück.

In welchem?

Ihre Antwort nimmt mir ein wenig Druck von der Brust.

Dein Zuhause.

Sie hat mein Haus ihr Zuhause genannt. Das muss doch ein gutes Zeichen sein, oder? Ich habe mir die letzten Monate solche Mühe gegeben, cool zu bleiben. Sie nicht zu sehr zu drängen oder zu viel von ihr zu verlangen, weil ich sie nicht nervös machen wollte. Aber ich habe auch kleine Anzeichen bemerkt. Sie hat eine zweite Zahnbürste gekauft, die in meinem Haus bleibt. Sie hat bei mir mittlerweile mehr Kleidung als bei sich daheim. Sie hat ihren pinkfarbenen Toaster mit zu mir gebracht, der nun auf der Arbeitsplatte in meiner Küche seinen Platz gefunden hat.

Es fühlt sich so richtig an, dass sich ihre Sachen allmählich mit meinen vermischen.

Vielleicht bin ich auch deshalb mit der Verkündung meines Karriereendes heute so vollkommen mit mir im Reinen. Denn als ich sie vorhin in der Menge entdeckt habe und wir uns in die Augen geschaut haben, hat einfach alles gepasst. Ich konnte mir meine zweite Lebenshälfte ohne Football nie so richtig vorstellen. Und plötzlich fiel es mir wie Schuppen von den Augen – ich war bereit. Bereit für eine Veränderung. Bereit für das, was da kommen würde.

Als ich vor dem Haus parke, sehe ich Nora auf dem Boden neben der Eingangstür sitzen und warten. Selbst vom Auto aus kann ich die getrockneten Tränen auf ihren Wangen erkennen, und schon mache ich mir Sorgen. Und was für welche! Weint sie meinetwegen?

Oder wegen …

Ich öffne die Wagentür, und sie springt auf und sprintet, so schnell sie kann, auf mich zu.

43

NORA

Derek lässt seinen Matchbeutel auf die Einfahrt fallen und kommt zwei Schritte auf mich zu – ich werfe mich in seine Arme, und er fängt mich, ohne zu zögern, auf.

Die letzte Stunde habe ich nur geweint. Er gibt den Football auf. Ich darf dafür nicht der Grund sein.

Er hat die Arme so fest um mich geschlungen, dass ich kaum noch Luft bekomme. Ich vergrabe mein Gesicht an seinem Hals. Ich spüre seine Finger an meinem Hinterkopf, und er flüstert mir zu: »Warum hast du geweint, Nora? Was ist denn los?«

Das reißt mich in die Wirklichkeit zurück, ich strample mich frei und lande wieder auf meinen Füßen.

Und dann verpasse ich ihm einen Stoß vor die Brust. »Was hast du dir dabei gedacht? Du hast deine Karriere beendet! Derek!« Neue Tränen strömen mir über die Wangen. »Du kannst doch nicht meinetwegen deine Karriere opfern. Sag mir, dass du das nicht für mich getan hast. Das könnte ich nicht ertragen. Du hast heute so unglaublich gespielt. Du hast deinen eigenen Rekord gebrochen. Hast du das gewusst? Du … du darfst nicht einfach wegen so einem absurden Artikel in der Klatschpresse aufgeben. Das löst sich doch von selbst in Wohlgefallen auf.«

Derek lächelt, legt mir die Hände an die Wangen und wischt mit den Daumen meine Tränen weg. »Bist du fertig?«

»Nein, ich bin nicht fertig. Du hättest es mir vorher sagen müssen. Es über mich laufen lassen müssen!«

»Du hättest versucht, es mir auszureden.«

»Ganz genau. Das ist ein Fehler. Ich hätte einen anderen Weg gefunden.«

Derek beugt sich herunter und verschließt mir mit einem Kuss die Lippen. »Es ist kein Fehler. Und weißt du, woher ich das weiß?«

Ich betrachte sein wunderschönes Gesicht. Seine markante Kieferpartie, die Narbe oberhalb der Augenbraue. Ich liebe ihn so sehr, dass mir das Herz wehtut. »Woher?«

»Weil sich auf meinem Nachhauseweg zum ersten Mal seit Jahren ein Knoten in meiner Brust gelöst hat. Es stimmt schon, ich hatte es nicht so geplant – aber ich bin froh, dass es sich so ergeben hat. Ich hatte eine so tolle Football-Karriere, aber jetzt bin ich bereit für Veränderungen, Nora. Ich wünsche es mir. Ein neues Abenteuer. Ich brauchte nur einen Schubs in die richtige Richtung. Und ich weiß, du hättest es auch auf andere Art und Weise hinbekommen. Ich weiß, dass sich das Problem in einigen Wochen wahrscheinlich von selbst erledigt hätte. Aber ich wollte nicht, dass du nur eine Sekunde länger diesem Sturm ausgesetzt wirst, wenn die perfekte Lösung so naheliegt.«

Am liebsten hätte ich losgeheult. Ich tue es sogar. »Du darfst das nicht für mich tun, Derek. Es ist zu viel. Das wirst du mir noch übel nehmen.«

»Ich könnte dir nie etwas übel nehmen, Nora. Aber wenn es dir hilft, nachts besser zu schlafen – denk daran, dass ich ein arroganter Mistkerl bin und meine Football-Karriere viel lieber kurz nach dem besten Spiel meines Lebens beenden wollte als nach einer Partie, die ich verbockt habe.« Er drückt meine Wangen zusammen. »Ich bin glücklich, Ginger Snap. Ich bin so verdammt glücklich. Ich will das für mich. Ich brauche dringend Veränderung. Ich bin bereit zu erleben, was ich der Welt sonst noch zu bieten habe.«

»Aber wenn du nicht … wenn es dir leidtut, dann gehe ich auf der Stelle zu den Sharks und sage ihnen, dass du einen Fehler gemacht hast.«

Er küsst mich auf die Stirn. »Es ist kein Fehler, Nora. Ganz und gar nicht. Und selbst wenn du hier und jetzt mit mir Schluss machst, an meinem Abschied vom Profisport gibt es nichts zu rütteln. Ich habe es so satt, jeden Tag das Maximum aus mir herauszuholen. Ich habe meine Football-Karriere geliebt, aber jetzt will ich sehen, was es sonst noch auf der Welt für mich gibt. Es ist einfach der richtige Zeitpunkt.«

Ich seufze, würde gern heftiger protestieren. Ich habe das Gefühl, alles in meiner Macht Stehende tun zu sollen, um ihn umzustimmen. Aber ich muss zugeben, seine Augen überzeugen mich. Er will es wohl wirklich so haben.

»Okay, aber du darfst noch immer deine Meinung ändern. Heute Abend. Oder morgen. Auch nächste Woche noch.«

»Ist notiert. Aber im Moment will ich nur eins: Mit meiner Frau ins Haus gehen, mich auf die Couch fläzen und bei irgendetwas Nettem im Fernsehen chillen.«

Er nimmt mich bei der Hand, um mich mit sich hineinzuziehen.

Aber ich kann mich nicht bewegen. Ich kann nichts tun außer das, was ich seit jenem Abend in unseren Flitterwochen tun wollte, als er mir verriet, Haselnussbraun sei seine Lieblingsfarbe.

Derek stutzt, als er meinen Widerstand spürt, und dreht sich um – und sieht mich vor ihm knien. Der Teer unter meinem Knie ist heiß und drückt, aber das ist mir egal. In diesem Moment gefällt es mir sogar.

Er kneift die Augen zusammen, aber als ihm klar wird, was

ich hier tue, wird seine Miene sofort wieder freundlicher. »Derek Pender … Ich weiß, wir sind schon verheiratet, aber …«

Schnell legt er mir die Hand auf den Mund. »*Warte*. Machst du das, weil du dich schuldig fühlst wegen meinem Rücktritt?« Ich schüttle den Kopf. »Wolltest du das schon gestern tun? Bevor der ganze Zirkus anfing? Oder ist dir die Idee gerade jetzt erst gekommen?«

Ich nicke, runzle dann die Stirn und schüttle den Kopf erneut. Er nimmt die Hand von meinem Mund, sodass ich antworten kann. »Ja zur Frage nach gestern – nein zur Frage, ob das eine neuere Entwicklung ist. Kann ich meinen Antrag jetzt beenden?«

»Nein«, sagt er kurz und bündig, beugt sich vor und hebt mich hoch, um mich in sein Haus zu tragen. *Verwirrend*. Er trägt mich den ganzen Weg bis ins Wohnzimmer, setzt mich auf der Couch ab und befiehlt mir, dort sitzen zu bleiben. Dann nimmt er mich in die Arme und küsst mich zärtlich. »*Bitte.*«

Er rennt zu seinem Schlafzimmer hoch, und ich hocke da und kann bei dem Gedanken, dass das wohl der merkwürdigste Heiratsantrag aller Zeiten ist, Däumchen drehen. Allerdings lässt er mich nicht lange allein. Und als ich ihn die Treppe herunterkommen sehe, schaltet mein Herz in den vierten Gang.

»Ich musste was aus meinem Nachtkästchen holen«, sagt er mit bedeutungsvoller Miene und baut sich vor mir auf.

Ich weiß, meine Augen funkeln jetzt wie Sterne. Wen kümmert schon, dass er meinen Antrag unterbrochen hat … Und endlich bekomme ich zu sehen, was …

Oh!

Derek lässt sich auf ein Knie sinken und holt ein kleines schwarzes Samtetui von hinter seinem Rücken hervor. »Du hast doch nichts dagegen, wenn ich da weitermache, wo du aufgehört hast, oder?« Er lächelt mich an, und jeder Tropfen Blut strömt zu meinem Herzen, das zu platzen droht. »Ich weiß, wir sind schon verheiratet, Nora. Aber mir würde es alles auf der Welt bedeuten, wenn du mit mir verheiratet bleiben würdest. Richtig. Für immer und ewig. Bleib bei mir. Lass mich dich lieben, aus ganzem Herzen und für alle Zeiten.«

Er klappt den Deckel des schwarzen Etuis hoch. Mich funkelt ein glänzender Diamantring an.

Meine Lippen zittern, als ich zwischen dem Verlobungsring und Dereks gestochen blauen Augen hin- und herschaue. »War es das, was die Jungs in deinem Nachtkästchen gefunden haben? Die peinliche Entdeckung?«

»Von peinlich war nie die Rede. Ich habe gesagt, wenn ich ihn dir gäbe, würde das alles ändern. Denn … dieser Ring gehört dir – schon immer. Ich habe ihn dir gekauft, als wir auf dem College waren.«

»Wie bitte?«, rufe ich. »Du … du wolltest mir damals schon einen Antrag machen?«

Er nickt. »Genauer gesagt, an dem Tag, an dem du mit mir Schluss gemacht hast.« Er grinst über meinen entsetzten Gesichtsausdruck. »Auf der anderen Seite der Wohnungstür hat ein Heiratsantrag auf dich gewartet. Und viel zu viele Blumen. Das war teilweise auch der Grund dafür, warum ich dich nicht hereingebeten habe, um über alles noch einmal in Ruhe zu reden, nachdem du mir eröffnet hast, dass du unsere Beziehung beenden willst. Dieser Ring …« Er hebt ihn hoch. »… war in meiner Gesäßtasche.«

»Nein«, hauche ich kaum hörbar. »Derek, das ist ja herzzerreißend.«

Er spürt mein schlechtes Gewissen, beugt sich vor, legt mir die freie Hand an die Wange und küsst mich zurück in die Gegenwart. »Du brauchst dich nicht zu schämen, du brauchst kein schlechtes Gewissen zu haben, Nora. Alles ist genau so passiert, wie es vorherbestimmt war, davon bin ich mittlerweile überzeugt. Hätte ich dir den Antrag damals gemacht, hätte ich ein einziges Chaos angerichtet. Damals waren wir nicht die Richtigen füreinander, aber ich habe fest vor, ab jetzt jeden Tag für dich der Richtige zu sein.«

Ich schlucke den Kloß hinunter, der mir die Kehle versperrt. »Du hast den Ring die ganze Zeit über aufbewahrt?«

Er nickt. »Ich habe es nicht über mich gebracht, ihn irgendwie loszuwerden. Und jetzt kenne ich auch den Grund: Weil immer feststand, wir würden wieder zueinanderfinden.« Er packt mich an den Hüften und zieht mich an den Rand der Couch vor. Wir schauen uns direkt in die Augen, die Schenkel habe ich um seine Taille geschlungen. »Ich bin dein, Nora. Das war ich immer und werde es immer sein.«

Ich ringe um Worte, um ihm sagen zu können, wie mir gerade zumute ist. Ihm mein zähflüssiges, breiiges Herz darzubieten. Ich wünschte, er könnte in mich hineinschauen und sehen, wie es in Farben und Konfetti zerplatzt. Alles ist voller Streusel und Glitzer. Ein furchtbares Durcheinander.

Stattdessen lächle ich ihn mit Tränen in den Augen an und beuge mich vor, um an seiner Unterlippe zu knabbern. *»Mein«*, sage ich leise, bevor ich mich zurückziehe, damit ich den Ring an meinen Finger stecken kann. Er passt perfekt.

Derek ruiniert den Moment, indem er in Richtung meiner Hand eine Grimasse schneidet. »Mist, der ist ja klein. Ich habe ganz vergessen, dass ich damals kein Geld hatte. Morgen können wir dir einen neuen besorgen.« Als er nach meiner Hand greifen will, ziehe ich sie zurück.

»Auf gar keinen Fall. Ich will den da.«

Er startet einen neuen Versuch. »Den kannst du an der anderen Hand tragen. Lass mich dir einen neuen kaufen.«

»Ganz bestimmt nicht. Dieser ist perfekt. Und wenn du ihn mir wegnimmst, schreie ich.« Ich steige auf die Couch, um ihm zu entkommen, aber er steht ebenfalls auf – fast auf Augenhöhe mit mir, ohne auch nur auf ein Kissen zu treten. Er lacht.

»Ich kann dich zum Schreien bringen, falls du das willst … mir wäre nur lieber, es wäre mein Name, den du schreist, immer und immer wieder.«

Ich starre ihn an. »Was für ein schmutziges Mundwerk Sie haben, Sir.«

Er kommt näher und übersät meinen Hals mit Küssen, während ich über seine Schulter hinweg heimlich den Ring bewundere.

Eine Minute später hat Derek mich auf die Couch gedrückt und will mir gerade das T-Shirt ausziehen, als die Haustür aufgerissen wird. Stöhnend lässt er den Kopf gegen meinen Hals sinken, da ertönt schon der Song *Kiss me* in voller Lautstärke aus einem Handy.

»Ihr habt wohl gedacht, ihr hättet den ganzen Abend für euch allein und könntet es miteinander treiben, was?« Jamal lacht schallend und deutet auf die Couch und unsere verfängliche Position. »Falsch gedacht!« Seine Frau Tamara winkt uns nur zu, während sie zusammen mit Lawrences Frau Cora ganze Armladungen voller Snacks in die Küche trägt – die beiden sind eindeutig schon daran gewöhnt, wie die Dinge in dieser Clique laufen.

»Haut ab!«, brüllt Derek, aber niemand hört auf ihn.

Stattdessen tritt Nathan lächelnd vor die Couch hin. »Blöd, wenn man gestört wird, hm? Rache ist süß. Wo soll ich den Kuchen hinstellen? Bree hat uns auf dem Weg hierher deswegen in einen Laden geschickt. Sie hat gemeint, du würdest Nora wahrscheinlich einen Antrag machen. Und …« Er schaut über Dereks Schulter auf meine Hand. »Bree Cheese!«, ruft er nach hinten seiner Frau zu. »Du hattest recht. Er hat ihr den Ring gegeben.«

Wir hören Bree schon juchzen, bevor wir sie sehen. Dann kommt sie ins Haus gerannt und wie eine ganze Hundemeute zu uns auf die Couch gehechtet.

Sie umarmt uns enthusiastisch und drückt uns. Einfach entzückend. »Ah! Ich wusste es. Was für ein schöner Tag!«

Als Nächste kommen Price und seine Frau hereingeschneit, streifen ihre Schuhe ab und platzieren die Babyschale mit Jayla auf dem Boden.

»Vielleicht, wenn wir uns ganz still verhalten«, flüstert mir Derek ins Ohr, »dann sehen sie uns nicht und verschwinden wieder.« Seine Stimme klingt verdächtig nach unbefriedigter Lust.

Bree hebt den Kopf, grinst über das ganze Gesicht und flüstert: »Keine Chance.« Dann stemmt sie sich hoch und steht auf, und mit einem boshaften Funkeln in den Augen winkt sie Nathan zu sich.

»Abgesehen davon«, fährt sie fort, während Nathan neben sie tritt und ihr besitzergreifend den Arm um die Hüfte legt. Er zieht sie eng an sich, ehe sie weiterreden kann. »Ist das offensichtlich der perfekte Tag für große Offenbarungen und Geständnisse, und da dachte ich mir, ich mache den Anfang. Hiermit teile ich euch mit … dass ich schwanger bin.«

Derek und ich richten uns schlagartig auf und wollen sie schon gemeinsam mit den anderen hochleben lassen, da bemerken wir alle gleichzeitig Nathans Miene. Den Schock, der sich auf seinem Gesicht abzeichnet. Und dann fällt der Groschen … Bree hatte ihm noch nichts davon erzählt.

»Überraschung!«, ruft sie und schaut Nathan so liebevoll und zärtlich an, dass man meinen könnte, die Sonne sei soeben im Zimmer aufgegangen. »Wir bekommen ein Baby, Nathan!«

»Bree …« Er blinzelt und macht nun den Eindruck, man habe ihn soeben zum König gekrönt. Seine Kieferpartie spannt sich an, seine Nase kräuselt sich. Er versucht, seine Gefühle im Zaum zu halten, und scheitert. Dann legt er ihr die Hände an die Wangen, küsst sie, und beide weinen vor Glück. Wir alle weinen. Selbst Derek blinzelt schnell seine Tränen weg.

»Ach du meine Güte!«, ruft Jamal plötzlich, wischt sich über die Augen, nimmt seine Frau an der Hand und zieht sie Richtung Tür. »Wir müssen los, Liebling.«

Ich mache eine Geste Richtung Haustür, nachdem sie verschwunden sind. »Wo müssen sie denn so eilig hin?«

»Vermutlich ein Baby machen«, rät Derek und zieht eine Grimasse. »Jamal hasst es, bei Gruppen-Events außen vor zu bleiben.«

»Gruppen-Events?« Ich reiße die Augen auf und rutsche vielsagend von ihm ab. »Komm mir nicht auf komische Ideen, Pender!«

»Ach – ein paar Ideen hätte ich tatsächlich.« Er zerrt mich von der Couch und wuchtet mich über die Schulter. »Aber alle laufen unter dem Oberbegriff ›sicher‹. Keine Bange.« Er trägt mich zur Treppe.

»Derek, all unsere Freunde sind hier! Du bist ja nicht gerade ein vorbildlicher Gastgeber!«

Sein Lachen dröhnt durch meinen Körper, als er mich die Stufen hochträgt. »Und diese Freunde haben genau sechzig Sekunden, aus meinem Haus zu verduften, wenn sie sich nicht das eine oder andere mit anhören wollen.«

Und ungefähr sechzig Sekunden später hören wir, wie die Haustür zugeknallt wird – und Derek und ich bleiben allein zurück.

EPILOG

NORA

Als ich mich an Dereks Brust zurücklehne, spritzt Wasser über den Rand der Badewanne, und Schaumblasen zerplatzen auf dem Boden.

»Mmh«, stöhnt er. »Warum … haben wir das nicht schon früher mal gemacht? Es ist so schön.«

Ich lächle mit meinem Löffel im Mund. »So wie du dich anhörst, könnte man glatt glauben, wir veranstalten hier drinnen wer weiß was, statt nur Eis zu essen.«

Es ist jetzt zwei Monate her, seit Derek sein letztes Spiel absolviert hat – und anscheinend hat er seinen Entschluss bis heute kein einziges Mal bereut. Ihr könnt mir glauben, ich habe ihn genau beobachtet, ob ich irgendwelche Anzeichen von Reue entdecke. Stattdessen habe ich miterlebt, wie Derek richtiggehend aufgeblüht ist. Er lächelt gelöster, lacht lauter. Er ist noch immer süchtig nach dem Training, was ich voll und ganz unterstütze, weil ich seine Muskeln zu sexy finde, als dass er damit aufhören sollte. Aber jetzt tut er Dinge, wie an einem Dienstagabend mit mir zusammen in der Badewanne Eis, getoppt mit Müsli, zu essen.

Ich spüre seine kalten Lippen an meinem Hals. »Wer sagt, dass wir hier drinnen nur Eis essen können?«

»Haben wir noch andere Pläne?«

»Ich habe so viele Pläne, du Anfängerin.«

»Das kannst du nicht mehr zu mir sagen. Ich bin jetzt Geschäftsinhaberin.«

Derek stellt die leere Schüssel auf dem Boden ab und drückt leicht gegen meine Schultern, damit ich ein Stück nach vorne rutsche. Was ich auch tue, wobei ich die Schüssel mit dem schmelzenden Eis fest an meine schaumbedeckte Brust halte. Derek beginnt mit den Daumen meinen unteren Rücken zu kneten und lässt sie dann nach oben zu meinem Nacken gleiten. »Du hast recht. Wie soll ich dich nennen? Boss?«

»Ja, das gefällt mir.« Trotz des warmen Wassers erschaudere ich unter seinen kräftigen Händen, die meinen Muskelkater massieren.

So viel hat sich die letzten paar Monate verändert. Zum einen: Ich arbeite nicht mehr für Sports Representation Inc. Das öffentliche Interesse der Klatschpresse an Derek und mir war zwar tatsächlich schlagartig abgeflaut, kurz nachdem er seinen Rückzug vom Profisport verkündet hatte, und diese Neuigkeit überschattete so gut wie alle Sport-Schlagzeilen in jener Woche – und wer weiß, vielleicht hätte sich das auch ohne seine Mithilfe so ergeben. Das werden wir nie erfahren. Aber in der Agentur konnte ich nicht bleiben. Marty führte sich auf wie ein Bösewicht aus den Disney-Filmen der 90er-Jahre. Ich konnte nie beweisen, dass er hinter dem fraglichen Artikel steckte – es hätte aber kein anderer sein können. Der Mann konnte sich einfach nicht mit meiner Beziehung zu Derek abfinden.

Eines Dienstagnachmittags hatte ich dann genug. Marty sprach mit einigen Kollegen im Pausenraum über einen Klienten, mit dem er in Verhandlung war, und als ich dazukam, sagte er: »Aber vielleicht schicke ich einfach Nora zu ihm. Sie soll mit ihm schlafen, dann unterschreibt er bei mir.«

Joseph war dabei – er hörte alles mit an. Und dennoch schwieg er. Ich wäre für so eine Äußerung auf der Stelle gefeuert worden, aber Marty erntete lediglich ein kurzes Gekicher von den Männern im Raum.

Also beschloss ich, auf der Stelle zu kündigen. Ich konnte nicht länger für eine Firma arbeiten, in der man mich oder generell Frauen in unserer Branche nicht schätzt. Und weil ich *etwas Besonderes* bin, wartete ich, bis alle Augen auf mich gerichtet waren, ging dann zu einer Schüssel voll kleiner Skittles, die ich am Morgen noch aufgefüllt hatte, klemmte sie mir unter den Arm und marschierte Richtung Tür. »Hiermit kündige ich«, sagte ich zu Joseph. Dann schaute ich Marty direkt in seine Knopfaugen. »Und da mein Vertrag keine Wettbewerbsklausel enthält, wird es mir das höchste Vergnügen sein, dir wirklich jeden Klienten abspenstig zu machen, Marty Vallar.« Dann senkte ich den Blick auf seine Nase, blähte meine Nasenflügel und verzog das Gesicht. Er schlug auf den nicht-existenten Popel, was für mich das Zeichen war, mich endgültig vom Acker zu machen.

Nach dieser gigantischen Wende des Schicksals saßen Derek und ich dann am Abend in meinem Wohnzimmer und überlegten meine weiteren Schritte. Der Sicherheitsmann vom Eingang der Wohnanlage rief an. Nicole Hart begehrte Einlass. Ich nahm an, sie kam, um mir zu sagen, dass ich einen großen Fehler gemacht hätte und zurückkommen sollte. Junge, Junge, lag ich falsch! Sie platzte in das Haus mitsamt ihrer Laptoptasche und dem Namensschild, das sonst auf ihrem Schreibtisch thronte. Das legte sie auf den Kaffeetisch vor uns und sagte: »Wir brauchen Büroräume.«

Ja – Nicole verließ die Firma, und wir beide starteten unsere eigene Agentur, gegründet von Frauen und mit einer sicheren und ermutigenden Atmosphäre für Sportler*innen*. Natürlich sind uns auch Männer willkommen. Und als wir unser Leitbild unter die Leute gebracht hatten, war Nathan nur zu gern bereit, sich weiter von Nicole vertreten zu lassen. Er half auch, unser Projekt voranzubringen. Was auch auf alle meine Klienten zutraf. Es war Glück, dass Nicole knallhart darauf bestanden hatte, dass sämtliche Wettbewerbsklauseln aus ihrem Vertragsentwurf gestrichen wurden, als sie bei Sports Representation Inc. anfing, und dass sie mir geraten hatte, es ebenso zu handhaben. Und da ich meine Wohnung nicht brauchte, hatten wir sie in ein provisorisches Büro umgewandelt, bis wir etwas Offizielles fanden, das uns besser zusagte. Überflüssig zu erwähnen, dass wir die paar Monate gut beschäftigt waren.

Derek beugt sich jetzt vor, und ich schaue über die Schulter nach hinten zu ihm, meinem Mann. Eine dunkle, feuchte Haarsträhne hängt ihm über eine Augenbraue.

Seine Lippen streichen über meine Ohrmuschel. »Du hast so hart gearbeitet. Was kann ich tun, damit du dich entspannst?« Ich liebe seine verführerische Stimme. Sie ist geschmeidig wie erhitzter Honig.

Und ich liebe auch seine Hand, die jetzt aus dem Schaum auftaucht, sich auf mein gebeugtes Knie legt und dort reglos verharrt. Einladend.

Ich grinse die Hand an. »Du bist derjenige, der morgen früh aufstehen muss, Coach.«

Das ist die zweite große Veränderung. Derek hat ein Angebot angenommen, bei unserer College Alma Mater (USC) als Offensive Line Coach zu arbeiten. Ein Job, der ihm sehr viel Freude bereitet, und ich habe keine Zweifel, dass er ihn hervorragend macht. Für ihn ist das perfekt. Er hatte sich auch mutig dazu entschlossen, offen über seine Erfahrungen mit Legasthenie zu sprechen und dass er die Diagnose erst als Erwachsener bekommen hatte – er hofft, so das Bewusstsein für diese Schwäche bei Eltern und Lehrern zu steigern wie auch bei den Sportlern, die er trainiert.

Bei uns war es in letzter Zeit oft recht spät geworden. Seine Spielzug-Bücher liegen verstreut auf seiner Seite des Betts, meine Verträge auf meiner. Wir arbeiten als Tandem so lange, bis normalerweise einer von uns alles zur Seite wischt und über den anderen herfällt. Das ist ein gutes System – 10/10. Höchst empfehlenswert.

Aber diese Momente … diese ruhigen Momente, in denen die Arbeit weit in den Hintergrund gerät und ich allein bin mit meinem Mann, meinem besten Freund und, ja, auch das, meinem Klienten (denn ich vertrete auch Coaches, falls sich jemand gewundert hat) – das sind mir die liebsten. Und wie sich herausstellt, ist die beste Art, einen Abend zu verbringen, die, in der Badewanne eine Schale Eis auszulöffeln, herumwandernde Hände zu spüren und so unsere Erfolge zu feiern.

Apropos herumwandernde Hände: Dereks Hand wandert mittlerweile gaaanz langsam an meinen Schenkeln entlang, und gleichzeitig knabbert er sanft an meinem Nacken herum. »Hey, weißt du noch, wie wir die Regeln festgelegt haben?«

»Ja«, antworte ich, was sich unbeabsichtigt wie ein Schnurren anhört. Dagegen bin ich wehrlos, wenn sich Dereks muskulöser Körper um meinen schmiegt, sein Atem meine erhitzte Haut streift und seine Hand unterwegs ist, um meine andere Lieblingsstelle zu streicheln.

»Ich dachte, wir sollten eine neue Regel hinzufügen …«

»Du weißt schon, dass wir gegen alle alten Regeln verstoßen haben, oder?« Ich lehne den Kopf an seine Schulter. Seine Lippen wandern hin und her über meinen Hals, als wäre er irgendwie von mir besessen.

»Mmhm. Und jetzt, da ich weiß, wie gern du gegen Regeln verstößt … würde ich eben gern eine neue in die Liste mit aufnehmen.«

»Und wie würde die lauten?«

Diese Finger. Dieser Mund. Sein Grinsen. »Kein Sex in der Badewanne.«

Ich muss lachen – mir geht das Herz über vor Glückseligkeit.

»Und ich dachte schon, du schlägst etwas Romantisches vor wie beispielsweise *Derek nicht bis zum Ende deiner Tage lieben.*«

Er küsst die Schaumblasen an Schulter, Hals und Brust weg, wie er es schon den ganzen Abend über getan hat – als wäre er hochzufrieden damit, die Welt auszuschließen und in dieser Wanne gemeinsam mit mir bis in alle Ewigkeit sitzen zu bleiben. »Klar doch – die können wir auch noch hinzufügen.«

DIE REGELN
(aufgestellt von Nora H. und Derek P.)

1. Kein Wort über unsere gemeinsame Vergangenheit
2. Nicht im Privatleben des anderen herumschnüffeln
3. Keine Freundschaft
4. Kein Küssen
5. Keine unnötigen Berührungen
6. Nicht flirten
7. Nora muss bei Treffen immer Hosen tragen
8. Derek muss immer ein Hemd tragen
9. An allen Orten immer vollständig bekleidet sein! Keine nackte Haut zeigen!
10. Kein gemeinsames Fernsehen
11. Immer getrennte Rechnungen
12. Keine gemeinsamen Autofahrten
13. Kein Händchenhalten
14. Kein gemeinsames Trinken
15. Sich nie einen Sitz teilen, niemals, auch nicht auf Dereks Schoß sitzen
16. Kein längerer Blickkontakt
17. Keine Telefonate nach neun Uhr abends
18. Derek ist es nicht erlaubt zu zwinkern
19. Nora ist es nicht erlaubt, sich auf die Lippe zu beißen
20. Kein Sex OOPS!
21. Kein Sex in der Badewanne

DANKSAGUNG

Als Erstes möchte ich hervorheben, dass ich die glücklichste Autorin der Welt bin, weil ich das zauberhafteste, liebenswerteste und kreativste Team überhaupt an meiner Seite habe. Mit jedem Buch, das wir zusammen erstellen, schließe ich diese Leute mehr in mein Herz, weil sie so gut zu mir sind.

Mein Dank gilt Shauna Summers, meiner Lektorin und meinem Leitstern. Den meisten Spaß bei der Arbeit an meinen Geschichten habe ich mit dir, und ich frage mich, wie ich das eigentlich gemacht habe, bevor ich dich kennengelernt habe. Ich bin unendlich dankbar für dich und deinen Input, der meine Bücher besser macht. Manchmal denke ich, wir sind Seelenverwandte in der Verlagswelt, weil kein Mensch so wie du versteht, wo ich mit einer Geschichte hinwill, und mir so hilft, mein Ziel auch tatsächlich zu erreichen. Ich vergöttere dich!

Ein großes, ein *riesiges* Danke an den Rest des unglaublichen Teams bei Dell! Kim Hovey, Taylor Noel (dir gehört meine ewige Verehrung), Corina Diez, Mae Martinez, Brianna Kusilek und allen anderen, die hinter den Kulissen gearbeitet haben, um dieses Buch möglich zu machen.

Ich wäre niemals so weit gekommen, dies hier zu tippen, ohne meine unglaubliche Agentin Kim Lionetti, die meiner Karriere als traditioneller Autorin enorme Stabilität verliehen hat. Danke, Kim, für deine endlosen Arbeitsstunden für mich, aber auch dafür, dass du mich daran erinnert hast, mich nicht zu überlasten und besonders auf meine geistige Gesundheit zu achten, wenn ich dazu neige, mir mehr aufzuladen, als gut für mich ist. Ich bin dir und allen bei Bookends Literary so dankbar.

Großen Dank schulde ich meinem wunderbaren Verlag in England, Headline, dafür, dass mein Buch auch in Europa erhältlich ist. Ich danke euch von ganzem Herzen.

Und jetzt geht mein Dank und meine Liebe an Joelle von The Book Shop – eine meiner unabhängigen Buchhandlungen hier vor Ort, die sich für mich eingesetzt und Stunden über Stunden für meine Vorbestellungs-Kampagne gearbeitet hat, für frühere Bücher wie auch für dieses. Joelle, meine Hochachtung für dich und deine Herzlichkeit ist dir gewiss. Danke für alles.

Dank an meine Freundinnen und Freunde und meine Familie, es fühlt sich so dürftig an, euch einfach nur Danke zu sagen, denn ihr seid es, die mich tagein, tagaus buchstäblich zusammenhaltet, aber … danke. Besonders Chris, meinem Mann und besten Freund fürs Leben, der so viel dazu beigetragen und mich unterstützt hat, dass meine Träume wahr werden konnten. Es ist eine Freude, mit dir durch das Leben zu gehen – durch alle Hochs und Tiefs und alles entnervend Unvorhersehbare dazwischen.

Und danke schließlich euch, meinen Leserinnen und Lesern. Ihr seid es, die diese Geschichten in etwas Magisches verwandeln. Wenn ich sie schreibe, fühlen sie sich wirklich an, aber zum Leben erwachen sie erst, wenn ihr sie lest. Es ist eine meiner größten Freuden, meine Geschichten durch eure Augen mitzubekommen. Danke für eure Besprechungen, eure E-Mails, euer Online-Marketing und eure Posts. Ich hoffe, dieses Buch hat euch glücklich gemacht.